U0919075

渝夫 著

中国电影出版社

图书在版编目（CIP）数据

九如巷 / 渝夫著. -- 北京 : 中国电影出版社，2017.12
ISBN 978-7-106-04857-0

Ⅰ. ①九… Ⅱ. ①渝… Ⅲ. ①长篇小说－中国－当代 Ⅳ. ① I247.5

中国版本图书馆 CIP 数据核字 (2017) 第 323055 号

责任编辑：纵华跃
封面设计：胡金霞
版式设计：蒯 燕
责任校对：苏 宇
责任印制：庞敬峰

九如巷
渝夫 著

出版发行 中国电影出版社（北京北三环东路 22 号） 邮编 100013
电话：64296664（总编室） 64216278（发行部）
64296742（读者服务部）
E-mail:cfpygb@126.com
经 销 新华书店
印 刷 成都新千年印制有限公司
版 次 2017 年 12 月第 1 版 2020 年 1 月第 2 次印刷
规 格 成品尺寸 /145×210 毫米 32 开
印张 /11 字数 /256 千字
书 号 ISBN 978-7-106-04857-0/I・1208
定 价 46.80 元

谨以此文，献给新中国成立以来投身改革强军伟大实践的人们。

CONTENTS
目录

序篇：巷如一陌

上篇：热血青春

中篇：人在军旅

下篇：家国天下

尾声：小巷春秋

序篇：巷如一陌

第一章　家家有本难念的经

一

你喊我啥？九斤老太？我说小蹄子，你都奔四十去了，还这么没正形？告诉你多少回了，我叫佟九芹，不叫佟九斤！你见过九斤的单棵芹菜吗？没见过？我知道你没见过！没见过还吱哇乱叫？盖巧巧同志，我告诉你，别跟老太太我扯犊子，有话就说，有屁就放，老娘一会儿还要去查房。接个电话不用我掏钱？小祖宗，这跟钱挨得着吗？我是真有事啊。昨晚我们门诊部住进一个小战士，急性阑尾炎，半夜紧急做了切除手术，我得赶紧去瞅瞅。

你说啥？给老娘大声点！你又不是不知道我耳朵背。啥？裁军三十万？这个我知道，刚才看纪念抗战胜利七十周年阅兵直播了，地球人都知道的新闻，你咋呼咋呼干啥？再说了，你一个地方老百姓，市政府招待所接待部经理，家里又没个当兵的，裁不裁军跟你没有直接关系嘛，咋就这么上心呢？哈哈，你看你看，你佟姨我真是老糊涂了，你不是在和我们军区联勤部的大作家曾关键处对象嘛，关心一下部队改革也是正常的。我说，你们两个岁数都不小了，又都是过来人，我看你们处得也不错，赶紧把喜事办了。再不办，等裁军一开始，老曾调动工作离开盛天，我看你一个人怎么办？更何况，我都这么大岁数了，再不抓紧，我这棵九斤老芹菜怕是喝不成你们的喜酒喽。

内幕消息？有啥内幕消息？肯定没有！别说我不知道，就算我知道，也不会告诉你。你们年轻人不是上网吗？听说网上啥都有。咱俩感情好？这跟感情好不好没关系！眼看你就要成为部队家属了，军事机密懂不懂？保密守则懂不懂？不懂？没关系，回头让曾作家给你上上课。那个老小子，文章写得好，口才也是杠杠的，保准儿给你说个清清楚楚、道个明明白白。

你问我对这次裁军有什么看法？能有什么看法？中央决定了，咱就照着做，就这么简单。我说盖巧巧同志，有点觉悟好不好？你那位曾作家还没着急哩，你这个没过门的媳妇怎么还先上火了？皇上不急太监急？曾作家不是皇上，你也不是太监嘛。哈哈，怎么着？千万别告诉我你要赶时髦去做变性手术。知道你是顺嘴一说，你真要变成男人，我第一个不答应。身体和性别都是父母给的，瞎折腾啥呢？

好吧，趁这会儿老娘我心情好，就给你这个小蹄子讲一讲部队裁军这点事儿。我跟你说，裁军不是什么新鲜事，你佟姨我十四岁参加八路军，建国后的历次裁军我都赶了，算这次，应该是第十次……啥？加上这次是第十一次？你都在网上查过了？好吧，就算十一次，不跟你犟了。反正不管是多少次，都没啥惊讶的。部队么，终归是要打仗的，打仗就要打赢。怎么才能打赢？靠改革。你想啊，同样是打仗，古代和现代能一样吗？不一样。七十年前和七十年后一样吗？不一样！国际形势，国内环境，武器装备，敌人和对手，都在不停变化，不改革就跟不上形势。刚建国那几年叫精兵简政，现在叫改革强军……听不明白？那就好好听着，我跟你好好说道说道。

一下裁三十万，裁多了？多啥？一点不多，这叫精兵之路，早就该裁了。刚解放那阵子，全军五百五十万人，压缩到四百四十万；抗美援朝爆发后，又增加到六百二十七万。之后，逐步往下压减，从四百万到三百二十万，再到二百四十万；六七十年代，苏联想欺负我们，加上印度在西藏边上整事，部队又扩编到六百一十万；一九八二年减至四百万，一九八五年裁减一百万，一九九七年减掉五十万，二〇〇三年减员二十万……我咋记这么清楚？哈哈，你上你的网，我看我的报啊，报纸上都写得贼拉明白，能不一清二楚？再说了，我拿着报纸照着念，还能念错？眼神还好使？废话，绝对没问题！别看我是个八十六岁的老太太，身体好着哩，头不晕眼不花。羡慕吧？羡慕有啥用，谁叫你不早点出生？要是你早出生五十年，说不准儿咱俩还是战友。

你高攀不起？扯呢。盖巧巧是谁？咱们九如巷的大名人，堂堂市政府招待所接待部经理，党政军民，三教九流，凡是有头有脸的，谁不认识你？你有事儿吱一声，一帮人屁颠屁颠地帮你摆平。哈哈，我又忽悠你？我忽悠你干啥？！扯远了？那好，咱不扯淡了，接着唠裁军。

这么跟你说吧，裁军这个事，表面看是数字的变化，减少的是人头，实际上复杂得很，不是掰几个手指头就能整明白的。这里面的学问大了去了，编制，体制，结构，运行方式，保障模式……一句两句还真和你唠不明白。你家老曾在冰城工作时，写过关于二〇〇三年裁军的报告文学，抽空你看看。要不这样，晚上等你下班了，到我家来，咱们娘俩儿好好掰扯掰扯。啥？你要叫我奶奶？拉倒吧你，刚才还喊我九斤老太哩，这会儿又突然讲起文明礼貌来了？呸！小蹄子，我告诉你，别跟你老姐来虚的，咱姊妹俩谁跟谁啊……好了好了，你叫我什么都行！不跟你瞎扯了，我得赶紧去病房，也不知那小伙儿疼劲过去没？

二

老曾，知道今晚你有应酬，指定会喝酒，我就不给你打电话了。你不是一直鼓励我写东西么？那我今晚就坐在电脑跟前，用微信，用文字，和你说说裁军三十万的事儿。

你总说，女人不要参政，不要管男人工作上的事情。我得声明，我可真没这个嗜好，我只是担心你，担心你在这次裁军中受到影响，担心你会在这轮改革中脱下你喜爱的军装。你说过，军装是军人的皮肤，脱下军装就意味着掉一层皮。我不是军人，可我能体会那种切肤之痛。

上午在办公室看抗战胜利阅兵直播，我真被裁军三十万的消息给震住了。太意外了！动作太大了！不管是我，包括我熟悉的你的那些战友，好多人都感到吃惊，不约而同地第一时间在微信朋友圈里表达着震惊！我相信，你肯定也深受震动。我本想给你打电话来着，但我不知道该说些什么，或许也不需要我说什么。你是军人，是一名有着三十年军龄的老兵，亲历过几次大裁军，是经历过风雨、见过大世面的男人，怎么可能被这么一条消息给整蒙圈呢？

我相信你能够坦然面对裁军，可我还是无法做到置身事外。可能，这就是爱的力量吧。阅兵仪式还没结束，我就给佟姨打了电话，下班后还专门去了一趟她家里。你知道，她是个老八路，地地道道的老革命老前辈，她喜欢我，一会儿把我当孙女，一会儿把我当闺女，一会儿又把我当妹妹，尽管有点混乱，可她真把我当亲人一样看待，什么话都愿意跟我讲，我有什么难处，老太太总是全力以赴，决无二话。包括今天，佟奶奶，不，是我佟姨，就给我讲了不少关于裁军的事，还说你在冰城工作时，专门写过关于裁军的报告文学。明晚下班后我去找你，让我看看这篇报告文学。

老曾，佟姨今天又在问我们两个什么时候结婚，还说要抓紧，说是怕你一旦工作调整，事情就不好办了。你知道，在这件事上，我不会催你逼你，过去不会，现在不会，将来也不会。二○○三年跟你认识，二○○七年你离婚后我又等了你整整八年，前前后后十二年，我很了解你，知道你是个好人，总替别人着想，总怕你的前妻会因为你再婚而走上绝路。我理解你的苦衷，支持你的决定，只要你还爱着我，我会一直等下去，直到你把我娶进你们曾家的大门。

那天，我跟你开玩笑，说我们两个是一丘之貉：虽非同岁，却是同月同日生；不是结发夫妻，却比好多夫妻还要相互理解和体贴；更为重要的，是我们两个都习惯为别人考虑，永远把他人的感受放在第一位。我们这种性格，可能活得比较累，但这又有什么关系呢？千金难买我愿意。就像我们之间的关系，虽无夫妻名分，但这么多年你陪着我，我陪着你，我已经很满意了。我想，只要有相爱的人陪伴，日子再累再苦，也能品出甜蜜和幸福来。

有件事，一直没有告诉你。前两天，瑶瑶在她男友的陪同下，专程来我们招待所，非常真诚和正式地向我道歉，说过去这十二年，她一直都在误会我，不该那么不分青红皂白地辱骂我、为难我。

瑶瑶还讲："阿姨，感谢你这十二年来对我爸爸的理解、疼爱和陪伴，没有你，我爸也许早就撑不下去了。我妈就那性格，多疑，执拗，除了我这个女儿，其他任何女人在她眼里都是情敌。也不怕你笑话，以前受老妈的影响，我也认为我爸都是错的，我妈都是对的。去年谈了恋爱，目睹我男友父母和谐的夫妻关系，还有男友对我体贴入微的疼爱，我才明白我爸这些年过得有多么痛苦。阿姨，昨天我和男友带我老妈去医院检查了，结论是重度精神分裂，也就是我们常说的精神病。可怜的老妈，原来她一直是个病人啊！阿姨，请你原谅我，也请原谅我老妈，原谅我们母女这些年对你的伤害。今天来，除了向你道歉，我还要告诉你，从现在开始，我不再反对我老爸娶你。并且从现在开始，我要努力说服老妈治病，努力劝她成全你和我爸的婚事……"

老曾，你知道瑶瑶有多动情、有多伤心吗？说完上面那番话，瑶瑶一下子跪在我面前，紧紧抱着我的双腿，哇哇大哭。你那准女婿也哭成泪人，在一旁帮着瑶瑶，让我原谅他的未婚妻。

面对孩子们的一片真诚，我还能说什么呢？我当然选择原谅，选择和瑶瑶抱头痛哭。你说过，时间可以遗忘一切荣辱，泪水可以冲淡一切仇怨。这话，我信；你说过的话，我全信。我就是这么一个傻傻等爱的女人，为了爱，为了你，我可以不顾一切，可以承担一切误解和痛苦。

爱让人痛苦，更让人成长。因为爱，瑶瑶真正长大了，懂得理解父亲了；因为爱，我也真正长大了，知道为爱等待是值得的。老曾，你放心，不管这次裁军是否涉及到你，也不管你还穿不穿军装，更不管你将去向何处，我都会坚定地跟着你。有一句话说得好，陪伴是最长情的告白，你去哪儿，我就去哪儿；你在哪里，我们的家就安在哪里……

三

巧巧，现在是凌晨三点十五分。昨晚白酒喝得多了些，睡到半夜口渴得厉害，起来喝了一大杯凉白开，胃舒服多了，可再也睡不着了。打开手机上网，本想看看关于裁军的时政新闻和相关评论，无意间看到你发给我的微信，感动得一塌糊涂。本想给你打电话，又怕影响你睡眠。那就向巧巧同学学习，咱也来个离线留言。

昨晚的小聚，由我们联勤部政治部宣传处周牧仁做东，就我们两个人。小周你认识，新闻干事，文笔好，擅长写通讯和报告文学，这和我年轻时很像。但这不是重点，重点是小周正在筹划写一部反映军人婚恋现状的纪实长篇报告文学。我得说，这件事很有意义，可以让更多人了解军人丰富而无奈的感情世界，可以让社会各界人士更加理解和支持军人。小周很谦虚，说他修炼不够。实际上，他是太谦虚了，在军人婚恋这个问题上，他收集的素材之多、思考之深、观点之新颖和犀利，都让我这个所谓的专业作家望尘莫及。长江后浪推前浪，后生可畏啊。到我这个年纪，奔五十去了，交朋友就要交像小周这样有思想、有激情、有干劲的年轻人。

说到作家这个称谓，我一直很惶恐，别人一叫我作家或曾老师，我就有种名不副实的羞愧感。我一九八六年入伍，至今兵龄已快三十整年。前二十三年，我和我的战友们一样，当战士，上军校，当排长、连长、教导员，再后来是组织科干事、宣传科科长、纪检处干事、纪检处处长，要不是二〇〇三年我们集团军撤编，要不是我有感而发写了那篇有点影响的纪实报告文学，要不是我的个性过于倔强不讨领导喜欢，我不会走上专业作家这条路。

专业作家不好当啊。我不止一次推心置腹地对业余作者讲，搞文学创作，千万不要想着当专业作家，结合本职搞业余创作会高飞远行。把写作当职业，一是压力太大，半年不出新作，就会有人说你不务正业；二是太熬心血，作家也是凡夫俗子，哪有那么丰富的生活等着你去体验？哪有那么多精彩故事可写？还是那句话，不是生计所迫，不是特别爱好，能不当专业作家就不要去当。

对我的这观点，小周十分认可，为此还专门跟我干了一杯四十五度的老龙口。这小子是个典型的宣传干部，能写会说，能唱会跳，酒量更是没得说，一顿饭下来，我们两个干掉了两瓶白酒，他自个至少喝了一斤二两。哈哈，一不小心，我又说漏嘴了，违反了你给我定的“白酒不超过半斤，啤酒不超过三瓶”的家规。巧巧，我错了，真的错了，心甘情愿接受你的惩罚。

接着唠小周。酒是个好东西，可以让人在自觉与不自觉、经意与不经意间摘掉面具，露出本来的秉性和面目。相对于刻意伪装下的彬彬有礼或一本正经，我更喜欢人们酒后的坦诚或赤裸。嘿嘿，别想多了，此赤裸非彼赤裸，与情色无关，单指裸露的思想和言行。比如昨晚的小周，借着酒劲，跟我唠了不少关于他老婆的牢骚话。对，就是牢骚话，也就是对他老婆的诸多不满，比如不会煮饭，不会炒菜，不会收拾房间，等等。

对了，巧巧，我知道你和小周的老婆宗濮莲同年同月同日生，是十分要好的姐妹，更是无话不谈的闺蜜，不愿听到别人说她闲话。其实我也不是那种乱嚼舌头的家伙，很少说别人的家长里短。包括昨晚，小周说他的，我听我的，只听不说，不附和，不评价，连中立的话都不说，只是单纯地做一个安静的倾听者。家家都有难念的经，清官难断家务事，旁观者也未必清，与其给人添乱，不如静观其变。

不说小周两口子了，说说我们两个吧。你一直以来的理解和等待，瑶瑶的逐渐转变和支持，都让我看到了人生第二春的美好前景。巧巧，你放心，我曾关键从来都不是一个游戏人生、玩弄感情的花花肠子，既然当初我们顶着压力相爱，我就会陪着你一直走下去。在这里，我有个唐突的请求，就是请你再等我一段时间，等我把前妻的病治好，我就把你娶进家门。让我不管她的死活，只顾自己的幸福，我真的做不到。

关于裁军，你不用担心我这个军龄比你年龄少不了几年的老兵会想不开放不下，我会以平常之心去面对这场时代大考。不管舍不舍得，不管是走是留，真要个人作出选择，我就三句话：第一是服从，第二是服从，第三还是服从……请不要笑我迂腐，这是一名老兵的心里话，发自肺腑，绝无水分。

另外，明早上班前别忘了吃早餐。还有，抽机会劝劝你那位好闺蜜，让她多理解理解小周，支持丈夫即将面临的人生抉择，力争当一个勤劳贤惠的好军嫂。军嫂不易，军人更不易，军人和军嫂一定要相互理解、包容和扶持。我能看出来，小周还是很在乎小宗的，一边抱怨着，一边一口一个阿莲叫着。有的夫妻表面上吵吵闹闹，实际上感情很深，谁也离不开谁。依我看，小周和小宗就是这种彼此相爱却又相互抱怨的冤家夫妻。

四

巧儿，你说我家那个周牧仁是不是神经不正常？人家都在为裁军三十万忧心忡忡，他倒好，跟没事儿人似的。昨晚喝酒回来，还跟我上起了政治课，说什么“改革燃烧的是脂肪、强壮的是筋骨，必将使我军气血更旺、体格更棒，强军兴军迈上快车道”，还在我面前拍胸脯，说什么“改革不是跺跺脚，带来震动不会小；支持改革见行动，岗位有为当先锋”。这还不算完，更气人的还在后头，说啥“裁军在即，议论多但心不乱，风声紧但活照干”。我呸，这都哪跟哪啊？喝二两猫尿就忘了自己姓甚名谁了，把我当领导还是当部属？跟我表态？做我思想工作？你说说，他脑袋里是不是缺根弦？都什么时候了，还这么虚虚乎乎！

我能不能对老公温柔体贴点？不能！为啥？还能为啥？你又不是知道他那副德性？仗着有点小才，能写点东西，心高气傲，就他厉害，瞅谁都不如他，看我哪都不如意。什么不会做饭，什么不会打理家务，他怎么不说我不会生儿子呢？有本事，别让我儿子给他叫爸呀。巧儿，我真不是个懒人，也真不像他说的那样啥也不会干。刚结婚那半年，我啥不干啊？煮饭、炒菜、洗衣服、打扫卫生，给他熨烫衣服，哪一样不是搞得井井有条？哪顿饭他不是吃得津津有味？你看看，我四肢健全，人也不笨，怎么可能连点家务活都干不好？

问题出在哪？出在他老妈太能干，出在他太听我婆婆的话。巧儿，你是不知道啊，我那个婆婆，干活利索，人也厉害，在她眼里，这个世界上就没有比她更勤快、更能干、更利落的女人。我坐月子那一个月，婆婆来照顾我，那个周全细致，真是没得说。当时我很感动，庆幸自己有这么一个能干的婆婆。哪知我高兴得太早，儿子刚满月，婆婆就开始对我横挑鼻子竖挑眼，嫌我炒菜没滋味、扫地有死角、洗衣不干净，反正我啥也整不明白，全身上下、里里外外，没有一处让老太太满意的地方。

不过说句良心话，婆婆虽然唠叨，但绝对是刀子嘴豆腐心，嘴上对我不满意，行动上却一点不差，有好吃的先让我吃，什么活也不让我干，叫我只管养好身体，保证她的宝贝孙子有充足的奶水吃就行了。婆婆在我家那一年，我真是享了清福，养得白白胖胖的。

本来，婆婆是准备等她孙子上幼儿园再回四川老家的，哪知儿子刚满周岁没多久，还没有完全断奶，在四川北川农村的公公就查出胃癌！婆婆别无选择，只能回老家去照顾老爷子。走之前，婆婆和小周商量，说是要把我老妈请过来，说她实在不放心，怕我们两口子照顾不好她的宝贝孙子。就这样，我妈来了，我继续过着饭来张口、衣来伸手的舒适生活。等到儿子上了幼儿园，我老妈一走，我基本上啥也不会了，什么家务也不愿干了。

实际上也不是我不愿干，而是没机会。周牧仁工作忙，不是加班就是出差，基本上不在家吃饭，家对他而言，就是睡一夜就走的临时招待所；儿子自打上幼儿园，一日三餐都不用我管，后来上寄读制学校，更没我什么事了。你说，我成天一个人在家，哪还有心思煮饭炒菜？一个人在家，卫生收拾那么干净给谁看？我愿意这样吗？不愿意啊！加上周牧仁经常说我的不是，我就破罐子破摔了，你不是说我不能干不会做家务么，那我就懒给你看！

巧儿，我知道你是为我好，希望我跟周牧仁相互包容理解，相互体贴扶持。你以为我不想啊？做梦都想！但我一个人想有用吗？就他那个态度，就那个臭脾气，我一个人努力有什么用？就拿这次裁军三十万来说吧，我急得不行不行的，生怕他会受到什么影响，生怕他被裁掉，因为我知道他跟你家老曾一样喜欢部队，他也总跟我说军装还没穿够。我真替他担心啊。他倒好，明明心里跟猫抓似的，还装得跟没事一样，你说他咋就这么能装呢？好了，你也别劝我了，你说的，我会往心里去，也会努力去改。我们都是女人，谁不想夫妻和睦？谁不想家庭幸福？

巧儿，你和老曾的事，真要抓紧啊。别以为你比老曾小十岁就是本钱，我告诉你，那都是老黄历了。现在都什么年代？小姑娘们都是“大叔控”啊！听说那些“90后”小女孩，动不动就要嫁四五十岁的大叔。你们家老曾正好是她们喜欢的菜，你再不抓紧，你的菜就变成她们的菜了。嗯，不跟你闲扯了，我要去接儿子了。中午给孩子吃啥？还能吃啥？快餐呗，咱们九如巷东头那家重庆面馆真不错，尤其是那杂酱面，纯肉沫儿的，那个香啊，我儿子是百吃不厌……

五

曾老师，忙啥呢？要到北京开会？啥子会哟？军改办要请你们这些作家去出谋划策？曾大作家，您就瞎摆乎吧，军队改革，多大的事啊，轮得上你们这帮耍笔杆子的去比比画画？和我开玩笑？我就知道大作家满身是谎，嘴里能跑火车，肚里能开航母，连放屁都充满虚假的气息。哈哈，我又损你？不损你损谁？你损我还少啊？！这叫礼尚往来。

好的，不扯淡了。真去北京了？出席一个作品研讨会？对嘛，这才是你的本职工作嘛。找你啥事？没啥事，真没啥事，就是找你唠唠闲嗑。你那手机是全球通，接电话又不花钱，反正是我消费，你就陪我扯会呗。

老曾啊，前天晚上，咱哥俩酒喝得尽兴，唠得也畅快。今个儿给你打电话，就是要继续向你讨教。我那个长篇纪实报告文学，到底应该从哪里切入？我也想过从这轮军队改革入手，可总得有个由头吧？我有个想法，拿你和巧巧的感情经历作为开篇，从二〇〇三年那次裁军写起，这样显得很有时空感。什么？你不同意？有啥不同意的？我又不用真名，用化名行吧？你和巧巧还没结婚？这也算事儿？不是很快就要结婚了嘛。我相信，你一定会对巧巧负责，一定会娶她。还是不同意？这个再唠，行不？

你问我对这轮军改有什么想法？还真有想法。你知道的，我是四川人，并且是个恋家的四川人，如果能借改革的东风，把我调到蓉城去，那就太好不过了。我想得美？想想还不行吗？吃不到天鹅肉，看一眼天鹅翱翔的姿态总算可以噻。我老婆阿莲就是一只美丽的天鹅？曾老师，你开什么玩笑？就我家那个黄脸婆，还天鹅哩，就算是，也是一只飞不起来的懒天鹅。你们东北话怎么讲来着？对，干啥啥不行、吃啥啥不剩，除了懒，我那婆娘真是别无长处。

曾大作家，我知道你想说什么，不就是劝我好好对待老婆吗？这个请你放心，我也就在你面前发发牢骚，在其他任何人面前，我从不说我老婆半个不字。婆娘是自己选的，当初喜欢她，把她娶回家，自然要对人家负责。再说，家丑不可外扬，我总说我老婆的不是，不等于打我自己耳光嘛。实际上，我家阿莲也不是一无是处，优点很多，比如对我一心一意，比如对双方父母很孝顺，比如对我儿子管教有方，如果在家务方面再主动、再能干、再利索一点，她就是一个典型的贤妻良母。放心吧，老曾，自己的老婆自己疼，我不会在这方面犯迷糊。

不说这些家长里短的事了，接着唠我那个军人婚恋题材的长篇纪实报告文学。我有个想法，你看可不可行？主标题叫《军婚保卫战》，副标题我也想好了，叫《军改大潮中的军人婚恋调查》。之前，我在咱们联勤机关和所属部队做了一些随机调查，收集了一些关于军人婚恋的典型事例。切入点我也想好了，就从我们宣传处小吴和他老婆的离婚风波写起。你不认识小吴？怎么可能？

那个正营职干部，老正营，中校，山东临沂的，教育干事，娶了个北京媳妇，天天逼他转业回北京，不转业就闹离婚，都闹我们政治部首长那里去了。

泼妇？倒也不是。人家小吴的老婆是大学副教授，吉林松源人，就是产石油那个地方。这个军嫂可不简单，年轻有为，研究生导师。说真的，我挺理解部队家属，尤其理解小吴的爱人，双方父母不是残就是病，一个也依靠不上，她一个人在北京带个小孩，既当妈又当爹，还要干好工作，压力确实大呀。小吴也不容易，既想继续留在部队发展，又不忍心让爱人一个人承受那么大的压力，左右不是，进退两难。类似这样的例子，在我们部队还有不少。

怎么保卫军婚？如何保证军人后院稳定、安心服役？这确实是一个不可回避的重大时代课题。尤其是当前，军队改革即将实质性启动，对军人家庭稳定和婚恋的冲击将更加直接和猛烈。老曾，你说说，我搞这个纪实报告文学是不是很有意义？

什么？对阿莲好点？我说曾大作家，你到底有没有用心听我讲？我向你讨教报告文学的事，你却跟我说我家里那点陈芝麻烂谷子的破事，这不明显的对牛弹琴、文不对题嘛。放心吧，老哥，我不敢说与阿莲相敬如宾、相濡以沫一辈子，但我可以保证陪她走完这一生。

报告文学围绕我们联勤部机关所在的九如巷这个具有标签意义的地名做做文章？嗯，这个创意不错。相濡以沫，巷如一陌？这也不搭呀。城市街巷纵横交错，如乡野山间的看似凌乱、实则有序的小路？九如巷坐东朝西，恰如一条东西走向的田间阡陌，巷如一陌？我说老曾，你行啊，不愧是专业作家，脑瓜里想的东西，和普通人就是不同！有意思，有意思！我一定好好琢磨琢磨。谢谢哈！等你从北京回来，我继续请你喝酒。

第二章　四个人的九如巷

六

喂，巧巧同学，你和阿莲能不能不咬耳朵说悄悄话了？佟老太太马上驾到，你们两个年轻美丽的女士不到门口迎接一下？让我去？凭啥啊？男士优先？哪有这个说法？不是一直都讲女士优先么？不是这么个优先法？倒也是，你们女士应该得到优先照顾，而非干活优先。好好好，好男不跟女斗，我曾关键就发扬光大一下绅士风度和爷们精神，这就接佟姨去。巧巧，你打电话再催一下蛋糕，今天是佟姨八十六岁生日，老人家一对儿女，一个英年早逝，一个长年在国外，我们这些当晚辈的，一定要把老革命的生日聚会搞得正规隆重些……

佟老前辈驾到！寿星驾到！掌声在哪里？欢呼声在哪里？咱们人少，但气氛不能打折；饭店档次不高，可该有的程序还得有。巧巧，赶紧献花！阿莲，把我给老太太准备的羊绒围脖拿过来！啥？你也带礼物了？你和你家小周一起去商场挑选的？行啊，阿莲，你和小周空前团结啊，为你们点赞！佟姨，别这么激动嘛，我们三个后辈又不是第一次给为过生日。来来来，您先坐。

喝酒？喝酒就免了吧？佟姨，今天您是寿星佬，这酒喝还是不喝，您说了算？我什么意见？我可说实话了啊。能不喝尽量不喝。为什么？巧巧同学，你是十万个为什么啊，哪来那么多问题？非要问？那我就告诉你三条理由：第一，佟姨岁数大了，脑部血管老化，酒量又一般，医生要求别喝酒。寿星滴酒不沾，你巧巧同学起什么哄？第二，就算老太太同意喝酒，你们三位女士一起上，也不是我的对手啊。喝得赢就喝，喝不赢就走，这是毛主席教给我们的战略战术，这是传家宝，更是制胜法宝，千万可不能忘。第三，关键是第三，当下正值军改之际，各级要求比以往更严，听说我们军区党委更正在研究制定严肃改革纪律“十二个禁止”，其中一条专门强调禁酒问题，禁止公务活动喝酒，禁止公款喝酒，禁止喝解散酒、迎送酒，白纸黑字，一清二楚。我是现役军人，佟姨是个老八路老革命，就算我想喝酒，佟姨也不会答应。非常时期，我哪敢在喝酒问题上犯迷糊、捅娄子啊。

阿莲，你跟着巧巧凑什么热闹？我知道这是私人聚会，不是公务活动，更不是什么解散宴、迎送宴，谁都不会开发票拿到公家去报销，喝点酒也不是什么大问题。可今天是什么日子？二〇一五年十一月二十九日，中央军委改革工作会议闭幕后的第三天，军队改革大幕已经拉开，各项纪律规定密集出台，身为军人，这个时候绝不敢麻痹大意。军令如山，军纪如铁，可不是开玩笑的事情。

既然佟姨点头了，那我们就不喝酒了。服务员，上菜，上饮料！就来野生蓝莓汁！这个饮料好，产自大兴安岭原始森林，富含花青素，对保护视力特别好，美容功效更是了得。来来来，都把饮料倒上。让我们共同举杯，祝我们的老前辈、亲爱的佟姨福如东海、寿比南山，永远健健康康，活它个一百二十岁……

佟姨，饭菜还合您胃口吧？这个风雅江南老菜馆，是咱们九如巷最有名的饭店之一，一到午饭和晚餐时间，来的人特别多，经常需要拿号排队。他们主打江南菜，您是江苏人，一定会喜欢的。比如这道臭鲑鱼，听说您特别爱吃。爱吃您就多吃点，鱼肉营养丰富，对您老保养身体大有好处。

阿莲，你竟然不知道佟姨是南方人？她一口东北腔就一定是东北人？这都什么逻辑？照你这么说，九如巷非要跟“九”有关？没这个道理嘛。对了，佟姨，你在联勤部待的时间长，在这一片工作和生活了好几十年，您知道这条巷子为什么叫九如巷吗？不知道？巧儿，阿莲，你们知道九如巷这个名称的由来吗？都不知道？哈哈，不知道好，那我就可以放开胆子摆乎一通了。

至于九如巷，我还真研究过。这条巷子由东向西，从巷头到巷尾，全长三百零六米，宽四点八五米。小巷虽小，但在盛天市很有名气。因为啥？分别位于巷子两端的两个单位牛气嘛。先说说巧巧她们单位，迎驾阁，市政府招待所，不是星级酒店胜似星级酒店，出入的都是党政要员，上至京官，下至主政一方的地父母官，一个比一个气宇轩昂。再说说我们盛天军区联勤部，堂堂正军级单位，进出的非将即校，将星闪耀，阳刚四溢。再往外延伸一点，九如巷方圆一百米以内，左为威严的市政府大楼，右为各大银行聚集区，前有全市最高楼和最豪华的奢侈品商场，后有政府安居楼和部队家属院。这些综合到一起，九如巷想不牛气都难。

九如巷这个街名怎么来的？我也查过一些资料，但没查到确切的说法。我琢磨，可能源自《诗经》里的一段话：“如山如阜，如岗如岭，如山之方至，如月之恒，如日之升，如南山之寿，如松柏之茂。”《诗经》连用九个“如”字，列举九种吉祥之兆，意在歌颂有德之君恩泽万民，福寿延绵不绝，很有气势，极具感染力。在我国传统文化中，常用“三多九如”作为祝颂之辞，“九如”就是《诗经》里讲的九个方面，“三多”则是指多福、多寿、多子孙……

太深奥？听不懂？哈哈，我说巧儿，你能不能厚道一点？这有什么深奥的？小学生都能听懂的事，还能难倒你这个音乐学院的高才生？没毕业？没毕业也是大学生。我看你是故意挑我的刺儿吧？听不懂，我就不白费口舌了，咱们说点有意思的事。巧儿，你不是开玩笑叫佟姨为“九斤老太”么，我看不如喊“九如老太”，如月之永恒，如日之东升，如南山之长寿，如松柏之茂盛，全是吉利之言。佟姨，你看怎么样？不同意？不同意拉倒。来，我拿饮料敬您一杯，祝您在九如巷里长命百岁、安享晚年！我先干为敬，您老随意。

阿莲，半天没听你吱声了，自个儿在哪乐啥？有什么好事美事？给我们分享分享呗。你对九如巷的名称来由有不同看法？这个好！有什么高见，赶紧讲，我可是张着两只耳朵听着哩。

七

曾大作家，你就别拿我开涮了。我宗濮莲无业草民一个，家庭主妇，要学历没学历，要见识没见识，哪来什么高见哟。首先我得声明，对九如巷这个街名的由来，我没研究过，下面讲的这些，全是我儿子他爹也就是小周同志的观点。如有雷同，纯属巧合；如有不妥，敬请闪躲。啥？我在说相声？这哪里是在说相声，明明是在表演小品嘛。出了山海关，都是赵本山，怎么说我也是辽宁人，虽然是辽西而不是来自大城市铁岭，但多少也有点搞笑细胞不是？说得不好，别往心里去；讲得不对，权当是放屁。

我们家周牧仁用他那惊天地、震鬼神的四川话讲：这条巷为什么叫九如巷？一是因为酒，二是因为肉。“酒”和“九”好理解，音同字不同；“肉”和“如”也有联系，在四川方言里，“肉”发“如”音。如此这般，“酒肉”和“九如”字异音同，“九如巷”就是“酒肉巷”，“九如巷”源自“酒肉巷”，朗朗上口，形象而好记。

老曾，你说我们家小周没凭没据地啥咧咧？是胡说八道？这话我就不爱听了！周牧仁崇拜你，把你曾大作家当偶像当导师，你就这么不待见他？你还真别说，不管你认不认可，我倒觉得我们家小周讲得好，比你那个什么诗经、什么三多九如好理解。要凭据？这个真还有！各位看官莫急莫躁，且听我阿莲慢慢道来。

为什么说“九如巷”源自于“酒肉巷”？凭据至少有两条：其一，咱们所在的这条小巷，东头是迎驾阁，市政府招待所，专业搞接待和公款吃喝的地方。这两年反腐风声紧，生意不那么红火了，往前数个十年八年，迎驾阁的那些餐饮包房，从早到晚，一日三餐，哪个不是高朋满座、酒肉满桌？说九如巷是酒肉巷，一点也不冤！其二，佟姨、老曾和我们家小周所在的军区联勤部，管钱管物的实权部门，吃喝拉撒，样样都管。所谓靠山吃山、靠水吃水，近水楼台先得月，老曾，你摸摸胸口，别昧着良心，前些年，你们吃吃喝喝的事干得还少吗？不少吧？！我知道是大环境所致，也没说你们部队就不能吃肉喝酒，可照前几年那种搞法，你们一个个经常喝得五迷三倒的，别说我们这些部队家属有意见，为自己的男人身体担心，我看社会上的老百姓也是不满意的，他们缴纳税款养军队，是让部队练兵备战、保家卫国，绝不是不务正业、胡吃海喝。老曾，你别生气，我是就事论事，绝没有责备你们的意思。我老公也是军人，我知道军人的苦衷和难处，更欣赏军人的觉悟和担当，我不会抹黑军队和军人，更不会干那种亲者痛仇人快的傻事。

老曾，我这么讲，你是不是觉得“九如巷”有可能真源于“酒肉巷”？还要凭据？别小看你弟妹，我这里还有货。想来老曾你也知道九如巷及周边的另一个别称吧？对，就叫安乐窝。为啥叫安乐窝？这个更好理解。第一，这里是政府、军队机关和金融机构聚集地，在老百姓眼里，这就意味着权力，意味着特权，意味着显赫的社会地位和丰厚的生活待遇，当然是安逸、舒适之地。第二，九如巷周边餐饮娱乐场所众多，既有像迎驾阁这样的政府内部招待所，也有像军区联勤部第一招待所这样的军队内部接待场所，还有像风雅老菜馆这样的地方特色美食，更有不少西餐、酒吧、歌厅和夜总会。所有这些，哪一个不是享乐之所？第三，无论是“酒肉巷”也好，“安乐窝”也罢，实际都在向外界传递着这样一些强烈而明确的信息：九如巷虽小，但权高位重，令人无比向往；安乐窝不大，但快乐多多，叫人乐不思蜀。

曾大作家，我又要批评你了。我说话为啥就不能一套一套的？就允许你们大老爷们五马长枪地吹牛皮侃大山？这不是典型的只许州官放火不让百姓点灯嘛。告诉你，俺也是个文化人，也写小说，并且是你曾大作家不会写、不愿写更不屑写的网络玄幻小说。你先别管我的小说有没有人看，也别问点击量有多少，更别打听稿费挣了多少，我可以负责任地告诉你，俺是签约作家，红衫网的签约作家。哈哈，怎么样？是不是很牛气？建议曾大作家有空也去红衫网逛一逛、看一看，说不准就被我们写的网络玄幻小说给吸引住了。当然，如果你这个专业作家也加入网络写手的阵营，把姿态放低一些，行文大胆一些，适当媚俗一些，估计很快就会成为月收入上万甚至数十万的网络写作名家。不感兴趣？不感兴趣就不跟你扯闲篇了。

来，我也敬佟姨一杯，代表您远在国外的女儿，祝您天天都有好心情，年年都有好身体！巧儿，这杯你可要赞助。别跟你们家老曾一个鼻孔出气，他惹我生气，你可要给我顺气，不准向着你男人。别不乐意，乐呵地和我站在同一战线上！没办法，谁叫我们是除了老公不能共享别的都能分享的好闺蜜呢？

八

佟姨，这江南菜吃得差不多了，祝福的话也没少说，要不我改改规矩，咱们以唠嗑为主，不再整那些虚头巴脑的，好不好？您同意了？那就好。呵呵，老曾，还有阿莲，我盖巧巧可没有埋汰你们的意思，佟姨是我们敬重的老前辈，她也把我们三个当家人。什么是家人？家人就是相互陪伴，家人在一起就得随意，怎么自在怎么来。彼此之间太客气，那就不像家人了。不就过个生日嘛，老太太都过八十六个生日了，什么场合没经历过？什么祝福的话没听过？反正你俩都说过了，我就不拿饮料单独敬佟姨了。只要心里有，不说也长久。

继续九如巷这个话题吧。第一次到九如巷，是一九九六年夏天，也就是我刚上大学那年。当时我不到十七周岁，一个小县城来的小姑娘，初次到省城，看啥都新鲜。包括表叔带我第一次来九如巷，来迎驾阁，不，那时叫迎宾馆，我就像刘姥姥进大观园一样，两只眼睛不够用，看啥都直勾勾的，我表叔又气又乐，笑骂我是个来自县城的乡巴佬。我表叔是谁？阿莲，你和我同岁，过了年才三十七，记忆力怎么下降了？不会是更年期提前了吧？我表叔，你见过的，还请咱俩吃过西餐。对，就是刘大庆，市政府办公厅接待处副处长。他是我远房表叔，二十三岁进市政府接待处工作，干了整整三十五年，眼看就要退居二线了，还是个副处。哎，不说这个，咱们接着唠九如巷。

老曾和阿莲对九如巷这个地名的来历纠缠不休，各说各理，都很在理。可我觉得这并不重要，重要的是我们四个人都因这条小巷而相识相知。我相信，九如巷附近住了这么多人，像我们四个这样差异巨大、联系紧密、相处融洽的可能不多，弄不好我们就是九如巷年龄差距最大、社会地位悬殊最大的F4组合。嘿嘿，老曾，阿莲，我这个创意不错吧？“九如巷F4”，上有年近九旬的老八路老战士佟九芹，中有快知天命的军旅作家曾关键，下有像我和阿莲这样貌美如花的成熟女子，肯定比小沈阳、宋小宝、赵四、刘能四个笑星组成的“东北F4”更有含金量。啥？赵四、刘能是电视剧里的名字而非真名？管他呢，反正就是这个意思。

佟姨，您瞧瞧，老曾和阿莲刚才那么一争论，他们两个口才又那么好，全都出口成章的，把我的话唠症也给引发了。您愿意听我们瞎扯淡？那就好，那我就接着瞎扯。

在我看来，不管九如巷这个地名是怎么来的，它都是我们四个人的九如巷。今天不是佟姨的生日嘛，我顺便把我们三个人的生日也查了查。佟姨一九二九年十一月二十九日出生，老曾一九六九年三月一日出生，我和阿莲的生日是同一年同一天，也就是一九七九年三月三日。三个人，三个同月同日生，两个同年同月同日生，难得吧？巧合吧？这还不是亮点，亮点是我们四个人的出生年月日里面，共包含九个九！这还不算完，最有意思的是四个生日里含有九个九的陌生人，竟然有缘在九如巷成为知己、成为姐妹、成为爱人！同志们，同学们，兄弟姐妹们，这是什么？巧合吗？哪有这么巧的？我看还是缘分！

老曾，你这么讲就不厚道了吧？啥叫生拉硬拽？什么又叫胡编乱造？刚才阿莲不是批评你了嘛，不要只允许你自个儿嘴里跑火车，也要允许我们这些老百姓适当吹吹牛、扯扯淡。我扯远了？哈哈，反正是瞎扯，老太太又乐意听，那我就干脆再扯远点，说一说别的城市里的九如巷。

阿莲，你别那么惊讶，别的城市确实也有叫九如巷的街道。据我所知，仅江苏省就有两个城市有九如巷，一个是镇江，一个是苏州，其中，苏州的九如巷最为有名。老实说，尽管我们这个九如巷在省会城市，但与苏州那条九如巷相比，名气差得不是一点点，而是十万八千里。老曾，你别不服，你听我接着讲，今天我一定要让你口服心服。哈哈，小样儿，还治不了你了？

苏州九如巷之所以名声显赫，是因为这个地方曾经出了四大才女。这四大才女出身名门，她们的父亲叫张武斌，安徽合肥籍晚清重臣、两广总督张树声的孙子。这个张武斌，祖上希望他练精武艺、饱读诗书，做到文武双全，可他却毫无功利之心，一心只读圣贤书，安安静静地结婚生子，平平淡淡地过着小日子。张武斌的发妻名叫陆英，二十一岁嫁给他，三十六岁去世，十六年怀了十四胎，生了五男四女共九个孩子，其中四个女儿分别取名为张元和、张允和、张兆和、张充和。这四姐妹出生于一九〇七年至一九一四年间，父亲张武斌希望她们成为独立、自主的新女性，每个人名字里都有“两条腿儿”，可谓用心良苦。四姐妹也真争气，一个个人不负父望，成为民国青年才俊争相追逐的四大才女，人称“合肥四姐妹”。著名作家叶圣陶曾经说过：“九如巷张家的四个才女，谁娶了她们都会幸福一辈子。”

我关注张氏四姐妹已经十多年了，看了不少关于她们的文字。说实话，我很羡慕像张家姐妹这样的才女，活得有滋有味，活得有声有色。四姐妹中，年纪最小的张充和活得最为自在和精彩，年过百岁后，她仍然保持着上个世纪初的生活方式：每日晨起即磨墨练字，吟诗填词，研读经典，偶尔还和同学、老友共赏昆曲，拍曲互和，自得其乐。张充和是个女诗人，那句“你站在桥上看风景，看风景的人在楼上看你。明月装饰了你的窗子，你装饰了别人的梦”，现在读起来，依然觉得意境深远。张充和今年六月十七日在美国去世，活了一百〇二岁，被誉为“民国最后的闺秀”。随着她的离开，风光了一个世纪的张家四姐妹成为千古绝唱……

九

巧巧妹子，咱俩商量个事儿，你先休息会，让你佟姨我也摆乎摆乎，过过嘴瘾？我就搞不懂了，今天聚会，到底谁是主角啊？不是我九斤老太过生日么，怎么你们仨一个比一个兴奋，一个比一个唠得起劲？都给老娘消停点，我也说上几句。

感谢的话，感激的话，感动的话，通通不讲了。刚才你们都在讲，我把你们当家人，这话不对，是你们把我这个孤苦伶仃的老太太当亲人。这几年，每年你们都聚在一起，共同给我过生日。有你们这三个好弟弟好妹妹，是我佟九芹前世修来的福分。真的，我从没把你们当过晚辈，你们也不要一口一个佟姨叫着。岁数大怎么了？老革命怎么了？这都是虚的！不能当饭吃，也不能当资格摆谱。我就是一个老太太，一个大半截身子入了土的老太太，说得更直接点，我就是个倔不拉几的老朽。难得你们三个这么认可我……

近两年，我的身子骨是越来越不行了，背驼得越来越厉害，饭量也大不如从前。尽管体检没有发现什么大毛病，但浑身上下的零件，都不那么管用了。刚才巧巧劝我不要去门诊部义务上班了，劝我好好休息，劝我抽时间出去旅旅游，看看祖国的大好河山。这事儿我真想过，五十八岁退休那年，还专门作过规划，准备利用一年时间，到各省市、各风景名胜区转一起。哪知计划没有变化快，还没等出发，我那老头子就病倒了，在医院重症监护室一待就是两年半，直到他咽气，我基本上是寸步不离地守在医院。送走老头子，我也没了出去旅游的心劲，一个人，孤孤单单的，还旅游个啥？不如发挥发挥余热，继续回我们军区联勤部门诊部当我的护士。我这不是返聘，不要补助，不要奖金，我享受副军级待遇，工资已经不低了，孩子们都有正经工作和稳定收入，我要那么多钱干啥？生不带来死不带去的玩意，多了反倒是个负担。

我退休这二十八年，我们门诊部主任换了八任，每一个刚上来，都劝我回家休息，我通通没答应。我一不图钱，二不要名，就想踏踏实实、力所能及地为门诊部、为战友、为部队做点事，谁会真正阻止我？谁都不会。人家杨善洲堂堂地委书记，退休后照样回老家植树造林，硬是把一荒山变成了林场，给国家和子孙后代创造了巨大的生态财富，值得我好好学习。你们三个都年轻，可能不理解我们这些老家伙的想法，可能认为我们傻。傻就傻吧，我们是从那个年代过来的，愿意多为公家、多为社会做点实实在在的事情。过了今天，我就吃八十七岁的饭了，真老了，走不动吃不动，也玩不动了，没办法出去旅游，莫不如继续义务当我的护士，尽好最后一分力，发完最后一分光。有句话怎么说来着？对，生是党的人，死是部队的鬼，我这一辈子，就完完全全交给军队了。

巧巧这个小蹄子还说了，让我别再那么较真，再遇到看不惯的事，不要去找领导反映和理论。我说妹子，您这都听谁讲的？老曾？曾大作家？曾作家，你咋把不住你那张嘴呢？这是啥光荣事迹啊，到处给我宣传。哈哈，小曾你别紧张，也不用解释，我不在乎这个，我话也说了，炮也放了，还怕别人讲吗？我才不怕哩。老娘参加八路打鬼子时，联勤部现在那些领导，还不知在哪里呢，估计他们的父母都还是小娃娃，至少还没结婚。再说，我反映的那些问题，哪一个不是真人真事？哪一件不是有凭有据？咱不是出于私心，全是为了部队、为了单位、为了大伙，他们那些当领导的即便不乐意，也真得当个事办，要不然，本老太太真不答应。

曾作家来联勤部也十多年了，好多情况你都了解。前几年，联勤部机关食堂搞社会化保障，伙食不好，大伙儿都有意见，但都敢怒不敢言。这我理解，都是现役干部，顾虑多，怕影响自个前途。可我退休老太太一个，没啥顾虑的，先把承包食堂的地方老板骂了一顿，再到联勤部领导办公室发了一通火，饭菜质量很快上来了。我也活不了几年了，只要我头脑还不迷糊，双脚还能走，张嘴还能说话，遇到不合规不合理的事，我该反映还得反映，该冒泡还得冒泡。都装迷糊不管不问，都憋在心里不说不讲，我们党、我们国家还有什么希望？

我们的曾大作家，曾关键老弟，有句话，我想了好几天，不知道当不当说。在座四个人，就你一个现役军人，马上要裁军三十万，你想没想过怎么办？现在看，军区这一级肯定是保不住了，要裁掉。军区机关没了，我们联勤部自然也没了，联勤机关上百号人，不可能都留在部队，指定有一部分要脱下军装。小曾，如果我没记错，你兵龄应该马上满三十年了。我有个建议，供你参考：能走别留，能退休别退役，早早晚晚都是走，迟走不如早走，这样还能给部队减轻压力和负担。裁军三十万啊，并且超过半数是干部，总得有人脱下军装吧。曾作家，跟我比，你还年轻；但跟那些团以下干部相比，你已经技术五级了，拿副军级的工资，已经很不错了，让走就走吧，不要给领导添麻烦了。改革么，总要有人作出牺牲的。

巧巧，别怪你佟姨啊。我是个老兵，习惯站在部队、站在集体的立场上思考问题。我这只是建议而已，最后你家老曾是走是留，一是看部队需要，二是看组织安排，最后才是曾作家的个人意愿。局部服从大局，个人服从集体，下级服从上级，部队过去讲这个，现在讲这个，将来还讲这个。

曾作家，今晚这饭店找得不错，菜也很好，全是我爱吃家乡菜。什么？你和这家饭店的老板是朋友？老板还要过来敬酒？搞复杂了吧？老太太过个生日，安安静静就好。

十

各位，打扰了。老曾，是你先介绍介绍在座的各位贵宾，还是我先自报一下家门？我先来？好，恭敬不如从命。这位老前辈，两位美女妹妹，我先给你们鞠个躬。我叫吴明岩，口天吴，日月明，山石岩，江苏镇江人。对，巧巧妹子说得对，就是你刚才讲的那个镇江，镇江也有一个九如巷，并且我父母家就在九如巷边上，小时候我和伙伴经常在巷子里捉迷藏。

我在本溪当过兵，和老曾同一个部队。当时我们都在宣传科，他是领导我是兵，我是战士报道员，天天跟在曾大科长后面学习写新闻报道。我一九九八年退伍，对，就是裁军五十万那次。真舍不得走啊，可不走不行，我们军撤编，我们师改编为预备役师，全师几千号人，绝大部分都脱了军装向后转。老曾怎么没转业？人家有才啊，早被另一个军盯上了，我们都抹着眼泪回家了，他乐呵呵地去了冰城，从大山沟一下子混进省城，真是让人羡慕嫉妒恨哪。

退伍回到镇江后，我在报社干了六年多记者，天天跑新闻写稿子，成绩出了不少，但经常熬夜，把身体熬垮了，尤其是头发，大把大把往下掉，三十岁不到，变成了聪明绝顶的“周围有”。各位，您瞧瞧我这脑瓜，是不是和主持《非诚勿扰》的孟非一样光彩照人光芒四射？这是没办法的办法，就剩那几根黄毛毛，还不如理个光头，省洗发水省梳子，经济环保又美观，一举多得。

也算是痛定思痛吧，三十周岁生日刚过，准确讲是生日第二天，我没跟父母商量，也没和老婆通气，自作主张递交了一份辞职申请，像无头苍蝇一样闯进商海，开始了艰难的自主创业。我开过洗车行，黄了；开过小吃店，关了；开过箱包加工厂，倒闭了。最初那两三年，干啥啥黄，总是不上道，欠了一屁股债，银行工作人员天天追着我还钱。二〇〇八年国庆节，应老曾再三邀请，我带妻儿来盛天玩，实际上也是出来散散心，顺便考察一下市场。这可真要感谢老曾，感谢我的老科长，正是那次盛天之行，让我找到了新的商机。因为我发现，这么大的省会城市，东北的经济文化中心，好几百万人口，竟然没有几家像样的江南风味菜馆。回到镇江后，和家人一商量，联系了几个投资人，干脆来盛天发展。在座的都不是外人，我也没啥隐瞒的，这家风雅江南老菜馆，就是在老曾的协调和筹划下开起来的，人家宣传干部出身，又是大作家，脑子活点子多，激情足创意多，真是帮了我的大忙。现在，除了这家总店，我在盛天已陆续开了七家分店，市内几个区都有，随时欢迎各位去检查指导……

老前辈姓佟？那我先叫一声“首长”，给您敬个军礼！不穿军装不能行军礼？退伍兵不能行军礼？曾大科长，你是不是太官僚了？九月三日的大阅兵你肯定看了，那些抗战老兵，哪一个没退伍？哪一个穿的是现在的制式军装？不也照样行军礼吗？佟老前辈是老八路老革命，在她老面前，我就是个新兵蛋子，并且永远都是。新兵向老兵行军礼，下级给上级行军礼，这可是你曾大科长当年教给我的规矩。佟阿姨，您别客气，也不用站起来，我是晚辈，是后生，向您致敬是应该的。

昨天，老曾打电话告诉我，让我留个包房，说是要给一位老革命庆贺八十六岁生日。我当时就表态，这顿饭由我安排，由我埋单，谁也别跟我抢，谁抢我跟谁急。老曾不行，两位美女更不行，我的地盘我做主，这是我的饭店，必须我说了算，就这么定了！

佟老前辈，今天您过大寿，是不是应该喝点酒啊？老曾不让喝？科长，你咋那么多事呢？当年在部队，你管我，我只能服从，不敢吱声；现在我老百姓一个，你管不着我了，我得作回主。服务员，给我启一瓶20年花雕绍兴老酒，再来几个二两的玻璃杯，我得正正规规敬佟老前辈一杯。过生日不喝点酒，哪能行？真是的。

老曾，你真不喝？都启开了，也倒上了，不喝浪费呀。不让喝？部队有要求？那就算了，咱当兵的人，讲的就是令行禁止，不能只表态不行动。你不喝，我喝！来，佟老前辈，您就拿饮料表示一下，祝您健康高寿，干！

巧巧小嫂子，你是不是应该邀请我这个小叔子坐下呀？哈哈，今天没在你家，这事不归你管？不管拉倒，我自个儿找地儿。服务员，加把椅子，来套餐具，赶紧的，麻溜的，速度！

佟老前辈，向您打听个事，这次部队改革，到底怎么改？新闻上讲军委管总、战区主战、军种主建，这到底啥意思啊？还有，七大军区撤销后，究竟组建几个战区？现在网上什么消息都有，有的说组建东方、南方、西方、北方四大战区，有的说是东南西北中五大战区，到底哪种说法更靠谱？您也不知道？问老曾？我

问过他，人家原则性强，啥也不告诉我，还说不要急，过段时间全都会公布出来。我知道会正式公布，但咱们老百姓不也关心军队改革嘛，何况我还是个退伍兵，怎么可能不闻不问？

好好好，我知道部队纪律严，也知道有保密守则，到此为止，到此为止，我不再打听了。老曾，军区机关肯定是没了，你怎么打算啊？先说好了啊，如果你选择自主择业，你就到我们公司来，我让你当头把副总，给你高薪，并且不用你管具体业务，你甚至不用正常上下班，你就一个任务，专门负责给我搞筹划和宣传。我们公司有个长远规划，就是利用三到五年时间，把风雅江南老菜馆连锁店开到东北三省地级以上城市，资金来源已经基本到位，就等着按计划展开了。老科长，我是认真的，请你也认真考虑考虑。

佟老前辈，今天是您生日，在这个喜庆的日子里，请允许我代表风雅餐饮管理股份有限公司宣布一条拥军政策：从即日起，现役军人到风雅旗下的饭店就餐，包括退伍军人，在享受当日普遍优惠的基础上，凭军官证、士兵证、退役证，一律八八折；八一建军节当天，军人就餐一律五折！还有一条，是专门给你制定的，就是您老今后过生日，都欢迎您来九如巷这家江南老菜馆，我们一律免单。这里离您单位近，离您家也不远，进出方便，饭菜可口，真是再合适不过了……

第三章　九如巷的jiu

十一

先说好，今天我请客。咱们四个大老爷们，两个现役军人，一个江苏来的老板，就我刘大庆是政府公务员，无论是拥军，还是从尽好地主之谊的角度，我买单都是天经地义。尽管我工资没你们高，挣得没你们多，但喝个茶还是请得起的。

曾哥，真不来点酒？今天是二〇一五年最后一天，辞旧迎新的夜晚，不喝点酒，气氛出不来。茶楼也卖酒？这不废话吗？你在盛天市各大茶楼转一圈，哪家不挂着羊头卖狗肉？酒水的利润相当可观，老板们哪肯放过？比如这家号称咱们九如巷最上档次的茶楼，人家卖好茶叶，也提供好酒，红白啤，国内外，你要啥有啥。部队管得紧不让喝？我们地方要求也严，谁也不敢像过去那样大吃大喝了，弄得我这个接待处副处长当得一点意思都没有，再这样下去，我可真要失业了。

不喝酒也好。说句心里话，谁愿喝那玩意啊？尤其到了我们这个年纪，或者说人过四十以后，除了喝酒成瘾的家伙，真没几个乐意在酒场上继续厮杀，真伤身体呀。比如我，年轻时小伙贼拉帅，身板溜直，全身上下没有一点赘肉，随便上大街溜达一圈，回头率唰唰的，小姑娘们火辣辣的眼神像利箭一样扑面而来，那个风光，那个爽，真是没得说！现在可好，经过三十多年酒精考验，身体喝虚了，成了虚胖子，交家庭作业越来越费劲，老婆明着不说，心里意见大着哩。这两年各级狠刹吃喝风，酒少喝了许多，整个人精神头也好了不少，可前些年喝大酒对身体造成的伤害已是无法弥补，再怎么锻炼和养生，都难以回到从前了。

吴老板，你是南方人，听说对茶很有研究，你提个建议，咱们喝点什么茶？红茶？大冬天喝红茶好！那就来金骏眉。这个茶楼老板是我多年的哥们，以前我负责接待上面来的工作组，没少照顾他生意。今晚哥几个别客气，想喝什么好茶，想来什么高档点心，尽管点就是。不用我吱声，这哥们肯定会给我打折。

服务员，再来一壶铁观音。我说小周，刚才吴总不是说了嘛，冬天要喝红茶，这是养生之道。你喝不惯？就喜欢绿茶？青菜萝卜各有所爱，你随便。

我说兄弟们，喝茶不像喝酒，一不上头二不兴奋，这气氛上不来啊。这么着吧，曾哥你是作家，脑瓜里干货多，你给找个话题，兄弟们一起吹吹牛皮，也不管谁对谁错、谁高谁低，想怎么说就怎么说，想到哪说到哪。咱们四个是多年的朋友了，还有什么放不开唠不透的？但有一条，一定要说实话，不许遮着捂着，都是男子汉大豆腐，都敞亮儿的，行不行？

唠啥？唠九如巷？只要是跟咱们九如巷有关的都行？这个可以有。不过曾哥，这个话题是不是宽泛了点？九如巷有政府、有部队、有银行、有企业，餐饮娱乐行业发达，能人名人多，帅哥美女多，故事海了去了，不限定范围，不明确主题，怕是会越唠越散，越唠越没意思。小周，你年轻，又是宣传干部，你也出出主意？什么？围绕九如巷的“九”来唠？一个“九”字能唠出点啥名堂？要不这样吧，只要跟“九”谐音的都行，也不管阴平阳平，更不管上声去声，沾边就行，靠边就算。都没意见？干杯通过！来，喝茶喝茶！

既然是我提议的，我先带个头，唠一唠“九如巷的酒”。我在政府搞了三十多年接待工作，经常跟酒打交道，经历了很多可笑可乐的事，也见过不少可叹可悲的人。这么说吧，在官场混，或者说在职场打拼，酒不仅仅是酒，酒中有政治，酒中有厚黑，酒中有交易；酒瓶不高学问大，酒杯不深淹死人。在二〇一二年之前相当长一段时间时，对不少公职人员而言，可以说是成也喝酒、败也喝酒。

不说那些把官帽喝掉或干脆把自个儿喝死的糗事，也不说那些酒后胡言乱语胡作非为的丑事，更不说那些酒后乱性人为制造桃色新闻的艳事，我讲着不舒服，你们听了也不痛快。我就讲讲我的一位老领导，讲讲关于他喝酒的传奇故事。

这个领导叫什名谁就不方便透露了，反正是我们市政府办公厅的一名退休多年的老领导。他和我一样，刚进政府机关就在接待处工作，从普通办事员干起，科员，副主任科员、主任科员，副处长，处长，最后从副秘书长位置退休。在我们办公厅，他就是一个传奇。为什么这么讲？从进市政府第一天起，一直到退休，这位领导就干了一件事：陪人喝酒！据说他那酒量是祖传，上初中一年级就开始喝酒，到他大学毕业时，白酒酒量已经练到两斤半，并且喝完跟没喝似的，脸不红头不晕，该干啥干啥，从没误过事。还是据说，他一没深厚的背景，二无出色的能力，当年之所以能进市政府工作，就是因为领导看中了他的酒量。这也不是秘密，往前数个一二十年，或者更远一些，像我们这种接待部门几乎天天安排酒局，天天需要有人陪酒，有他这样的重量级选手，就等于有了定海神针，保证能圆满完成接待任务。事实证明，我的这位老领导酒桌上的战斗力确实可以，他在办公厅干了近四十年，不能说天天都要陪吃陪喝，但平均两天一顿大酒，一点也不夸张。有一次，市长带他陪京城来的一个考核组，他一口气干掉三瓶高度茅台，把那帮人彻底给震住了。这酒量，可以吧？那是相当可以。

我的这位老领导退休后干了一件让大伙大跌眼镜的事，就是正式退休后的第二天，突然宣布不喝酒了，并且说到做到，从那以后滴酒不沾，谁劝都不好使。作为他的老部下，我问他什么原因。他讲了一番话，对我触动很深。他讲：喝了那么多年酒，真喝够了，也喝烦了。你别看我成天红光满面、神采奕奕，告诉你，这都是假象。我是一身病啊，肝胆脾胃肾，都有点小毛病。我还告诉你个秘密，我哪有那么大的酒量？都是骗人的！真那么喝，早把我喝死了。那些酒喝哪去了？吐呗。小刘，教你一个小窍门，应酬喝酒前，先吃几片面包，再喝纯净水，能喝多少喝多少，最好一口气喝完一千毫升。再上酒桌，你采用点战略战术，连提连干三杯白酒，不给别人反击的机会，直接把他们喝蒙圈，之后你找机会到卫生间一吐，还能接着战斗！吐不出来怎么办？练啊！不能抠嗓眼儿，那样对胃肠刺激太大。说来你可能不信，经过训练，喝了2瓶以上纯净水再喝酒，我是想吐就吐，张嘴就来，并且想吐水吐水，想吐酒吐酒，想吐食物吐食物。有人说我的胃可以分三层，下层是食物，中层是水，上层是酒，泾渭分明，便于吐酒。这么说有点夸张，但我确实可以很轻松地把喝进胃里的酒给吐出来……

十二

不得不承认，刘处长不愧是搞接待的，唠起关于酒的话题，故事很精彩，认识很深刻。老刘，除了那个副秘书长，你肚子里指定还装着更有趣、更有深度的真人真事。改天咱俩单独唠唠，你好好给我讲一讲，说不准能成为我将来写小说的绝佳素材。放心，如果我周牧仁改天真要写小说，不会原封不动地把你和你的同事写进小说里，文学创作么，源自生活，高于生活，总是免不了提炼和加工的。老曾，曾大作家，我说的没错吧？

老刘唠了“九如巷的酒”，我来说说“九如巷的鸠”？哪个 jiu？斑鸠的鸠。九如巷里没有斑鸠？是没有，别说斑鸠，麻雀也很少见嚒，这个地球人都晓得。我要讲的鸠，不是斑鸠，也跟鸟无关，而跟人有关，并且跟女人有关。准确地说，是跟一位老前辈有关。对，我说的就是佟姨佟九芹，女军人，老八路，绝对是咱们九如巷最为知名的女士。对头，是最为知名的女士，是唯一，不是之一！跟佟姨比，九如巷那些熟女腐女，那些女神女汉子，压根没有可比性，根本无法相提并论。

大家伙都晓得，佟姨骨瘦如柴，加之常年穿着肥大的老式军装，使她老人家看起来像树叶一般单薄。当然，千金难买老来瘦，佟姨虽瘦，但瘦得有水平，瘦得有质量，瘦得健康，瘦得硬气，要不老太太都奔九十去了，精神头还那么足？

佟姨的精瘦，让我想到一个成语：鸠形鹄面。什么意思？我用手机百度一下。搜到了，我念一念：鸠形鹄面，形容人因饥饿而很瘦的样子；鸠形，指腹部低陷，胸骨突起；鹄面，指脸上瘦得没有肉。兄弟们听一听，再想一想，这个词用在佟姨身上，是不是很贴切？引用鸠形鹄面这个词语，我不想说佟姨的高矮胖瘦，而是想说说她这个人，说说她的乐观坚强，说说她那颗正直阳光、胸怀家国天下的心。牵强点就牵强点吧，反正我没有丑化佟姨的意思，相反，我是诚心向她老人家表达由衷的敬意。

刘处长可能不知道，佟姨是江苏盐城人，十岁那年跟母亲逃荒到河北境内，在太行山下的一个小村子里，母女俩艰难度日，相依为命。十四岁那年，母亲病故，连口棺材都没有。当时八路军一个野战医院路过，帮着佟姨掩埋了亲人，见她举目无亲，无依无靠，决定把她带到部队医院当护士。

听佟姨讲，抗战胜利后，她跟着野战医院一起进入东北，编入东北野战军某纵队，参加了很多战役。辽沈战役后，又随部队一路南上，一直打到海南岛。海南解放不久，按照组织安排，她非常不情愿地跟一位主管后勤工作、比她大了将近二十岁的副师长结婚。后来，这位副师长奉命入朝作战，佟姨所在的师医院一同入朝。抗美援朝回来，佟姨先后生下一儿一女。再后来，丈夫工作一再调动，最后从盛天军区后勤部副部长位置上离休，享受正军级待遇。佟姨五十五岁时，也就是一九八五年，裁军一百万那年，丈夫病逝；六十八那年，对，就是裁军五十万那年，已是副师职干部的儿子出差途中遭遇车祸身亡。她女儿也是一名军人，军区总医院心血管内科主任医师，已经退休，和做生意的丈夫移居澳大利亚。女儿女婿多次动员佟姨去澳洲，老人家死活不去，说是哪好不如中国好，她就喜欢中国，喜欢部队，要在部队走完她的一生。

就她这岁数，这经历，佟姨无疑是我们联勤部最有威望的老革命之一。她的威望，不是源自资格老，而是她有一颗正直的心。但凡不合理合规的事儿，只要让佟姨看到或是知道了，她准会去找联勤部领导理论理论。如果没有效果，她甚至敢直接去找军区首长。我听说，联勤部的领导们都害怕佟姨去他们办公室，她真敢说，真敢骂，也不管你是大校还是少将，该训训，该骂骂，一点不给面子。

大概是五年前吧，我们联勤部一名副部长老家来了几个同学，中午在招待所喝了点酒。这个副部长酒量一般，还有点酒精过敏，一喝酒，全身通红，走路更是摇摇晃晃。那天午休后上班，副部长没有坐车，而是步行，想醒醒酒。谁知他点儿太背，刚到单位门口，被佟姨碰见了。老太太真没客气啊，当着哨兵的面，当着陆续进入营区机关干部的面，指着副部长的鼻子大骂："看看你，都喝成什么熊样了？脸红得跟猴屁股似的，走路像中风似的，哪还有半点军人的样子？当领导就这么当？你让这些战士怎么看？让你这些部属怎么想？将来你带他们上战场，他们能跟着你往前冲吗？还好意思扛着少将肩牌，我都替你害臊！"这一顿骂，骂得那位副部长走也不是，留也不是，本想分辩几句，却又被佟姨的气场压得死死的，根本没有说话的机会。听说从那以后，联勤部机关师以上领导干部只要喝了酒，只要进机关，都要先观察一下佟姨在没在附近。

佟姨真正让我敬佩的，不是她的正直和率真，而是她那强烈的家国情怀。她自个儿为这个国家、这支军队奉献了一生，还她把一对儿女送到部队，其中儿子还因公牺牲了。退休后，她不休息，继续在联勤部门诊部发挥余热。更让人动容的，是她反复做思想工作，把已经移居澳洲的外孙动员回国参军，现在是某工兵团的四级军士长，团里的技术大拿，目前正在非洲参加国际维和任务。看看老人家的所作所为，再想想我们自己，还有什么不满需要倾诉？还有什么牢骚值得发泄？还有什么价钱可讲？这几天，我一直琢磨着，目前军区机关正在搞调整改革专题教育，是不是可以邀请佟姨这样的老革命上台讲讲课？人家都快九十岁了，还一心想着要回报国家、回馈部队。我们这些现役军人，更应该打心眼里支持和拥护这轮军队改革，多从大局考虑，少打自己的小算盘……

十三

一个九如巷的jiu，竟然聊得热火朝天！跟你们文化人在一起，确实长见识。这样啊，我的曾作家，曾大科长，您老先不要着急发表高见，喝茶，吃点心，嗑瓜子也行，这内蒙古瓜子粒大饱满，味道好极了。您得让我这个退伍兵先来，前面一个刘大处长，一个周大干事，两个副县级干部，讲得已经相当好了，我吴明岩本来就是个粗人，如果再让你曾大作家摆乎一通，我真就无法张口了。

非要唠九如巷的jiu？唠点啥呢？我们饭店那点事太琐碎，估计大伙儿没什么兴趣；对九如巷的政要和其他成功人士，我了解不多，说不出个所以然来。老曾，你慢点喝，别呛着了，你家巧儿也不在，没人帮你捶背顺气。刚才刘处讲了，茶水管够，你堂堂部队大作家，拿的工资跟少将一般多，怎么见了好茶跟见了美女一样猴急呢。

曾大作家，请示请示您，要不我就唠唠盖巧巧同学？要说九如巷的成功人士，你家巧儿绝对算一个。你看啊，三十六岁，女人最有魅力的年纪，人又长得漂亮，还很能干，迎驾阁什么地方？政府高官和社会精英出入的地方，她能把接待部经理干得风生水起，相当不简单。您没意见？那我就放开唠了。反正巧儿很快就要正式成为军嫂，成为我的嫂夫人，我这个小叔子讲一讲嫂子的陈年旧事，好像不是什么问题。

怎么不问问你乐不乐意？对不住了，刘大处长，瞧我这个破记性，我忘了巧巧是你的远房表侄女了。你没啥意见？没意见起什么哄？！对了，我还正想问你，这你个远房表叔有多远？你大舅妈的外侄女？是有点远，一点血缘关系也没有嘛。哈哈，那我就更没顾虑了。

因为我老科长的缘故，我跟巧巧认识也有七八年了。二〇〇八年国庆我第一次来盛天，就住在迎驾阁，吃住行，游玩乐，全是巧巧一手打理的。想来也是缘分，第一次相处，我就觉得巧巧是个好女人，善良，体贴，总是替别人着想，宁愿自己受委屈，也要顾及别人的感受。她这种性格，跟我老婆很像。喂喂，小周，不要乱说，我敢对巧巧有想法吗？真不敢！朋友妻不可欺，她可是我老领导老科长的心肝宝贝，对我这个小嫂子，我只有仰慕和敬重。

老刘，巧巧当年好不容易考进盛天音乐学院，怎么大二没念完就主动申请退学了？因为感情纠纷？还差点闹出人命？我倒听说过一些，但没往深了打听。人家曾作家都不过问这些，我操那个闲心干啥玩意？！不过我相信，巧巧肯定是代人受过，或是为了保护别人，就她那股善良劲，指定会把一切错误都往自己身上揽。这样的女人好是好，也讨人喜欢，但就是活得太累。你们三个没发现吗？巧巧笑起来很好看，可我总觉得她有一股忧郁之气，凝结在眉间，有种化不开、挥不去的感觉。包括她的第一次婚姻，她那个前夫，对，就是老刘你们单位那个混小子，明明是他在外面搞破鞋，还把别人的肚子搞大了，应该发飙耍泼的是巧巧，结果却被那个混蛋倒打一钉耙，说巧巧跟刘处长关系暧昧，要去纪委告老刘。老刘，你冤不冤？冤死了！巧巧真是善良，一没吵，二没闹，平平静静跟那个男人离了婚。老刘啊老刘，这些年你没少帮巧巧，可你这个远房侄女对你也是够意思，如果当年巧巧要证明自己的清白，任由那个混蛋去纪委举报你，这种事你说得清楚吗？说不清啊。闹来闹去，别说你当不上副处长，弄不好都没办法在市政府待下去了。

再说说巧巧和老曾好上以后这些年，她过得容易吗？不容易，相当不容易！照理说，老曾和前妻离婚了，完全可以自由恋爱、合法结婚，可老曾那个前妻不干啊。我这个前嫂子，说轻点叫不明事理，说重点叫不可理喻，老公都变成前夫了，你凭啥干涉别人的感情生活？动不动就要服毒上吊，找个机会就辱骂巧巧一通，这还是一个正常人干的事吗？对，她本来就不正常，是个精神病人，抑郁症。可有病得治啊。

曾哥，不是老弟说你，你也太善良了。都离婚了，你还管她干什么？一日夫妻百日恩？理是这个理，可不能影响你的正常生活啊。你说你，离婚都十一二年了，又和巧巧好了这么多年，你总为前妻着想，怕她想不开出意外，你咋就不为巧巧考虑考虑？你对前妻有情有义，对巧巧也不能薄情寡义嘛。别说老刘对你有意见，连我都有点瞧不起你，优柔寡断，瞻前顾后，你当科长时总强调的担当精神和责任心去哪了？我的老兄，你是正大光明谈恋爱，法律和道德都站在你这面，你倒好，搞得跟婚外恋似的！你让巧巧怎么做人？

小周，你别劝我，一说这事我就来气！作家怎么了？享受副军级待遇又怎么了？有本事他曾大作家不需要家庭，有本事他不需要女人，有本事他不去找巧巧，有这本事吗？没有！我的好科长，别再犹豫，别再等了，赶紧把巧巧娶回家吧。

我跑题了？怎么可能？九如巷的jiu嘛，我记得的。我这个

jiu，不是喝酒的酒，也不是新旧的旧，更不是斑鸠的斑，而是用于形容头发的那个“鬏”字。对，就是“九如巷的鬏”，说的就是巧巧。

鬏怎么讲？头发盘成的结。20世纪90年代初流行一首校园民谣，叫《同桌的你》，专门唱给女同学听的，其中有一句是这样唱的：“谁娶了多愁善感的你，谁安慰爱哭的你？谁把你的长发盘起，谁给你做的嫁衣？”老曾，趁部队改革还没正式启动，赶紧和巧巧结婚，这样你就可以名正言顺穿着军装和巧巧举行结婚庆典。真等你转业了，离开部队了，看你怎么向巧巧兑现穿军装娶她回家的承诺？

十四

哈哈，吴明岩同志，你是不是放得也太开了点？咱这是喝茶，是闲聊，不是开批斗会！怎么说着说着，就说到我头上来了？你个新兵蛋子，竟然教训起你科长来了？不像话，太不像话了！我曾关键当新兵时，你小子小学还没毕业哩。怎么着？现在管不了你了？当大老板又怎样，在我面前你永远都是新兵蛋子。不服？有个球用，有本事你比我大六岁啊。对了，你个瘪犊子，你退伍那年，我只是个代理科长，实际上是正营职干事。在你心目中我就是科长？瞧瞧，真懂规矩，这才像我带的兵嘛，呵呵。

老刘，小周，我和明岩多年老战友，胡闹惯了，让你们见笑了。说实在的，明岩刚才那番话，句句在理，字字如刺，训得我坐也不是，站也不是，我真是觉得汗颜啊。明岩训得对，说得一点都没错，到盛天这十三年，我对得起部队发给我的军装和工资，对得起我的领导和工作岗位，对前妻和女儿也尽了应尽的责任，没什么大的遗憾；我唯一对不住的，就是顶着压力默默陪伴和等着我的巧巧。我们刚相爱时，她不到二十四岁；过了今晚，她就奔三十七周岁去了。人生有多少个十三年？我确实愧对巧巧。

老刘，从巧巧那儿论，我应该叫你一声表叔。不用？各论各叫？哈哈，我看行，那我还是叫老刘？老刘，你是巧巧在盛天唯一的亲戚，今天我曾关键没喝酒，头脑很清醒，当着两位老弟的面，我正式向你，并通过你向巧巧的父母和其他家人表态：半年以内，不，最迟明年“五一”，不管这轮部队改革是否涉及我，也不管我还在不在部队，我都一定把巧巧娶进家门。这个事，我还没来得及跟巧巧商量，想来她会同意的。

怎么？都愣住了？此处是不是该有掌声啊？我不开玩笑，咱们大老爷们，吐口唾沫满地钉，想好才说，说了就办，这没啥含糊的。本来还可以提前一些，但我前妻那病，精神分裂，治疗起来比较麻烦。半个月前，经过女儿的苦苦相劝，我也做了好几次思想工作，她总算答应住院治疗了。从前两周治疗情况看，效果还不错。医生说了，只要她积极配合，三到五个月时间，基本上能恢复正常。从法律角度讲，我已经没这个义务，但她毕竟是我前妻，是我女儿的亲妈，如果彻底不管不问，我真做不到。

哎呀呀，不是围绕九如巷的jiu扯闲聊吗？看我都扯到哪去了？严重跑题，并且一跑就是十万八千里，赶紧打住。你们三个，老刘围绕“酒”字开了个好头，小周就一个“鸠”发表了感叹，明岩紧扣“鬏”字训了我一通，各有高见，各有千秋，值得我认真学习。小周，别笑，我这不是领导讲话，也不是作小结，说的全是大实话。

轮到我了，也找个话题吧，“九如巷的久”。久是长久的久，永久的久。倒也没有什么特别的意义，大致有这么三层：其一，不管今后我们在何地落脚，也不管最终魂归何处，作为曾经工作和生活了数年、十多年甚至数十年的地方，九如巷必将是我们永久的记忆。其二，不管这座城市如何发展壮大，也不管九如巷将来会不会被拆掉重建，作为盛天市久负盛名的一条小巷，它会长久里刻印在这座城市的基座之下。其三，不管我们盛天军区还能存在多少日子，也不管我们联勤机关会被整编成什么样子，作为九如巷曾经的居民，我们这些即将天各一方的军人，会一直在脑海深处铭记这条巷子，回味在这里奋斗的日子和经历的一切。总而言之，九如巷会长长久久，不会因为军改而消失，更不会因为远离而淡忘……

抱歉，最近一说到军改，说到裁军，总是会莫名其妙地伤感。老刘没当过兵，明岩已离开部队多年，你们两个可能不理解我和小周的心情。这次军改不同以往，动作大得很，叫体系重塑、打烂重组，首先挨刀子的，就是军委总部和我们军区机关这两级。七大军区肯定是没了，盛天军区很快就要撤销编制，我，小周，还有好几百名机关干部，都面临着进退去留的现实考验。说没有想法是假的，说心里没有波动也是假的，但在势不可挡的改革大潮面前，个人实在是微不足道了。更何况，我们这些穿军装的，身处其中，更知道改革的必要性和重要性，也更支持进行大刀阔斧的改革调整。只要把国防实力搞上去，国家和老百姓在国际上的腰杆硬了，个人作出点牺牲，绝对是值得的。这点觉悟，我有，小周有，我的战友们都有。

上篇：热血青春

第四章　血性的荷尔蒙

十五

巧儿，自从你上次在微信里给我留言，我曾关键就喜欢上了这种临屏而就的交流方式。算是巧合吧，此刻刚好是二〇一六年一月一日零时零分，新年第一天，我用台式电脑登录微信，通过键盘和屏幕，第一时间和你谈心交心，希望你能感受到我的一片真诚。原本，我打算去你那儿，可最近由我牵头，带领几个兄弟撰写反映我们军区六十年战斗历程的长篇纪实报告文学，军区正式撤销前刊登在同样撤编的军区党委机关报《挺进报》上，整整四个版。时间紧，任务重，首长要求很高，我们几个压力山大啊。在微信上给你留完言，我得赶紧休息，早上五点起床接着干。

微信这个东西，让我想到以前的书信。那时，没有手机，没有网络，没有QQ，更没有微信，朋友之间的交往，异地恋人的感情培养，都是通过写信来实现。当下，现代传媒越来越先进，越来越便捷，人们习惯了快餐式的短讯简讯，习惯了一目十行甚至一目数篇，很少有人静下心来通过文字进行心与心的沟通和情与情的交融。既然我们两个都乐意通过文字倾诉和交流，那就让我们把这种方式变成一种习惯坚持下去，借此让我们的心灵走得更近、靠得更紧。

昨天你在微信留言，讲到回忆这个话题。有人说，回忆是痛苦的；又有人说，回忆是甜蜜的；还有人说，回忆是一团越理越乱的麻线，总是叫人纠结和抓狂……诸如此类的观点，就像如今微信朋友圈里多如牛毛而又没多少营养的心灵鸡汤一样，让人搞不清谁是谁非、哪对哪错。巧巧，这不是你一个人的困惑，不必过于在意，更不要自寻烦恼。人生中的很多烦心事，生活中那些大大小小的麻烦，你把它当回事就是天大的事、要命的事，你想开了看开了，再大的事都不算事。人生苦短，真没必要把事情想得过于复杂，更没必要把自个儿往死胡同和绝路上逼。那首歌唱得多好：“天空飘过五个字，那都不是事；是事就烦一小会儿，一会儿就没事。”人都会死，事都会过去，仔细想想，这个世上真就没有翻不过去的火焰山，更没有迈不过去的坎儿。

其实，在我看来，回忆这件事，一点也不复杂。人这一辈子，大概五岁以后开始有较为清晰的记忆，之后不断累加，脑袋里会存储海量信息。但人脑毕竟不是电脑，信息容量有限，又无法添加物理性内存条，只能是腾旧换新、以新替旧，这是自然规律，不以个人意志为转移。等到活到一定岁数，身体各个器官开始老化，记忆力会逐渐下降，如果再有疾病侵蚀，就会出现健忘症甚至老年痴呆，过去的一切记忆都归零，连至亲至爱的家人都不认识。从这个层面看，回忆无所谓苦乐喜悲；一切烦恼，都是我们自己臆想出来的。既然如此，莫不如学会选择性记忆，或叫选择性遗忘，记住那些让我们愉悦高兴的好事美事，遗忘那些令人伤心痛苦的愁事苦事，每天开开心心地迎接新的太阳，每天都充满希望地工作和生活，多好！

可能是年纪越来越大了，过了四十五岁，无论是体力还是精力，都大不如前。另一个突出特点，就是深度睡眠越来越少，质量也越来越差，不管你想不想，乐意还是不乐意，陈年旧事总会不请自来，赶都赶不走。特别是夜深人静独处一室时，记忆的闸门轻易就会开启，经历的那些往事，像电影一样在脑海中翻腾和盘旋。前面说过了，于我而言，往事就是往事，无所谓好坏与悲喜。当然，我不是修行之人，达不到万物皆空的境界，不过我更喜欢回忆那些青春往事。年轻时真好，有梦想，有激情，天不怕地不怕，敢爱敢恨，敢作敢当，什么都觉得珍贵，什么都敢浪费。如果时间可以倒流，如果真能回到从前，我愿拿我现在的一切，包括职务和工资，包括社会地位和所谓名利，去换取十八至二十三岁那段青春岁月。

为什么非要是十八至二十三岁？这跟我的经历有关。我当兵早，不到十七岁就入伍了，典型的娃娃兵，参军头两年，懵懵懂懂的，啥也搞不明白。也不怕你笑话，我那时又矮又瘦，身高不到一米六二，体重一百〇一斤，老兵们都笑称我为“幺洞幺首长”。啥叫“幺洞幺”？就是“一〇一”嘛。这还不是老兵们觉得最有趣最好玩的事儿，他们津津乐道当成笑谈的，是我当时连毛都没有长全，除了头发、眉毛，全身其他部位全是不毛之地。我那时小，什么也不懂，以为大家都跟我一样。进了部队，进了新兵连，第一次去浴池洗澡，到了更衣室，我脱得精光，屁颠颠乐呵呵地跟在班长身后进入冲洗区。不知是哪个混球发现了我那寸草不生的隐秘之地，莫名惊诧，大呼小叫，使得我很快成为众人瞩目的焦点。刚开始，我不知道咋回事，环顾四周，才明白自己有多么特别，羞耻感顿时袭来，自尊心受到极大伤害，我没管班长对他们的大声训斥，抱头鼠窜般逃离浴池。从那以后的两年时间里，我没再去过浴池，而是在班长的默许下，等战友们中午休息后，自个儿打一桶热水，到卫生间解决个人卫生问题。直到十八岁那年，男人该有的性别特征我也有了，再也不用担心战友们取笑我了，浴池里才飞出我年轻而欢乐的歌声。

巧儿，这下你该明白了，我的青春岁月，或者说我作为一个男子汉的青春岁月，是从十八岁开始的。从这一年起，我逐渐蜕去了稚嫩，远离了迷茫，对个人的职业前景有了较为清晰的规划。也正是十八岁那年，指导员发现我对文字非常敏感，有意识地让我整理连队的好人好事。后来，我当了文书；再后来，被团机关选中，到宣传股当了一名战士报道员，当年因表现突出荣立三等功。二十岁生日刚过，在团政委和政治处主任的强力推荐下，我被列为提干对象，进入军教导大队集训三个月，由此成为一名青年军官。此后的三年内，因工作出色，我连续三次提前晋职，二十三岁那年，我被破格提拔为宣传股股长，成为全团乃至全师最年轻的副营职干部。十八岁到二十三岁，是我个人前途命运发生翻天覆地变化的五年。那五年，累并充实着，苦并快乐着，付出并收获着。我之所以能在部队干这么长时间，一直干到现在，全靠那五年打下的坚实基础。无论是能力水平，还是胸怀胸襟，包括担当负责的强烈自觉和笔耕不辍的良好习惯，都是那五年养成的。我铭记那五年，感谢那五年，感恩那五年遇到的人和经历的事。

那五年当中，除了个人职务上的成长进步，最为刻骨铭心的事儿，应该是疯狂爱过一个女孩。这事说来话长，改天再和你细唠。

可能你也体会到了，军人的爱情，大多简单明了，平淡无奇，很难称得上轰轰烈烈，更没有浪漫的风花雪月。如果非要说军人也有风花雪月，那也是阎肃老先生讲的“铁马秋风、战地黄花，楼船夜雪，边关冷月”，与普通百姓的儿女情长完全不是一回事儿。或者不如说，军人的爱情从来不缺少血性、热烈和忠诚，缺的是时间和陪伴，缺的是朝朝暮暮的厮守。一个年轻的女孩，如果没有这方面的认识或思想准备，最好不要轻易走近军人的感情世界。

十六

又加班到凌晨一点半，脑袋晕乎乎的，眼球和太阳穴发胀，想来是高血又犯了。巧儿，你肯定该怪我工作太拼命，不注意休息。你说得对，我也想正常休息，可那篇反映军区六十年辉煌历程的报告文学分量实在太重了，它是重大战役、经典战例的再现，是先进集体、英模人物的重聚，寄托着几代官兵的眷恋和不舍，我不敢大意，不敢辜负数十万甚至上百万正在或曾经在我们军区服役和战斗过的战友们那份深沉厚重的情感，我必须用尽全力，甚至把它当作我作为军旅作家的封笔之作。当然，这只是个比喻，不是说我确定要退出现役，我只想借此表明我对这项任务的极端重视。

在三天前的微信留言里，我说过我在二十三岁以前有过一段刻骨铭心的感情经历。我以为你会问我，问我那个女孩是谁，如今在什么地方，是否还跟我联系。事实证明，在你的温柔、善良和包容面前，我再次犯了以小人之心度君子之腹的低级错误。正如你几乎不怎么过问我前妻的相关情况，不干涉我的私生活一样，这次你同样没有跟我纠缠。

你说过，别人想告诉你的事，不问也会主动告诉你；不想告诉你的事，再问也问不出个所以然。我得说，你是个睿智的女人，懂得尊重别人的感受，懂得尊重别人的生活方式和感情经历，懂得包容别人的过往和过错。我还得说，遇到你，爱上你，并且你也爱我，是我曾关键此生最为珍贵的际遇。与你携手走过这十多年的风风雨雨，与你继续相濡以沫走过今后的人生岁月，于我是幸运，是幸事，更是幸福。都说爱人之间不用刻意客气，但我还是要真诚地说一声：巧儿，谢谢你；更谢谢命运让我们相遇相恋相守，谢谢你给我的爱。

既然你这么信任和包容我，我还是坦白从宽吧。哈哈，先说好，不许日后翻旧账，更不许秋后算账。我们都年轻过，谁还没有点你侬我侬的美好恋情？

我的那段恋情，发生在一九八八年秋，也就是我提干的前一年。那个女孩是我们团卫生队的一名军医，比我大两岁，姓林名苗，九八年七月从重庆第三军医大学毕业。林苗的父亲曾经是一名军医，当过我们团卫生队队长，一九八六年退休回了四川乐山老家，自己开了一家诊所，据说很挣钱。

和林苗结识，是因为一次差点要了我小命的意外交通事故。

那一天，我记得很清楚，一九八八年五月四日上午，团里组织庆祝青年节主题演讲比赛。作为宣传股战士报道员兼俱乐部工作人员，我既要负责音响、灯光等保障任务，又要照相，台前台后的忙乎，忙得天昏地暗。演讲比赛刚结束，我骑着一辆破得不能再破的自行车，急匆匆地出了团部，赶着去邮局邮寄新闻稿件。可能是我过于着急，或是骑行的速度快了些，出团大门右拐，路过第一个十字路口时，被一辆突然蹿出来的摩托车撞倒在地……

等我醒过来，已是当天下午五点半。忍着剧烈的头痛，我努力睁开双眼，费了好大工夫，才搞清自己躺在团卫生队的病房里。幸好手脚均无大妨，还能自主活动。用手一摸脑袋，发现缠满了纱布。联想到强烈而持续的痛感，我以为受了重伤，生怕留下什么后遗症，情绪顿时一落千丈。

林苗是当晚的值班医生。我醒来后，她来查房，轻言细语地问我感觉怎么样，头还痛不痛，同时用蘸满碘酒的棉球轻轻擦拭我脸上残留的血痕。

林苗进来之前，我们宣传股股长刚走。他让我安心养伤，不要着急参加工作。我表示了感谢，称一定会积极配合医生治疗，争取尽快重返工作岗位。

这是我第一次见到林苗。老实说，她的娇小玲珑，她的精致五官，她的丹凤眼，还有她那充满柔情的语调，都让我有种眼前一亮、心里一震的感觉。可当时受伤痛和负面情绪的影响，我表现得很不耐烦，没有搭理她，把头扭向一边，拒绝接受来自这位美女军医的关心和问候。

我天真地以为，医者仁心，林军医不会跟我计较，会原谅我的无礼举动。哪知她立马火了，用川妹子的泼辣和直接，给我来了一通劈头盖脸的训斥："你怎么回事？知道尊重人么？问你话，起码应该吱个声吧？脑袋撞裂了，难不成嗓子也撞坏了？给我装什么装？刚刚还听你说个不停，这会哑巴了？告诉你，你这种兵我见多了，没病装病，小病大养，把泡兵号当成吹牛的资本。告诉你，我是你的主治医生，跟我玩这一套，门都没有！"

林苗表现得很生气，我却越听越乐，禁不住笑出了声。泡病号？我明明是受了重伤，都晕过去了，还泡病号，这都哪跟哪啊？受点委屈就大闹，这不典型的大小姐脾气吗？

"笑什么笑？再不老实，小心我给你打屁针。小屁孩儿一个，在你苗姐姐面前老实点。”说完这句，林苗自个儿也笑了。

苗姐姐？嗯，我喜欢这个称谓！我立马顺杆上爬，先喊一声“苗姐姐”，然后开始道歉，紧接着夸她不仅长得漂亮，而且气质出众，一看就是受过高等教育熏陶，有这样的女军医精心治疗，再严重的病痛也会很快痊愈。

“小屁孩儿，这么能摆乎，你是干啥的？宣传股报道员？难怪！不会是见谁都这么忽悠吧？”林苗脸上佯装生气，双眼却笑成两轮弯月。

“哪能呢？”我赶紧举起右手，郑重其事地发誓：“我向毛主席保证，我曾关键是第一次这么夸女孩！并且说的全是实话！如有半句虚言，我不得康复，天天躺在这病床上……”

我还要继续胡扯下去，林苗却当了真，下意识地伸出她那只白皙干净的右手，一下捂住我的嘴巴：“让你乱说！让你乱说！赶紧呸两下，把话收回去！”

林苗这个不经意的举动，尤其是双唇亲密接触她那带着香气、带着温度的手掌，我的心里掠过一阵异常的酥麻，软软的，甜甜的，同时又如惊涛骇浪般拍打着我的神经，一种类似眩晕的感觉从丹田处涌起，急速冲向大脑……

后来我才懂得，这是爱的信号，一见钟情的信号。我的第一段恋情，就此拉开大幕。

十七

巧儿，此刻是二〇一六年一月十三日凌晨五点整，你一定还在睡梦中吧？熬了一整夜，把那篇长篇报告文学又改了一遍。如果不出什么意外，这应该是最后一次修改了。因为后天，我们军区《挺进报》确定刊发此稿，以此向即将结束历史使命的盛天军区告别。

可能是过于投入，或是过于伤感，两个钟头前，稿子改到一半，怎么也改不下去了，心里堵得紧紧的，十分难受。为了今天上午交稿，我喝了一瓶牛二，对，就是牛栏山二锅头，战友们都这么叫。巧儿，我不是馋酒，也没有斗酒诗百篇的才气，我是用酒精来刺激神经，好让我的脑细胞活跃起来，要不真就误事了。我们有位首长讲了，这篇报告文学，是军区六十年历史的高度浓缩，更是军区的定格之作。参与完成这样的任务，是我的荣光，我必须全力以赴。

放心，我没有喝醉。尽管我的酒量不大，但一瓶二两装的牛二，还不至于把我喝醉。事实上，这么多年来，我在喝酒这件事一直比较克制，很少酩酊大醉，喝断片的次数少之又少。我认可这样一种观点：人活于世，要学会适当妥协，至少在两个方面要懂得让步：一是不要跟时间较劲，再长寿，早晚都会被时间送进坟墓；二是不要跟酒较劲，再能喝，酒量再大，也不可能把世上的美酒都尝遍，如果非要和酒过不去，只能是谁较劲谁受伤。

有人讲，总喝醉的人不可交，因为自控力差，不靠谱；总不喝醉的人也不可交，因为城府太深，戒备之心太重，让人难以亲近。应该说，这种说法有些道理，但也有失偏颇。我的人生经验告诉我，酒肉朋友不是朋友，靠酒精维系的感情可能会炽热一时，最终却会归于平淡甚至陌路。

我和林军医的爱情，始于蘸在棉球上的碘酒，止于一顿借酒浇愁的大酒。

一九八九年元旦，林苗的父亲、我们团卫生队老队长林海鹏回到老部队看望女友，顺便考察一下我这个“准女婿”。因为在之前的大半年时间里，在我的猛烈攻势下，我的林军医，我的林苗终于成为爱的俘虏，答应做我的女友。那些日子，一有空闲，我就穿着军装往林苗家里跑，两个人黏在一起，说不完的情话，诉不完的衷肠。

我和林苗的初吻，来得很突然也很粗鲁，既不温柔也不浪漫。

那是八月下旬的一个晚上，我和林苗认识一百天的日子。在俱乐部放过熄灯号，我直奔二百米开外的家属院，敲开林老队长还未腾退的公寓房。林苗的父母都回了乐山老家，这套公寓房里只住着她一个人。门刚推上，我便给林苗来了一个深深的拥抱。

当晚之前，我和林苗的亲密接触十分有限，除了牵手和拥抱，其他方面全是空白。我做梦都想更进一步，可林苗坚强得像一个革命战士，严防死守，决不给我更多机会，还一再强调不要过于冲动和草率，越是珍贵的越要留在后面。包括这天晚上，拥抱几分钟之后，我们照例分开，她看她的医学专业书籍，我看我的文学期刊或八卦杂志，不时说说话，安静而甜蜜。

不知是林苗故意为之还是瞎猫碰上死耗子，无意当中，我在林苗床头发现一本情感类的杂志，刊名记不住了，反正里面全是关于婚恋的经验之谈。我随便翻了翻，觉得都是纸上谈兵，没什么参考价值。正准备撂下，忽然看到一个引人眼球的标题：“让爱情急速升温——谈如何开始你的第一吻”。我的乖乖，这不正是我梦寐以求的恋爱秘籍吗？还等什么？抓紧学习借鉴！看了半天，我找到了开始恋爱第一吻的诀窍：该出手时就出手，风风火火来一口，不要征求意见，不要犹豫不决，不管人家同不同意，强吻完再说。

诀窍找到了，怎么用？什么时间用？我陷入进退两难的境地。一方面，我很喜欢林苗，也很在乎她的感受，如果我贸然出击，万一把她惹毛了，从此不再和我交往，岂不是因小失大、得不偿失？另一方面，我被爱情之火烧得口干舌燥，血脉贲张，真不想再继续忍耐和等待下去了。上！军人连死都不怕，还怕亲嘴？必须上！立马上！

说干就干！我拿着那本杂志，翻到那篇文章，走到林苗跟前，故意问她："苗苗，这篇文章挺有意思，你也看看？"她瞄了一眼标题，粉脸一下变成红脸，猛地从椅子上站了起来，羞得捏起右拳要打我："你个小屁孩儿，看这种东西干啥？赶紧放下！"一看这架势，我似乎一下明白了什么。好吧，林军医，天天跟我强调不要冲动不要草率，自个儿却偷摸在学习恋爱秘籍，看来我的苗姐姐也不是那么单纯嘛。既然如此，就别怪我不客气了。

机不可失，失不再来！我抓住林苗伸出来的右拳，顺势往前一拉，林苗重心偏移，一下倒在我的怀里。我没再犹豫，低下头，对准方向，狠狠地向林苗的嘴唇亲过去，动作迅速，位置准确，严丝合缝，一点误差都没有，前后只用了三秒时间，称得上用兵神速。

我的这一突袭行动，彻底把林苗整懵了。两人嘴唇接触那一瞬间，我明显感觉到了她的震颤和慌乱。林苗挣扎着推开我，喘着粗气，红着脸，眼神迷离、步履零乱地地冲到门前，打开房门，非要我立刻离开她家……

此后的两天，林苗不再允许我进入她家。哈哈，这有什么关系呢？不让我去家里，我就去卫生队找她。抱也抱了，吻了吻了，鸭子眼看就要煮熟了，难道还能让它飞了不成？果不其然，在我的甜言蜜语和一再坚持下，第三天晚上，我又顺利进入林苗的家门。当然，从此往后，我们不再是牵手，不再是拥抱，还有一次比一次投入、一次比一次热烈、一次比一次持久的深吻。

我们之间的感情也迅速升温，大有焚毁一切阻碍之势。我天真地以为，林苗坚守的最后一道防线很快就会被攻陷；而这个年轻漂亮的女子，铁定会成为我曾关键的妻子，跑都跑不掉。

后来的事情表明，那时的我确实太年轻也太天真了。爱情这个东西，从来都没那么简单，两情相悦只是个前提。对不少人而言，有情人终成眷属，终归是一个可望而不可即的美丽神话。

十八

巧儿，今天早上给你的微信留言，不知你看了没有？看了应该点赞点评啥的，怎么一点动静也没有？不会是生气了吧？哈哈，我的巧儿没这么小气。肯定是太忙，没来得看，对吧？

那篇纪实报告文学已经定稿，报社的小样打出来了，后天，也就是一月十五日见报。嗯，这下终于轻松了，晚上可以去你那里了。要不，你来我这儿？你这个人，总是那么倔，非要等结了婚才进我的家门。都什么年代了，还讲这些老规矩老黄历？好吧，还是我去找你，省得你又不理我。

真没生气？那我就继续讲故事，讲那些激情和失落并存的青春往事。

正如那篇爱情秘籍总结的那样，解决了第一吻，我和林苗的感情迅速升温，除了她死死坚守的最后一道防线，我们甚至开始商讨婚礼在哪举办、将来在哪安家、生男孩还是女孩。在我们的美好憧憬里，未来的三口之家，一定会相亲相爱，一定会亲情满满。

转眼到了一九八九年元旦。这一天上午，我和林苗在她家里正缠绵着哩，她的父亲、团卫生队原队长林林海鹏突然打来电话，说他已到火车站，让林苗赶紧去接站。接完电话，林苗很紧张，说她老爸这是来考察女婿来了，让我回去换套便装，然后来家里等着。还叮嘱我一会儿不乱说话，看她的眼色行事。我觉得不妙，问她怎么了。林苗急得脸通红："我怕爸妈不同意我们两个的事，撒谎说你是宣传股干事。反正你也快提干了，这么说也不算撒谎。不跟你细说了，我得赶紧去车站。记住了啊，一定要换便装，一定要看我眼色行事……"

林苗急匆匆地走了，我却待在原地没动。是的，我有些生气，我分明是个战士，为什么要撒谎说我是军官？谎言就是谎言，早晚有被戳穿的一天，并且谎言越多，漏洞越大，怎么掩饰都都会穿帮。换便装就能掩盖我是普通一兵的事实吗？显然不能。既然是做无用功，我凭啥要去瞎折腾？

巧儿，我这个人，想来你是了解的，大多数时候心大，不跟别人计较什么，可那股犟劲一旦上来，谁劝都不好使，九牛头都拉不回来。比如林老队长来考察我那天，我就没听林苗的话，不但没去换便装，还擅自主张地回到俱乐部假装睡大觉，直到林苗托人来找我，我才穿着军装，抱着漫不经心、吊儿啷当地心态地去了她家。

进了房门，见我穿着战士的服装，林苗的粉脸顿时变得煞白，说话也有些语无伦次："爸，这就是曾关键……他们俱乐部正在排练节目来着，他演一个小战士……"

"是吗？"林老队长双目一瞪，"丫头，还骗我呢？别忘了你老爸在团里干了三十年，战友一大把。小曾到底什么情况，我早就搞清楚了。来来来，小曾，坐，咱们爷俩好好唠唠。"

都知道我真实身份了，还唠什么玩意儿？我的犟劲越发强烈，既不落座，也不和林老队长寒暄，昂着头站在那里，显得很有骨气的样子。

“哈哈，小伙子有个性！”林老队长也不生气，但也不再邀我入座，自个儿点燃一根香烟，转头问林苗：“苗苗，你给老爸说句实话，你和小曾都发展到什么程度了？”

这个问题，问得过于直接，羞得林苗满脸通红，低下头摆弄衣角，娇嗔地反驳道：“爸，您说啥呢？什么什么程度？您把您女儿想成什么人了？”

“哈哈，我闺女知道害羞了。”林老队长开心大笑，之后转向我，开始发表他的意见。

林老队长说得很平静，表述很委婉，但态度却很坚决和明朗：第一，在我提干之前，暂时反对我和林苗继续交往；第二，在我提干之前，不许再踏进他家门一步；第三，如果我一意孤行，他会想办法把林苗调走，同时向团领导反映情况，就说我不安心本职，不注意身份，打扰林苗的工作和生活。

我越听越生气，越听越上火，这不明摆着瞧不起我这个普通战士吗？不就是门不当户不对吗？什么叫暂时反对？如果我提干无果，是不是就要坚决反对？部队不是我家开的，提干这种大事，谁敢打包票？至少我不行。

那一刻，我那可怜的自尊心受到巨大的创伤，头脑一发热，没有顾及林苗的感受，先是给林老队长敬了一个军礼，之后向林苗鞠了一躬，然后说道：“对不起，是我高攀了。祝前辈健康平安，愿林军医幸福快乐！”转过身，打开房门，再咣当一声摔上房门，按齐步走的步幅，目不斜视、昂首挺胸地往外走去。

走出房门那一刻，我听见林苗绝望而低微的呼喊声：“关键，你给我回来……”我没有回头，不争气的泪水夺眶而出，内心深处在无声地回应心爱的女人：苗苗，对不起，我是个男人，我有自尊，我不能回来……

事隔多年我才知道，当时我确实太稚嫩了，不仅辜负了林苗的一片深情，还辜负了林老队长的一片好心。他是个开明的父亲，没有真正想反对我和林苗相爱，他之所以那么讲，是想让我暂时把感情的事放一放，把更多精力用在工作上。因为来之前，林老队长已经打探了不少关于我的讯息，包括已经列入提干对象，包括有人含沙射影地向领导反映我和女青官乱搞两性关系，还包括有人添油加醋地说我死皮赖脸地纠缠林苗。林老队长突然回老部队，一是了解了解我的真实情况，看我靠不靠谱；二是鼓励鼓励我，顺便找他熟识的团领导做做工作，让我提干的概率更大一些。他怎么也没想到，我这个混小子竟然这么混，连未来岳父大人的面子都不给，加之担心女儿跟着我可能会吃苦受累，便以我年纪小、脾气大、不成熟等为由，正式而坚决地反对林苗继续和我交往。

十九

巧儿，正如你猜测的那样，作为父母的独生女，林苗并没有屈从于父亲的干涉和高压。那天我摔门离开之后，她哭着和林老队长大吵了一架。林苗坚持要继续和我谈恋爱，当时就要来俱乐部找我，被林老队长堵在门口，死活不让她出门。

接下来的一天一夜里，父女俩陷入冷战，谁也说不服谁。直到林老队长把团长的爱人找来苦苦相劝，林苗才答应暂时不跟我交往，但表示一旦我提完干，她要第一时间和我登记结婚。林老队长怕女儿反悔，让林苗写了保证书。团长爱人走后，林老队长又苦口婆心地劝了女儿半天，说是大伙都冷静冷静。

林苗心急如焚，哪里冷静得下来？短短几天时间，整个人瘦了许多，面容憔悴，我见了直心疼，想上去安慰安慰，又放不下所谓男人的尊严和可怜的臭架子，只能是一边自责不已，一边暗自神伤。

事实上，那天摔门而去，走了不到五十米，我就后悔了，数次想回头敲开林苗的家门，向林老队长道歉，并请他理解成全我们的爱情。只可惜，我没能说服自己，没能做到知错就改。

相对于我的死要面子活受罪，林苗的表现就要坚决多了。一月十一日上午十时许，林老队长见女儿情绪平复得差不多了，告别老部队，踏上返乡的列车。林苗把父亲送上火车，返回团部后哪也没去，直接跑到我们宣传股，当着我几位同事的面，大大方方向我表白："关键，我爸回老家了，我的事我做主。如果你真的爱过我，现在还爱着我，午饭后，十二点半之前，请务必到我家来一趟，我有话对你说。"说完这番话，也不等我表态，林苗转过身，一路小跑，离开了团机关。

不是我不表态，而是我整个人已经懵圈了。林苗的举动，让我感动，让我震惊，更让我羞愧。人家一名女军官，年轻漂亮，追求者甚众，哪怕受了天大的委屈，依然对我情有独钟，我一个前途未卜的小兵，还有什么资格摆谱？去他娘的自尊，我要继续和林苗恋爱下去，谁也别想拦着我。

同事们也被林苗的举动给震住了，纷纷劝我要珍惜，不要再耍小脾气，一定要珍惜人家的一片痴情。

哪还有心思吃午饭？到食堂意思了一下，我就离开了，谁知还没走出食堂大门，被团政委李振峰拦住了，说是让我去他办公室，他要和我唠唠提干的事。

尽管急着想去见林苗，但李政委的指示和要求，我却无法拒绝。更何况，这还关系到我在部队的发展，我更不敢大意。对一个准备提干的战士来说，团政委的分量太重了，他只需一句话，就能决定我的命运。

那天中午，我未能走出李政委办公室，直到下午两点机关上班，我才得以脱身。政委跟我唠了许多，核心意思只有两条：一是提干的事已经运作差不多了，无论是团里还是师里，意见很一致，全部同意，要求我一定要把握住自己，严格要求自己，无论是工作上还是生活，都不要出什么幺蛾子；二是慎重处理和林苗的关系，按林老队长的意见来，先冷处理一下，等提完干再说。临走前，李政委还叮嘱我，这两条，哪一条都很重要，都要往心里去，千万不能自乱阵脚，更不能自毁长城。

从李政委办公室出来，我全然没有就要提干的兴奋劲，反而觉得非常失落和沉重。一边是需要哄、需要疼、需要安慰的女友，一边是即将就要实现的个人梦想，我该怎么办？我还去不去找林苗？那天下午，我坐在办公桌前发呆，一篇琢磨了许久的新闻稿毫无进展，稿纸上一片空白，一个字也没留下。

当天晚上十时许，我躺在俱乐部值班室的床上，怎么也无法入睡。正闹心哩，林苗通过总机把电话打了过来，声音急促而冷漠："曾关键，我告诉你，给你两分钟时间，必须出现在我面前，否则后果自负……"没等我吱声，那边挂了电话，电话听筒里传来阵阵忙音。

坏了，林苗要出事！我穿上衣服，一路狂奔，二百米的水泥路，我只用了三十多秒。我一边跑一边祈祷：好苗苗，你千万别做傻事，我都听你的，还不行吗？我甚至做好了踹门而入的准备。还好，林苗家房门虚掩着。我闯进去，随手关上房门，大声喊："苗苗，你在哪？你没事吧？"

"喊什么喊？就你嗓门大啊！"像是电影画面一样，林苗穿着低开口的睡衣，娇好的身材若隐隐现，胸前两座小山峰微微颤颤，头发湿漉漉的，脸色微红，面带羞色，站在她的卧室门口，笑吟吟地望着我，满屋的柔情和诱惑。

童子军一个，我哪见过这个场面啊！整个人当时就呆掉了，微张着嘴，傻傻地站在原地，根本不知道该怎么应对。我再傻，也清楚这意味着什么，林苗这是要以身相许，以此表明她对我的爱有多么认真和炽热。

到现在，我也不没弄明白，当时我为什么会那么冷静。面对林苗最为直接的表白，我发了一会呆，很快清醒过来。我小心翼翼地问道："苗苗，你这是？"

"你真傻还是假傻？"林苗娇嗔道，"元旦那天，我爸不是问咱们发展到什么程度了吗？他那意思，我懂。如果我们那个了，把生米煮成熟饭了，他和我妈就不会反对……"林苗满脸羞涩，声音越来越小。

此情此景，我心中的火苗腾地升起，并且越烧越旺，烧得我心猿意马、口干舌燥。我极力控制自己，努力让自己平静下来："苗苗，谢谢你。可是……可是……我就要提干了，我得注意点，不能让领导为难……你看，我们是不是都冷静冷静？我知道你心里有我，我的心思你也懂。要不……我们再等等？"

"我都这样了，再等等？"林苗顿时急了，"曾关键，你什么意思？你是不是觉得我是个水性杨花的女孩子？觉得我不正经？我在勾引你？我看你是怕我影响你的前途，影响你提干！我还告诉你，我压根儿就不在乎你提不提干！就算你一直是个兵，我也不在乎！好！好！是我自作多情，是我不检点！你走！你走！从此以后，你是你，我是我，我们互不相干！呜呜呜……"说到最后，林苗大哭起来，蹲在地上，抱着头，胡乱抓着头发，痛苦不堪，伤心欲绝。

“苗苗，我不是这个意思……”我想极力解释，林苗却不再给我机会，毫不留情地把我赶出家门。

半年后，也就是一九八九年六月中旬，也就是我正式提干当月，带着赌气心理，林苗不顾父母的强烈反对，毅然决然地和团卫生队四川广安籍的二十九岁志愿兵肖洪强结了婚，硬是把自个儿嫁给了一名战士。

林苗和肖洪强结婚那天中午，我把自己关在宿舍，一边喝酒，一边流泪，以此祭奠我那彻底死亡的爱情。

一九九三年底，林苗和肖洪强双双退出现役，按林老队长的要求回四川乐山定居。婚后，两人育有一对龙凤胎，但夫妻感情一直不好，经常吵吵闹闹。

我知道，这都是我造成的。由于我的自私，我毁掉了一段美好的恋情，某种程度上也毁掉了林苗的一生。林苗和肖洪强结婚后的数年里，我拒绝接纳任何女孩的感情，拒绝谈爱恋，把全部心思用在工作上，用工作来麻痹自己。一直到一九九八年，也就是裁军五十万那年，将近三十岁的我才在父母和领导的多重压力下，不太情愿地结了婚，紧接着有了女儿瑶瑶……

第五章　艳粉街的一九九七

二十

老曾，听说前些日子，你们几个大老爷们坐在一块儿，以九如巷为主题，谈了许多好玩的话题，据说我和佟老太太双双成为你们热议的焦点。呵呵，你们这些男人，有时可爱，有时无聊，怎么非要三句话不离女人？如果此刻你在我身边，肯定又会调侃，什么男人的一半是女人，什么男人是泥女人是水，反正你谈起女人总是一套一套的。好在这是微信留言，是键对键的交流，用不着我问你答，也无须你来我往，我就不必担心说不过你。

咱们今天不唠九如巷，换个话题如何？在盛天市，除了长时间在这里工作和生活、怎么也绕不过去的九如巷，还有一条街，对我同样有着十分特殊的意义。这条街叫艳粉街，一个很有情调的街名。

艳粉街离咱们九如巷不远，大概四公里，路上不堵的话，开车也就二十来分钟。这条街长一千八百米，始建于一九五五年，之前叫艳粉屯，属于城郊农村，一九八九年城市扩建，才取名为艳粉街。从艳粉屯到艳粉街，经历了三百多年的历史，最早可以追溯到明朝末年。当时，努尔哈赤分封八旗，此处为镶蓝旗属地。

皇太极称帝后，大封兄弟子侄，镶蓝旗主济尔哈朗被封为和硕郑亲王，艳粉屯一直为郑亲王府的领地。当年在此居住的村民，专为王府种植做胭脂的植物，以供王府内眷化妆使用，因此被当时居民称为胭粉屯，后经多年演化，最终被叫作艳粉屯。

老曾，你肯定会问：盛天城这么大，那么多街巷，你盖巧巧又不是土生土长的盛天人，怎么单单对位置较偏、发达滞后的艳粉街感兴趣？答案很简单，因为一个盛天籍的知名女歌手，因为一首与艳粉街相关的流行歌曲。

呵呵，说到这，想来你已经明白我说的是谁。对，她就是艾敬，八十年代末、九十年代初红极一时的歌星。一九九六年九月，我从鞍山下面的小县城岫岩考入盛天音乐学院时，艾敬正处于大红大紫阶段，不仅红遍中国大陆，还成为香港、台湾、新加坡、马来西亚和日本的当红歌星，被誉为中国最具才华的民谣女诗人，可谓风靡亚洲、风光一时。也正是在这个阶段，她的那首《艳粉街的故事》广为流传，堪称当年的神曲之一。

来盛天上大学之前，我早已是艾敬的铁杆歌迷。早在一九九二年，也就是我十三岁那年，我上初三，一个十分偶然的机会，我听到了艾敬那首《我的一九九七》，一下子就被深深吸引住了。我六岁开始学习钢琴，后来专攻声乐，对音乐极为敏感，艾敬那种率真直白、极具张力的独特音乐风格，让我格外痴迷。也就是从十三岁那年开始，我一直关注着艾敬，购买她发行的每一张专辑，学唱她创作的每一首歌曲，包括她二〇〇四年出版的散文随笔集《艾在旅途》、二〇一四年出版的《挣扎》，我都第一时间买来阅读。是的，我也算是个追星族，但只喜欢艾敬这一个明星。尽管当下她已经不再红火，甚至逐渐归于平淡，但我对她的喜爱，一丝一毫也没有减弱。

这么长时间一直喜欢艾敬，除了音乐风格，更多的是相似生活经历引发的感悟和共鸣。在《艳粉街的故事》里，有这么一段不那么引人注意的歌词："有一天一个长头发的大哥哥在艳粉街走过/他的喇叭裤时髦又特别/他因此惹上了祸/他被街道大妈押送他游街/他的裤子已被撕破/尊严已剥落/脸上的表情难以捉摸……"一九九五年十月的某一天，当我在家里第一次听这首歌，第一次听到这一段，我的心被狠狠地撞击了一下，撕心裂肺的伤感扑面而来。我把自己关在小屋内放声大哭，任凭老爸老妈怎么敲门都不理会，直到老爸大声说要踹门，我才强迫自个儿压抑哭声，极不情愿地打开房门。

当时老妈吓坏了，哭着，抱着我，语无伦次，连声问我怎么了。我说没事，就是想大哭一场。老爸摇摇头，嘴里嘟囔着："都是这些歌星惹的祸……"

老曾，一直到现在，老爸老妈都不清楚那天我为什么会号啕大哭。这么多年过去了，在你面前，我也没什么好隐瞒的，那些眼泪，为一个男孩而流，为一个我父母都熟悉的邻家男孩而流。这个男孩，不，现在已是人过中年，因为贩卖毒品和故意伤人，一直在监狱里服刑。出于对个人隐私的尊重，暂且叫他小名，叫他二蛋哥吧。

二蛋哥的父亲姓王，比我老爸大四岁，两人是同事，同在岫岩城郊中学教书，一个教化学，一个教音乐。这老哥俩脾性相投，平时走得很近，算是哥们。正是由于这个缘故，我们两家做了将近二十年邻居，关系一直比较亲密。王叔叔结婚早一些，二蛋哥比我大四岁。二蛋哥七岁上小学，我五岁上小学，从小学到高中，我一直追着二蛋哥的脚步，总是上同一所学校。二蛋哥对我很好，真像一个大哥哥，时时处处迁就、照顾和保护我这个小妹妹，从不允许别的同学欺负我，无论男同学女同学，通通不允许。

从小到大，二蛋哥都属于那种吊儿郎当的男孩。他经常穿着旧军装，但全无军人的严谨认真和干净利落，而是大大咧咧、不修边幅，如果不是多年邻居并了解他的为人，我也会和大多数人一样把他归入坏男孩的范畴。

我上初二那年，有个初三的男生缠着我，非要和我处对象，怎么拒绝都不行。二蛋哥知道了，单枪匹马和那个男生打了一架，打得对方鼻梁骨坍陷，我们两家共同支付了一大笔医疗费，还四处找人托关系，才保住了二蛋哥的学籍。可以说，在相当长的一段时间内，二蛋哥就是我的保护神。

我上高一那年夏天，也就是二蛋哥即将参加高考前，他突然被警方带走了，理由是他参与贩毒。具体案情我不清楚，据说涉案毒品数量惊人，尽管二蛋哥不是主犯，只是个跑腿的小马仔，但终因案情重大，且他曾因毒资纠纷用匕首刺死一个瘾君子，加之案发时已年满十八周岁，最终被依法判处无期徒刑。入狱后，因表现良好，逐步减刑至二十五年。如果我没有记错，还有三年，二蛋哥就该出狱了。

老曾，跟你说这么多，其实我想告诉你，对于二蛋哥，当年我是真心依赖和喜欢。那时，我还是个小女孩，对感情的事儿不太清楚。但后来我明白了，我应该爱过二蛋哥，要不然，我不会因为艾敬那首歌和那几句歌词而情绪失控。

二十一

老曾，我不知道该怎么形容艾敬和她的歌曲对我的影响。一九九六年九月，当我到盛天音乐学院报到后，同一宿舍的姐妹们都忙着去太原街、中街等商业中心闲逛和购物，我一个人却倒腾了好几路公交车，辗转来到艳粉街，来到那条让艾敬念念不忘的街道。

不知是过于匆忙，还是看得不够仔细，反正我没找到《艳粉街的故事》里描述的大树和台阶，也没有找到杂货铺和大青石，展现在我面前的，不过是一条既不喧嚣也不繁华的普通街道，全然没有听歌时脑海中浮现的意境。我有些失望，有些惆怅，但仅仅是一念闪过，回过头，继续迷恋艾敬，迷恋她的那些民谣风格的流行歌曲。

入学两个月后，在我的影响和带动下，我们宿舍的四名女生全都成为艾敬的铁杆歌迷。只要回到宿舍，我从老家带来的那台卡式录音机里，永远都会播放着艾敬的歌曲，我们一边听，一边跟着学唱，还一度萌发组建一个女子乐队的想法，专门传唱艾敬的歌，连名字都商量好了，叫“致敬艾敬”。

一九九七年元旦，我们声乐系搞新年联欢晚会，作为试水之举，我们四姐妹首次以组合形式登台，用歌曲串烧、边唱边跳的方式，一口气演唱了四首艾敬的歌曲：《我的一九九七》《艳粉街的故事》《大哥哥你说过》《流浪的燕子》。可能是我们编排得比较巧妙，抑或是艾敬的歌本来就广受欢迎，反正演出非常成功，不仅现场掌声如潮、欢呼爆棚，而且晚会刚结束，就有好几拨男生来到女生公寓楼下，高喊着我们四姐妹的名字，久久不肯离去。

次日清晨，我们四姐妹相约到操场上慢跑，刚微微出汗，跟上来四个男生，用极为夸张的声音，不太整齐地合唱着艾敬那首《大哥哥你说过》：“大哥哥呀你说过／等你回来哟／带着我呀带着我／到后面的小山坡……太阳升起又西落／月亮圆了又缺口／

时钟滴滴答答走/就是不见我的大哥哥/山花野花一朵朵……鱼儿结伴水中游……每天坐在家门口/只要我的大哥哥……”此情此景，不必猜也不必问，便知道这些男生想干什么，无非是想先跟我们套套近乎，进而达到他们不太光明正大的目的。怎么办？凉拌！不回应，不理睬，随他们闹去。大学校园里，光天化日下，料他们也不敢怎么样。

哪知还真有胆儿大的。见我们四姐妹不接茬，四个男生中有三个打起退堂鼓，不再参与合唱，也不再跟在我们后面慢跑，而是改为走走停停，不远不近地尾随跟踪。另一个瘦高个儿没有随大流，不仅继续高声唱着，还别有用心地把歌词给改了：“小妹妹呀你说过/等我回来哟/带着你呀带着你/到后面的小树林……”他这么一改不要紧，另外三个男生一听，暧昧而放肆地大笑起来，根本不顾及我们的感受。

如此一来，我们想息事宁人、假装听不见也不行了。不用商量，姐妹四个停下奔跑的脚步，不约而同地转身，直奔那个瘦高个儿而去。我们宿舍的大姐大、来自黑龙江大兴安岭的王雪气势逼人，用手指着瘦高个儿：“你想干啥？要不要陪你到保卫处唠唠嗑？”大姐带头了，我们三个妹妹自然不能拉后腿，一个个义正词严，大声质问和反驳着。我们的目的很明显，就是想营造声势，把在操场晨练的老师和同学吸引过来，借用众人和道义的力量打压对方。

一看情形不对，三个尾随的男生撒开脚丫子，很快消失得无影无踪。瘦高个儿也有点怯场，气焰不再那么嚣张，改用商量的语气乞求我们小声点，说他们没有别的意思，就是想跟我们四姐妹交个朋友，好向我们学习唱歌。

“嗯，这态度还可以，我们就不跟你计较了。”王雪借坡下驴，还很潇洒地挥挥手，“你走吧，别耽误我们跑步。”瘦高个儿如获大赦，转身就要跑。我忽然觉得他有些面熟，叫住他：“哎，我说那个谁，你等等。你叫什么名字？家在哪？”

瘦高个儿疑惑不解：“怎么了？你查户口啊？我凭啥告诉你？”抬起脚，又要准备开溜。

王雪不干了，几步蹿到瘦高个儿跟前，用身体挡着他的去路：“你什么态度？问你个名字和老家怎么了？不配合是吧？好！巧巧，甭跟他废话，我们三个在这里拦着他，你去保卫处报案，就说有个男生在操场上非礼女生！”

“好嘞！”我大声回应着，佯装要去报警。

“别介！我说还不行吗？”瘦高个一下老实了，“我叫王大智，家是岫岩县农村的。”

“什么？姓王？家在岫岩？”我似乎意识到了什么，“城郊中学有个王老师，他是你什么人？对，就是教化学那个王老师。啥？他是你亲二叔？！你是二蛋哥的堂弟？！只比二蛋哥小一岁？一家人啊，难怪你们长得这么像。”

王雪先是如堕雾里，随后恍然大悟：“什么情况？你们老乡啊？大水冲了龙王庙！算了算了，你们两个聊，我们撤了。”说罢，领着另外两个姐妹离开操场。

接下来的事，想来不用我往下讲了。你是作家，只需稍稍发挥一下想象力，就会知道我和这位王大智同学会发生一些交集。因为之前我跟你讲过，我依赖和喜欢二蛋哥，喜欢被他保护和呵护的感觉。我上大一的时候，二蛋哥已经在监狱里待了三年，我不能说每天都在想着他，但确实放不下他。高三上学期，我曾强烈要求去监狱探望二蛋哥，父母以耽误高考为由，坚决予以反对。高考结束后，我曾打算去监狱一趟，阴差阳错没有成行，心里倍感内疚。在这种心境下，突然邂逅与二蛋哥长得十分神似的王大智，我的心里五味杂陈，真不是个滋味。

看到这里，我得提醒提醒你这个大作家，你可以充分发挥你的想象力，但千万别想象太复杂。我和王大智之间，不会发生什么爱情故事。在我的内心深处，他最多只是二蛋哥的化身，一个只会引起起我不少回忆的化身，仅此而已，他决不会在我的感情世界里掀起任何波澜。

二十二

老曾，在今天的朋友圈里，我看到了你们撰写的那篇长篇报告文学《白山黑水战旗红——盛天军区六十年征途群英谱》。我从未像今天这么用心读过一篇文章，尤其从来没有如此认真看过类似作品。这不单是因为这是你的心血之作，而是作为一名准军嫂，这些日子我一直关注着部队改革的点点滴滴。其实无需你告诉我什么，我知道随着这篇报告文学的正式推出，你们军区已经正式结束历史使命。别问我是怎么知道的，这差不多是公开的秘密，消息来源很多，多到想不听都不行。

我听说，你们的分流计划很快就要下达了，是这样吗？呵呵，我不问了，能告诉我的时候，你就会告诉我，我这是闲吃萝卜淡操心嘛。还是那句话，无论你作何选择，无论你去哪，我都跟着你。

至于我现在的工作，你完全不必担心。以前我就跟你说过，尽管干得还算可以，可我真不喜欢这个差事。市政府招待所的接待部经理，听起来不错，其实也就那么回事。不吃财政的事业编，比照同等职级的公务员享受正科级待遇，看起来是个铁饭碗，实际上全靠招待所自主经营和创收来维持员工工资。吃人家的饭就是按人家要求办，招待所压给我们的经济指标年年递增，如今公务接待又逐年减少，这两年整个经济又在下滑，完成任务谈何容易？说真的，我干得够够的，早就有了撤退的念头。老曾，只要你一句话，放弃这份工作，对我来说分分钟的事儿。当然，你也不用担心我会吃闲饭，更不用担心养不起我，除了工资，这些年我在投资理财上做了一些尝试，应该算是小有积蓄，再说我岁数还不算大，投资当个小老板，或是再找份工作，应该都不是什么问题。

当初来迎驾阁当临时工，我是走投无路，是无奈之举。如今要是选择离开这里，我是心甘情愿，决无二话。毕竟，我不再是那个十八九岁、单纯幼稚的傻姑娘，我知道我需要什么，更知道我能干些什么。这，可能就是生活带给我的众多收获之一吧。

既然聊到这里，那就说说当初我为什么会主动选择退学。关于这个问题，你不曾问过我，我也没有主动提及。谢谢你的理解和包容，真心谢谢！今天，是时候拉直你心中的那个大问号了。

正如我前天在微信留言里跟你讲的那样，我中途辍学，跟二蛋哥的堂弟王大智没有直接关系，而是因为我们音乐学院的一位吉他老师。

老曾，我不知道你有没有过这样的生活经历，茫茫人海里，我们总是不经意地发现某个陌生人像极了某个熟人，并且他们之间没有任何血缘关系，长得神似，纯属一种巧合。一九九七年七月一日，也就是香港回归祖国那天晚上我结识的吉他老师阿通，就是这么一个人。我不想说他的真实姓名，不是我们之间有不能说的秘密，而是我不想因为点名道姓而打扰和影响他的生活。我是九八年六月退学的，这么多年来，我们两个不联系、不见面，互不惊扰，各自安好。我曾，我喜欢这样的处事之道，希望你能理解和包容。

严格讲，阿通不是我们音乐学院的老师。他毕业于盛天音乐学院，但既不从艺，也没进学校当音乐老师，而是借钱开了一个吉他培训班。想来是能力强，并且运气好，阿通的吉他培训班由小到大，由弱变强，前后不过十年时间，到一九九七年，阿通已是整个盛天市乃至整个东北地区较为知名的吉他界大佬，旗下的实业集吉他培训、演艺和乐器销售于一体，包括如今盛天市的吉他考级体系，也是在他的积极推动下建立起来的。这么一个人才，作为他的母校，我们学院自然要充分利用，一纸聘书，他成了客座教授，定期来学校授课，也经常应邀参加学院组织的一些大型文艺汇演。

香港回归那天晚上，在王雪的带领下，我们宿舍的四姐妹再次登台，用我们的方式演绎了艾敬那首《我的一九九七》。我们排练了一个多月，可谓下足了功夫。计划没有变化快，当晚临上场前，导演到后台跟我们商量，说是阿通老师临时建议，想跟我们合作表演这个节目。具体安排是：阿通负责带领几个男生弹吉他伴奏，我们按预先排练的内容尽情表演。

在我们学院，阿通老师绝对是个名人，他主动提出合作，我们怎么可能拒绝？不用说，演出相当成功，特别是阿通老师的加入，让我们的演唱更有深度和层次感，几乎成为当晚最受欢迎的歌舞类节目。

演出结束后，阿通提议请我们去吃夜宵，四姐妹欢呼雀跃，欣然前往。

那是一家装修极为考究的西餐厅，淡雅的灯光，轻柔的音乐，锃亮的刀叉，精致的牛排，甜美的糕点，一切的一切，都是我这个来自小县城的小女生不曾经历过的，新奇欣喜之情自不必说。

更让我意外不已的，是阿通的长相和他对箫的理解。

在西餐厅里，我发现阿通老师特别像我父亲的一名师范同学，不，不是特别像，而特别神似，举手投足，一颦一笑，简直就像一个人。发现这个秘密时，我的心跳骤然加速，脸红得跟擦了胭脂一样。

我坦白，我确实偷偷暗恋过父亲那位同窗，从情窦初开时就有了这方面的念头。但他是我的叔叔，是我的长辈，尽管他丧偶多年，我却不能允许自己有任何实质性举动，更不敢向任何人提及，特别是在我父母面前，我不敢有任何情绪上的表露。包括在那位和阿通老师长相非常神似的叔叔面前，我表现得像一个乖乖女，只有侄女对叔叔的尊重或敬重，别无其他。上大学后，我曾幻想过勇敢地向他表白，谁知命运弄人，第一个寒假还没到，他便撒手西去。

想必是要弥补内心深处的那份遗憾吧，当晚从西餐厅出来，我发现了一个让我难以直面的问题：我喜欢上了阿通老师，无可救药地喜欢上了他。

这是我第一段有付出亦有收获的恋情，或者是说我第一段真正意义上的感情经历。之前，对于二蛋哥，对于那位爱吹箫的叔叔，不是没有觉察到，就是深埋在心底。这一次，我真的动了情，并且毅然决然地付诸行动，自顾自地向阿通老师发起了凌厉的爱情攻势。

老曾，后来的事，想来你都清楚。因为这段冲动的恋情，我牺牲了自己的学业和职业梦想，人生轨迹由此发生逆转。

我也经常问自己：值得吗？后悔吗？后悔过，可能也不值得，也为此烦恼过。但这并没有成为困扰我乐观生活、憧憬幸福的孽障，过去的事就让它过去，实在不必在回忆中痛苦和沉沦。

二十三

老曾，要不是你在微信留言里提起，我真不知道你原来是挺进文工团的人。这我就搞不明白了，你一直在联勤部机关工作，怎么任职命令却在文工团？听说文工团要暂时交给即将成立的战区陆军，还有可能搬到泉城去？哎呀，这个太复杂，我也整不明白，咱们不管这个了，反正不管你留在盛天也好，去泉城也罢，包括你转业回黑龙江大兴安岭老家，我都跟着你。套用一句煽情的网络热语：你若不离不弃，我必生死相依。呵呵，你别说酸，也别说肉麻，我倒有觉得挺贴切的。

和你唠唠我父亲那位同学、长相和阿通十分神似的叔叔吧。叫他什么呢？直呼大名，显然不够尊重，死者为尊，我不能干这种大逆不道之事。叫他叔叔，心里又有些别扭，毕竟，他是第一个让我动心的男人。算了，不纠结了，暂且叫他一声程叔吧，省得你又笑话我温柔有余、泼辣不足。

程叔和我老爸既是师范学校的同窗，毕业后又是同一所中学的同事。他虽然是学物理的，却精通音律，几乎会玩各种乐器，其中最喜欢的乐器就是箫。打我记事起，我和小伙伴们经常在铺满夕阳的校园听到他幽幽的箫声。他吹得很投入，每每听到这样的箫声，原本在疯玩的小伙伴们总会变得很安静，仿佛这乐音已经沉浸在每个人的心底深处。

校园，夕阳，垂柳。程叔习惯在这样的景色中颔首吹箫，那低转的箫声为夕阳中的景致染了些许寂寞。等到我大了些，准确说是上初三以后，算是突然开窍吧，有一天黄昏，我坐在离程叔不远的水泥台阶上，听着如哭如泣的箫声，我竟然看出了他眼神中不经意闪过的哀愁。这个画面，一直定格在我的脑海中，时隔多年依然清晰如初：箫声从遥远天际飘来，带着哀愁，还有无言的寂寞。

程叔那么喜欢吹箫，似每一次都是融入了满腔深情。后来，禁不住我的软磨硬泡，父亲讲起程叔喜欢吹箫的原因：程叔的爱人、我的景阿姨特别喜欢箫。

景阿姨是程叔上师范时的同学兼恋人，毕业后，原本在地级市里长大的景阿姨不顾家里反对，毅然嫁给来自农村、分到城郊中这教书的程叔。景阿姨的父亲是市里的领导，算是高官，他当然不会心甘情愿地让女儿嫁给程叔这么一个穷教书匠。景阿姨为了爱情，为了程叔，抛下一切跟了他，来到程叔所在的县城城郊中学任教。后来，景阿姨怀了程叔的孩子，临盆时难产，在那个医学不发达的年代，程叔又那么穷，每月的薪水既要寄给老家的父母治病，又要养家糊口，根本没钱往大医院送，终因抢救不及时，大人孩子都没保住。之后，程叔再未娶妻，并且一直在我们县城郊中学任教，市里几所中学三番五次调他，他从未离开过。他说，这里有妻子的气息，是他们一起走过的气息，还有他们共同喜欢的箫声。

由于是同窗，又是要好的同事，在我未考入盛天音乐学院之前，程叔是我们家的常客，与父亲一起下棋，喝茶，聊天，兴致上来了，哥俩也推杯换盏。小学六年级前后，我还在少年宫学舞蹈，每到他们酒兴正酣时，两个男人便拿我开心，让我跳舞给他们看。小孩子嘛，表现欲极强，每次我都乐颠颠地旋转在他们的酒气中。母亲见了，不但不阻挠，还会开开心心地把家中的陈年佳酿端出来。每每此时，是程叔最喜欢的情景。他说，这才是家。还说，若他的儿子在，一定与我家联姻。

现在回想起来，每逢醉意来袭，程叔的眼里总是透着悲伤。父母劝他可以再爱，热心的母亲还曾帮他物色过合适的女人，可他总是说，他对不起妻子和孩子，他只能爱一次。程叔如此痴情，我的父母也只好叹息着作罢。

记得程叔还说过一个很离奇的事情，他曾在一次打猎中，遇到一对相亲相爱的大雁。他无意中打死了那只雌雁，而那只雄雁在雌雁的上空盘转哀鸣，久久不离，后来也死在了雌雁身边。这件事情让程叔耿耿于怀一辈子，他不止一次说，他注定是要孤独寂寞一生的。

过往的很多细节，都是等我长大后父亲讲给我听的。因为小时候我和小伙伴们都很好奇，程叔那么帅气、博学，又平易近人，他怎么会是单身呢？有些女孩子还一起“攻击性”的追问我，不仅是因为他是父亲的好友，也因为在我读初中二年级的时候，我跟着程叔学吹笛子，而不是箫。

父母曾让程叔教我吹箫，他拒绝了。他说，箫声里有太多的哀怨离愁，是沉寂在午夜里一个人的寂寞。于是我便跟他学了笛，他说，那才是横在唇边的欢愉。后来，高考时我凭着对音乐的喜爱报考音乐学院，父母极力反对，因为我的文化课成绩很好，不至于只能报考艺术类院校。可是我依然坚持要去学音乐。最后是程叔劝说了父母，我才如愿以偿。我是十分感激的，他只是说，认真做自己喜欢的事，只是不要学箫。说这番话时，他的眼底依然闪过一丝哀愁，还自顾自地说了一句：“箫声咽，秦娥梦断秦楼月。”

我一直记得他的话，至今没有碰过箫。多年后，当我对音乐的理解更加成熟，才知道程叔与景阿姨喜欢的箫音，其实是两个人性情品格的写照。吹箫者颔首，谦恭，这姿态含蓄，内敛，不雕琢，不渲染，是来自心灵的吟唱，是心无旁骛的朴素演绎。这像极了程叔的人格，听父亲讲，景阿姨也是如此。

如今，再听箫音，便更加懂得箫声里的深情，尤其在夕阳中，那一阵阵寂寞的箫音如泣如诉、声声啼血，极具穿透力，破碎了最后的残阳。

最终，程叔没有逃脱他的宿命。五十八岁那年，他患了喉癌。像那只雄雁一般，盘转低鸣多年，最终落在景阿姨的身旁。一场舞榭歌台，俯首纤指，箫声低沉。待一切散尽，箫音依旧，吹箫者却已谢幕而去了……

老曾，含泪写下这些文字，想来你已经明白，我喜欢弹吉他的阿通，并非真正源于爱，而是他太像我暗恋过的程叔，不只长相，还有他对箫的理解，还和吹出来的箫音，几乎与程叔如出一辙。

关于和阿通那段感情，是我内心不愿触碰的伤口，原谅我还不能平静地面对这段过往。我可以告诉的你是，当初我之所以选择退学，不是想保护阿通，他本质上是一个商人，一个用文艺挣钱的商人，音乐学院的那些条条框框于他没有约束作用；我主动选择退学，是为了保全为我挺身而出、把阿通打伤住院的老乡兼校友王大智。这方面，他和他的堂兄、我的二蛋哥出奇地相似，为了保护他兄长喜欢的女孩，他不顾一切，狠狠地教训了阿通这个玩弄感情的老手。不管二蛋哥的未来如何，也不管王大智现在过得如何，在我内心深处，他们两个都是我盖巧巧必须铭记一生的好兄长。

二十四

老曾，谢谢你一直以来的包容和理解。或许正如你讲的那样，经过岁月的洗礼，我们变成了同一类人，心地善良，总为别人考虑，不去伤害，不去抱怨，坦然接受生活馈赠给我们的喜与悲。感谢命运让我们走到一起，更感谢你愿意陪我一直走下去。人生风雨路，有你知心相随、左右相伴，真好。

遇到你之前，我的感情生活一直很失败。曾经懵懵懂懂地喜欢二蛋哥，却是后知后觉；暗恋程叔，没有机会表白；迷恋上阿通，换来的却是深深的伤害；尤其是我和前夫的那段短暂的婚姻，简直可以用糟糕来形容。回头再看，从我和前夫结识的第一天起，我已踏上了一条错路，并且一步错，步步错，错到难以为继、无法收拾。

一九九八年四月，为了保住大智哥的学籍，我承担了全部责任，选择主动退学。那件事闹得太大，父母在岫岩和盛天之间来回跑，求了不少人，找了不少关系，最终才换来了这个不太圆满的结局。父亲很生气，觉得很没面子，拒绝了母亲关于把我带回县城的建议，阴沉着脸，大声吼着让我学会长大，学会面对和承担犯错带来的后果。我被父亲训哭了，也在无意间看到了他的眼泪。我理解父亲的一片苦心，他是希望我不要消沉，不要沉沦，而是要勇敢直面生活中的失意和挫折。我决定听父亲的话，狠下心肠拒绝母亲的哀求，选择留在盛天，留在省城打拼属于自己的一片天地。

父母离开省城后，我正琢磨着去找份工作养活自己，当时还是市政府办公厅接待处副主任科员的远房表叔刘大庆找到我，说是可以介绍我去他们的内部招待所先干一段时间，等找到更好的工作，再另做打算。对一名刚过十九岁生日、之前一直求学的年轻女孩来说，大庆表叔的这个安排，无疑是雪中送炭。我愉快地到迎驾阁餐饮部报到，成为一名餐厅服务员。对了，那时还不叫迎驾阁，而叫迎宾馆，主要负责接待中央和国家机关，以及省委省政府派下来的工作组，同时也对外经营，是一个名气很大、生意红火的内部接待场所。

餐厅当服务员看似清闲，实际上是个累活。点个菜、倒个茶水、上个菜，倒不是什么重体力活，主要是心累。人一过百，形形色色，林子大了，什么鸟都有。我们接待的那些客人，大多是政府官员，国家公职人员，按理说觉悟和素质都不错，实际上大部分都挺好，但总有那么一小撮人，这不满意那不高兴，喜欢找茬挑错，有的干脆把矛盾对准服务员，动不动就发脾气甚至骂人。我和我的姐妹们都有被骂哭的经历，也想过辞职不干，但生活哪有什么简单？不干吃什么？再委屈，也要咬牙坚持下去。

可能是我多年学习声乐，还练过几年舞蹈，身材、相貌、气质都算过得去，在餐厅干了三个多月，没麻烦大庆表叔吱声，在市政府办公厅一名干部的极力推荐下，我从餐饮部调到接待部，当起了迎宾员，每天穿着礼服，专门在大门口迎候各位贵宾。又过了三个月，我顺利纳编，成为迎宾馆的一名正式员工，算是在省城站稳了脚跟。

极力推荐我的这名干部，就是后来成为我丈夫的庞飞。和他认识，是因为一次饭局上某位客人的极力刁难，当时庞飞也在场。他没有随声附和，更没有保持沉默，而是站出来为我撑腰，还和那个有意找茬的家伙吵了起来，让我很是感动。

庞飞是内蒙古通辽人，出生于一九七一年十二月，比我大八岁。我们结识时，他是市政府办公厅综合处正科级秘书，主要负责文字起草工作。二十八岁的正科级，算得上是年轻有为。我们认识后不到一个月，他从综合处调到秘书处，给一位副市长当贴身秘书。老曾，这个你是清楚的，同样是秘书，写材料的和搞服务的，绝对不可相提并论。前者是说起来重要使用时不要，后来者说和做都重要，一个玩虚的、一个玩实的，一个靠才气吃饭、一个靠权力发展，区别明显，高低立分。可不是，庞飞还是个文字秘书时，最多只能帮我打抱不平、出口恶气，一旦做了领导秘书，就能很快给我调动工作，并且给我定编定岗，帮我在盛天落了户口，把我从小县城来的一介飘萍变成一名有单位、有工作的省城人。这一点，我一直都很感激庞飞。不管怎么说，也不管当时他出于什么企图，他都曾不遗余力地帮助过我。

帮我解决工作之后，庞飞开始追求我。我拿不定主意，向同在市政府办公厅工作的刘大庆表叔讨主意。表叔说他对庞飞也不是特别了解，但称人家既然能给市领导当秘书，各方面一定差不了，建议我可以认真考虑一下。打电话问父母，二老均持开放态度，说既然人家各方面条件都不错，你觉得合适就答应下来。老妈还语重心长地说："姑娘，机会来了该抓住就要抓住，过了这个村可就没那个店了。更何况……"后面的话，虽然老妈没有明说，但我知道她是指我有过不光彩的过去，爱过有妇之夫，并且能做不能做的事都做了，算是有了污点，既然庞飞这么优秀，还这么有心，又是帮忙又是求爱，咱们就不要挑三拣四了。

老实说，老妈这番没有说出口的话，深深刺痛了我，也让我陷入沉思。是啊，自己是犯过错的人，不那么纯洁了，有这么一位优秀的干部苦苦追求，还犹豫什么呢？在这种心态的支配下，多少也有些报恩心理，我没再考察庞飞的详细情况，答应了他的求爱。庞飞高兴坏了，我答应他的第二天，便急不可待地请假带我回了一趟他老家，见了他的父母和其他家人。一九九九年"五一"国际劳动节当天，我们在迎宾馆举行了盛大的婚礼，客人来了不少，那位副市长当证婚人，场面喜庆热烈。

婚后，我们过了一段甜蜜幸福的小日子。但时间很短，也就两个来月。有天晚上，庞飞说要陪副市长应酬，结果回来很晚，满嘴酒气，步履踉跄，一看就喝醉了。我帮他脱衣服时，无意中发现一根长长的头发；再检查内裤，不仅穿反，还有一些粘乎乎的分泌物；更让我受不了的，是他的脖子上、胳膊上、胸脯上留下了一个又一个粘满口红的吻痕……

当晚，庞飞睡得很死，我却一夜无眠。次日，等他醒来，我指着那些痕迹问他是怎么回事。他先是抵赖，说是不知道怎么回事。架不住我打破砂锅问到底，庞飞终于承认那是他情人留下的，还坦诚对方是有个有夫之妇，是个小有名气的舞蹈演员，两人已经保持情人关系长达五年之久。

我无法容忍这种欺骗和背叛，毅然决然要求离婚。庞飞先是不同意，哀求我跟他好好过，最好给他生个儿子，还说一定会给我丰厚的物质回报。甚至他还恬不知耻地承诺，只要我不反对他和那个舞蹈演员继续来往，我可以在外面找男人，他装作看不见，还说这叫各玩各的、互不干涉。我当然不会答应他的这些无理和不堪的要求，坚决要求离婚，绝无半点妥协的余地。

二十五

老曾，可能是因为我们女人更为感性或敏感一些，对于那些伤心往事，我很难做到像你那样坦然处之。特别和庞飞闹离婚那些日子，简直是一种折磨，现在回想起来还心有余悸。前前后后，我们闹了将近半年，两个人针锋相对，各不相让。有一次，庞飞喝醉了，回来跟我叫嚣，说当初之所以追求我，就是要给他在外面胡搞找块遮羞布，还说那次饭局的解围之举，全是他事先策划

好的，目的很明确，就是要俘获我的芳心。听他这么一讲，我离婚的念头更加坚定了。这种无耻小人，我还怎么跟他过下去？离，坚决离！我明确告诉庞飞，如果他不同意离婚，我就到纪委举报报他包养情妇。

老曾，后来的事，你都听说了。庞飞见我态度坚决，转身诬蔑我和刘大庆表叔不清不白，还说只要我把他包养情妇的事公布于众，他就举报有妇之夫刘大庆勾引他庞飞的老婆。

最终，为了不让大庆叔受到无辜牵连，我向庞飞承诺，只要他同意离婚，我不去纪委举报他。庞飞见我心意已决，同意和我办理了离婚手续。

世上没有不透风的墙，更没有能包住火的纸。庞飞乱搞男女关系一事，最终还是被那个女舞蹈演员的丈夫发现了，闹得沸沸扬扬。逼于巨大的舆论压力，原本非常欣赏和信任庞飞的那位副市长只能忍痛割爱，先是换了贴身秘书，后又通过多方运作，给庞飞解决了副处级待遇，之后再下派到一个偏远的山区小县挂职副县长，说是培养锻炼年轻干部。也不知什么缘故，庞飞下派之后，没有像别人那样过一两年就回到省城，而是一直待在那里，听说后来副县长也不让干了，去政协挂了个不分管具体事务的副主席，至今还在窝在山里。对于我这个前夫而言，这也算是应有的惩罚吧。

二〇〇〇年初回归单身之后，我把自己的感情世界封闭起来。在此之后的四年时间里，我拒绝任何男人的追求，拒绝任何人给我介绍对象。那时，我曾一度想过此生不再爱、不再嫁了，就一个人，孤单而干净地活在这个人世，不自寻烦恼，也不给人烦恼。那几年，我机械地工作着，麻木地生活着，就像一只在都市里流浪的燕子，没有方向，没有期盼，飞不高，更飞不远，我甚至没有勇气回到那个小县城探望父母和朋友。感情上屡屡受挫，婚姻上彻底失败，我真的无法直面亲友们或关切或异样的目光。

好在我一直没有放弃对音乐的喜爱，一直有艾敬的歌曲陪伴着我。那几年，我最喜欢听的歌曲，莫过于艾敬那乎《流浪的燕子》：“有一只燕子在空中流浪/它找不到自己回归的故乡/不知道有谁说起这件事/有知道有谁听见它歌唱/有一只燕子在空中流浪/它找不到自己落脚的地方/不知道有谁问过它的心事/也不知道有谁看见它去向/有一只燕子在空中流浪/它找不到自己回归的故乡/不知道有谁留心过这件事/也不知道有谁会心中惆怅……”简明的歌词，忧伤的旋律，我经常一边听，一边默默流泪。老曾，不知你是否认可，音乐是可以疗伤的，欢快激越的也好，舒缓哀伤的也罢，都可以让人在欢笑和眼泪中释放负面情绪。感谢音乐，感谢艾敬，使我不至于一直在伤悲和悔恨中沉沦，使我可以把所有心思都用在本职工作上。

仔细想想，我其实应该感谢那场失败的婚姻。如果我和庞飞幸福或将就地共同生活下去，我会生孩子，会当妈妈，会把更多精力用在家庭和孩子身上；如果我很快走出离婚带来的阴影，我会继续恋爱，进而结婚生子，同样没有办法把主要精力用于工作。我从一名普通员工一直干到正科级，绝不是像有些人讲的那样靠姿色、靠和领导搞暧昧关系，而是全靠自己的努力。老曾，这一点，想来你是调查了解过的，要不然，你也不会认可我、接纳我，并且一再承诺只要前妻的病治得差不多了就会娶我回家。有首歌唱得好，遇上你是我的缘，守望你是我的歌。老曾，我会珍惜这份缘，更会陪你唱好接下来的人生欢歌。

老曾，说到我俩的缘分，除了文字为媒，其实更应该感谢佟九芹老前辈。你还记得二〇〇四年“八一”建军节前夕咱俩第一次在迎宾馆见面的情形吧？告诉你，那是佟姨精心安排的。当时你从冰城调到盛天，军区联勤部政治部领导怎么可能专门在迎宾馆设宴款待你？呵呵，你再牛，也没牛到那个程度。是我恳求佟姨帮忙，经她多方斡旋，我才有机会当面向你请教文学创作技巧。佟姨说了，我俩结婚的时候，她一定亲自给我们当证婚人。

我和佟姨一九九八年初夏就认识了，对，就是我到迎宾馆上班后不久。有一天晚上客人少，我们下班早，我约上两位姐妹去九如巷闲逛，一人买了一根冰棍，边走边吃。老曾，你知道，我不喜欢酸的食物，可那天我偏偏阴差阳错地买了一支青梅味的冰棍，尝试着吃了几口，再也无法下咽，没有多想，随手扔进路边的垃圾桶里。

谁知这一扔，麻烦来了！我离开垃圾桶，走了不到三米，一个身穿黄色咔叽布老式军装的老太太追了上来，一把拉住我，大声嚷嚷着：“好端端的冰棍，没吃两口就扔了，你这不是浪费吗？”我一愣，随即反应过来，一股无名火气腾地升起，语气也不那么友善：“你谁啊？我们认识吗？又没花你的钱，你管得着吗？”

这个老太太就是佟姨，当时已快七十岁了。听我这么一说，老太太不干了，拉着我，也不管我愿不愿意，给我讲了一大通我党我军的优良传统，什么艰苦奋斗忆苦思甜，什么节约光荣浪费可耻，说得义正词严的，根本不容我反驳。那一刻，我真是非常讨厌这个爱管闲事的老太太。

人和人的缘分真是说不清楚。后来，因为同在九如巷工作和生活的缘故，我和佟姨接触的机会越来越多，发现这个老太太非常正直和可爱。也算是不打不相识吧，过了几个月，佟姨也越来越喜欢我，我们成了无话不谈的忘年交，经常在一起谈天说地。老曾，你知道吗，包括我对你的最初了解，也是从佟姨那里得来的。

如果没有记错，大概是二〇〇四年六月初，在佟姨的极力推荐下，我看了你发表在《解放军文艺》上的一个中篇小说，就是写中俄边民恩怨情仇那篇。老曾，当时我真是被你丰富的想象力、精彩的文字表达方式给迷住了，那个中篇，我看了好几遍，有些细节到现在还记得清清楚楚。从那时起，我就成了你的忠实读者，到处搜集你的作品，打探与你有关的一切信息。当年7月，得知你从冰城调到盛天军区联勤部机关，我真是高兴坏了，央求佟姨给我创造与你接触的机会。呵呵，当时我可没有非分之想，一心只想向你求教，当然也想了解你到底是一个什么样的人，为什么能写出那么耐读的文章。

第六章　相约九八，与浪漫无关

二十六

小周，周牧仁同志，是你求着要采访我，态度认真点好不好？连着说不了三句话，你就看一下手机，手机是你情人啊？还有点诚意没有？不是我曾关键矫情，更不是我倚老卖老，记者搞新闻采访也好，作家深入底层体验生活也罢，都要放下架子、扑下身子，都要尊重采访对象和普通群众。咱俩熟，怎么着都行，我也不会真和你计较，要是换成别人，人家能像我这样认认真真配合你？

你有事？要通过微信跟人家沟通？我还有事哩！要不你先忙，咱们约时间再唠？你错了？不再玩手机了？哈哈，知错就改，好同志！

刚才唠到哪了？被你的手机这么一搅和，思路全乱了。算了，咱们先不谈军人婚恋，唠一唠手机尤其是智能手机对人们生活的深刻影响。在我看来，过度依赖手机已经成为一个非常突出的社会问题，再不引起关注，再不采取措施遏制人类对智能手机的精神迷恋，恐怕早晚要出大事。

牧仁，你是七五年出生的？看来我没记错。咱俩相差六岁，算是没有代沟，我经历的事情，你也差不多都经历过。一九八六年，我刚入伍那阵子，咱们中国还没有手机。一九八七年，我们国家才从国外引入第一代模拟移动通信技术。但这只是技术层面的，经历了较长的摸索期，直到一九九三年，中国人才有机会用上手机。不过当时还是功能单一的集群电话，就是所谓的“大砖头”，又叫“大哥大”，一部两三万块钱，只能大老板们才用得起。物以稀为贵，那个年代，“大哥大”是有钱人的身份标志，一机在手，牛气十足。一九九四年，第二代移动通信技术也就是如今还在使用的GMS网络进入中国，第二年投入使用。大概到二〇〇〇年左右，国家开始推动移动通信预付费业务，国内手机市场开始爆发。我的第一部手机，就是二〇〇〇年夏天购买的，三星牌的，一款很经典的翻盖手机，当时售价将近两千块钱，差不多是我两个月的工资，真是下了大血本。

买第一部手机时，我已经调冰城工作了。对，在集团军机关，当时我已代理纪检处处长。原本我舍不得花那个钱，你嫂子坚持要买，刚好那段时间准备到北京出差，咬咬牙就买了一个。第一次没经验，既没问资费，也没问套餐，甚至连什么叫本地通、什么叫漫游都不懂。结果到了北京，一点信号也没有，一问，才知道办办的是冰冰的本地通号码，出了省就不好使。拿着个很拉风的手机，实际上除了看看时间别无用处，用你们年轻人的话讲，真是糗大了、冏透了，现在想起来还觉得好笑。

买手机之前，我用过一段时间BP机。别打岔，我知道你没用过。小周同志，你可别瞧不起BP机，现在看一文不值，当年可金贵得很，贵一点的要两三千块。服务费也不便宜，数字机一年一百八十元，汉字机一年六百元，当时绝对算得上是高消费。

说到BP机，我想起今天早上看到的一则微信，说是九十年代某人因多次盗窃被判入狱三十年，其作案的重点始终没有如实交代。出狱那天，他坐上哥们的车，既不回家看望亲人，也不上饭店庆贺重生，而是先去买了一把铁锹，急匆匆地到一个小树林里一阵猛挖。哥们不解："你挖什么金银财宝？"这伙计也不搭腔，越挖越兴奋，等到挖出两大箱摩托罗拉BP机，他激动得语无伦次："这可老值钱了……两百部，一部按三千元算，整整六十万啊！我们发了！我们发了……"哥们默默地掏出一部智能手机："现在都流行这个了。你这些BP机，基本上是分文不值。"

小周，你先别乐。且不论这条微信的真假，它至少说明一个道理：跟不上时代不可怕，可怕的是被时代远远甩在后面还浑然不觉。你别跟我强词夺理，痴迷于智能手机和跟上时代潮流并不能完全画等号，当下还提倡低碳环保和养生哩，你们年轻人一有空就玩手机，费电费流量更费钱，哪一条都不环保，也跟养生扯不上关系。依我看，国家不妨制定出台强制标准，要求手机制造商和移动通信提供商设置定时程序，比如连续使用手机不得超过半个小时，否则自动强行重新启动或暂停服务几分钟，让你们这些"低头族"真正从手机的桎梏中解放出来，把面对面的沟通交流、健康绿色的生活方式还给人们。扪心自问，痴迷手机引发的悲剧还少吗？咱们不谈学生因玩手机游戏荒废学业，也不谈某些人边走路边玩手机掉入深坑或遭遇车祸，单是低头一族易发高发的颈椎病，就足以引起整个社会的警觉。我不是有腰椎间盘突出嘛，经常去军区总医院北方临床部软伤中心做理疗，不止一次看到一些小年轻在那里治颈椎，十七八岁的姑娘或小伙，正是蹦蹦跳跳、活力无限的大好时候，却因一部智能手机能患上颈椎病，真是不值得。

咱们九如巷就有这么一个女孩，父母都是市政府的公务员，家庭条件不错，智能手机、平板电脑等数码产品应有尽有。这小姑娘，上大一不到三个月，因过度迷恋手机和平板，颈椎出了严重问题，连课堂都去不了，请了好两个月的病假。你看看，这都什么事啊？自诩能跟天斗、与地斗的人类，怎么就斗不过自个儿造出来的数码产品？

你小子，还乐呢，说的就是你。手机这玩意儿，用好了，是学习工具，是生活助手，给人方便快捷；用不明白，是枷锁，是毒品，让人痛不欲生。不是有种说法嘛，智能手机和一百多年前的鸦片是一样一样的，都让人上瘾，让人疯狂，让人失去理智，让生活一团糟。我不知道那些关于某些年轻人为了购买苹果手机而割卖肾脏的传闻是否属实，如果真是那样，也太不可思议，太让人觉得悲哀了。

现在的智能手机，功能多得很，并且会越来越多，照这趋势发展下去，用不了多久，仅凭一部手机就能走遍天下，吃穿住行玩，通通都能依托手机终端来解决。显然，手机不能不用，但应该有选择地用，有节制地用，否则，人类真要沦为包括智能手机在内的人工智能设备的奴隶了。

你问我的手机都用来干些什么？能干的都干，该干的都干，比如购物购票、转账支付、打车导航、游览新闻、阅读小说，毕竟方便嘛，不用是犯傻。但凡事都有个度，使用手机也是这样，不能没完没了，该休息的时候一定休息，不能长时间盯着手机屏幕，这样对眼睛有损伤，对身体其他部位和器官也有潜在危害。眼睛感到疲乏时，关掉屏幕指示灯，用手机听听歌，放松放松心情，不也挺好吗？总之，那种睡前玩手机、醒来摸手机、走路看手机、开车盯手机的事，真得控制控制了。

小周，可能是你曾哥真的老了，最近，我特别愿听那些老歌。比如近些天，由于军队改革的原因，我总是想起一九九八年，想起我入伍后经历的第一次大裁军，想起那英、王菲九八年在央视春晚演唱的那首《相约九八》。要不，我用手机放给你听听吧。

“打开心灵剥去春的羞涩/舞步飞旋踏破冬的沉默/融融的暖意带着深情的问候/绵绵细雨沐浴那昨天/昨天/昨天激动的时刻/你用温暖的目光/迎接我/迎接/我从昨天带来的欢乐/欢乐/来吧来吧相约九八/来吧/来吧/相约九八/相约在银色的月光下/相约在温暖的情意中……相约在甜美的春风里/相约那永远的青春年华/心相约/心相约/相约一年又一年/无论咫尺天涯……披上新装当明天到来的时刻/悄悄无语聆听轻柔的呼吸/那么快让我们拥抱/拥抱/拥抱彼此的梦想……”

牧仁，这首歌怎么样？是不是很好听？你很熟悉？哈哈，我忘了你只比我小六岁！瞧我这副德性，老想在你面前装成熟装稳重。我为什么爱听这首歌？因为浪漫美好的青春往事？嘿嘿，这个你真错了，我的一九九八年，包括之后的四五年时间，除了工作上的巨大压力和裁军带来的冲击影响，婚恋上的困惑或失败，一度像一座逃不掉推不开的大山一样，压得我喘不过气来……

二十七

小周，我不止一次讲过，你搞这个关于军人婚恋的长篇纪实报告文学很有意义。往小了讲，事关二三百万中国军人的感情生活和家庭幸福；从大处讲，关乎军队的稳定、国防的坚固和国家主权、领土的安全。真不能把军人婚恋这事看小了，更不能对存在的问题视而不见。这既需要军队各级领导高度重视，更需要整个社会包括国家高层的足够关注。这么些年来，我们军队的思想政治教育，更多的是在强调牺牲奉献，强调个人服从集体，强调部队的事再小也是大事、个人的事再大也是小事，在这种大背景下，军人婚恋这个问题确实被严重忽视了，带来的后遗症不可忽视。小周，如果你真想写好这个纪实长篇，建议你最好下部队认真搞搞调研，各种类型的单位都要去，各个职级的官兵都要采访，看看当代军人在婚恋方面到底面临哪些现实困惑和实际难题。比如，大龄未婚官兵到底占多大比例，已婚官兵的离婚率占到多大比重，离婚背后的深层次原因是什么，有什么好的对策建议，都需要问计于广大基层官兵。温室里长不出参天大树，坐在办公室也写不出好文章，这个道理，你一定要记在心里。

关于军人婚恋问题，你想到采访我，并一再征求我的意见建议，我得说，你作了个不错的选择。哈哈，我这不是王婆卖瓜，这方面我确实作过一些深入的思考，实际上也有不少切身体会。我和瑶瑶的母亲，对，就是我前妻，我们之间的婚姻从一开始就是个错误，或者说是军人婚恋中的失败样本。你不妨拿我作个剖析，给战友们一些有益的启示，让他们更为理性、更为成熟地处理婚姻大事。于我而言，这可能涉及个人隐私，但这很有意义，我愿意承担由此带来的非议或压力。

我和瑶瑶的母亲都是黑龙江大兴安岭人，所不同的是，她在地区首府加格达奇长大，正宗城里人；我来自呼玛县的一个边境小村庄，地地道道的农村人，也可以称作边民。我没在加格达奇上过学，出来当兵又比较早，正常情况卜，我们之间不会有什么交集，我甚至从没想过要找一个加格达奇的女孩当老婆。和林苗那段恋情无果而终后的七八年时间里，我对婚恋一直不抱什么期望，既不主动出击，也不理会别人的美意，看谁都对不上眼，和谁都谈不出感觉。想来，是我这个人过于执着了，这真不是什么优点，千万不要当优点往你的纪实报告文学里写。

在儿女的婚恋问题上，父母永远要比子女更操心也更积极。自打林苗和肖洪强结了婚，我那当村小老师的母亲就没有消停过，无论是我回家探亲，还是给我写信，母亲三句话不离我的婚姻大事，苦口婆心地劝我早点把个人的终身大事给解决了，否则她会死不瞑目。父亲没母亲那么直白或直接，但偶尔也会拐弯抹角地提醒我，老大不小了，不能一直这么单下去，还说农村人讲究传宗接代，就算我当了兵、进了城，但根还在农村，有些事还得按农村的风俗办。呵呵，小周同志，你又该说我迂腐了吧？你小子，跟你老哥我总是没大没小的，啥嗑都敢唠！算了，不跟你计较，再说也没法跟你这混小子计较。

瑶瑶的母亲叫什么名字？这个你就不要问了。不管我们曾经闹得多僵，但毕竟夫妻一场，就算离了婚，该尊重还得继续尊重。何况她还是我女儿的亲生母亲，再不济，也比外人更亲近一些。纪实报告文学非要有个名字？那你就用个化名，暂且称她霜霜吧。对，就是风霜的霜。有点冷？哈哈，要的就是这个感觉。瑶瑶的母亲，还真有点冷若冰霜的气质，叫她霜霜，算得上是人若其名。

霜霜比我小三岁，她的父亲、我曾经的岳父是一名政府官员，退休前是地区行政公署一个局的局长，正处级领导干部，算得上是事业成功。我那曾经的岳母也不简单，师范毕业后从小学老师干起，之后是德育主任、教导主任，再后来是一所中学的副校长、校长，最后从地区教育局副局长的位置退休，绝对是女强人一个。作为父母唯一的女儿，霜霜可谓是含着金勺子长大的，从小过着衣食无忧的生活，养成了独立但霸道、果敢但武断的性格，权力欲、控制欲极强，啥事都想自个儿说了算，一旦觉得自己受了委屈，一定会发泄出来。霜霜还有个叫人害怕的缺点，就是疑心太重，除了我和她的母亲，其他女人，稍微年轻一点，或是有几份姿色，在她看来都是现实或潜在的情敌。

实话实说，我不喜欢霜霜这种类型的女人，年轻时不喜欢，现在仍不喜欢，将来还是不喜欢。可生活总是爱和我们开玩笑，你喜欢的人，不一定能遇到；遇到了，人家不一定喜欢你。于是人们的婚姻生活经常出现这样的状况：和喜欢的人谈恋爱，和适合的人结婚。当然也不排除那种一见钟情、一吻定终生的美好恋情，但相当一部分数婚姻都是妥协的结果。

小周，要不说你们四川人聪明哩，你看我刚露出个话头，你就猜到我要讲我和霜霜是怎么走到一起的。对头，我和她的结合，就是妥协的结果。当初，我老妈见我总不谈爱恋，着急得不行不行的，四处给我张罗对象，被我一一否决。眼看我快三十岁了，老妈使出最后一招，于一九九八年六月初，专程跑从呼玛县赶到大兴安岭地区行署所在地加格达奇，向她念师范时的同班同宿舍的好友求援。小周，你又猜到了，这个人就是霜霜的母亲，当时已经是地区教育局副局长。老同学相见，自然十分亲切，唠到儿女的婚恋，两人更是找到了共同语言。因为这个时候，副局长正为自己宝贝女儿霜霜的婚事发愁。

受其母亲影响，霜霜考入齐齐哈尔滨师范学院，毕业后回加格达奇做了一名中学化学老师。可能是家里条件好，或者是眼光太高，参加工作后，其他年龄差不多的女同事先后结婚生子，霜霜却始终进入不了状态，既不自由恋爱，也不接受媒人介绍，一门心思搞她的教学，并且十分迷恋各种化学试验，一有空，就钻进学校试验室，没完没了地和各种化学试剂打交道。

我老妈到加格达奇找老同学的前一天，霜霜和她母亲大吵了一架，一个要求女儿抓紧恋爱结婚，一个要求母亲不要多管闲事。吵到最后，霜霜没耐心了，自顾自地去了学校，继续搞她的化学试验。临走前，霜霜扔下一句话：“你这么着急把我嫁出去，那你给我找一个！你看谁行，我爸再点个头，我就嫁给他！”

小周，接下来的故事，就不用我给你细讲了吧？你猜不出来？这可不像你！头上的虱子，明摆着嘛。我老妈着急找个儿媳妇，霜霜的母亲急着把女儿嫁出去，各有所需，并且还是老同学家的孩子，亲上加亲，简直就是黄金组合啊。于是，没怎么深入讨论，两个母亲便定了调子：把两个孩子往一起凑！

我老妈和霜霜母亲见面的第二天，我正在部队值班哩，突然接到父亲打来的电话，说我老妈病危，正在加格达奇林业医院抢救，让我速归。我问老妈到底得了什么病，父亲在电话里支支吾吾，说不出个所以然，还说先别问那么多，赶紧回来才是正事。我一想也对，没再纠缠，赶紧请假，转了三趟火车，用了一天半时间，才从辽宁本溪赶回黑龙江省加格达奇。

老妈当然没有病危，她不过是用了一个小伎俩，把我骗回去和霜霜相亲。老实说，第一次见到霜霜，我一点异样的感觉也没有，只觉得这个姑娘个挺高、脸挺白，模样也算俊俏，但就是太冷，脸上很少见到笑容。后来霜霜告诉我，她对我的第一印象也不怎么样，总觉得我和她各方面都不在一个节奏上。比如我爱说，跟谁都谈得来；她不爱说话，尤其和陌生人，几乎不怎么交流；比如我爱笑，并且习惯于哈哈大笑，也喜欢不时说个笑话，来个小幽默；她比较正统，讲究含蓄，讲究笑不露齿；再比如，我的爱好比较广泛，或者说比较杂，什么都涉猎，但什么都不精；她比较钻一，爱一行钻一行，一心想成为某个领域的行家里手。总而言之，我们两个谁也看不上谁，谁也某把对方当成自己盘里的菜，如果当初尊重我们的意见，我和霜霜不可能走到一起。

可是，作为大龄未婚青年，作为骨子里极为在乎父母感受的孝子，我和霜霜当时别无选择。在两个母亲的亲自撮合和张罗下，我到加格达奇的第三天中午，双方父母、我和霜霜，外加霜霜母亲找来当媒人的一个同事，七个人坐在一起吃了一顿饭，算是订了婚。三个月后，我和霜霜在呼玛县城举行了结婚典礼，之后到加格达奇参加了岳父岳母组织的答谢宴。

结婚后，霜霜辞去在加格达奇的工作，随军跟着我到了辽宁本溪，费了好大劲才进了一所小学。小周，你知道的，小学没有化学这门课程，霜霜这个化学老师自然也就没了用武之地，被迫改行教数学。

二十八

小周，你应该见过霜霜。对，就是去年她到我们联勤部机关大闹那一次。我也真服了她，我们两个都离婚这么多年了，她凭什么干涉我和巧巧自由恋爱？她有什么权利反对？好在如今部队的领导比较开明，不像过去那么左，凡事先问问具体原因，也不再打着组织的旗号粗暴干涉官兵的婚恋问题和家庭纠纷。往前数个十来年，可不是这样，只要有家属或她们的亲友到单位闹腾，或者只需一封信、一个电话，领导们总是习惯于站在道德的制高点上，不问谁是谁非，不管谁对谁错，首先对被告的干部战士一顿猛批，逼着自己的部下作出让步和妥协，并美其名曰这是维护部队形象、维护军政军民团结。我呸，这都什么狗屁逻辑？！军人怎么了？军人就不是人了？地方老百姓可以自由婚恋，夫妻不合可以自主离婚，军人凭什么就不行？条令条例也没规定这一条啊！哈哈，谈到此类话题，我总是很激动，也有些偏激，小周同志，让你见笑了。

我这么激动，是有原因的。或者不如直说，这方面，我吃过哑巴亏。

由于彼此都不是自己的意中人，我和霜霜的婚后生活平淡如水，没爱情更没激情，也就是搭伙一起过日子，各怀心事，各取所需。前面我谈到过，霜霜的权力欲、控制欲很强，结了婚，自然会家政大权一把抓。结婚的当天晚上，她就和我约法三章：我每月工资全额交给她，家里的大项开支由她说了算；我个人应酬方面的花销，采取一事一报的方式解决；夫妻在经济方面产生分歧，不许和双方父母讲，两人协商解决。我一听，心里拔凉的拔凉的。这哪是约法三章，简直就是从源头上杜绝我产生非分之想嘛！都说男人有钱就变坏，兜里没银票，看你怎么晒你的花花肠子！小周，你说说，这招是不是太狠了？确实够狠！我为什么不反抗？我也试图抗议过，可抗议无效！霜霜这种女人，只要是她决定了的事，别人甭想和她商量。我这个人对钱一点也不敏感，有就花，没有就不花，霜霜乐意管钱，就让她管好了，需要花钱就找她要，倒也捞个清闲。维持一个家，处理方方面面的关系，需要花钱的地方多了，女人相对心细一些，让老婆管钱，其实是个不错的选择。

实事求是地讲，霜霜虽然霸道，但一点也不抠门。特别是在孝顺双方父母、照顾彼此亲属方面，霜霜很大气，从不计较。结婚第二年，我父亲突患大叶性肺炎并引发心肌炎，前前后后花了三万多块。我家兄妹三个，我排行老大，条件相对好一些；弟弟和妹妹当时在县城摆地摊，日子过得比较紧巴。霜霜二话不说，不仅把咱俩的家底全拿了出来，还找她父母和亲戚借了一些，从头到尾没提让我弟弟和妹妹分摊治疗费这一茬。也正是因为这件事，我的父母和其他家人对霜霜的印象格外好，说她懂事明理，说她孝顺老人，说她不嫌弃小地方来的人。等到后来，也就是二〇〇〇年元旦过后，我俩开始闹矛盾，包括后来闹离婚的时候，我的那些亲戚，我的父母，我的弟弟妹妹，几乎全都站在霜霜那边，异口同声地批判我。

面对亲人们的指责和劝阻，我能说什么呢？我能说霜霜对我冷若冰霜？能说霜霜因为工作不对口的事经常骂我没本事？还是能说霜霜从来都不信任我？要不说霜霜像查敌特分子一样调查我和异性交往的一点一滴？家丑不可外扬，夫妻之间的事，说了别人也不好评判，何况我的家人对霜霜印象那么好，我说了也是白搭啊。既然如此，那就忍着，能维持先维持，坚持一天是一天。对，小周你说得没错，这就叫委曲求全。婚姻从来都不只是夫妻之间的事，牵涉两个家庭，不，是两个家族，是更为广阔的社会关系。都说豪门恩怨深似海，普通百姓的家事也没那么简单，需要考虑和顾忌的事儿多了。

尽管我和霜霜的夫妻感情不那么和谐，女儿瑶瑶还是在一九九九年七月出生了。应该说，女儿的到来，让我们不咸不淡的夫妻关系更为亲密了一些，但远未达到水乳交融那种理想境界，并且这种状态没能持续多长时间。

随着瑶瑶逐年长大，我和霜霜在教育孩子问题上产生严重分歧。我主张无为而治，让孩子自由发展，健康快乐成长就行；霜霜则希望把瑶瑶培养成学习优异、爱好高雅、能唱会跳的才女淑女，只要能达成目的，花多少钱都行，就算牺牲孩子的快乐童年也在所不惜。

小周，你也是孩子的父亲，你应该明白，我和霜霜这种分歧，尤其是霜霜那种霸道的性格，其中的矛盾是无法调和的。其结果，只能是夫妻之间原本就有的感情裂痕越来越大，关系越闹越僵，最终乱成一团，无法收拾。

二○○三年前后，我和霜霜的关系跌至低谷，几乎到了水火不相容的地步。当然，我们都是公职人员，不得不注意身份和影响，不得不做一些表面文章。于是，在外人眼里，我和霜霜是不那么亲密但关系正常的夫妻，偶尔也一起参加应酬，逢年过节也和双方家人在一起吃喝玩乐。可实际上，我们已然形同路人，一回到家，除非因为女儿，两人不怎么交流，彼此互不相干，晚上不同枕共眠，她抱着女儿睡，我抱着枕头睡，连基本的夫妻生活也很少。二○○四年元旦大吵一架之后，一直到二○○七年离婚，我和霜霜仅存夫妻之名，再无夫妻之实……

二十九

小周，你的表情别那么沉重好不好？老话讲“看《三国》流眼泪，替古人担忧”，我不就听唠叨了一点家长里短么，你小子怎么还严肃上了？这可不像你的性格。来，抽支烟，放松一下你那压抑的情绪。我讲的都是陈年旧事，你当故事听就好了。

回头再看，我和霜霜那次失败的婚姻，表面看是我们两个人痛苦，实际上受到伤害最深的，还是我们的女儿瑶瑶。打她懂事起，就经常目睹父母之间的争吵；等她大了些，则要天天面对父母之间的冷战。在这样的家庭环境长大，瑶瑶的叛逆注定不可避免。加之我二〇〇三年之后很少回家，跟孩子接触的机会不多，瑶瑶愈发感受不到正常家庭所有的那种爱、亲情和天伦之乐。结果初二没念完，瑶瑶就和社会上的不良青年混在一起，最终连个初中毕业证都没拿到，只能凭着一副好嗓子去酒吧当歌手，还早早地谈起了恋爱。

我怎么不管？小周，你说得轻巧，受其母亲影响，瑶瑶在很长一段时间内对我恨之入骨，怪我不心疼她母亲，怪我有家不回，怪我抛弃她母亲找别的女人。这种父女关系，她怎么可能听我话？又怎么可能服我管？要说心病，这算是我迄今为止最大的心病了。为人父母，我和霜霜都愧对瑶瑶。

说起来，还真要感谢瑶瑶的那个男友，要不是他的爱与引导，要不是他有一个完整的、正常的、和谐的家庭，瑶瑶可能会在邪路上越走越偏。既然唠到这里，那就说说瑶瑶经历的那些事吧。

瑶瑶十四岁那年，也就是二〇一三年，因为经常旷课，在派出所还有参与群殴、小偷小摸等不良记录，瑶瑶被学校开除学籍。霜霜急疯了，我也着急上火，找了不少关系，求了不少人，好不容易有所学校愿意接收，瑶瑶却耍起了驴脾气，声称如果再逼她上学，她就离家出走，从此再也不和我们联系。想到女儿的学习成绩实在太糟糕，继续上学也不会有什么出息，我和她母亲都选择了妥协，无奈地让女儿早早地进入社会打拼。

瑶瑶是个要强的孩子，拒绝了我帮她找工作或给她投资开店的建议，硬是凭着高挑的身材、娇好的面容、早熟的性格和一副好嗓子，顺利成为一家酒吧的驻唱歌手。这个工作经常熬夜，非常辛苦，但好处是收入还可以，养活自个儿没什么问题。瑶瑶业余时间还在经营网店，并且是淘宝的签约淘女郎，不时接点广告，据说收入还不错。

什么？你不知道啥叫淘女郎？我说周牧仁同志，你这个宣传干部，副团也两三年了，视野是不是太窄了些？所谓淘女郎，就是淘宝网利用松散合同聚焦起来的一群草根模特，门槛不是很高，只要个人形象较好、易上镜、网民认可、点击率高就行。工作也不复杂，就是帮淘定店主拍一些衣服、饰品的广告。对，就这么简单。小周，现在是互联网时代，新鲜事物层出不穷，不加强学习，很快就会落伍。

跑题了？哈哈，还不是你打叉造成的。好，言归正传，继续说说瑶瑶那个男友。这个男孩，今年虚二十，比瑶瑶大三岁，职高毕业，专门给淘女郎拍照，在他们圈内小有名气。我见他过两次，总体感觉还不错，有上进心，中规中矩的那种，看起来比较让人放心。他叫什么不重要，重要的是他改变了我女儿的人生轨迹，让瑶瑶走上了正道。小周，你知道吗？别看瑶瑶岁数不大，但现在很有上进心，正盘算着把扩大网店规模，对如何把淘女郎这份职业做强也有了规划。瑶瑶跟我讲，她计划利用五年时间安心创业，积累一定资金，二十岁结婚生子，等孩子上了幼儿园，再琢磨把事业干大干强。女儿能有这样的想法，并且十分积极地去努力和实践，我真的很欣慰。现在我想通了，瑶瑶不上学就不上吧，能够养活自己，对未来有着清晰的规划，这就足够了。作为一名没有尽到责任的父亲，我还能奢望什么呢？流自己的汗，吃自己的饭，孩子的人生之路，平坦也好，崎岖也罢，都让他们自己去闯吧。

瑶瑶的事儿先谈到这里。小周，你还有什么要了解的？我和霜霜闹矛盾、闹离婚的一些细节？我靠，你这个四川娃儿是不是太八卦了？这有什么细节可挖的？对，你写的是纪实性报告文学，但也没有必要去揭人家的伤疤啊！社会再怎么开放，离婚这种事，对身处其中的男女来说，从哪个方面讲都不是什么光彩的事儿，谁愿意让你来个大纪实大曝光？反正我不乐意！你非要问？你这个四川锤子，咋就这么倔呢？看在我们多年兄弟、无话不谈的份上，我给你讲一件事。说好了啊，就一件事，不许再跟我叽叽歪歪地讨价还价。

其实我也想过，我和霜霜之所以闹到非离婚不可的地步，除了婚前谁都没看上谁，最为关键的导火索，还是出在女儿瑶瑶出生以后那大半年。当时，我父亲病重，母亲无法来照顾儿媳和孙女；岳母又患上了比较严重的心脏病，生活自理都成问题，根本无力伺候女儿和外孙女。无奈之下，岳母把岳父乡下的一个近房侄女叫到本溪，让她帮着照看一段时间，工资由岳母承担。

这本来是件好事，也确实给我和霜霜解决了很多现实麻烦。也正是由于霜霜这位远房堂妹的帮助，女儿满月后，霜霜得以回到学校继续上班。但成也萧何败也萧何，我和霜霜婚姻破裂，最初的问题也出在我的这位小姨子身上。

天地良心，和霜霜比起来，无论是身材还是长相，包括气质，我的这位小姨子都无法相提并论，我对她从未有过非分之想。但霜霜不这么看，从小姨子进入家门的第一天，她就经常告诫我，不要想不该想的事，否则给我好看。我知道霜霜的脾气，根本不敢越雷池半步，平时连话都不敢和小姨子讲。

事实证明，在霜霜强烈的疑心面前，我再小心翼翼，最终还是落下了所谓的把柄。

有一个周末，我下班比较早，比霜霜先进家门。当时小姨子正用奶瓶给瑶瑶喂奶，水温高了些，烫得小家伙哇哇大哭，奶水吐了一身。我上前帮忙，拿湿毛巾给女儿擦身上的奶渍，小姨子则忙着给孩子洗脸，两个人靠得近了些。我没意识到有什么不妥，都是为了孩子么。可事不凑巧，我俩正手忙脚乱地忙乎着哩，霜霜开门进屋，看到我和小婊子差不多头挨着头，当时就不高兴了，脸拉得老长，全身上下阴云密布。

当天晚上，等小婊子带着瑶瑶睡觉了，霜霜开始审问我，问我和她妹妹是不是做了什么见不得人的事。我很生气，气得一句话也说不出来。见我不争辩，霜霜更加坚定了她的判断，非要我承认所谓的奸情，还要找她妹妹一起来对质。面对这种莫须有的罪名，我的肺都气炸了，抬起右手，重重地给了霜霜一个耳光，之后摔门而去，当晚睡在办公室的沙发上，没再回家。

回想起来，当初我也是太不冷静了。如果我静下心来好好跟霜霜解释一下，或是采取迂回的方式妥善处理，我们之间的隔阂也不至于越来越多。后来发生的事，我就不细讲了，反正结局你都知道了。

小周，我得提醒你，你家阿莲不错，你可别学曾哥，一定要好好珍惜阿莲，不要把夫妻感情搞得那么紧张。男人么，该硬气的时候要硬气，该服软的时候要服软，不能耍大男子主义。不是有这么一种说法嘛，世上最幸福的家，是爸爸爱妈妈。夫妻感情搞好了，孩子才会健康幸福地成长，家庭才会成为温馨温暖的港湾。而这，也正是婚姻的全部意义所在。

三十

小周，我知道你还想从我身上挖出更多你感兴趣的东西，建议你到此打住，别跟你老哥我废话了。要记住，你要写的是一个反映军人这个特殊群体婚恋现状的纪实长篇，需要尽可能地多采访，盯住某个人或某件事，再具典型性，那也只是个体，容易以偏概全，肯定是行不通的。这样吧，趁今天还有点时间，我就跟你唠唠我所了解的一个真实发生、让人扼腕叹息的军人婚恋故事。不过抱歉，我不能告诉你故事的主人公姓甚名谁，更不会透露与他们真实生活相关的具体信息。未经本人同意，我无权全盘公开别人的隐私。这一点，请我们的周大干事多多体谅。

这个故事涉及的夫妻，男的是一名师职领导干部，暂且按地方老百姓对军官的喊法，不管实际从事什么工作，叫他一声师长；女的是一名电力公司的正科职职员，同样按照地方老百姓的习惯，叫她一声科长。师长和科长的结合跟我和霜霜差不多，都是父母包办的，结婚后没有过一天消停的日子，一天一小吵，三天一大吵。吵来吵去，两人关系越来越恶化，根本无法同室共处。

师长还是团长的时候，夫妻俩基本不在一起生活了。当时，师长在集团军机关当处长，工作本来就忙，经常熬夜加班写材料，这给了师长不回家的理由，他在办公室放了一张折叠椅，白天折叠放好，晚上打开当床用，十天半月不回一次家。就算偶尔回去，也只是看一眼慢慢长大的女儿，抱一会儿，亲两口，之后匆匆离开，决不肯多待一分钟。对此，科长也不在乎，只要求师长按时支付女儿的生活费和学费，还有家里的杂项开支，通通由师长负责。

由于体会不到家的温暖，师长把办公室当成了家。即便是过春节，他也待在办公室，门窗一关，不是发呆就是抽烟，经常把自个儿熏得泪流满面。有一年正月初二，师长的一个小兄弟到办公楼闲转，发现师长的办公室虽然房门紧锁，但门缝却往外冒烟，一顿猛敲，师长才打开房门。面对满屋的浓烟和呛人的烟味，据说这个小兄弟当时傻眼了。这哪是抽烟，这分明是借烟消愁么。

说起来，我跟师长算是谈得来的好朋友。这位老兄，长得高大英俊，为人真诚豪爽，并且乐于助人，别人找他帮忙，不管大事小情，从来不说不行，即便真办不了，他也会设身处地的提出合理化建议，让人很是受用。这么说吧，在外人看来，师长就是个乐天派，成天乐呵呵的，什么愁事都没有，什么困难都能难不住他。包括对自己的妻子，在外人面前，师长总是夸自个儿的老婆漂亮能干、善解人意，是军嫂中的模范，娶了她，真是上辈子修来的福分。

可事实并非如此。师长的老婆，就是电力公司那个科长，人是长得漂亮，但毛病实在不少，并且都是让人无法忍受的大毛病。比如疑心重，和瑶瑶的母亲一样，看任何年轻或貌美一点的女人都像情敌，严格监督，严防死守，严加盘问，弄得师长压根儿不敢在她面前提及除妻女之外的其他任何女人。还比如非常严重的洁癖，师长回家，打开房门后的第一件事不是脱鞋进屋，而是先用科长事先放在门口的清水洗脚；科长只要在家里，只要没上床休息，她会一直在忙着打扫卫生，不是用抹布仔细擦拭家具，就是用拖布反复擦洗地板。更让人受不了的是，科长无法容忍除丈夫和女儿之外的其他任何人进入家里，说是会带来细菌，会让家人生病。偶尔家里来客人，从别人进屋的第一刻起，科长就拿着一块抹布，亦步亦趋地跟在客人后面擦拭地板，客人走到哪，她跟着擦到哪；客人从沙发上起来，人还没走，科长就开始拆换沙发套，弄得客人很是尴尬。时间一长，几乎没有人再去她们家串门。

科长还有一个让外人无法理解的嗜好，就是利用一切机会，不分场合、不遗余力地说丈夫的坏话。师长还是处长的时候，有时单位搞聚会，要求带家属参加，只要科长到场，饭局根本无法正常进行。因为从科长上桌的第一分钟开始，她就会喋喋不休地向别人述说丈夫的种种不是。每每此时，师长总是表现得很大度，不反驳，不解释，只是微笑地听着，像一个与此无关的局外人。

师长的酒量不错，喝个斤把白酒，一点也不费劲。有一天晚上，我俩吃烧烤，一人喝了一瓶白酒，又来了一打鲜啤，我没咋的，师长喝醉了。人一喝醉，容易袒露心扉。这天晚上，醉酒的师长向我哭诉了他那不幸的婚姻，说他早就想离婚，可是不敢离。因为科长说过，只要师长胆敢提出离婚，她就先掐死女儿，之后自杀。如此高昂和血腥的代价，谁也付不起。

于是就这么拖着，相互折磨着。师长当了四年处长以后，因为工作成绩突出，上上下下口碑都很好，被列入副师职领导干部拟提拔对象。这是件好事，谁知科长却不干，跑到集团军机关大闹特闹，说师长人品不行，在外勾搭别的女人。生活作风可不是小事，集团军政委很重视，亲自找科长谈话，请她提供相关证据。科长却说不出个子丑寅卯，只是反复强调师长生活作风有问题。政委哭笑不得，反复追问科长胡乱告状的真实用意是什么。科长架不住政委的循循善诱，最终承认她是担心师长提职后会离开她的掌控范围，进而跟别的女人纠缠不清。

事情弄清楚了，师长的成长进步没有受到影响，异地提拔为副职领导干部。离开了家里的母老虎，谁都以为师长的日子会好过一些，不料科长却不给任何机会，要求师长早请示、晚汇报，每天至少往家里打两个电话。这还不算完，只要她乐意，科长会随时给师长打电话，要求丈夫报告自己的具体位置，还经常要求师长的身边人员予以佐证。

这样的日子，搁在谁身上都受不了。最终，师长挺不住了，在一次单独出差途中，自个儿在绿皮火车的软席包箱喝了顿闷酒，入睡后无意识呕吐，导致窒息身亡。

得知丈夫意外去世，科长几乎没有表现出悲伤，而是带着女儿直奔师长任职的单位，把师长的办公室和宿舍翻了个底朝天，说是要把师长的私房钱翻出来。更为过分的是，举行追悼会的时候，科长自个儿不去守在灵前，也不让女儿去，母女俩站在灵堂的入口处，专门盯着进出的女士看，谁哭红了眼睛，或是谁哭得伤心了一些，科长就会上前大声质问对方是不是跟师长有不正当的男女关系，弄得追悼会不像追悼会，倒像一场争风吃醋的闹剧。

一个男人，娶了像科长这样的女人，只能用一个“惨”字来形容。这样的婚姻，确实就是坟墓。小周，说句不好听的，家里有这么一个老婆，上床时的心情跟上坟有什么两样？哎，不说了，这背后的原因，还是你自个儿去分析吧。

第七章　撤编！撤编！

三十一

老曾，你给我讲了这么多的自己婚姻往事，真是难为你了，真心感谢。我策划这个关于军人婚恋的长篇纪实报告文学，不是想猎奇，不是想出名，只想为亲爱的战友和可敬的军嫂们做点实事，让更多人、让整个社会来关注军人军属的真实生活，进而真心实意地支持国防和军队建设。这不是唱高调，更无关高大上，伊拉克、阿富汗、利比亚、叙利亚的战争一再警示我们：没有一支强大的军队，一个国家主权和安全无从谈起，国民的幸福安康更是一句空话。过去我们总讲“落后就要挨打”；如今的国际安全形势，是不是可以说“兵弱就要遭殃”？一个国家，一个社会，如果对军人的婚恋问题熟视无睹，如果对军人军属的现实困难视而不见，凭什么去要求军人舍生忘死、拼命冲锋？仅靠信仰信念和爱国主义？恐怕没这么简单。前两天，朋友圈里流传一篇文章，题目就叫《国家假装关心军人，军人装假保卫国家》，内容可能有失偏颇，但其传递出的忧患意识，倒也不是毫无道理。

这让我想到当下正进进行的新一轮军改。对了，老曾，今天是二〇一六年一月十七日，是我们盛天军区结束历史使命后的第三天。我听咱们联勤部政治部干部处的同事讲，军区机关分流调整的计划已经获批，很快就会正式下达，最快从明天起，司政联装机关的近上百名同志将陆续前往榕城、邕城、泉城、石门等地，到新组建战区陆军机关报到。老曾，想来也你感受到了，这些天，咱们联勤部机关，甚至包括整个九如巷，均被撤编带来的失落感、人员分流引发的离别情绪笼罩着，连空气中都弥漫着伤感的气息。说真的，我不喜欢这种氛围，但我们有别的选择吗？没有！军人以服从命令为天职，就算之前有这样那样的想法，可分流计划一旦正式下达，我们就没了选择余地，更不可能去和组织、和领导讨价还价。这种事，但凡是名合格称职的军人，指定做不出来。

不得不承认，与以往经历的裁军相比，这次涉及总部和各大军区、各军种的指挥领导体制改革，保密工作做得实在太到位了，每一步，每一阶段，不到最后关口，谁也别想得到确切消息。那些网上的各种传言、朋友圈里的所谓权威讯息，事实证明都是道听途说，不值得采信。包括军区机关的人员分流安排，在军委正式批复之前，谁都不敢保证自己将去向何处。这样挺好，省得大伙东找西找，也不用四处打听，直接按政策按规矩来行了。

相对而言，一九九八年那次大裁军，就没有今年这么严密和正规。那年我二十三岁，刚从我们炮兵师政治部宣传科下派到连队当指导员。当时，关于裁军的谣言满天飞，今天说要撤这个军，明天讲要裁那个师，张三能调到北京，李四要去军区机关，消息来源泥沙俱下，那个混乱劲，真是让人无所适从。

老曾，不知你有没有这样的体会，在军队改革的大潮面前，个人显得太渺小太无足轻重了。不少战友关于军旅人生的美好规划，在军改这根指挥棒的主导下，先是幻化成美丽的气泡，之后“砰”的一声裂得稀碎。那些励志大师总讲，每个梦想都值得尊重，这话的确没错，但对于军人而言，尤其是对于处在军改漩涡中的军人而言，原本清晰的梦想可能就会变得遥不可及，甚至完全破灭。客观讲，这是没有办法的事儿，改革么，实质上就是利益的再调整再分配，军改当前，总得有战友作出牺牲。这一点，谁都无法回避。

我清楚地记得，九八裁军那一年，和我搭班子的张兴海连长任正连职已经整整四年。兴海来自陕西农村，一九六七年出生，比我大八岁。他人好，军事素质更好，多次在师和军里组织的炮兵专业比武中摘金夺银，两次荣立二等功、四次荣立三等功，是师团两级重点培养的先进典型。但兴海有个硬伤，就是提干比较晚，之前是志愿兵，一九九四年才转干，提干后直接代理连长，我去连队当指导员时，刚过三十一周岁的兴海已然是全师年龄最大、任职时间最长的连长。

应该说，对兴海这样的先进典型，各级领导是关注和厚爱的。

我和兴海所在的连队，是团里的标兵连，也叫窗口连。按照当时的做法，窗口连队的主官，任正连满四整年，可以越级直接提拔为正营职，一般连长直接提为营长，指导员则直接任命为营政治教导员。而在兴海的培养使用上，师团两级都秉承着这样一个思路。

具体时间记不清了，大概是一九九八年“八一”建军节过后，也就是我从师机关下到连队当指导员不到两个月时间，兴海任正连职满四整年。按照之前的安排，团政治处按程序对兴海进行了考核，并向师里呈报了提拔兴海为营长的任职建议。得知这个讯息，全连官兵像过年一样高兴，纷纷提前向连长道贺。兴海本人也很高兴，成天乐呵呵的，见谁都点头微笑，一有空，就和我商量连长的接替人选，极力想把综合素质非常过硬的副连长扶正。

哪知命运弄人。师里还没来得及向集团军上报关于兴海的任职建议，裁军命令逐级下达，干部任免调整工作全部暂停。并且更为要命的是，按照当年的调整改革安排，年过三十周岁、学历偏低的正连职干部必须列入转业安置计划。

消息传来，前些天还兴高采烈的兴海如霜打的茄子彻底蔫了；全连官兵也很失落，不敢直视连长的眼睛，生怕戳中他们敬重的连首长内心深处的伤痛；营长、教导员更是痛心疾首，反复和团机关和团领导交涉，请求想方设法把兴海留下来；团长、政委和政治处主任也深感对不住兴海，反复检讨不该想着一步到位，应当早一两年先给兴海解决副营职。作为连队到任不久的指导员和兴海的新搭档，我也非常难受，但却不知道怎么去安慰他。

除了情绪不高，兴海总体上很平静，从未公开表达过不满和失落。有一天晚上，等连队官兵就寝后，兴海找到我，让我陪他喝点酒、说说话。我知道他心里难受，便没有拒绝。那天晚上，在连部，就着一包花生米、几根火腿肠，我和兴海一人手把一瓶烈性白酒，边喝边唠，边喝边流泪。

兴海告诉我，他喜欢部队，喜欢带兵，愿意继续和战士们一起摸爬滚打。他也想过亲自去找一找师团领导，想办法留下来，可最终放弃了这个打算。兴海讲："我们是连队主官，平时总教育战士要服从命令、听从指挥，党让干啥就干啥，总不能台上说一套台下做一套吧？这种事，我干不出来！我不能让我的兵背后戳我的脊梁骨。就算脱下军装走人，我也得堂堂正正走，昂首挺胸走。"

趁着酒劲，兴海还诉说了另一件烦恼。由于没解决营职，他老婆没能随军，一直在陕西老家务农，一边侍弄田地，一边照顾孩子和公婆。兴海说："小周，也不怕你笑话，除了热爱这身军装，我在部队之所以拼命干，很大一个动力，就是尽快解决副营职，好让我的婆姨和儿子随军进城。我老婆嫁到我们家这些年，吃了太多苦，我应该好好补偿她。前一两年，能调副营的时候，我就想过去找团领导，求他们先给我解决副营。可我知道领导们也是一片好心，想让我连提两职，我再去找，岂不是不知好歹？唉，不说了，认命吧。这么给你说吧，我是农村孩子，在老家没什么背景，转业回去，基本上进不了县城，差不多能在乡里谋个差事。让妻儿进城享福的梦想，看来还得继续做下去了……"

兴海离队返乡那天清晨，没有人组织，全连官兵早早地起了床，自动在连队门面列成两行，含泪送别他们敬重的连首长。当天早上，兴海哭得像个孩子，一一和他的兄弟们拥别。

回到陕西老家后，兴海先是到乡里当了一名民政助理，后因工作表现突出，被调入县民政局工作，妻儿也随之进了县城，算是了却了他的一桩心愿。

三十二

老曾，说到九八年，除了裁军五十万，其实当年还有一件天大的事儿，就是长江、嫩江、松花江流域大抗洪。你们师上去没有？去了哈尔滨？参与了哈尔滨保卫战？部分兵力还驰援了佳木斯？好样的！那可是两场硬仗啊，能攻下来，真是不容易！

我的成长经历，老哥你多少了解一些。从入伍第二年开始，我就从事新闻报道工作了。后来，考上南京政治学院新闻系，毕业后分到我们师政治部宣传科当了两年报道干事。九八抗洪时，我刚到连队任指导员，随大部队上了抗洪前线。只是我们没去黑龙江，而是在吉林白城境内。对，就是死防死守白城的月亮泡水库。当时，位于嫩江下游的黑龙江省压力很大，如果月亮泡水库再保不住，后果不堪设想。

那些日子，老天像被子弹打成筛子的烂水壶，不停地漏水，洪峰一拨儿接一拨儿，警戒水位被一再突破，险情接二连三，任务接踵而来，我和战友们真是累惨了。前后将近一个月时间，我们吃在大堤上，睡在大堤上，并且一直是和衣而睡，几乎没有睡过一个安稳觉，一有情况立马出击，有时一干就是一个通宵。

这期间，我一边带领全连官兵抗洪，一边利用自己的专业特长，抽时间采写新闻稿件，也不管文字或是图片，更不论广播或是电视，怎么方便怎么来，怎么快捷怎么来，陆续在新华社、《人民日报》、中央人民广播电报、中央电视台、《解放军报》、军区《挺进报》和其他省级报刊发表了近百篇新闻稿件。抗洪结束后，我立了个二等功。

参加抗洪那些日子，累着感动着。为什么这么讲？军队打胜仗，人民是靠山！那段时间，老百姓对军人真是好得不得了。月亮泡水库汛情最为紧张的那几天，我们当兵的在最危险的堤段没日没夜地加固或堵塞管涌，当地父老乡亲全力做好配合和后勤保障工作，部队有什么需要，或是遇到什么困难，老百姓二话不讲，绝对是付出真心、竭尽全力。

有一天中午，由于气温偏高，加上过度疲劳，我们团一名战士晕厥过去。卫生员还没来得及靠前，一位大妈、两位三十岁左右的年轻妇女先扑了过去。大妈流着眼泪，抱着那位年轻的兄弟，像对待亲生儿子一样呼唤着；两位年轻妇女也彻底放下羞涩，一个脱光战士的外衣做着心肺复苏，一个口对着口实施人口呼吸。也不知谁叫嚷了一句，说是奶水能够解暑，两位年轻妇女中的一位刚好处于哺乳期，一点也没犹豫，当即掀开衣襟，当众掏出丰盈挺拔的乳房，把奶头塞进了那位战友的口中……那一刻，整个防洪大堤安静下来，人们都以崇敬的目光，向那位年轻妇女表达着敬意。我们的不少年轻战士，甚至感动得流下热泪。政治教育课上，领导们总讲我们是人民的军队，是人民养育和哺育了我们，以前总觉得这话过于虚幻，但在那一天，在月亮泡水库的防洪大堤上，我和战友们真切体会到了这句话蕴含的深意。

老曾，你琢磨过没有，在对待军队和军人的态度上，我们这个民族、这个社会很有意思。和平时期，不打仗、无大灾的时候，一些老百姓对军队和军人格外苛刻，军人购票优先他们有意见，军人候车优先他们有意见，军人旅游免收门票他们有意见，军人调整工资他们有意见，总之，只要国家或地方政府出台优待军人的特殊政策，总会有人出来说三道四，总是强调军人应该走在社会前列、不该与民争利等等，反正反对的理由多得很。可一旦发生战争，或是洪水、地震等特大自然灾害，只要人民子弟兵一出动，不安的社会情绪很快就会稳定下来，人民群众对军人的态度会来一个一百八十度的大转变，赞誉之词四溢，拥军热情空前，企业送手机送矿泉水，老大妈送煮鸡蛋送防暑汤，出租车免费接送军人，类似的场景数不胜数。九八抗洪时，你们师参与坚守的哈尔滨，不是发生过老百姓把家里珍藏的茅台酒拿出来非要抗洪官兵喝的真实故事嘛。

老百姓在不同时期对待军人态度的鲜明反差，有人分析了这么几条原因：有市场经济大潮冲击带来的价值多元，谁有钱谁就有地位；有部分军人转业或自主择业后不适应或者挫败，带来社会对军人这个群体能力素质的怀疑；有一批军中将领腐败落马带来的信任缺失，腐蚀了老百姓对军人的认可；还有长期和平环境对军人地位的侵蚀，没有打过仗的军人注定难以赢得社会尊敬的目光。

上述观点，无疑是对的。可我个人觉得，军民关系之所以不再是传统意义的鱼水深情，除了军队与人民的关系不再像战争年代那么密不可分，除了军队自身应当反思拥政爱民工作做得不够深入细致，更为重要的，是整个国防教育体系、完备且可执行的军人荣誉制度、军人权益保障机制、社会舆论导向还有不少短板。双拥工作抓了好多年，但基本还停留在定期评选双拥模范城这个表面工作上，军队有关部门有心无力、地方有关部门有力无心，包括其他类似问题，长期得不到有效解决。

就拿给军人家庭悬挂“光荣之家”标识牌、给立功受奖的现役军人家里送喜报、春节登门走访慰问军烈属，这些传统的拥军优属举措，很多地方都没落实到位，并且越往下落实越差，尤其一些偏远乡镇和村子，这些老传统基本上丢光了。

这一轮国防和军队改革，提出要实质性走开军民融合发展的路子，让军地真正对接起来，据说还要成立专门的机构，包括组建类似美国退伍军人事务部的专业部门。不管最终结果如何，对我们这些现役军人和数百万退役战友来讲，都是个利好消息。至少，它传递出了非常积极的信号，从制度机制上保障包括退役人员在内的全体军人受到适当优待，让军人成为一个令多数人心驰神往的职业，应当指日可待。

三十三

老曾，可能是受这轮军队改革的影响，半个月前，我的发小也是我的小学和初中同学阿鑫通过微信发给我一条关于善待军人的文章，看了之后很有感触。我想不只是我，只要穿过军装，只要在中国军队服役过，哪怕只是关心国防和军队建设的普通百姓，这篇文章都能引起强烈共鸣。老曾，你是作家，我给你念一念，你也用心听一听，之后说说你的感受。文章这样写道：

“我在山东曲阜车站上车时，看到十几名士兵，身背各自的行装，排成一列，按照车站工作人员指定的位置，安静地等候上车。列车进站后，检票进站的旅客从各处涌来，把排队的士兵冲得七零八落。士兵们几次重新自动排好队，但车厢门口被争先恐后的旅客挤得水泄不通。列车只停三分钟。士兵们脸上淌着汗珠，头上冒着热气，在旅客们都挤进车厢后，终于在列车启动的瞬间，全部上了车。

古人曾传‘妇孺与王师争道’，我想此言不虚。我跟在士兵们身后，在已经启动的列车上，寻找坐席。正巧，按座号我和这十多名士兵坐在一个区域内，比肩而邻。我的对面，已经坐着一位带孩子的年轻女士。她看了看我，又对正要坐在她身边的一名士兵皱了皱眉，把头转向了窗外。

士兵们静静地安置好各自的行装，像执行统一规定一样，脱下厚外衣，整齐导叠好放在座位上，坐在上面。我对面那个聪明活泼的男孩儿，努力挣脱对面那位女士的束缚，跑到我身边那位士兵身旁，去抓他的军帽，那位士兵在叠外衣，见状就把帽子给他。孩子把帽子戴在自己头上，接着又去抓士兵的外衣。士兵直起腰，裂开干裂脱皮的嘴唇，朝他笑了笑，看了看他妈妈，把叠好的外衣打开，披在他身上。

孩子转回身去，欣喜地跑向脸冲着窗外的妈妈，他妈妈从窗外转回目光，看到孩子的装扮，吼道：‘谁让你穿的？快脱下来！脏！有味！’

车厢里的士兵都红着脸低下头去。我身边那位士兵接过孩子妈妈扔给他的帽子和外衣，羞愧地无地自容。他转过身去，舔着刚才因对孩子笑而干裂流血的嘴唇，嘴里呼着粗气，用布满冻疮裂痕的双手，认真按照衣服原有的印缝，仔细叠自己的外衣。外衣叠好后，他抱在怀里，悄悄里看了看四周，闻了闻衣服，自言自语地说：‘这衣服发下来俺都没舍得穿，新的，咋会有味来？’其他士兵谁也没有说话。

我想起多年前我在青藏高原当兵时，每年发下新军装，总也舍不得穿，只在重大活动或探家时才穿。问起来，这些士兵果然是去参加重大活动，他们是从各连队选拔出来的优秀士兵，到师部驻地参加对抗演习。他们激动得昨天夜里没睡好觉，今天一早换上新军装，赶了很远的路来坐火车。

乘务员推着盒饭餐车走过来，有二十元一份的和三十元一份的两种，许多乘客起身围观，询价挑选。这十多名士兵见状，默默地把脸转向窗外。正是午饭时间，我的肚子已经叫了，对面的母子把盒饭一打开，味道闻起来诱人。

我注意身边的士兵们，虽然尽量目光让诱人的盒饭，但他们很多人却在悄悄地吞咽口水。这些十八九岁的大兵！正是见到食物就会感到饿的年龄。我问身边的士兵：‘为什么不买盒饭？不吃午饭吗？’士兵腼腆地一笑说：‘太贵，一盒也吃不饱。等到了部队再吃。’说着，红了脸低下了头。我想起有次我步行几十里从连队到县城出差，因为县城的饭菜贵，舍不得买，饿着肚子回到连队的情景。那天是星期天，连队吃两顿饭，我赶回连队时已过了下午开饭的时间，结果饿了一天。

我起身走到车厢后部的餐车，告诉餐车人员：我买二十元一份和三十元一份的两种盒饭，各要十六份。我把八百元人民币递给餐车人员，悄悄地对他说：‘这些盒饭是送给前面车厢里那十六位士兵们吃的，请你告诉他们，这些盒饭是本次列车专门为他们订的。他们还是孩子，一定是今天一早就赶来乘车，可能早饭都没吃。’餐车工作人员听了，睁大眼睛，怔怔在看着我。

当餐车人员把两种盒饭分别送到每个士兵的手中时，士兵们眼里流露出孩子般的惊喜。过了一会儿，列车长和一位乘警，在那位餐车人员的引领下，来到我的座位前，请我到餐车去一下。在去餐车的路上，列车的音乐广播中断了，列车广播告诉大家，本次列车有位不愿留下姓名的乘客，为乘坐本次列车的子弟兵买了盒饭……。广播员刚说完，走在我前面的列车长转身指着我大声说：‘刚才广播里说的，就是这位乘客……’

话音刚落，我经过的车厢里响起热烈的掌声。一位旅客站起身和我握手，对我说‘我也当过兵，三年前退伍，在外打工，现在回家过年……’他手心里夹着一张百元的钞票。见我发愣，他说：‘给战士们买盒饭也算我一份，我挣得不多，只能表示一下心意。’

接着，又有几个人上前和我握手，每个人手里都握有一张钞票。

面对众多旅客的热情，我想起古书上所说的‘箪食壶浆以迎王师’那句话。试想，如果一个国家的广大人民，都尊重和爱戴自己国家的军人，这个国家一定能立于不败之地。

到了餐车，列车长让我免费点一份喜爱吃的午餐。我把刚才经过各车厢时许多乘客塞给我的钱铺开数了一下，总共一千九百块钱。我让列车长在广播里，替我感谢刚才给我钱的乘客，并请他把这些钱转交给那十六名士兵，让他们在接下来的途中买一些食物。

列车到达下一站前两分钟，我身边的士兵们静静地收拾好自己的行装，排队悄悄地走向车厢门口。列车停站后，他们鱼贯而出，列队跑向车头方向。当列车开动时，乘客们从车窗里看到，这些士兵面对开动的列车，致以庄严的军礼……”

我的发小兼同学在转发这篇文章时，附有这样一段显然不是出自他手的文字：“通读过后，不知道能做些什么，应该发给谁？这是我看到的好文章，细腻，进心。感谢正能量……”

后面还有一段感慨：“没有人民的军队，没有这些孩子们，谁来保卫国家，谁来保卫我们？没有他们，我们是否能这样安逸的生活在这里？”

老曾，听完这篇文章，你作何感想？也不怕你笑我眼窝浅，第一次看到这篇文章，我既感动又心酸，还抹了眼泪，心里真不是个滋味。我无法辨别此文的真假，也不知它出自何处，但它真的打动了我，也引发了我的不少思考。你是作家，建议你写一写这方面的文章，多多呼吁，多多宣传，让更多人发自内心地来关注支持国防和军队建设，让军人在工资和福利待遇逐渐提高的同时增加精神层面的“获得感”。这些，难道不是你们这些军旅作家的使命吗？

三十四

老曾，你瞧瞧我，本来是要和你唠唠九八抗洪和裁军的事，一不小心扯到民众对军人的态度上来。跑题了，就此打住。咱俩接着唠九八年那次大裁军，唠一唠当时的情景。我记得你说过要写一个关于军队改革的长篇，正好帮你收集收集素材。

我一直以为，在军旅生涯上，你老曾是比较幸运的。且不说现在你已是专业技术五级，也不说你已经享受副军级工资待遇，单拿九八年那次裁军来说，老兄你也算是幸运的了。为什么这么讲？到今天，你的老部队还在啊！尽管你们集团军被撤销了，可你们师的建制还在。预备役怎么了？现役官兵数量少又怎么了？至少师机关的架子还在，下面三个团的骨架还在。哪天你老曾心血来潮想回老部队看看，至少还有地方可去。

曾大哥，你就知足吧。就拿你自个的成长经历来讲，九八年那次裁军，根本没伤到你筋骨嘛。是，你们集团军没了，你们师也由机械化步兵师改编成预备役步兵师，可你却有了更好的去处，由师机关直接去了另一个集团军机关。老曾，我一直想问你，你是哪辈子修来的福分，怎么好事全让你碰上了？哎哟，还跟我谦虚上了，啥子总遇到贵人？我怎么就遇不到？我看还是你老曾能力强、会做人，要不然谁会那么巴心巴肠地帮你？这方面，我真得向你学习。你知道，我脾气臭，只要不合我的心意，即便是大领导，我也不给他面子，该反驳的反驳，该拒绝的拒绝。好在我遇到的领导，大都理解包容我的坏脾气，不跟我计较，要不然我也走不到今天。可也确实有个别领导接受不了我的坏脾气，给我穿了不少小鞋，要不，我应该正团好几年了，哪像现在，四十一二了，还是个副团职干事。

我后悔过没有？老曾，跟你讲实话，真后悔了。你说我年轻时虎就虎吧，还加上三撇，那不典型的发彪么？如果可以从头来过，我一定好好打磨自己性格上的棱角，不那么自恋自傲，不那么锋芒毕露，谦虚一点，卑微一点，该妥协时妥协，该低头时低头。咱们是普通人，又不是艺术家，为啥非要玩个性呢？

前几天，经过激烈的思想斗争，我去军区总医院探望了我在军分区机关工作时的一位老领导。看望病号还要经过激烈的思想斗争？对，就是这样。因为这位老领导，准确讲是军分区的副政委，当年一点也不待见我，处处为难我，我恨了他很多年。半个月前，听说他得了肝癌，并且是晚期，我心里七上八下的，总犹豫着要不要去看看他。去吧，心里不那么情愿，当年他给我的成长进步设置了不少障碍，心里的疙瘩一直都在；不去吧，又觉得不近人情，他毕竟是我的老领导。回家和老婆商量，原以为她会反对我去探望，不料阿莲却极力主张我去探望，还说做人要大度一些，心胸不要那么狭隘。老曾，你瞧瞧，都说女人头发长见识短，我看不是这么回事啊，很多时候，女人的心胸比男人宽广多了。

在去医院的路上，由不得我想或是不想，关于我和这副政委的恩恩怨怨，如泛起的沉渣，搅得我五味杂陈，心绪不宁。

我和这位领导是二〇〇二年初认识的。当时，我是军分区政治部宣传保卫科的副营职干事，年轻气盛，血气方刚，干啥都有一股子热情，无论是搞内部材料，还是写新闻报道，在军分区机关都是排得上号的。

这位领导到我们军分区任职之前，是某集团军政治机关的一名处长，刚来不是任副政委，而是政治部主任。他当主任那段时间，对我很器重，经常大会小会表扬，还鼓励我保持干劲，争取有更大的作为。

应该说，这是个不错的开端。哪知好景不长，不过半年功夫，政治部主要领导调整，原主任改任副政委，而新主任恰巧是我在团里工作时的老政委。这都是组织决定的事，原本跟我这个小干事没什么关系，但改任副政委的老主任不这么想。在他看来，如果不是我的团政委四下活动，他完全可以在政治部主任的位置继续干下去。老曾，这里面的道道，你应该比我更清楚。虽然都是副师职领导干部，行政级别都一样，可副政委和政治部主任的权力差别实在太大了，一个是名义上的首长，有名无实；一个是部门领导，大权在握。哎，这里的说法太多，咱操不起这个心，不说也罢。

老曾，九八年大裁军，你们师改编成预备役师，我们师也好不到哪里去，缩编成了一个旅，保留了三分之一稍强的兵力，其余人员，改编成两个边防团，由集团军划归省军区领导。应该说，在九八年那次大裁军中，我受到的冲击不大。或者不如说，我其实是那轮军队改革的受益者。

那年秋天，得知我们师要缩编成一个旅、大量人员面临退役、分流的消息时，我和绝大多数战友一样，迷茫，彷徨，不知何去何从。当时我在连队当指导员，一边要做好全连官兵的思想稳定工作，一边还要自我教育和引导，思想上苦闷得很。期间，团政委到我们连蹲点，见我郁郁寡欢的，反复找我谈心，叫我稳住心神，还说只要能力素质过关，任何时候都不必为前途担心。

后来我才明白，政委当时其实是在暗示我，他会对我的成长进步负责。果不其然，当我们团整体转隶为边防团，团部从地级市移防边境县城后，我被调回团机关，半年后代理宣传股股长。再过一年，股长的命令刚下，政委又极力推荐我去了军分区政治部宣传保卫科。前后不过三年时间，我完成了从副连到副营的“三级跳”，成为全团瞩目的传奇人物之一。

原本以为，老政委升任军分区政治部主任，我的前途会更加光明。哪曾想，一不小心，我这个副营职干事竟然成为领导们争权夺利的一枚棋子。在副政委看来，我是新来的政治部主任的老部下，肯定跟主任亲。而在主任看来，我确实是他欣赏的老部属，关照我是理所当然的事。如此这般，我就成了夹心饼干里层的馅，看似诱人，实则只是一味可有可无的佐料而已。现在想起来，真是无奈和可悲。

三十五

老曾，可能是岁数大了，现在说起那些不堪回首的往事，心情没那么糟糕了。特别是前些天到医院探望完老领导，曾经的积怨一下子消失得无影无踪。有人说，想不开的时候，可以去两个地方，一个是医院，一个是火葬场，前者生死攸关，后者阴阳两隔，在生死面前，所有名利羁绊都显得可笑至极。我认同这个说法，细想想确实也是个理儿。名利这个东西，有什么好争的呢？生不带来死不带去的东西，越是在意，争得越凶，最后失意越多、败得越惨。

就拿我的那位老副政委来说吧，当年把官位和权力看得那么重，凡事都要争个你输我赢，一切工作和努力都围着升官去做，一旦失意，便郁郁寡欢，愁肠满腹，结果怎么样？不到六十岁，得了肝癌！我听他爱人讲，早在8年前，也就是这位老领导任副师职进入第六个年头，肝脏其实就有些症状了。可当时他一心想着要升职，想提拔为正师职领导干部，便没把病情当回事，继续做着当官梦。哪知命运弄人，比他提副师晚的同事先后提了正师，包括他一直视为政敌的那位，也就是我的团政委、军分区政治部主任，最终也被提拔为某预备役师政委，而我的这位老领导始终都在副政委的位置上，一直到退休，没挪过一次位置。退休后，没了工作的牵绊和精神支柱，他整个人全垮了，成天借酒浇愁，一日三餐，顿时不离酒杯，最终喝出了个肝癌。

我去看他那天，瘦成皮包骨头的老领导非常虚弱，无力躺在病床上，气若游丝，说话有气无力，在位时的威严之感荡然无存。见到手捧花篮的我，老领导非常意外，勉强笑着，挣扎着要起来跟我握手。看得出来，他很激动，还有些感动，眼里泛着泪花，连声说着谢谢。

看到老领导这个样子，我心里很不是个滋味。我不知道该说些什么，只是叫他安心养病，有什么事需要我，可以叫嫂子找我。临走时，老领导无力地看着我，微张着嘴，欲言又止的样子。我知道，他是想跟我道歉，想说声对不起。我连忙阻止："一切都过去了，您什么都不用说，我早就忘了，您也别放在心上。"我分明看到了他眼角的泪水……

哎，老曾，说是放下了，其实还很难真正放下。你知道他当年怎么整我吗？从新主任上任的第二天起，他就开始挑我毛病，不管我多认真多努力，在他看来全是错的。副政委不是分管政法工作么，对，宣保科保卫工作那一块，正好归他管。他当副政委后，第一件事，就是点名让我这个报道干事兼管保卫工作。主任提出异议，他坚持，说我完全可以胜任。干就干呗，没什么大不了的。于是我既搞报道，又做保卫工作，还经常参与写大材料，充实而忙碌。

那时，我压根儿不知道他是利用我来和主任搞对抗。我兼管保卫工作不久，他要主持召开一次政法委会议。我问他是否需要准备发言材料，他说不用，叫我把去年政法委会议的讲话给他打印一份，他作个参考，开会时随便讲一讲。我隐约觉得不妥，向主任汇报了这事。主任也没当回事，说就按人家的意见办。结果开会那天，他当众发起火来，说我不拿他的话当回事，明明叫我起草讲话，谁知我竟然拿去年的讲话糊弄他！他不仅在政法委会议上讲，还上军分区党委常委会上讲，大有不把我整残废不罢休的劲头。

主任知道是怎么回事，但不便站出来说什么，只能私下里做我思想工作，叫我不要放在心上。军分区政委似乎也看出点门道，专门找我谈心，叫我只管安心干工作，不要掺和领导之间的恩恩怨怨。

天地良心，我躲还来不及哩，哪敢掺和其中？但后来发生的一系列事情证明，有些事，不是你想躲就能躲掉的。

从那次政法委会议之后，只要逮着机会，副政委准会儿挑我的毛病，说我的不是。当我副营干满三年，主任提议任命我为宣传保卫科正营职干事时，副政委第一个跳出来反对，说我思想品质不行，对工作不负责任。老曾，任用干部这种事，别人推荐你不一定好使，但一旦有班子成员提出反对意见，短时间内，你一定没有戏。我就是这样，副营干了五年半，最后军分区司令员和政委都看不下去了，两位首长达成一致意见，把我调离军分区机关，提拔为一个地处偏远的县人武部政工科科长。

原以为，远离了是非之地，我的日子会好过一些。不曾想，人家根本就不想放过我。在人武部干了不到一年时间，副政委以保卫工作薄弱、需要加强力量为由，强烈要求把我调回军分区宣保科。我天真地以为属于我的春天来了，欢天喜地重回军分区机关。哪知这是个陷阱，一个他利用我继续和主任明争暗斗的陷阱。

工作上，我一直干得很冲。包括从人武部重回军分区机关，无论是宣传工作，还是保卫工作，我是样样冲在前面，经常在报刊上发表相关文章，省军区多次转发我总结的经验做法。我任正营职的第三年，由于工作成绩突出，军分区政委提议给我记二等功，并接任宣传保卫科科长，主任自然极力赞成。副政委又跳出来反对，列举了我工作上的种种失误，什么文字错漏，什么有时落实领导指示拖沓。老曾，在机关工作，谁敢保证不出纰漏？真要挑毛病，估计谁都有。哎，不说了不说了，一说就闹心。后面的事你都清楚，就是我正营干了八年，期间还有好几次机会上调省军区和军区机关，都被他老人家给搅黄了。直到他退休三四年后，我才调到军区联勤部政治部宣传处，到这里才解决副团职。老曾，我容易么？真他娘的不容易！

回头想想，我也有很多地方值得反思。你说我跟他老人家较什么劲啊？服个软，说几句软话，估计啥事都能过去。可那些年我不服，我委屈啊。你们领导之间斗，凭啥把我夹在中间？现在看来，我完全可以撤出来，比如想办法换个单位啥的。可当时我倔啊，你不是处处压着我么，我非要好好干，非要干出点名堂来给你看！有领导在中间作梗，想出成绩，哪有这么容易？往事不堪回首，说起来全是泪啊。

第八章　军嫂的累，军娃的泪

三十六

阿莲，不是我佟九芹夸你，最近你的表现是越来越好了。怎么个好法？会当军人的妻子了！我老太太一个，说的全是实话，一点儿也没忽悠你。要证据？又不是庭审对质，要啥证据？诶，巧儿，那句话叫什么来着？对，给点阳光就灿烂！阿莲，我九斤老太好不容易夸你两句，还没说你胖哩，你怎么先喘上了？哈哈，不逗你们这些年轻人玩了，别看我最近门牙又掉了一颗，嘴巴有些关不住风，但决不会无凭无据地乱说一通。阿莲，你确实变了，变得宽宏大量，学会理解和支持你家小周的工作了。今晚你主动把我和巧儿找到一起喝茶，替你家小周了解部队家属对军队改革、对裁军的真实想法，以及军队改革对军人婚恋和家庭的现实冲击，为他撰写文章收集素材，就很好地说明了这一点。嗯，两口子嘛，就应该这样，互相理解，相互支持，只要少强调自己的付出或苦恼，多从对方的角度思考处理问题，就没有处理不好的夫妻关系。

小周是个农村孩子，要权势没权势，要背景没背景，还曾经遇到过那么一个小肚鸡肠的领导，他能一步步走到今天，确实不容易啊。阿莲，倒不是你以前做得不对，应该是小周做得不好，与你沟通不够，你们两口子才会针尖对麦芒，才会彼此挖苦和漠视。听说这段时间曾作家、巧儿他们都在劝小周，让他换一种方式对待你。看来小周还真听去了，那些臭脾气肯定改了不少，要不然，就你那火爆性格，还能惯着你们家小周？两口子么，在一个锅里舀饭吃，在一个床上睡觉，好好沟通，哪有解决不了矛盾？老话讲，夫妻没有隔夜仇，我看这话说得在理。

首先声明，对当前正在进行的军队改革，对这轮裁军，作为一个退休多年的老兵，加上不波及我家任何人，真没什么想法。如果非要有，就是一个“好”字：顶层设计好，时机选得好，筹划推进好，反正从这轮军改实质性启动到现在，我没发现什么大的问题或是纰漏，全都在按计划紧锣密鼓地稳步推进。阿莲，你说啥？你大点声，你知道你佟姨岁数大，耳朵背，你们说话声小了，我真听不清楚。我外孙还在部队？我当然知道他还在部队，人家正在非洲维和，他们工兵团暂时涉及不到改革，我操那个心干吗？再说了，我参加革命这么多年，习惯组织上怎么说就怎么干，以前经历的几次裁军我没因为自己或家人找过组织，现在更不会因为外孙的走留去找组织。人活一张脸、树活一张皮，你们这些小年轻的可得听好了，别看我奔九十去了，如果让我为了自己或家人的事去和组织讨价还价，我还真摞不下这张老脸。

就拿一九八五年裁军一百万那次来说吧，当时我五十五岁，是盛天军区后勤部门诊部年纪最大、资格最老的护士。本来那次裁军不涉及我们军区机关直附属单位，但后勤部领导为了完成整体压缩编制的任务，给各直附属单位都分配了退休、转业和复员指标，我们门诊部也分了两个，一个行政干部，一个医护人员。酝酿人选时，门诊部领导从一开始就没考虑我，一来我技术好，对患者态度也好，有一定的群众基础；二来我有高级职称，享受正师职待遇，按规定可以延长服役年限。也就是说，我压根儿不符合退休条件。但哪知医护人员一个都不想走，领导找人谈话谈了好几轮，思想工作做了一大圈，就是没人应声。那几天，后勤部机关天天催着上报裁减人员名单，我们门诊部领导急得团团转，满嘴起大泡。

一看这情形，我坐不住了。裁减指标已经分下来了，总得有人走啊。刚好那段时间我家老头子身体状况不是很好，三天两头住院，我是单位和医院两头来回跑，白头发累出来不少。一边是因完不成裁员任务而苦恼不已的单位领导，一边是需要贴身照顾的丈夫，我觉得我应该表明姿态、作出选择。一个周日晚上，我认认真真考虑了一夜，也征求了我家老头子的意见，第二天一上班，没去换工作服，直接敲开门诊部主任的办公室，开门见山地说明来意：我申请提前退休！主任惊愕得从办公椅上弹了起来，连连问我是不是老爷子出了什么意外。搞清我的真实想法，主任感动了，抓住我的双手，一个劲儿地说着“谢谢”。

对于我的这个决定，好多人都不理解，包括我的一对子女，都说我傻。我女儿在军区总医院工作，对我选择提前退休这事，她至今还耿耿于怀，动不动就数落我一通：“当时要是你再坚持个两三年，说不准现在享受正军职待遇，工资高出一大截。别人都往后躲，您却主动往前上，不给您颁个高风亮节奖，还真对不住您那高尚的思想觉悟。”你们听听，这还是亲生女儿说的话吗？总盯着那点工资待遇，总在乎那几个钱，典型的人心不足蛇吞象！

退休没两个月，大我将近二十岁的老头子病故，料理完后事，我整个人空落落的，像丢了魂了一样，不知道该干点啥。有一天，我正在家里闹心哩，后勤部门诊部主任打来电话，让我赶紧去单位一趟，说是那个精神有点不正常的老干部在门诊部大闹，非要找我去给他打点滴。还真别说，我一去，那个老干部就安静下来了，不吵不闹的配合治疗。这样的事又发生三次以后，门诊部主任找我谈话，动员我返聘回去上班，说除了正常的退休工资，每月另给我一笔补助。终于又可以回到熟悉的工作岗位，我自然很高兴，但我提出：返聘可以，但不要一分补助。儿子、儿媳和女儿、女婿都说我犯傻，女儿甚至要带我去检查是不是得了老年痴呆症，单位的老同事也不理解，骂我假装清高，害得他们拿返聘工资时底气严重不足。嘴长在别人身上，愿说什么让他说去好了。我老婆子一个，退休工资不低，医疗有保障，儿女有稳定收入，我要那么多钱干啥用？能给老单位做点贡献，能继续为患者服务，进而换来生活的充实和内心的平和，对我而言，这比发多少补助都合算。

我没想到的是，申请提前退休和回老单位无偿服务这两件事，经门诊部领导广为宣传，竟然引起军区首长的关注，经机关一挖掘，我成了退休干部先进典型，上台作报告，还上了广播和报纸。一九八七年恢复军衔制，重新确定职务待遇和工资档次，因为我是个先进典型，组织上给我高定了一个职级的工资，享受副军职薪资待遇。对我来说，这纯属意外收获，至今还充满感激，这也是这么多年我一直坚持在门诊部义务上班的原因之一。人，不能活得太自私，要懂得感恩，懂得回馈，部队培养了我这么多年，给了我那么多荣誉和这么好的待遇，趁我身子骨还算硬朗，手脚还算利索，为什么不力所能及地做些事情呢？人们总说知足常乐，我看光知足常乐还不行，还得助人为乐。

阿莲，巧儿，你们一个是军嫂，一个很快要结婚成为军嫂，现在又到了改革和裁军的关键时刻，你们一定当好自家男人的坚强后盾，不要扯后腿，更不要在后院添乱。军嫂不容易，活得比较累，可军人更累更不易，他们肩上的责任、承受的压力，不比你们轻啊。

三十七

阿莲，别以为佟姨表扬了你半天，我盖巧巧就会顺道接着忽悠你。告诉你，没门！哈哈，别说姐们不讲究，也别怪我说大实话，跟以前比，你是改了不少，对你们家周牧仁也的确温柔了许多，可革命尚未胜利、同志仍需努力，想做一个好军嫂，你要走的路还很长。什么？我啥时改行当政委了？呵呵，怎么说我也跟老曾好了这么多年，两个单身男女，又你情我愿的，要不是他前妻横在我们中间，估计娃娃早就会打酱油了。正所谓近朱者赤，老曾是作家，又能说会道的，就算我盖巧巧再笨，天长日久，耳濡目染，多少也能学会一点做思想工作的办法吧？佟姨，这叫什么来着？欲扬先挫！对，就是这个意思。也就是说，下面我要正式的、好好的夸一夸我们的好军嫂宗濮莲同志！阿莲，可别告诉我你不好意思？就你那比城墙拐弯还要厚的脸皮，作为你的多年闺蜜，我多少还是有点发言权的。那个啥，你就别跟我装了，且听我细细道来。

佟姨，您可能不知道，阿莲这个人，其实能干着哩。别看她现在是资深宅女一枚，跟她们家小周随军来盛天之前，人家可是个不折不扣的女强人，在吉林延边先后开了两家体育用品专卖店，生意红火得很，也攒下了一些家底，要是没点实力，就凭小周那份工资，她宗濮莲能气定神闲地当全职太太？又怎么可能一门心思埋头写网络玄幻小说？这么说吧，与同龄的女人相比，阿莲的在经济上早就实现了独立自主，不用看自家男人的脸色过日子。

这个，也是阿莲敢于和小周针缝相对的原因之一。

这方面，我和阿莲的看法完全一致。女人要想活得洒脱自在，除了有一个爱你疼你包容你的好老公，最要紧的，就是早日实现经济上的独立。几千年来，我们中国人有一个很不好但却深入人心的观念，那就是信奉“嫁出去的女，泼出去的水”，但凡家里生了个女孩，首先想到的这是要“泼出去的水”，早晚要嫁到别人家里，只要家里还生有男孩，无论是在感情付出还是教育投资上，对男孩的倾斜照顾总要比女孩多一些，有的甚至一个天上、一个地下，差别非常明显。在这样的社会心理引导下，当女孩长成女人，她也顺理成章地接受这种观念，自觉不自觉地就会信奉女人“学习好不如长得好”“长得好不如嫁得好”“工作好不如老公好”等说法，把自己的幸福寄托在男人身上，完全失去自我。以前女人们有这种想法还情有可原，毕竟是几千年文化糟粕的侵蚀影响，已经深入民族记忆的骨髓内核。可作为二十一世纪的新女性，如果再相信那一套，可真就是悲催了。

什么？我跑题了？呵呵，对不起，忘了阿莲是要帮小周收集军改对军人婚恋和家庭冲击方面的素材。那好，我就别在这里宣扬女权主义了，也给周牧仁同志撰写军人婚恋长篇纪实报告文学提供一些鲜活的人和事。不过得说清楚，我毕竟还不是真正意义上的军嫂，平时与军人、与军人亲属接触不是很多，我下面要讲的，都是我从报刊、网络看到的或是从别人那里听来的，也不知是真是假，反正触动了我。都说真实最有力量，能感动你我的故事，想来可信度还是蛮高的。

也不知道我理解得对不对，都说军嫂这不易那不易，我看最大的不易，就是无法和自己的男人厮守在一起，一个天南一个地北，一个内地一个边关，一年见不了两次面，有的甚至两三年才能相聚一次，这种聚少离多的生活，不来一场军恋，不当多年军嫂，肯定难以理解。我认识一个女孩，二十来岁，特别崇拜军人，也想找一个军人当男朋友，得知我跟部队还有一些联系，便让我帮忙介绍一个。我问她："找个军人当男朋友，一年见不了几次面，你能接受吗？"她很意外："为什么啊？不经常见面，这恋爱还怎么谈啊？找男朋友干什么？不就是经常陪着说说话、逛逛街、看看电影、亲热亲热么？半年见不到一回，哪有什么劲？"于是我告诉她，崇拜是一回事，喜欢是另一回事，如果要恋爱结婚，就更不是一回事了。我还坦白地跟她讲："就你目前对军人这个职业的认识和理解，暂时还不适合找一个军人当男朋友。"为了佐证我这个观点，我把我们家老曾转给我的、一条反映军嫂不辞辛苦、千里探夫的微信发给这位女孩看，她看了一半，就没了继续看下去的勇气，彻底打消了在部队找男友的念头。她很坦诚地告诉我："军人不容易，军嫂很伟大，但这不是我想要的生活。"

阿莲，想必你看过这条微信了。佟姨肯定没看过！老人家眼睛早就花了，又不玩智能手机，上哪看微信去？老太太，您感兴趣不？要不我给您念几条？好嘞，您听好了。说好了，您老可别在我们两个小年轻面前抹眼泪。反正我不嫌丢人，第一次看这篇文章，确实看哭了。

这是一个网名叫"M"的军嫂的讲述："今年元旦的时候本来不计划去看他，但是过节当天中午单位聚餐后，突然就特别地想要见他，说走就走！六百多公里的路途，什么也没有准备就直接开车奔他而去了。那是我第一次一个人上高速，除了跟着导航完全不认路，一口气从太原开到西安，半路上才忍不住电话告诉他我去了，他跟着担惊受怕一路，到了西安已经晚上了。第二天早上总算是见到了，心情开心到爆！"

下面这名军嫂化名“柠檬草”，她的探夫故事是这样：“二〇一三年元旦去看他，第一次只身去外地，爸妈各种不放心，但我还是执拗地踏上南下的火车。他工作忙不能接我，我就按着他给的详细的地址一路找过去。终于见面了，可才说了两句话他又有事忙去了，甚至连包都没空帮我提一下。摸索着找到招待所，看到桌上的早餐和零食，还是被感动得一塌糊涂。中途他又陆续来看过我两次，每次见面就十来分钟吧，那会儿很不理解他怎么那么多事情忙。那年的跨年夜，一个人在异地他乡陌生的宾馆里哭着度过。我也安慰自己，能见面就应该很知足了。现在结婚半年，依然没怎么一起过过节，习惯了，也还好吧。他在，每天都是节日，他不在，过不过节一个样。”

接下来是化名“蒙旗”的军嫂的讲述：“恋爱七年，结婚一年，都没有在一起过中秋节。为了和他一起度过第一个中秋节，二〇一五这个团圆的节日，乘坐一晚上火车，换乘一整天大巴，倒了四趟车，顺利到达那个荒无人烟的地方。到的时候浑身酸痛，但见到他的一刹那欣喜若狂，忘了路途遥远，爱上这片蓝天。或许这就是来这里的意义吧，一切辛苦都值得。”

佟姨，您这个老革命，也算是个资深军嫂，经历的事、吃过的苦，比我们这些晚辈多多了，怎么也抹起眼泪来了？让您想去了过去？对不住您了，我先不念了。要不咱们休息一会儿、喝点茶，聊点轻松一点的话题？好的。服务员，新泡一壶熟普洱！东北现在还算冬天，喝红茶对身体好。

三十八

阿莲，茶也喝得差不多了，要不咱们不念微信了，换个话题？

佟姨还想听？让我接着往下念？好吧，先说好，继续往下念可以，我们三个都要保持一颗平常心，千万别入戏太深。那我们继续？

先看这个军嫂，网名很有意境，叫“鸿雁灏淼”，故事讲得很有感情：“遥想当年恋爱那会儿，为了跟他团聚，我不知道哪来的勇气和毅力，整整坐了两天一夜三十六个小时的硬座火车。当时火车上人挤人，连插脚的空都没有，去趟卫生间就跟打仗似的过五关斩六将，最终还是因为人太多太挤，我的芊芊玉手惨遭不幸，被火车上卫生间的门挤得鲜血直流，差点就废了！就这样我拖着受伤的手，在火车上没吃一口东西，就靠喝几口水整整坐了三十多个小时！当时旁边一热心的大哥看不下去了，对我说：‘妹啊，你手上还有伤，这么不吃不喝的，身体咋整啊？好歹喝点水吧！’即使这样，在火车上我愣是一滴眼泪都没掉，也没感觉到伤口的疼痛，就感觉自己整个人都被放空了，满脑子就只有一个念头，快点见到他！以至于到站后，下了火车，感觉自己终于双脚踩着地了，都有些不会走路了！一路的坚强，在见到他的瞬间消失殆尽，整个人都瘫了，当时把他吓坏了，直接抱起我打车去了他们单位附属的军医院！一眨眼十年过去了，现在想想我都佩服当年的自己！”

这个化名“捧在你手心”的军嫂，探夫经历同样不易：“快春节时，他学习路过郑州，只在郑州停留八个小时。那时候我，们已经半年没见面，为了见他，我把回家的车票退了，绕到郑州去见他，然后自己站了一夜回家。检票的时候，刚好我们一个向左走，一个向右走，我回安徽，他去昆明。那种撕心裂肺的感觉，一辈子都会记得。还有一次去山西看他，我第一次知道还有一个叫岢岚的地方，来回用时五天，用掉八张火车票，就见了他半天。一个人去的，又一个人回来。”

下面这个军嫂，网名更有意思，“幸福如我”，看来她的婚姻生活很幸福。不信，听听她是怎么讲的：“二○○八年我们第一次见面，坐了八个小时的火车，然后在车上打电话，说让他去火车站帮我取个东西，然后放他那寄存几天。他还挺警惕的，一直问我是啥，最后实在不好意思拒绝才答应去的。在出站口看见我以后，他问要寄存的不会就是你自己吧？要是的话，就存我这一辈子吧，不能取走……这么久了，他还时不时地提起这一幕，然后骄傲地说：‘是你自己把自己存在我这的，这一辈子谁也别想再取走！’”

再来看看这个网名为“且听风吟”的军嫂，一看就是个文艺青年：“我大概是他们部队和我们单位公认的比较疯狂的军嫂了，基本上分开一个月的时候就开始进入疯狂想念期，然后就开始开动脑筋找各种理由请假，每一年都给铁路、公路、电信做莫大的贡献。记得二○○九年，我去杭州旅游，结果摔了一跤，尾骨骨折，医生说至少得躺三个月，可一个多月能走路了，就开始筹谋去看他。然后硬是顶着剧痛，坐了一天一夜的火车去看他。二○一三年，我阑尾炎犯了，终于可以光明正大的请个小长假了，我硬是打完吊瓶就坐车千里迢迢去看他了。这样的事情太多太多了，他经常心疼地说我是个小疯子。”

这个军嫂用的应该是实名，袁珊珊，故事也讲得实在：“还记得第一次见面，因为你外出不便，只好自己辗转四个小时去你所在部队看你。好不容易准备吃个饭，半途电话来了，你就丢下对周围一点也不熟悉的我，直接奔回单位！我很生气说你没礼貌，你说：‘对不起，以后也许还会有更多的无可奈何！’其实也是这一句话，激发了我要和你在一起的决心。回想六年前的中秋，我们因缘分相识；而六年后的今天，我们正赶回老家，完成人生当中最重要的一件事！亲爱的，我终于等到你了！”

下面这个叫“淇月”的军嫂，显然是乐天派，把和爱人领结婚证的故事讲得精彩纷呈：“二〇一二年，我们很早就打好了结婚报告，但是为了筹备工作，他一直特别忙，根本没有时间去领证。为了配合他的时间，我每天都把结婚用的材料带在身上，随时等待他的召唤！他任务完成后的第一天就是九月二十六日，中午我接到他的电话，说让我赶紧过去接他，下午去领证，我当时很激动，有点小慌张……也没和同事交代，抓起包包一路飙车过去接他……结果我结婚证上的照片好丑，没有化妆不说，还穿着黑色的工作西服！他呢，也是临时外出，送意外受伤的战士去医院，趁人家打吊瓶的时间出来和我领证……两个人要‘翘班’才把终身大事办了，我也是醉了！”

上面军嫂讲的，都是恋爱阶段的故事，恋爱中的一切都是浪漫美好的。结婚之后，尤其是嫁给军人以后，事情就不是这个样子了。听听这个网名叫“无痕”的军嫂是怎么讲的：“没有小孩之前，去看他都是轻装上场，也不觉得累和苦。自从有了宝宝，每次去看他，都是大包小包，每次都是一个人带着孩子，上车，倒车。每逢节假日，还得排队买车票，就这样自己一个人抱着小孩，提着东西，一排就是两三个小时，每次排队买票都想哭。但一想到待会宝宝就能看到爸爸，心里又是暖暖的，坚持一下，很快就能买到票了。”

佟姨，不是说好不抹眼泪嘛，怎么又激动上了？好啦，到此为止，进入下一话题。阿莲，我倒有个想法，你不妨和你家小周说一说，搞军人婚恋调查，一定不要忽视军嫂这个特殊的群体。她们带着对军人的崇拜、理解和爱，走进军人的感情世界，感知军人的喜怒哀乐，撑起军人家庭的大半边天，对于军婚军恋，她们更多的体验和感悟，也最有发言权。军嫂们的所思所想，包括一些中肯的意见建议，一定会对爱慕军人的年轻女孩产生积极而深远的影响。包括刚才我讲的那些军嫂千里探夫的经历和真实感受，都可以写进小周的长篇纪实报告文学里。从军嫂的视角、用军嫂的语言讲述军恋军婚，肯定更容易引起读者的共鸣。

三十九

佟姨，巧儿，谢谢你们两个给我讲了这么多故事，我都录了音，回头交给我家周牧仁，他一定会感兴趣。这些日子，也真是难为他了，一方面要为自个儿进退去留分心走神，前天说去榕城，昨天改成邕城，回头又可能换为泉城或是石门，或者根本留不下，直接脱军装走人，真是操不完的心啦；另一方面还要琢磨那个反映军改大潮对军人婚恋影响的长篇纪实报告文学，不是忙着收集素材，就是琢磨框架结构，不时在纸上记着，嘴里还自顾自地念叨着什么，用我儿子的话讲，他爸太过用心，都有点走火入魔了。说句心里话，我真的心疼我们家小周，自个儿的事还没定论哩，却为战友们的婚恋操心上了。

要我说，我们家小周这个人，就是个操心的命。这次部队改革动作这么大，从上到下都要打烂重组，不少人都将离开工作多年的营区和熟悉的城市，不管是正在热恋的还是已经结婚生子的，也不管是家庭和睦的还是夫妻不和的，军人的单位一变动，岗位一调整，无论是个人感情还是家庭关系，短时间内，多多少少都会受到一些冲击，这是回避不了的现实。可我们家小周讲了，这轮军改，不是一两年就能完成的，而是要持续到二〇二〇年，改革触角这么深，时间跨度这么大，对军人婚恋的影响无疑是巨大的。小周还讲了，他要写的那个长篇纪实报告文学，虽然以军队改革为大背景，副标题也叫《军改大潮中的军人婚恋调查》，但其更深的用意，在于唤起国家高层、整个社会和广大民众对军人婚恋问题的足够关注、理解和支持，使军人拥有安定和谐的婚恋和家庭生活，进而为建设强大巩固的国防作出贡献。还真别说，经我家小周这么一解释，我觉得他那个报告文学的主标题取得很棒：《军婚保卫战》，既彰显了解决这一问题的现实紧迫感，又体现了军人的职业特色。

刚才，佟姨讲了自身经历，巧儿分享了几个军嫂千里探夫的故事，很真实，很鲜活，听了很感动。可能是有过两地分居的经历，巧儿讲的那些事儿，给我的触动更大一些。想来是嫁给小周多么年，已经习惯军人的作风和为人处世方式，现在我对我们家小周没那么多要求了，他出不出差，加不加班，回不回家吃饭，晚上是否又要熬夜，我习惯了，也理解了，或者也可以说是麻木了。事实上，不习惯、不理解又能怎样呢？远的不讲，就拿我们九如巷及其附近的军人家属来说，绝大多数都和我一个想法，都选择理解、接受。说真的，不管多苦多难的事，一旦习惯了，其实也就无所谓了。既然当初选择嫁给军人，就应当接受这样的生活。这是军人家属的宿命，也是我们的使命，既然逃不开、挣不脱，莫不如心平气和包容和接纳。

对军嫂的不易，军人家属作出的牺牲，我们看到了不少，也听说过一些。但有一个群体更不应该被忽视，就是军人的后代，也就是人们常说的军娃。对那些双军人家庭的孩子，由于接触少，我不是很了解，可像我和小周这样的家庭，男的当兵，女的是普通百姓，我倒是了解很多。像我儿子那样的军娃，从他们来到人世的第一天开始，就必须习惯或接受童年没有爸爸陪伴、学习没有爸爸辅导、遇到困难没有爸爸帮助的生活，一切只能靠妈妈或爷爷奶奶、外公外婆，一切只能靠自己独立去面对。所以，军娃们大都比较倔强，大都比较自立，有种天不怕地不怕的劲头，和地方上的同龄人相比，军娃们也总是显得成熟许多。对于一个孩子而言，这究竟是好事还是坏事？恐怕不是一个“好”字或是一个“坏”字就能说清楚道明白。

就我了解到的情况，军人的孩子，超过半数以上学习成绩都不好。不是这些孩子不够聪明，而是缺少父亲的日常陪伴和监管所致。尤其是男孩，小学以前还比较听话，妈妈说什么听什么，一个个乖巧得很；一旦上了初中，进入叛逆期，母亲的唠叨往往解决不了问题。初中到高中阶段，孩子最需要父亲陪伴、教育和引导，可军娃们偏偏没有这样的机会，其结果，只能是当母亲的心有余而力不足，当父亲的鞭长莫及干着急，而孩子要么因为考不上理想大学而异常失落，要么抱怨父亲对自己关注太少而心生怨恨，导致父子关系紧张，直接影响家庭的和睦和谐。

不知是不良媒体故意炒作，还是实际情况就是这样，近些年来，关于军人子弟违法乱纪的报道开始增多，虚虚实实，真真假假，某种程度上损害了子弟兵在人民群众心目中的良好形象。其中影响最大的，莫过于那位著名军旅歌唱家的儿子酒后乱性事件，其轰动程度、社会关注度，包括由此造成的军民关系某种程度上的撕裂，都让人深思。特别是我们这些军人家属，受到的思想冲击特别大，一个父母眼中的乖孩子，一个据说文艺修养极高的军二代，怎么就能干出那么龌龊的事来？我想，除了父母的溺爱，找不出第二个理由。

说到对孩子的溺爱，我不得不多说几句。因为这恰恰是军人们最容易犯的错误！为什么这么讲？道理很简单，军人们长年在部队工作，与妻儿两地分居的多，即便生活在一起，也是经常加班加点，回家陪妻儿的时间少之又少，几乎谈不上对家庭和妻儿的呵护照顾，由于心怀愧疚，在对孩子为数不多的管教上，自觉不自觉地就降低了标准、放松了要求。我儿子6岁以前，我和我们家小周一直分居两地，每次见到儿子，小周兴奋得不行，又是抱又是亲，父子俩还没大没小地扭打在一起。那时，小周经常讲："见儿子比见我们领导困难多了，好不容易见一次，亲热疼爱还来不及，哪还能硬下心肠去管教、去责罚？"如此这般，军娃们很容易养成独立而又自傲、坚强而又固执的性格，给他们的人生之路带来很多隐患和不确定因素。

四十

佟姨，您岁数大，这茶水咱们就别喝了？喝多了兴奋，晚上睡不着。服务员，来一杯热牛奶，加一勺蜂蜜。巧儿，你是接着陪我喝茶还是来点别的？陪我？讲究人！也是，你单身大美女一个，有的是帅哥等着陪你聊天。什么？今晚要去老曾那里？刚好，多喝点茶，人更兴奋，劲头更足。不过巧儿，作为姐们，我得提醒你，老曾奔五十去了，不是年轻小伙了，你可得悠着点，别把我们的曾大作家给累趴下了。哈哈，怎么还脸红了？这不像你的风格嘛，你们两个都是快乐的单身汉，你侬我侬这么多年，早就是老夫老妻了。还没领结婚证？那玩意，一纸法律文书而已，可以带来稳固的两性关系，却无法保证和谐的夫妻关系和幸福的家庭生活。呵呵，扯远了，咱们还是继续聊军人的无奈和军娃的烦恼。

听我们家小周讲，一九九八年末，也就是裁军五十万那次，小周他们部队的上级机关发生了一起血案，作案者是一名师职领导干部的独子，暂且叫他小春，被害人有两个：小春的未婚妻，还有他的准丈母娘。案情并不复杂，小春的女友在其原籍金融部门工作，小春想把女友调到他所在的城市，女孩的母亲死活不干，还称如果非要把女儿调走，她就反对这门婚事。小春从小在部队大院长大，其父对他非常溺爱，几乎是有求必应，包括从上幼儿园开始，一直到小春大学毕业，无论孩子惹下多大麻烦，这名父亲都想方设法帮助摆平。时间一长，小春以为父亲无所不能，什么事情都能搞定，包括一怒之下杀害未婚妻和准岳母后，仍然天真地以为父亲能保他平安无事，警察到家里抓捕他时，小春还大声地向父亲求援："你赶紧找人把我捞出来！我要回家吃饭睡觉！"到这个时候，这名父亲才后悔了，后悔不该那么溺爱孩子。更让这名父亲难以接受的是，当小春得知父亲无法帮自己洗脱杀人罪名时，他对父亲产生了深深的怨恨，把自己走上犯罪道路的根本原因归结为父亲无原则的溺爱，直到被执行死刑前，他都没有原谅父亲，没再最后喊一声"爸爸"……

为了保家卫国，为了肩负的使命，军人不仅付出了自己的青春和热血，还舍弃了子女绕膝的天伦之乐，有的甚至还以牺牲家庭幸福和儿女前途为代价。这是不是一种奉献精神？肯定是！问题在于，我们的社会，我们的人民群众，有多少人真正在意、理解军人在和平年代的这种看不见的奉献和牺牲？真不好说，要不然就不会出现抹黑革命先烈、抹黑现役军人等仇军现象。佟姨，巧儿，你们注意到没有，无论是社会上还是网络上，总有那么一小撮人，把诋毁军人、抹黑军队当能事，张口军队太黑、闭口军人操蛋，在他们眼中，军队乱得一团糟；在他们嘴里，军人成了兵痞。而一旦出现重大灾难，军队的行动稍有瑕疵，或是出现意外事故，这些人极尽诋毁诬蔑之能事，满嘴喷粪，毫无底线。

去年天津港特大爆炸事故发生后，面对消防官兵舍生忘死的壮举和付出的惨痛牺牲，那个叫吴洪蛟的喷子竟然拿这个说事，什么“士兵拿了工资就有上前线的义务，消防员拿了工资就有冲进火场的义务”，什么“死了，是你们平时不努力训练，业务技能不过硬”，网络一片哗然，招来骂声一片。当时，我们家小周气坏了，写了一篇题为《请尊重和善待军人》的文章，其中一些观点，至今我还记得清清楚楚：“不敢说包括消防武警在内的中国军人有多伟大，但民族危亡之时，国家危难之时，大灾来临之时，冲在最前面的，永远是也只能是一不怕苦二不怕死的军人。”“请不要拿工资说事。军人挣的那点工资，是以鲜血和生命作代价的。何况，基数庞大的士兵们，包括冲在救火第一线的消防官兵们，当中有很大一部分是义务兵！他们拿的，不是工资，而是津贴，区区几百块钱而已！”“死亡，与军人如影相随。再艰苦的训练，再强大的军事技能，真正进入战场，伤亡依然无法避免。”“吴洪蛟们，请你们记住：士兵义无反顾上前线，消防员不顾生死冲进火场，支撑他们的不是工资，而是使命担当，是家国情怀，是军人的荣誉！”“军人有军人的义务，而吴洪蛟们，也请履行你们作为公民作为国民的义务：尊重军人，善待军人。”“吴洪蛟们，中国军人是人民子弟兵，是你们的兄弟姐妹，尊重和善待军人，就是尊重和善待你们自己。”

老实说，我们家小周平时写的那些新闻稿和内部材料，我真是不感兴趣，但他写的这篇文章，确实让我产生了共鸣。想来是身为军嫂的缘故吧，也可能是吴洪蛟的观点太无底线，反正我觉得我们家小周反驳得句句在理。实际上不止我，包括我儿子，一个初一学生，也给他老爸点了一个大大的“赞”！

呵呵，我又扯远了，还是继续聊聊军娃们成长过程中遇到的烦恼吧。也不能总讲别人的故事，就说说我们家的儿子吧。佟姨，您不知道我儿子叫什么名字？不会吧？记得我告诉过您。他叫周光华，我们小周给取的，意思是光耀中华，是不是很大气？呵呵，名字么，就是个代号，如果我们愿意，叫阿猫阿狗都可以。我们家儿子对他爸给取的这个名字就很意见，说“光华”二字，既可以理解为“光耀中华”，也可解释为“光说不做、华而不实”，就看从哪个角度去琢磨了。巧儿，你这个当姨的，是不是觉得我儿子、你外甥说得很有道理？我也这么觉得。可我们家小周不这么看，总跟他儿子掰扯，父子俩谁也说不服谁。私下里，我教育儿子：“你爸工作很累，回到家就该好好休息，你总跟他争论这些没用的干啥？”儿子不屑一顾：“老妈，这不叫争论，这是父子之间的正常交流。”佟姨，您瞧瞧，现在的小屁孩儿，羽毛还没长全哩，思维却跟大人一样。

我得表扬一下我们家小周，在处理父子关系上，他很民主，从不摆父亲的架子，基本能做到与儿子平等沟通。说起来你们可能不信，在我们家，小周叫儿子为“华哥”，儿子叫他爸为“小周”，父子俩互开玩笑，互相调侃。今年元旦那天，我们一家三口去看电影，在大厅等候期间，唠到这轮军队改革和裁军。小周问他儿子：“华哥，我可能要去榕城，你跟不跟我去？”儿子一点也不含糊：“这事我说了不算。你去哪，我和老妈就跟着去哪，这好像没得选。小周同志，这事你说了也不算吧？嗯，你得听部队的，听领导的。”小周笑了，拍了拍儿子的肩膀：“嗯，华哥不错，像军人的后代，懂得服从命令听从指挥。”儿子嘿嘿一乐，顺势搂着他爸的脖子，还拍了拍小周的头顶：“嗯，小周同志也不错。好好干，肯定大有前途。”听父子两个在那里没大没小的闲扯，我的眼泪都笑出来了。这哪是父子？分明是一对哥们嘛。

中篇：人在军旅

第九章　找个军人结婚吧

四十一

今天可把我累惨了！有对新人在我们迎驾阁举办婚礼，据说新郎的父亲是个大款，新娘的父母也是生意人，双方家族都很有实力，场面搞得很大，大厅加上包房，摆了八十八桌婚宴，应该是咱们九如巷近两年最气派的婚礼了。这单大生意，是我表叔刘大庆帮忙拉来的，算是我的业绩，我不敢有丝毫大意，早上六点不到就赶到宾馆协调各种事儿，一直忙到下午三点才算利索。这场婚礼中西结合，仪式感喜庆感兼而有之，既温馨又浪漫，看得我这个正准备结婚的女人心潮澎湃、思绪万千，真有些羡慕嫉妒恨。

人这种动物，真是复杂，连自己都搞不清内心真正需要什么。比如我盖巧巧，和老曾好了这么些年，总盼着修成正果，早日跟心爱的男人走进婚姻殿堂，等了十三四年，终于等到他前妻不再胡搅蛮缠，老曾也下定决心跟我结婚，眼看梦想就要成真，我自个儿却犹豫起来。阿莲，你知道么，这些天我苦恼极了，吃不好、睡不香，还经常莫名其妙地向老曾发火。我到底怎么啦？不高兴？不可能，成为老曾的合法妻子，名正言顺地和他生活在一起，是我十多年来最大的梦想，到了圆梦时分，我有什么理由不高兴？不自信？也不是，咱们姐妹间不搞虚头巴脑那一套，就我这身材，这脸蛋，这气质，还有整整十岁的年龄差，不敢说美压群芳，但让我嫁给四十六七的老曾同志，还称得上自信满满。呵呵，你就别那么毒舌了，什么叫自吹自擂？我这叫信心爆棚！

阿莲，我究竟怎么了？我真不知道。今天找你来，就是请你这个老中医帮着把把脉，顺便开个管用的药方。哈哈，你不是老中医，是资深名医？说你胖，还顺势喘上了。别开玩笑，我是认真的，你帮我好好分析分析，给点实实在在的建议。咱俩谁跟谁？同年同月同日生，除了老公不能共享，其他向来不分你我。什么？分享老公这事我愿意你还不愿意？求求你，要点脸，行么？我们家老曾岁数大了怎么了？岁数大意味着经历多、体贴人，善解人意、尊重女人，并且功成名就，杀伤力大着哩。我可告诉你，现在的年轻姑娘，就喜欢大叔级的男人，我们家老曾刚好是她们的菜。阿莲同志，你OUT了。

咱俩就别扯闲篇了，言归正传，我问你答，面对面、一对一地答疑释惑。姐们，你听好了，我要请教的第一个问题，与婚礼有关：我和老曾这婚怎么结？要不要举行仪式？你先别管我为什么这么问，听我说完，你再发表你的高见。

阿莲，你知道的，我和老曾以前都经历过一次失败的婚姻。作为过来人，对是否举办婚礼，我们两个都不是很在意。婚礼只是一个形式，一种被严重商业化、物质化的仪式，一出精心表演

给他人观看的大戏，看似庄重隆重，实则闹闹哄哄，没有太大实际意义。事实上，婚后幸福与否，夫妻感情能不能天长地久，与举不举办婚礼、举办多大规模多高档次的婚礼，一点关系都没有。反倒是有些夫妻，之所以没能白头偕老，一个很重要的诱因就是举办婚礼时形成了隔阂，埋下了积怨，比如谁家的亲戚来得多、随的份子钱多，谁的同学哥们姐们更加给力，诸如此类的比较和计较，最终葬送了本该美好的姻缘。

我听老曾讲，大概是二〇〇四年底，也就是裁军二十万实质推进那一年，他在冰城工作期间，当地发生了一起新郎新婚当夜行凶割下岳母头颅的惨案，其直接作案机动，就是岳母当众讥讽亲家一方来人太少，新郎的自尊心严重受损，进而恼羞成怒操刀杀人。阿莲，你说说看，把喜事办成丧事，那该是多么悲催的事情。

既然想得这么明白，怎么还问我？我说姐们，你还是女人么？我们女人那点小心思，你又不是不明白。是，我不在乎办不办婚礼，可我终究还是女人不是？扪心自问，哪个女人不想风风光光把自己嫁出去？哪个不想来一场轰轰烈烈、唯美浪漫的婚礼？我盖巧巧并非圣女圣姑，一个普普通通的女子，当然不能免俗。换成你也这样想？呵呵，英雄所见略同，看来我们真是中国好闺蜜，对很多问题的看法都基本一致。

阿莲，我之所以和你探讨是否举办婚礼这个话题，其实还有一个重要原因，就是老曾对举办婚礼不是很积极。当然，就老曾那种遇事先为别人考虑的性格，断然不会直接说他反对举办婚礼，相反，人家一直向我承诺，只要我高兴，他愿意尽其所能，给我办一场隆重而不张扬、热闹而不低俗的浪漫婚礼。我相信他是真诚的，因为他不止一次和我探讨举办婚礼的地点、形式等等，连好多细节都考虑到了。但听话听音，话里话外，老曾更倾向于婚事从简。比如昨天晚上他就跟我讲，说部队改革正在进行，人员裁减在所难免，他作为一名有着三十多年军龄的老兵，必须随时做好脱下军装的准备，在退出现役之前，如果能借婚假逐一回到他服役过的老部队，到工作过的老单位走一走，无疑更有纪念意义。

老曾还讲了，婚后度蜜月，假如能带着心爱的女人故地重游，重走从军路，绝对是人生一大美事。阿莲，老曾的意思，其实很明了，他不想举办婚礼，他想用这种方式庆祝我们的结合。

尽管有些失落，但说句心里话，我觉得老曾这个提议，不，是老曾这个想法很有创意，如果真能实现，想来会成为我们两个人日后津津乐道的美好记忆。可是，阿莲，我真有些心不甘啊，好不容易等到结婚，就这么悄无声息把婚给结了？如果按我的意愿操办一场热热闹闹的婚礼，老曾嘴里不说什么，心里会不会有疙瘩？我们两个相恋相守十多年，走到一起太不容易了，为了一场可有可无的婚礼破坏这份来之不易的感情，岂不是犯傻？哎，没结婚的时候盼结婚，真要结婚了又有这么多烦心事，真是愁死个人。

四十二

巧儿，你们家老曾的去向定了没有？是留在盛天？还是去泉城？还没定？哎，和我们家小周一样，都是前途未卜啊。不管这个了，咱们这些军人家属，一旦涉及部队上的事，想管也管不着，他们大老爷们儿都不着急，我们这些军嫂瞎操心干啥？你还不是军嫂？瞎说，在我宗濮莲心中，在熟悉老曾的军人眼中，你盖巧巧早就是名副其实的军嫂了。实际上，你无怨无悔地陪伴老曾那么多年，你不比其他军嫂付出得少。不就是缺两本结婚证嘛，听小周说老曾打算最近和你去把结婚证领了，之后再考虑婚礼的事。当兵的耿直，说话算数，老曾既然这么讲了，他很快就会把这事办妥。我先给你透个信儿，回头你再旁敲侧击问问他，方便时，我也帮你敲敲边鼓。出名要趁早，好事也要趁早，对你而言，早扯结婚证，早了却一桩心事。盖大美女，加油，我看好你哟！

至于你和老曾的婚礼办还是不办，办成什么规模，搞那些仪式，这是你们两个人的事儿，要商商量量去办，别人掺和多了，反倒不合适。我们是闺蜜也不行，最终拿主意的，还是你们两口子。哈哈，不是我不讲究，而是我真给不出像样管用的建议。非要说？不说就要跟我断交？切，你吓唬谁啊？我宗濮莲别的长处没有，可胆子大，不怕恐吓。再就是脸皮厚，本人不同意，你盖巧巧想单方面中止我们之间的友谊，门儿都没有！哈哈，霸道怎么了？我就这德性！不服？不服也没用！因为我压根儿就不管你服不服，我喝醉了只管扶墙。

非说不可？咱们换个方式，先不说具体建议，先说说我和小周结婚那点事儿？说不准，还能给你那么一丁点儿有益的启示哩。

我和小周是别人介绍认识的，时间是一九九九年三月份。当时他在边防连队当指导员，我在白山老家卖体育用品。老实说，第一次见小周，印象非常不好。形象不好？那倒不是，别看我家小周个子不高，长相还可以，称不上帅哥，但蛮耐看的。可他的普通话讲得实在太差了，四川口音很重，语速还很快，典型的“川普”，刚开始，他说十句话，我有六句听不明白，还不好意思问，只能反复猜，累死个人。要不是看他还算朴实，并且介绍人一再说他在部队干得很好，我真差点撤退了。

巧儿，你知道的，找个军人当男朋友，实在没什么浪漫可言。

那时手机还没普及，我和小周很少打电话，主要靠书信交流感情。当然，就我那点语言修养，是很少写信的，主要是小周唱主角。当年，我们家小周绝对下足了功夫，也不管我回不回信，他每周至少给我写一封信，全是甜言蜜语，怎么肉麻怎么来。刚开始觉得这个四川小伙不靠谱，满嘴跑火车，看他的来信多了，慢慢有了感觉，并且越看越上瘾，超过五天收不到他的来信，心里跟猫抓似的难受。呵呵，这也算是情书，对吧？小周家里兄妹四个，他又是老大，经济负担很重，跟我谈恋爱那三四年，他几乎没在我身上花过什么钱，仅凭那一封封情书，就把我给骗到手了。到二〇〇四年三月份，我们两个结婚前，小周写给我的来信将近两百封，我全都保留下来，至今还锁在一个皮箱里。我曾和小周开玩笑："这是我们家的传家宝，要一代一代传下去。"

小周打动我的，不仅仅是"每周一信"，还有他用心记录的恋爱日记。从我们第一次见面起，他就开始记录我们之间交往的点点滴滴，从陌生到熟悉，从相知到相恋，包括第一次牵手，第一次拥抱，第一次亲吻，不管是时间、地点还是细节，他都记得清清楚楚。做这一切，小周并没有告诉我，而是悄无声息地进行。直到二〇〇四年元旦那天傍晚，他正式向我求婚，让我答应嫁给他。我问除了那些书信，你还有什么可以表达你的诚意？小周拿出了四本厚厚的恋爱日记，我被彻底震住了，躲在自己的房间里，看了整整一夜，一边看一边乐，一会儿哭一会儿笑。次日早上见到小周，没等他开口，我拥吻了他："就算你真的一无所有，我也愿意嫁给你。"

巧儿，在选择爱人这件事上，咱俩差不多，都被文字打败了。或者说，是被爱好文学和写作的军人给俘虏了。你们家老曾是专业作家，我们家小周靠文字吃饭，这两个大老粗，单凭掌握堆砌

文字的技巧，就把我们两个大美女给拿下了。呵呵，我们这些文艺女青年是不是太容易上当受骗了？

决定结婚后，小周和我商量："我们家的情况你也清楚，父母肯定拿不出钱来操办婚礼。我个人工资就那么点儿，每月还要往老家寄一些，除去个人开销，没有一分积蓄。阿莲，要不咱们只在部队简单办一下？"小周的意思非常明了：一是不回他四川老家办，二是不去我吉林老家办，在部队驻地简单摆几桌，请一请他的战友、同事，就算把婚事办了。

对此，我倒没什么意见，既然我决定嫁给经济条件不好的小周，就做好了婚事简办的思想准备。可我爸妈却不同意，尤其是老妈，强烈要求我们回吉林白山操办婚礼，还说一切开销不用小周管。这原本是个不错的主意，既可以风风光光地结婚，还不用小周花钱，一举两得，多好啊。没想到小周却不同意，说这样让他们全家太没面子，搞得他不像娶媳妇，像是倒插门一样。我说你怎么这样封建啊？他说这不是封建，是男人的脸面问题。最终，还是我爸说服了我妈，理由是男人的面子比命都重要，不能让小周娶了媳妇丢了自尊。

巧儿，说到这里，你应该知道我想说什么了吧？对，我就是想告诉你，如果你真的爱老曾，就要设身处地照顾他的内心感受，尊重他的真实想法。老曾是个有修养的人，不像我们家小周咋咋呼呼、直来直去，老曾和你一样，一事当前，首先为别人着想。我的意思，你不妨主动一些，告诉老曾结婚的事，全按他的想法办。这样做，老曾会感激你，也会更爱你。这跟有没有主见无关，既然两个人决定要携手走过今后的日子，就应该相互理解和成全。

再说了，现在部队反腐抓得很紧，尤其是二〇一二年以后，要求越来越严，用公款喝顿酒、用个公车，以前不算事儿，现在不行了，抓住了就要给处分，弄不好军装都给扒了。特别是对操办婚丧事宜，部队管得更严，听我们家小周讲，全军已经处理通报了多起大操大办问题。巧儿，你们家老曾虽然只是个作家，不是什么领导干部，可他毕竟享受副军级待遇，还是名老党员，在你们两个结婚这件事上，还是低调点好。不能因小失大，对不？

四十三

今天多少号来着？一月二十六日？腊月十五？腊八都过去一周了，离小年只有八天，年味是越来越浓了。怎么突然说起过年？咱们九如巷东头不是有个军队离休干部休养所嘛，人家工作积极，动作快，早早地就开始营造节日氛围，昨天，干休所大门贴出了一副春联，我觉得很有意思，念给你听听？横批没什么特别之处，也没记住，重点是对联。上联：大气军改，越改越能打胜仗；下联：革命老人，越活越有精气神。怎么样？是不是特别提气？把正在进行的军队改革写进春联，并且很巧妙，高，实在是高！

阿莲，谢谢你能实话实说。经你刚才这么一点拨，我盖巧巧原来那点小想法全没了。放心，我会记住你的忠告，不再为办不办婚礼、怎么办婚礼劳心费神。我想好了，全按老曾的意见来。啥？我要做一个乖巧的小媳妇？去你了，都多大岁数了，还小媳妇呢，奔四去了，快成黄脸婆罗。

对了，阿莲，我干儿子最近表现怎么样？放寒假了，不会天天玩电脑打游戏吧？光华这孩子，聪明，独立，有主见，我喜欢。将来我要生个儿子，一定借鉴你和小周的做法，内紧外松，散养为主。呵呵，凭啥我就不能生儿子？最好生个女孩，跟你打亲家？切，就算我生个姑娘，也不可能和你打亲家。为啥？不为啥，我就是不同意，愿咋咋地！

说到孩子，我还得请教请教你。我和老曾年纪都不大不小，一个四十六七，一个三十六七，说老不老，说年轻不年轻，就这岁数，婚后到底要不要孩子？老曾很开明，说在这个问题上，由我全权作主，生与不生，什么时间生，都我说了算。我知道，老曾很喜欢孩子，也愿意再要一个，并且最好是儿子，这样他就儿女双全了。封建思想？话不能这么说，老曾来自农村，农村人最讲究传宗接代，并且认定男孩才能继承家族香火，这是几千年的文化传承，不能简单用封建思想来概括。呵呵，还真让你说对了，如果我说了算，我指定选择生个大胖小子。理由？我喜欢男孩，就这么简单。

话好说，事却难办，这孩子也不是说生就能生的。毕竟，老曾都奔五去了，如果我们要个孩子，没有个十七八年，根本利索不了，等到孩子上大学，老曾早已六十出头，真担心他没精力管这个孩子呀。再就是我，多少也有些顾虑，虽然之前没有生过孩子，但如果怀孕，我也算高龄产妇，风险不小。也正是因为这个缘故，老曾一再表示尊重我的选择，他是怕我出什么意外啊。哎，比起办不办婚礼，生不生孩子这事更让我头疼。

闹心事不说了，唠点开心嗑，怎么样？讲笑话？这个我真不擅长，平时看得少，偶尔听别人讲，觉得很好玩，但记性又不好，想记记不住，不像你，说起话来像打机关枪，总有唠不完的嗑儿。

非要讲？那就讲一个吧。呵呵，不是原创，是听老曾讲的，据说还是真人真事，就发生在盛天军区联勤部机关。那是二十多年前，当时还没有联勤部这个名称，而是叫后勤部，主人公是后勤部政治部的一名副处长，三十来岁，血气方刚。话说一年夏天，这位副处长打着背包，下部队蹲点一个半月，回到盛天的家里，刚进家门，发现老婆把饺子煮好了。四十多天没见，两口子都有些冲动。老婆问：“是先吃饺子，还是先那个啥……”副处长也不说话，直接把老婆抱进卧室，直奔主题，埋头苦干。完事了，老婆问到：“你们下部队，伙食是不是很好？”副处长疑惑不解：“不怎么样。怎么啦？”“没什么，我感觉你胖了。”“不可能！天天跟战士一起训练，一起劳动，活动量很大，怎么可能长胖？我靠，背包还没放！”

阿莲，你笑什么笑？淑女！矜持！你还真别说，老曾给我讲时，我笑得岔了气，肚子都笑疼了。阿莲，你老实交代，你们家小周是不是也干过这种事？他们当兵的，一个个都这么猴急？呵呵，我们家老曾是作家，是文化人，人家懂得心急吃不了热豆腐。

仔细想想，老曾、小周他们这些当兵的，还真是不容易，谈恋爱没时间，结了婚无法和爱人厮守在一起，长期分居，聚少离多，就算生活在同一个地方，也是经常出差，要么总加班，连正常的夫妻生活都得不到保证。说真的，我对这个不是很理解，觉得不太人道。可不理解又能怎么样？用我们家老曾的话讲，这是军人这个特殊职业决定的，不以个人意志为转移，是一个世界性的难题，谁都无法完全破解。阿莲，跟我比，你是一名资深军嫂了，咱们姐妹俩唠实嗑，你们家小周成天忙着上班、加班和出差，你就没有半点怨言？

你问我怎么看这个问题？没决定结婚之前，我没怎么考虑，毕竟我和老曾还不是法定夫妻，彼此没有相互守候和陪伴的义务，加上老曾总忙，陪我的时间不多，我又是个工作狂，也就无所谓陪与不陪、陪多陪少。现在要结婚了，要在一起生活了，想不考虑都不行。我也和老曾探讨过这个问题，老曾的原话记不全了，大致这么三层意思：第一，既然选择嫁给军人，就要适应军人的工作节奏和生活方式。第二，做军人的妻子，一定要有强大而坚韧的内心，学会坚强、独立处理家庭和生活中的一切事情。第三，身为军嫂，要把独守空房当作一种生活常态，并积极适应这个常态。

阿莲，你们家小周是不是也这样，说什么事都要理出个一二三？呵呵，这可能是他们部队政工干部的职业病，只要是个事，无论大小，都讲究理论高度，都要分析外因内因，都要拿出思路办法。我干儿子周光华那句话怎么说来着？“因为所以，科学道理”？呵呵，还真是这么回事儿。

四十四

巧儿，在你婚后生不生孩子这件事上，我的态度很鲜明：生，抓紧生！最好生个龙凤胎！哈哈，有难度？这有啥难的？现在科技发达得很，据说有的医生偷摸干这个，说是给女的吃什么药，保证能生双胞胎，三胞胎四胞胎都没问题。我当然是开玩笑，孩子是要生，但不能违背自然规律，顺其自然最好。

为啥我这么支持你生孩子？一来你没做过母亲，应当生个孩子，体验一下为人母的快乐和艰辛。二来你们家老曾喜欢孩子，再说一旦有了孩子，你们之间多了一座桥梁，多了一条纽带，感情会更亲密，家庭会更加稳固。好处多多，你凭啥不生？所以，只要结婚证到手，赶紧的，麻溜的，一分钟也不要耽搁！生孩子没这么简单？切，又不是研制超级机器人，哪有那么复杂？老曾有上好的种子，你有肥沃的土地，播种就能发芽，有苗就不愁长，不出十个月，你就是孩子他妈了。你想一想，这是不是很美？靠，还不好意思？还当自己是黄花闺女哩，熟女一个，腐女一枚，你就别跟我装清纯了。

不过我要先给你打个预防针，嫁给当兵的，涉及生孩子这事，你千万不要指望他们太多。说句玩笑话，这些当兵的，娶了老婆之后，基本上只负责播种，剩下的事，我们这些军嫂包圆！从十月怀胎到婴儿出生，从孩子咿呀学语到蹒跚学步，从幼儿园到高中毕业，唱主角的永远是也只能是军嫂。哈哈，女超人？就是这么个意思。没有点女超人的全能和坚强，真就当不好一个军嫂，也当不好军娃他妈。

我家儿子周光华是二〇〇三年十二月二十八日出生的，正赶上老兵退伍。我们家小周当时在军分区政治部宣传科工作，本来要下部队蹲点的，领导考虑到我预产期快到了，就安排他在机关留守。我心里很美，以为小周可以陪我，哪知他仅仅是没有出差而已，没日没夜的加班，基本见不着他。儿子是早上六点半出生的，七点刚过，小周开口了：“老婆，对不起，我要去单位了，一大堆事要处理。”我有点不高兴，但又能怎样呢？能拦着不让他去上班吗？不能！再说了，我们家小周也不容易，头天晚上寸步不离地陪着我，还要忍受我因分娩阵痛而引发的、不可控制的焦躁、乱骂和狠掐，本身已经疲惫不堪，还要坚持去上班，我心疼还来不及，哪还能抱怨？我坐月子那段时间，小周只休了三天假。对此，我有些怨气，小周也觉得对不住我，一提起这事，他就跟我道歉。后来亲身经历一件事，给我的触动很大。从那以后，再说起生孩子和坐月子，我不再埋怨小周，也不再让他说对不起。

那是二〇〇六年八月一日，建军节，小周被派到盛天军区挺进报社学习，没在家。这天上午九点左右，我闲着无事，带着两岁半的儿子，去小周他们单位电台值班室楼下，找小周的四川老乡郑强，看他有没有时间教我儿子打军体拳。呵呵，巧儿，你这个干儿子，你又不是不了解，从小就好动，刚过两岁，就开始跟着他的军人叔叔们学打军体拳。

找到郑强，发现他有些兴奋，也有点心神不宁。一问，才知道就在刚才，准确讲是半个小时前，郑强的妻子王春桃在四川老家的医院里生下一个女孩。我十分不解：“老婆生孩子，你怎么不请假回去”？郑强无奈地笑了笑：“我一直在掐算着春桃的预产期，一周前就填好了休假报告。可计划没有变化快，我们台里有两名同志要到省军区参加集训，‘八一’还要战备值班。作为电台兵龄最长的老兵，又是台长，我能怎么办？只能默默把休假报告锁进抽屉，打电话请求老婆原谅。”

郑强告诉我，春桃很希望丈夫能在孩子降生的特殊时刻守在身边，和自己共同承受生产的痛苦，分享初为父母的喜悦！可作为军嫂，即使有再多的幽怨，春桃也只能告诉丈夫：“我理解……”

内疚的郑强很想为妻子做点什么。作为通信兵，他想到了电话。于是叮嘱春桃进产房时一定要带上手机，他要在电话中“看”着孩子出生，还要用歌声为妻子加油鼓劲。

八月一日凌晨两点，春桃出现了宫缩，撕心裂肺的疼痛一阵紧似一阵。母亲赶紧将女儿送到妇产医院。为了不让丈夫担心，她没有将自己住院的消息告诉郑强，想等孩子出生那一刻再打电话给他。谁知，宫缩持续了整整六个小时，孩子仍未出生，却出现了异常情况，医生建议马上实施剖宫产术。岳母慌了神儿，情急之下拨通了郑强手机：“春桃快不行了，你快拿主意吧！”

刚刚交完班，正准备休息的郑强听到这个意外消息，一阵眩晕。他定了定心神，对岳母说：“妈，听医生的，您就替我签字吧。春桃进手术室前，您把手机交给她，我想第一时间知道她和孩子平安的消息。”上午八点零五分，王春桃要进手术室了。焦急的老人没有忘记女婿的嘱托，悄悄地将一直处于通话状态的手机塞到女儿手里。但这没能逃过医生的眼睛，医生大声呵斥道：“进手术室还带手机，想摆阔是不是？再说手术要全麻，她个人没什么意识，拿个手机也用不上。”春桃的母亲急了，一把抓住医生的手：“我女婿在边防当兵回不来，我闺女心里害怕，就想听听丈夫的声音壮壮胆儿，您就行行好，破例一次吧。相信我，我女儿能听见我女婿说话……”听说产妇是丈夫不在身边的军嫂，医生没再说什么。

从妻子进入手术室开始，郑强一直紧紧地握着手机，就像紧紧地握着妻子的手。时间一分一秒地过去，郑强越来越紧张，他唯一能做的，就是对着手机，通过无线电波，不停地说着、唱着，用军人特有的方式，尽一份丈夫的责任。

“……春桃，别害怕，有我哩……还记得我们结婚时的诺言吗？有了孩子，男孩跟你姓，女孩跟我姓，……春桃，手术失血多，坐月子时千万让妈多买点营养品，……春桃，你不是喜欢听我唱歌吗？我唱给你听……就唱一首《为了谁》吧，这首歌在部队可流行了……泥巴裹满裤腿，汗水湿透衣背，我不知道你是谁，我却知道你为了谁……”

由于高度紧张，平时歌唱得很棒的郑强此时却找不着调了，但他依旧用嘶哑的声音为他心爱的人唱着，唱着……不知过了多久，电话那头突然传来一阵宣言式的婴儿哭声。随即，手机传来医生欣喜的声音：“是个女孩儿……”

守在郑强身边的战友急切地问：“怎样了？”他轻声说了句“母女平安”，之后趴在桌子上，呜呜地哭出了声……

巧儿，你知道吗？那天，听郑强讲述完，我被深深地震撼和感动了。什么军人？是身穿军装、始终把责任和使命扛在肩上的人！什么是奉献？为国家舍小家！为一家不圆万家圆！也正是从那天开始，我对军人这个特殊职业有了更为深刻的认识，对我们家小周，对所有军人，也多了一份理解。

二〇〇六年九月一日，也就是郑强的女儿满月那天，按照我们家小周的安排，我又去了一趟军分区电台值班室，给郑强的女儿送去一套童装以示祝贺。当着我这个嫂子的面，郑强拨通了四川老家的电话，为的是听听女儿稚嫩的哭声。碰巧小家伙那阵子玩得正高兴，就是不给未曾谋面的爸爸面子。郑强对妻子王春桃说：“你就掐她一下吧，我想孩子……”电话那头一阵沉默，随即传来孩子的啼哭声……

孩子哭声从电话那头传来那一刻，不知为什么，我鼻子一酸，想大哭一场。我分明看到，郑强的眼眶泪光闪闪，一滴晶莹的泪珠无声滑落，跌落在他军装的第三颗纽扣上……

四十五

阿莲，你这故事太煽情，听得我眼泪汪汪的。要不咱们换个话题吧，比如孝顺父母？好，就唠这个。昨天晚上，我和老曾就唠过这事儿，老曾还给我讲了一个真实的故事。他有个战友，暂且叫他老许，转业后安置到国家一所重点大学，负责老干部工作，经常接触一些老教授的子女。在老许看来，孝不孝敬父母，讲不讲人伦，与智商情商、文化程度并没有直接联系，某种程度上甚至还存在文化越高、人味越淡的现象，反倒是没什么文化的农民，更加注重人伦亲情，在孝敬父母上也往往做得更好。

老许的服务对象里，有一位教授夫妇，两人退休前均是各自研究领域的顶尖专家，享受政府特殊津贴。他们的儿子也很优秀，在外省一所知名大学当教授，学科带头人，手里把持着巨额科研经费，要钱有钱，要名有名。表面看，这是一个幸福的知识分子家庭。可实际情况是，教授夫妇的晚年生活非常凄凉，儿子以科研任务重为由，几乎从不回家探望父母。父亲病重期间，母亲再三打电话，老许也多次去电，让外地的儿子回来看一眼老人，对方都以工作忙予以搪塞。直到父亲去世，这个教授才赶回来，后悔得直抹眼泪。老许很生气，当众训斥那个教授："人都没了，你现在回来有什么用？你真心悔改，今后对你老母亲好一些，多回来看看老人家。"结果呢，这个教授依然如故，对独居的老母亲不管不问，春节也不回来，以至于老人在家去世三天以后，才被学校的工作人员发现。哎，养个这样的儿女，做父母的也真是悲哀。

为什么会出现儿女不孝敬父母的情况？老曾的观点很有道理：树有根，水有源，儿女不孝，根子还在父母身上。父母是孩子的第一任老师，也是最重要的人生导师，如果父母本身在孝敬老人方面做得不够好，或者不重视加强对孩子的正面教育和引导，儿女不孝就不是偶发事件，而是必然。所以，我们经常看到，但凡儿女孝顺的，其父母肯定也是孝子。

这方面，我们家老曾应该得到表扬。他兄妹三个，他是长子长兄，从小父母就教育他要给弟弟妹妹做好样子。老曾哩，也没辜负父母的期望，自打他参加工作起，家里有什么大事小情，老曾总是冲在最前头，要钱给钱，没钱就借，不管是老人生病还是弟弟妹妹遇到什么难事，也不管家里人张没张口，只要老曾知道了，都会不遗余力、不计回报地默默付出。老曾的第一次婚姻之所以失败，除了他和瑶瑶的母亲性格不合这个主要原因，他对家人的照顾过于周全和慷慨，也是一个重要因素。

阿莲，跟你闲扯这么多，实际上我是想问问你，小周家的情况和老曾家里差不多，同样来自农村，同样兄弟姐妹好几个，并且经济条件都不太好，你怎么看待小周对父母的孝敬、对兄弟姐妹的关照？别跟我讲大道理，这个我们家老曾最擅长，经常给我上思想政治课，你就唠唠实嗑，也好让我学习借鉴。

我可是听说了，你宗濮莲虽然嘴上不饶人，实际上是刀子嘴豆腐心，善良着哩，并且对老人特别孝顺。小周不止一次在我和老曾面前夸你，说你理解老人、孝顺老人，从不在孝敬父母这件事为难小周，表现很大方，处事很大气，他打心眼感激你。阿莲，咱们姐妹掏心窝子，你是真舍得还是假装的？当小周把你准备买时装的钱拿去给他父母治病，你就不委屈？

对于我，还有一个非常棘手的问题，就是结婚后如何处理与老曾前妻也就是瑶瑶母亲的关系。是，他们已经离婚多年，早就不是夫妻，老曾也不可能跟她破镜重圆或是旧情复燃，这个我有信心。问题在于，瑶瑶的母亲是个病人，是个重度抑郁患者，即便能暂时治好，谁敢保证不再犯病？谁敢保证她不找老曾的麻烦？老曾是可以不管她，在法律层面也没这个义务，可我们家老曾是个软心肠，更是个重情重义的爷们，别说是他女儿的亲生母亲，哪怕他们两个只是露水夫妻，就算没有一儿半女，只要对方有难处，老曾也绝不会袖手旁观。哎，遇到和爱上这么一个有情有义的男人，真不知道是该庆幸还是该懊悔……

四十六

巧儿，不是我批评你，你真有点为难人。口口声声说向我请教，让我帮着出主意，可又限制这限制那，要说大实话，不讲大道理，哪有那么多大实话？净说实话，这人和人之间还不得见面就打个鼻青脸肿？良药苦口，忠言逆耳，这道理你又不是不懂。再说了，大道理怎么啦？只要讲得在理，对我们有启示，就算再高深，说起来再拗口，理解冉费劲，大道理该讲还得讲，当听还得听。我们家小周说了，船无灯塔要偏航，人无理论要迷路，没有那些老祖宗传下来的道理，没有老一辈用生命和鲜血换来的传统，没有领导人不断探索总结的理论，民族要迷茫，国家要乱套……

我被小周给洗脑了？我去，这都哪跟哪啊？你这想象力也太丰富了吧？对，我们家小周是宣传干部，能说会写，理论一套一套的，可我觉得这没什么不好，至少人家不论做什么事，或是遇到什么困难，总是能从理论和实践结合的角度找到合适的解决办法，不至于毫无头绪，更不会像一只无头苍蝇。哈哈，这么一说，我还挺为我老公骄傲的。

你不让我讲大道理，我偏要讲给你听。不听？有本事你把耳朵堵上。既然不堵，我可要开讲了。

先回答你第一个问题：怎么孝敬老公的父母？给你三点友情提示：第一，把老公的父母当成自个儿的亲爹亲娘，不跟他们计较，不和他们生气。巧儿，你见过哪个儿女真跟亲生父母计较的？有，但不多。第二，如果孝心可以分成十等份，六份给公公婆婆，四份给亲爹亲娘。不要跟我扯什么一碗水端平，这世上就没有任何一个人可以做到一碗水端平。既然做不到绝对的平均和公平，那就应该有所侧重，让私心所占的比重小些小些再小些，用真诚付出换取真心回报。第三，对待爱人的父母，一定要比对自己的父母更耐心、更用心、更细心，自个儿父母能一而再、再而三地包容你的过错，爱人的父母很难做到，必须从源头上、从细节上处理日常生活中的大事小情。

哈哈，这理论，听起来是不是很解渴？小样儿，不要瞧不起大道理，也不要从内心抵触理论，像我总结的这些来自实践的理儿，不就很好吗？当然，每个家庭的实际情况不一样，不能完全照搬，但有些理念，还是可以吸收采纳的。

光有理论不行？那就举举我们家的例子。嗯，重点是小周，他在这方面做得特别到位。这么说吧，在我娘家，无论是我父母还是我的弟弟妹妹，小周简直就是天底下最孝顺岳父岳母的好女婿，是天底下最乐于助人的好姐夫。为啥评价这么高？小周会做人啊，对我父母那个好，真比亲儿子好多了，从过年过节上门探望，到定期带着老头老太太去做全面体检，从三天两头打电话唠闲嗑，到每年抽出时间带我爸妈出去旅游，包括我老爸爱抽什么烟，爱喝什么酒，他都门儿清，并且保障及时！巧儿，将心比心，小周对我父母这么好，我能昧着良心去亏待我公公婆婆？没这个道理嘛，做人也不能这样，是不是？

你的第二个问题，就是怎么处理你与老曾家人的关系，我的体会就两条：一个是设身处地，站在老公的立场上去思考和处理问题。巧儿，如果你的兄弟姐妹遇到困难，你能袖手旁观？你不全力以赴？肯定不能。另一个是不求回报，做该做的，做能做的，做能做好的，对老曾的家人，能帮就帮，能帮多少就帮多少，既尽心尽力不敷衍，又力所能及不打肿脸充胖子。这些年，小周的兄弟姐妹们没少找我们借钱，我郁闷过，也反感过，可不管怎样，我都坚持一条：只要手头有，多多少少，都要有所表示。家人么，就应该相互帮助和扶持。

至于你该怎么处理与瑶瑶母亲的关系，这个我没经验，更没发言权，不过我也有两条建议：对老曾前妻，仁至义尽，尽可能地当姐妹相处；对瑶瑶，你要努力扮演好大度继母与知心大姐的双重角色。做到这两点，你的那些顾虑，全都不复存在。

巧儿，求你个事呗，嗯，应该说是我们家小周请你帮忙。他认识个小兄弟，正连职，上尉，二十七岁了，刚调到盛天不久，以前在边防部队工作，没机会找对象。你在市政府招待所工作，结识人多，你们单位年轻女服务员不少，你给留意留意，有合适的，给牵牵线。这可是积德的好事，你可要放在心上。我们家小周说了，如果你帮上这个忙，你这个军嫂就合格了。哈哈，这是两回事？我看是一回事，你得当个大事来办，不仅要争取尽快完成小周赋予你的光荣任务，还要多多宣传部队的年轻小伙，让更多漂亮女生了解军人、爱上军人、嫁给军人。宣传语我都帮你想好了，就两句，响亮，好记，还有鼓动性：“军营是个温暖的家，找个军人嫁了吧。”

第十章　再难也要做个好军嫂

四十七

老曾，不晓得你有没有这样的感觉，人过四十天过秋，过了四十岁这个关口，感觉时间越过越快。小时候是度日如年，盼着快快长大，好去外面的花花世界闯一闯；四十岁以后是度月如日，没觉着怎么样，一个月就过去了。你看，这二〇一六年的元旦才几天啊，似乎还是前几天的事儿，转眼却到了一月二十九日。此刻是晚上九点半，再过两个半小时，新的一天就会来临。

对大多数人来说，一月二十九不是什么特别的日子，对于我周牧仁，对于你曾大作家，今天都没啥特殊意义。可对于被分流到榕城、邕城、泉城和石门的兄弟们来说，一月二十九日就没那么简单了。这一天，是他们离开盛天军区机关，离开他们工作和生活多年的城市，离开妻儿、亲戚和战友，奔赴新城市、新单位、新岗位的第十天。在历史的长河里，十天确实微不足道，但对于个体，对于这次军改和裁撤中受到冲击的军人来说，过去这十天，或许是他们人生中最彷徨、最无助、最迷茫的日子。面对新体制、新编制和新环境，面对从零开始、从头再来的工作和生活，尽管我不是他们当中的一员，也没有亲身经历，但我能理解他们的心情。

老曾，听说你正式回挺进文工团上班去了？也是，你的任职命令本来就在文工团，当初筹建后勤史馆，把你从文工团借调到我们联勤部帮助工作，一帮就是十三四年。你这叫啥？对，去年全军搞干部工作大检查，说得很明确，一个是令位不符，另一个是违规借用，在你身上，这两条都沾边儿。当然，这是组织行为，跟你个人没关系，以前这种事更是屡见不鲜，即便去年搞干部工作大检查，类似问题也没有得到彻底纠治。这次军队改革，挺进文工团划归新组建的战区陆军领导管理，你作为文工团在编作家，自然要回归战位，并且正式脱离盛天军区的建制。

哈哈，你别那么较真好不好？我知道盛天军区已成为历史，应该叫原盛天军区。我们联勤部机关分流了一部分人员，主体还在，暂时划归盛天军区善后工作办公室领导管理，现在也只能叫原盛天军区联勤部了。我为啥不离开联勤部？你是真不知道还是装迷糊？你也太不关心你这个小兄弟了。还能因为啥？和你一样，令位不符呗。前年为了解决副团，我们联勤部政治部没有空余岗位，领导也算照顾我，把我的任职命令下到直属队，人还在宣传处干活。这次军改，我主动申请去榕城，经历和职级也符合要求，但军委明确这次分流的对象必须是军区机关在编干部，并且严格按任职命令来。拿这政策一卡，我就不符合条件了，只能暂时留在原地，等下一轮联勤体制改革时再确定去向。对了，你们文工团撤销还是保留？人员是留在盛天还是去泉城？还没最后定？瞧瞧，咱哥俩一个命，前途未卜。

刚才我拿一月二十九日说事，不是我心血来潮，也不是信口开河，而是今天一大早，我们宣传处分流到榕城的小兄弟、副营职干事张建朝的家属给我打电话，让我帮忙协调一下他儿子住院的相关事宜。他儿子不到一岁，身体比较弱，经常感冒，几乎每个月都会得肺炎，每次都要住院。昨天小家伙又犯病了，弟妹赶紧请了假，抱着孩子到医院一检查，说是必须住院，但没有床位，让个人想办法。以前遇到这种事，都是小张协调解决。可如今小张远在东南沿海，相隔好几千里，实在是鞭长莫及，弟妹实在没招了，才打电话向我求助。兄弟的事，我能拒绝吗？不能！你说我以权谋私也好，以上压下也罢，反正我动用了工作关系，在军区总医院帮忙联系了床位。老曾，遇到这种事，遇到部队家属的求助，你能置之不理？指定不能。

我们家宗濮莲总讲，嫁给当兵的，不容易；做个好军嫂，更难。老曾，你怎么看？我觉得这话在理。特别是像小张老婆这样的军嫂，部队改革之前，严格讲是军区机关撤销之前，不管小张出不出差、加不加班，至少在盛天的时间相对较多，至少可以保证回家睡觉，至少家里有急事难事的时候可以出面处理。现在呢，一个通知，一声令下，不管是东南还是华南，不管是山东还是河北，我们盛天军区机关四大部的战友，无论职务高低、年岁大小，说走就得走，容不得半点商量和丝毫犹豫，把家里的大事小情全部扔给爱人，扔给我们可亲可敬的军嫂们。军改当前，军令如山，军人没得选，军嫂同样没得选，所不同的是，军人选择服从，军嫂选择承受。是的，就是承受，主动也好，被迫也罢，她们都得默默承受。

今天上午，在军区总医院，终于搞定床位之后，趁医护人员给孩子打完针、小家伙安静入睡的空隙，我和小张的爱人唠了一会儿。弟妹显得很憔悴，也很疲惫，说到孩子生病没人搭手帮忙，眼泪都下来了。我很难受，不知道怎么安慰她。弟妹见我沉默不语，反对来劝慰我，让我不用担心，说当初既然选择嫁给军人，就做好了独立解决各种生活难题的准备。她还说，军队改革是国家大事，谁也耽误不起，作为军属，肯定会全力支持和配合，决不会因为家庭的困难而拖丈夫的后腿。末了，弟妹还提了一个让我意外的请求，让我不要把孩子生病住院的事告诉小张，说离这么远，就算告诉他了，他也赶不回来，也帮不上什么忙，只会扰乱他的心神、影响他的工作。

老曾，这就是我们的军嫂，不管自己多么委屈，不管遇到多大的困难，她们都选择坚强，选择独自迎战生活中的风风雨雨。如果当下还能说军人是最可爱的人，那么军嫂就是最最可爱的人。军人最可爱，军嫂爱军人支持军人，假如她们不是最最可爱的人，谁还有这个资格？

四十八

牧仁，你们处里那个小张，我认识。他不是搞新闻报道嘛，文字功底和照相技术都不错，是个不错的苗子，人又勤奋，到哪都错不了。他家属我也见过，一月十七日下午，咱们联勤部机关列队欢送交流到榕城的同事去机场，不知道你注意到没有，现场来了几位军嫂，其中就有小张的爱人，抱着孩子，站在大巴车不远处。小张上车前，快步跟到妻儿面前，抱了抱孩子，亲了亲孩子的脸蛋，他爱人面带微笑，泪水却在眼眶里打转。小张的双眼也是泪光闪闪，吻罢儿子，伸手抚摸了一下妻子的头发，什么也没说，低头上了车。大巴车启动的那一刻，在场的几位军嫂都哭了。当时，我心里说不出的难受，既有告别战友的不舍，也有对军嫂的怜惜。从那天起，之后一段时间内，这些军嫂将独自承担起照顾孩子、孝敬老人、完成本职工作等多重任务，不管多么坚强独立，她们毕竟是女人，是需要男人呵护照顾的弱女子啊。

发生在小张和其爱人身上的故事，让我想起一位故人，一位我十分敬重的好军嫂。她叫王福美，山东济宁人，我当战士时我们团周洪宇副政委的爱人，大伙儿都叫她福美嫂子。我在师政治部宣传科当科长的头一年，也就是一九九八年底，裁军五十万那年的十二月下旬，福美嫂子因患子宫癌去世。遗体告别那天，我正好在这个团出差，目睹了全团官兵和家属们的巨大悲痛。毫不夸张地讲，在我的那个老团队，福美嫂子离世造成的情感冲击，不比我们所在集团军被撤编、我们师被改编为预备役师带来的影响小。

一个没有正式工作的随军家属，一名普普通通的军嫂，她的去世，缘何会引发那么震撼人心的悲伤？原因只有一个：这是一名有着家国情怀、乐于奉献的好女子，一名用自己独特方式支持丈夫安心服役、支持国防和军队建设的好军嫂！

随军到东北之前，福美嫂子是一名优秀的中学语文老师，几乎连年都是先进。随军随队后，由于部队驻地偏僻，找不到合适工作，在团领导的支持下，她和几位军嫂白手起家，建起了我们团有史以来的第一个幼儿园，从此军娃们可以就近入园入托。

福美嫂子之所以广受敬重，不只是因为她办起了幼儿园，还在于她真把部队当成家，当成一个大家庭，并且实心实意地为这个大家庭做着贡献。随军后，除了竭尽全力办好幼儿园，福美嫂子牵头在我们团成立了全师乃至整个集团军的第一个军人家属委员会，下设育儿教子、照顾老人、调解纠纷等若干个互助小组，定期召开座谈会，经常上门走访，哪家孩子调皮捣蛋不爱学习，哪个军嫂对公公婆婆态度不好，哪对夫妻出现感情不和的苗头，福美嫂子和她领导的热心军嫂不仅一清二楚，还对症下药，逐一化解，既为我们团的已婚官兵解除了后顾之忧，也给团领导分担和化解了相当一部分工作压力。

当年，福美嫂子倡议创立的军人家属委员会，绝对是个新鲜事物，她和热心军嫂们急部队之所急，帮军属之所需，深受欢迎和好评。我不知道这是不是福美嫂子的首创，我只知道如今不少部队都成立了家属委员会，其工作模式和内容，并不比福美嫂子主导的家属委员会科学和丰富。这也是我至今仍然佩服福美嫂子的原因之一。

一直到去世前一个月，福美嫂子这个不领工资、没有报酬的家属委员会主任，还在协调地方政府给政策给优惠，准备利用部队临街闲置房地产搞军嫂自主创业一条街，解决军嫂就业难问题。她一走，没人牵头张罗，事情被拖了下来，加上后来部队调整改革，要裁军，这事最终不了了之。军嫂们很失望，都说如果福美嫂子在，就没有办不成的事。

作为一名军嫂，福美嫂子对部队是真有感情。离开人世前，她专门立下遗嘱，表示她的骨灰不必送回山东济宁老家，埋在我们团部对面的凤凰山即可。福美嫂子去世后，周洪宇副政委决定尊重妻子的遗愿，在凤凰山上修建了一座简易坟墓。周副政委讲，福美喜欢安静，墓碑就不要立了。官兵们不同意，尤其是那些部队家属，强烈要求给福美嫂子立块墓碑，她们还以军人家属委员会的名义给团党委上请示。后经团党委研究，决定以部队名义立碑，上刻8个大字："好军嫂王福美之墓"，落款为"中国人民解放军×××××部队"。

周副政委很感动，说他为有这样的好妻子而自豪。周副政委还说了，等他百年之后，一定叮嘱后人把自己埋在团部对面的凤凰山上，埋在妻子旁边，陪着福美一起守护她喜爱的部队，还有部队里那些可爱的官兵和家属。

转眼近二十年过去了，期间发生的许多事情，随着时光的推移，不少已经模糊不清，但对福美嫂子的离世，以及后来发生的那些事，一直刻印在我的脑海里。这也恰恰印证了著名诗人臧克家的名句："有的人死了，他还活着。"

四十九

老曾，你讲的这个福美嫂子，还真是可亲可敬。她用她的实际活动，生动诠释了一名好军嫂应当具备的优秀品格：热爱军队，挚爱军人，乐于付出，甘于奉献。应该说，这样的军嫂很多，需要深入挖掘总结和宣传，以便让更多人了解军嫂这个特殊群体，了解她们为国防和军队建设做出的特殊贡献。

去年，解放军总政治部有关部门联合一些军地媒体搞"最美军嫂"宣传活动，我奉命参与采访了一些军嫂和她们的丈夫。综合她们的事迹，我发现一个规律：能称得上“最美军嫂”的军人家属，一个共同的特点，就是特别理解和支持丈夫的工作，自觉把孝敬双方父母、照看孩子、料理家事当成份内之事，当成个人必须完成的重要任务。我还发现一个有趣的现象：但凡妻子称得上“最美军嫂”的军人，对爱人都特别疼爱，特别敬重，举手投足间，一言一行里，由里向外散发着温热浓烈的情义。

我曾经采访过一名后方仓库政治处主任，名叫蒋云。他是一个胃癌患者，5年前确诊，因发现得早，胃切除三分之一，几度化疗，病情得到有效控制，最终基本痊愈。为了让丈夫安心养病，并且继续穿他爱穿的军装，蒋云的妻子阿芳不顾丈夫和其他家人的强烈反对，毅然辞去在省城的工作，告别体弱多病的亲生父母，带着五岁的儿子，随军来到大山深处的仓库。

这个仓库远离城市，甚至远离村镇，步行去最近的村子，也要走个把小时。由于地处无依无靠，这里没有办法给随军家属安排工作，事实上，阿芳来仓库定居前，从来没有一名军嫂在这里生活超过一个月，多的半个月，少的三五天。原因自然多多：山里没有手机信号，没有民用网络宽带，且生活条件一般。少了女人的滋润和孩子的点缀，大山深处的仓库自然少了生机与活力，难以拴心留人，官兵一茬接一茬的换，服役期一满，任职时限一到，退伍的退伍，调走的调走，几乎无人愿意长期在这里服役。这让仓库领导很无奈，上级机关也束手无策，但客观条件就这样，能有什么好办法呢？

谁都没有想到，改变这一现状的，竟然是阿芳这个看起来毫不起眼的军嫂。

阿芳倒也没干什么惊天动地的事儿，她就相信一条：把仓库当自个儿家来爱，当自个儿家来建，把丈夫的战友当成自个儿亲兄弟来相处，尽自己最大努力，尽可能多地为这个大家庭做些实事好事。比如，仓库来了新兵，阿芳主动靠上去，帮他们拆洗被褥，督促他们照张穿军装的相片连同家信寄给父母，过端午、中秋等传统节日时，把年纪小的新兵带到家里吃饭，免得他们想家哭鼻子。又比如，仓库某个兵过生日，只要阿芳知道了，她会在自个儿家里做一碗长寿面，窝一个荷包蛋，等战士们开饭时送到食堂，微笑着催促小寿星吃下去。还比如，除夕之夜仓库官兵搞联欢晚会，阿芳总会自告奋勇地当主持人，带头唱歌跳舞，还用从省城带来的小型DV机，给每名战士拍摄视频，之后拿到最近的县城简单编辑后刻制成光碟，让战士们分别寄回家。再比如，战士回老家探望父母，临走之前，阿芳会送上一份她从山里采摘、晾晒好的山珍，让战士带给家人……类似这样的故事，仓库官兵几乎每人都能讲上三五件。

不过两年功夫，阿芳的这些举动，温暖了仓库官兵的心，他们一个个变得开朗、积极起来，工作、训练和学习劲头逐渐高涨，仓库建设也慢慢有了起色。阿芳到部队定居的第四年，这个近二十年与先进无缘的仓库，破天荒地被我们盛天军区联勤部评为基层建设先进单位。仓库领导从机关领完奖牌回到单位那天，阿芳成了当仁不让的主角，官兵们一个个眼含热泪，与他们心目中最美的军嫂拥抱庆贺。

更让人欣慰的是，在阿芳的示范和带动下，先后又有十多名干部和士官家属随军到大山深处生活，给原本活力不足的仓库注入了更多生机与动力。蒋云更是没得说，不仅身体没再出现什么状况，并且工作干得很冲，直接由干事提升为政治处主任，开创了这个仓库从未有过的任职先河。

采访蒋云时，我让其总结一下什么样的军嫂才够得上“最美军嫂”。他说了两条，我觉得很有道理：首先，要真心热爱部队，热爱军人这个职业。有了深沉持久的爱，才能全身心地为军人、为家庭、为部队付出。所谓爱屋及乌，说的就是这个道理。其次，既要当贤内助，更要做当家人。当兵这个职业的特殊性决定了军人无法像普通丈夫那样恋爱顾家，更多时候就是个甩手掌柜，军嫂必须克服对军人丈夫的依赖心理，独立解决生活中的一切问题。

蒋云的说法，可能对军嫂们不那么公允，可我得承认，他说得在理。老曾，你随便问问身边的战友，有哪一个不对妻子心怀愧疚？多多少少，都觉得对不住自个儿老婆。拿我来说，别听我以前总抱怨阿莲这不好那不对，这是表面现象，是图一时之快，内心深处，我其实很感激阿莲，感谢她为我们家、为我儿子付出的那些心血和辛苦。

我家光华两岁之前，总爱感冒，并且每次都连带感染支原体，几乎每个月都要住一次院。这还不算什么，比较邪门的是，我不出差的时候，儿子活蹦乱跳，啥事儿没有；我正准备第二天出差，或者前脚刚出单位，儿子就会感冒住院。我和阿莲的父母都不在身边，儿子一生病住院，阿莲一个人楼上楼下的跑，经常连饭都顾不上吃，没地方睡觉更是常事。有一次我出差回来，儿子还在医院，我刚进病房，见到我，一直高度紧张和极度疲惫的阿莲终于有了依靠，整个人瞬间放松下来，一下子晕倒了……哎，不说了，再说我自个儿就该感动了。

五十

小周，刚才你讲的那个叫阿芳的军嫂，还有你老婆阿莲的故事，都很感人，都是很好的写作素材，你完全可以写进你那个军人婚恋题材的长篇纪实报告文学。这些故事充满正能量，应该让更多人知道，也一定能教育和影响更多人。

说到怎么做一个好军嫂，我有一个观点，不知道对与不对。作为一名称职的军嫂，应当极力在子女心目中培养、维护其军人父亲的威信和形象，让孩子认可不怎么回家的爸爸，让孩子亲近不怎么抱他的爸爸，让军人在十分有限的回家时间内尽可能多地享受天伦之乐。

这方面，绝大多数军嫂做得很好。在孩子还很小的时候，在两地分居的日子里，军嫂们经常拿着丈夫的照片，反复教孩子认人和叫人："这是爸爸，快叫爸爸。"等孩子大一些，在军人丈夫无法回家探亲的情况下，军嫂们会带着孩子，克服重重困难，远赴军营探望丈夫，让孩子有更多机会接触和亲近父亲。就凭这一点，我们就应该为广大的军嫂们点赞叫好。正是她们的不懈努力，我曾关键，你周牧仁，还有我们那些成千上万的战友，才得以感受血脉亲情带给我们的感动、充实和持续奋斗下去的不懈动力。

但有一个客观存在的现象，小周你要关注一下，最好写进你的长篇纪实报告文学里，这就是那些长年在边海防服役的战友，特别是驻守在高原、海岛的兄弟，大多数一年只能回一次家，另外驻地自然环境太恶劣，孩子小的时候，根本不敢往部队带。在这种情况下，军嫂们仅凭一张丈夫的照片，仅凭不停地教导，显然不能解决孩子不认识父亲、不亲近父亲甚至把父亲当陌生人一样戒备防范的问题。

我们家瑶瑶两岁那年，我连续出差两个多月，回到家，女儿对我很陌生，既不喊我爸爸，也不让我抱，更不让我亲吻。努力了三天，瑶瑶终于叫我爸爸了，也愿意跟我玩了，但天一黑，她就向我摆动她的小手，和我说再见，还奶声奶气地问我："你明天还来我家陪我玩吗？"瞧瞧，女儿把我这个父亲当成了外人，当成了只陪她玩耍的大朋友，而不是可以时时陪伴在她身边的亲人。

前些日子，我到北京参加一个笔会，遇到一个西藏部队下来的安徽芜湖籍年轻业余作家。他告诉我，没有特殊情况，他每年休一次假，时间两个月。今年一月份，他回老家探亲，刚进家门，三岁的儿子压根儿不认识他，并且一见他就哇哇大哭，根本不让他靠近。一周后，儿子终于接纳了父亲，左一声爸爸，右一声爸爸，喊得这个兄弟心里那个美啊。可是，到了晚上，到了睡觉的时候，儿子死活不让父亲进入卧室，踏进半步都不行。他们家是小房子，一室一卫一厨，没有第二间卧室，这位兄弟别无他法，每天晚上只有等老婆把儿子哄睡着了，他才蹑手蹑脚地进屋，小心翼翼地和老婆亲热。两口子动静稍稍大一些，或是儿子自个儿醒来，只要发现那个叫爸爸的陌生男人在床上，小家伙就会连踢带踹，哭闹不止，直到把父亲赶出卧室才罢休。这样的场景，持续了近四十天。等到儿子终于接受父亲，允许爸爸妈妈睡在一张床上时，我们这位战友假期又快结束了……

小周，我们谈了这么多军嫂的不易，谈了军嫂们的付出与艰辛，都是些正面正能量的故事，这很好，应当加大宣传力度。同时我也想知道，你如何客观评价军嫂这个特殊集体？对，不能总是好的，不好的也得评价。二八开？百分之八十以上值得肯定和赞颂，其他的另当别论？嗯，我支持你的这个评价。人吃五谷杂粮，哪能个个健康？林子大了，什么鸟都有，军人是这样，军嫂也是这样，总有一些不靠谱的人，总会发生一些让人不齿的事。我没作过专门调查，但就我了解的情况看，军嫂里面，不孝敬公婆的有之，红杏出墙的有之，反正你能想到的那些人性弱点，在军嫂这个群体里都有体现。当然，这没什么奇怪的，甚至无所谓好坏对错，人一过百，形形色色，每个人都是独一无二的，各有各的人生观世界观价值观，各有各的想法和做法，实在强求不得。

这次军区撤销，机关四大部上百名战友交流到其他几个新组建的战区陆军机关，离开熟悉的盛天市，转战另一个陌生城市。军人以服从命令为天职，不能选也没得选；军嫂们不管乐不乐意，大多选择接受现实，支持丈夫奔赴新的岗位。但也有例外，军区有个机关干部，姓甚名谁、是哪个大部哪个二级部就不说了，反正是副团职，综合素质很全面，本人申请去邕城，也符合条件，离开盛天基本上是板上钉钉的事。谁知半路杀出个程咬金，他老婆死活不同意，声称如果他非要去邕城，两人就离婚。这位兄弟讲了，他也想留在盛天，留在新组建的战区机关，可名额实在有限，轮不到他头上。这位兄弟还讲了，我当兵还没当够，还想穿几年军装，不去邕城，只剩下转业这条路了。他老婆称，那你就转业，不管怎样，就是不能离开盛天。两口子闹得不亦乐乎，谁也不肯让步，弄得这位兄弟吃不好睡不着，面容憔悴，精神恍惚。他的处长是个有心人，发现这个兄弟不太对劲，一问，才搞清缘由。相关二级部领导出面做其家属的思想工作，还是没有做通，最后，只能将这位兄弟作为编余干部，暂时安置在军区善后办，下步视情作进一步调整。

第十一章　当兵不是过日子

五十一

服务员，抓紧上热菜，就四个小凉菜，我们怎么喝酒？小周，你检查一下，看看酒都倒上没？都满上了？那好，咱们开喝。菜太少？我说吴明岩同志，亏你还在黑龙江当了几年兵，那句嗑怎么说来着？对，你看人家刘大庆处长就记得很清楚，三个菜唠嗑，四个菜开喝。凉菜也是菜，数凑够了，可以开杯了。李政委，您是老领导，要不您起杯？我和明岩在您手下当兵那些年，总听您训话，当时烦得不行，现在想得不行。我客气了？您好不容易来趟东北，我怎么也得张罗喝两杯。您放心，这纯属个人聚会，不花公家一分钱，今天吃饭的地儿既不是高档酒店，更不是私人会所，只是我们九如巷最普通的一家中餐馆；酒是明岩带来的梦之蓝，算是他老家江苏的土特产，跟公款没有一分钱的关系。政委，您给把把关，我说的这几条，是不是都符合规定？嘿嘿，我知道您是为我好，怕我曾关键犯错误。我的好政委，您老就放一百二十个心吧。

这一杯还得我来提？那好，听老领导的，我就先说两句。今天这日子有点特殊，公历二月十四日，农历正月十四，还是西方的情人节。没出正月都是年，这第一层意思，拜年拜年，祝我的老领导、老战友、老哥老弟们猴年大吉！第二，咱也时髦一把，祝在座的各位和嫂子、弟妹们情人节快乐！最后一层意思，也是今天聚会的主题，热烈欢迎李振峰老政委、我们敬爱的老领导老大哥从西北来到东北！三句话，一杯酒，我先干为敬，各位随意。

明岩，牧仁，你们两个别看热闹，非得李政委干杯你们才干啊？人家是领导，可以意思一下，养一养海豚，你们两个小老弟好意思在那里养鲨鱼？啊？政委也干了？瞧瞧，啥叫领导？领导就是带头！以前带领我们干革命工作，现在带领我们巩固深化个人感情，老政委，我曾关键不但要给你鼓掌，还要站起来给您敬个军礼。敬礼！

刘处长，你在那儿乐啥呢？我们四个都干了，你好意思随意？肯定不行嘛。为啥不行？军民一家亲，在座五个人，就你一个没穿过军装，面对这么多最可爱的人，你不得表达一下小小的敬意？哈哈，别跟我装长辈，依巧儿那边，我是应该叫你一声表叔，我以前也提过这茬，是你说的各论各叫，在巧儿家人面前，你是我表叔；其他场合，我们是兄弟。来来来，别磨磨叽叽，感情深，一口扪。嗯，这就对了。

政委，您也关心我和巧儿啥时候结婚？暂定“五一”，到时可能简单办一下，也可能什么仪式都不搞，把两家父母和兄弟姐妹找到一起吃顿饭，然后我带巧儿到我待过的几个老部队转一转，这婚事就算了了。婚礼么，就是个形式，我和巧儿都不在意这个。结婚证啥时领？这个就不劳你周牧仁同志费心了，今天上午，我跟巧儿已经把这事儿给办了。星期天民政局不上班？明岩啊明岩，看来你对政府还有偏见啊，现在的政府部门，作风转变了不少，比如今天，人家本来可以休息，但年轻人都想这天领结婚证，他们就上班了。原本我是不想凑这个热闹的，可巧儿觉得有纪念意义，我们就去了。说到巧儿，差点把她交办的事给忘了。是这么回事，巧儿今晚本打算来的，可她们单位晚上有应酬，来不了，让我代她敬大伙儿一杯。小周，叫一下服务员，把酒都满上。

我也想过早点和巧儿把婚事办了，可现在时机真不成熟。一个是瑶瑶的母亲，对，政委，就是我前妻，目前住院治疗，恢复得还不错，但主治医生讲了，她那个重度精神抑郁症，要想过正常人的生活，怎么还得再集中治疗两个月。我这个人心软，如果不把前妻的病治得差不多，真就安不下心来和巧儿好好过日子。再一个是手头有个活，是战区陆军政治工作部领导亲自交办的，搞一个反映部队全面建设成果的长篇报告文学，参加全军军事文学重点作品评选，要求4月底前截稿。盛天军区不存在了，我们文工团划归战区陆军，尽管目前还驻扎在盛天，但领导权指挥权管理权已完全归到泉城那边。既然归人家管，就得听人家的不是？这可不是个小活儿，不下一番功夫，怕是完成不了任务。

记得我在团里当宣传股长时，李政委在全团干部大会上讲，当兵不是过日子，当兵更不能混日子，每一天都要充满兵味，每一天都要活在浓烈的战斗氛围里。这话说得真好，抓住了军人的职业特性，说到了我们的心坎上。前些天，我和明岩闲聊，还提到政委这番话。

是啊，当兵不是过日子，想过清静安逸日子就不要选择当兵，既然当了兵，就不能让家庭琐事、个人小事影响工作。是，我已离开野战部队多年，离训练场、演习场远了些，可我始终还是一个兵，一个时刻准备打仗的老兵！四十六七的人了，枪可能打不准了，炮可能扛不动了，但我手中还有一支笔，一枝为战斗力建设、为打赢未来战争鼓与呼的笔。这是我的武器，更是我的使命，作为一名军旅作家，我没有权利让自己懈怠。

回想当兵这么多年，不敢说给部队做了多少贡献，但我确实没有懈怠过，不管是在基层任职，还是后来当股长、科长、处长，无论在哪个岗位上，工作方面一直都是尽心尽力。二〇〇二年，也就是我在集团军政治部纪检处当处长的第二年，为了调查一起假兵案，我连续八十多天没有回家，案子结束时，整个人瘦了将近二十斤。期间，为了抓捕地方一名同案犯，我和公安局的兄弟们连续三天三夜不睡觉，火车、汽车来回倒，吃住全在车上……

五十二

今天是情人节？哈哈，我还真没注意。这么重要的日子，兄弟们应该在家陪老婆，或者在外面陪相好的，因为我李振峰，大家伙儿放弃了与爱人、与恋人、与情人互诉衷肠的机会，聚在这儿陪我喝酒，老哥我感激不尽。这里我岁数最大，要不咱们把东北喝酒的规矩改一改？我是主宾，以我为主，对不？既然如此，咱们就换一种方式，别等你们敬完我再说话，我先敬一杯？没意见？那就我可来了。服务员，麻烦把我的酒杯满上，满心满意，诚心诚意，酒品见人品，都是喝酒人，酒不倒满，怎么表达诚意？

关键，明岩，当年在部队，你们两个总听我上课或是训话，一定听烦了吧？哈哈，听烦了还得听。还有刘处长和小周，你们就多担待点。在部队时，我是个政工干部，话比较多；转业后下海经商这么多年，工作模式和生活方式早就变了，可爱说话这毛病没改掉。敬酒之前，也不多讲，就三点：首先是感谢，感谢曾关键曾老弟张罗今天这个饭局，感谢各位兄弟来陪我。其次是骄傲，为我的老部下感到骄傲，关键也好，明岩也罢，都算是功成名就，作为你们的老政委，打心眼里替你们高兴。再就是欢迎，欢迎兄弟们去陕西玩，我在西安等着你们。来，都碰个杯。我记得东北人喝酒有个习惯，只要碰杯，不管杯子大小，也不管杯中是酒是水，更不管酒多酒少，碰杯就得干！那就一起干？我喊个号子，兄弟们配合一下。来，一，二，三，干！

酒逢兄弟千杯少，这酒喝得痛快！刚才关键提到我当年讲的那番话，听了很感慨。如果记得没错，那应该是二〇〇〇年初，就是我们团从集团军转隶省军区并改编为边防团的第二年。当年一月二十四日，大年初一那天中午一点多，作为团里的作战值班首长，我正用电话抽查边防一线各连人员在位情况时，值班员跑来向我报告，说边防五连出事了！

五连的辖区有些特殊，不仅管辖的边境线长，还是两个省军区边防部队的结合部，经常有人在这里走私或是偷渡。五连的驻地很偏僻，离团部将近两百公里，只有一条通往县城的国防公路，一到冬天大雪封山，基本与外界失去联系。在这个连队，进入冬季，几乎五六个月见不到新鲜蔬菜，官兵们上顿白菜下顿萝卜，要不就是土豆，再就是一些战士们自己腌制的咸菜疙瘩。逢年过节会餐时，除了肉食，大伙儿最喜欢吃的一道菜，就是雪里蕻炖豆腐，每次都会吃得干干净净。用五连指导员孟云龙的说法，雪里蕻虽然经过了腌制，已见不到曾经的绿色，但用豆腐一炖，青菜的味道就出来了，甚至比新鲜蔬菜还解馋。

边防团组建不久，作为团政委，我专门去五连蹲过点。二〇〇〇年元旦，我还去了一次。新年的第一天晚上，连队组织会餐，除了猪鸭鱼肉，各班餐桌上最受欢迎的菜，就是那一大盆雪里蕻炖豆腐。开饭时，我注意到一个细节：连长林大鹏专门让炊事班长盛了一海碗雪里蕻炖豆腐，在众人羡慕的眼神中亲手放到文书张小全面前："你费脑子的时候最多，赶紧补补。"

后来我了解到，张小全上过大学，是五连文化程度最高的战士，军事素质也很好，并且写得一手好文章，是林大鹏最喜欢的兵。每次炊事班做雪里蕻炖豆腐这道菜，林大鹏都会让炊事班长单独给张小全盛一海碗。对此，有些战士有意见，说连长偏心眼。林大鹏也不避讳，在全连军人大会上公开讲："张小全文化高，军政素质都很过硬，我就是喜欢他。如果谁能超过张小全，我一样让他多吃雪里蕻炖豆腐。"

关键，我是不是说跑题了？哈哈，看来岁数真是大了，说话颠三倒四的，没个准头。咱们接着唠五连出的那档子事？二〇〇〇年大年初一凌晨六点刚过，值班员向我报告，说军分区作战值班室发来通报，称当天中午有一伙跨国走私分子在两省结合部边境一线活动，命令边防五连速派小分队与友邻部队配合进行潜伏和抓捕。我当即给林大鹏打电话下达命令，让他迅速带领快反分队前往指定地域执行任务。

十五分钟后，由林大鹏带队、张小全当联络员的快反分队迅速集结完毕，参加战前动员会。一同准备出征的，还有军犬赛虎。

战前动员会是在连队食堂里召开的。每个人面前，放着一碗炊事班战士刚刚熬好的米粥和两个有些发硬的馒头。指导员孟云龙的动员很简短："同志们，赶紧吃，快去快回，晚上会餐，我们在家等着你们凯旋！"

那天风雪漫天，寸步难行。艰难地抵达指定地点后，林大鹏先安排大伙儿潜伏好，再领着张小全去和友邻部队的快反分队商量具体分工，之后再返回五连的潜伏地域，告诉大家没有他的命令，谁也不准开枪。

在雪地里潜伏五个小时以后，目标出现了。随着林大鹏的一声令下，五连快反分队的战士们跃出雪窝，呐喊着，端着枪冲了上去。林大鹏冲在最前面，之后是军犬引导员李飞，第三是赛虎，第四个是背着电台、双手紧握着冲锋枪的张小全。

突然响起一阵凌乱的枪声。紧接着，林大鹏倒下了，李飞倒下了，赛虎也中了弹，重重地摔倒在雪地上。血溅了一地，雪白血红。战士们顿时红了眼，呜咽着，咆哮着，不管不顾地往前冲，有的开始射击。

听到枪响，倒在地上的林大鹏猛地站了起来大吼着："不要开枪！停止射击！"随后又重重地摔倒在雪地上。此时，友军从另一个方向包抄过来，走私分子纷纷扔下枪，举起双手向边防官兵投降……

边防连长在执行任务中牺牲，作为团领导，我必须赶到现场。报军分区首长同意后，那天下午，我带着机关两名同志，乘坐越野车，在布满冰雪的国防公路上艰难地跑了六个多小时，终于赶到了五连。

我们到之前，在指导员孟云龙的带领下，五连官兵将食堂布置成灵堂，林大鹏、李飞和军犬赛虎并排静静地躺在食堂正前方的桌子上。在他们面前，分别放着一碗雪里蕻炖豆腐、一碗啤酒、若干菜肴。官兵们肃立在餐桌前，每人面前放着一碗雪里蕻炖豆腐、一碗啤酒、若干菜肴。

请示我同意后，孟云龙端起酒，口没开，泪先流："同志们，今天是大年初一，我们在这里为祖国和人民守卫安宁，也为连长他们三个守灵。大伙儿别哭，连长最不喜欢哭鼻子的兵了。我提议，碗中的酒，一半敬烈士，一半我们自己喝下。喝完酒，吃完饭，我们该干啥还干啥。敬烈士……干……"

敬完烈士，喝完酒，五连官兵每人面前那碗雪里蕻炖豆腐，还有那些菜肴，谁也没有吃。

后来，林大鹏、李飞被评为烈士，分别记一等功。在宣布记功命令的大会上，我讲了那番话。原话记不清了，大致有三层意思：当兵不是过日子，随时都要准备流血牺牲；当兵不能混日子，平时多流汗，战时才能少流血；当兵要把每一天当成出征的日子，祖国和人民需要我们献出生命的时候，要像林大鹏、李飞烈士那样义无反顾、慷慨赴死……

五十三

不容易啊，终于轮到我吴明岩敬酒了。刚才李政委改了改规矩，我也试着改一下？我不搞集体科目，来个自选动作，先单独敬老政委一杯。政委老大哥，您知道吗，退伍这么多年，真想老部队啊，做梦都想。部队教会了我们很多东西，比如独立，比如坚韧，比如永不服输，特别是当年您讲的那些道理，至今还在影响和指导我的工作和生活。很多人讲，当兵后悔两年、不当兵后悔一辈子，我觉得这话不对，尤其是对于我而言，当兵的经历就是一笔宝贵的财富，珍惜还来不及，谈何后悔？前些天，我还跟曾科长讲，当年李政委关于当兵不是过日子那番话太有深意了。我个人体会，当兵期间不能混日子，脱下军装仍然不能混日子，任何时候都不要忘了自己曾经是一名军人，任何时候都要保持冲锋的姿态，任何时候都要想着别给部队、别给军人抹黑丢脸。这就是政治工作的威力，绝对可以影响人、塑造人。

政委，有一件事，不知您还有没有印象？就是那年十一月份，咱们团附近一个军械仓库发生枪弹被盗案件，按照上级命令，我们团派出三十名会游泳的官兵，到犯罪嫌疑人交代的河里摸排打捞被扔的枪弹，我是其中一员。东北的十一月份，已经很冷了，零下十来度，别说下水，就算光着身子在室外走一会儿，也会冻个透心凉。可军令如山，河水再寒冷，我们也得下去。我清楚地记得，当时是您作的动员，先问了我们一个问题："军人连死都不怕，还怕冷吗？"我们齐声回答："不怕！"您又说了："声音太小，死神听不见！大声点，把死神吓跑！军人连死都不怕，还怕冷吗？"我们使出了吃奶的劲，大声回答："不怕！"

呵呵，年轻真好，天不怕地不怕。您那么一鼓动，并且亲手给每名战友递上一杯烈性白酒，看着我们一个接一个喝下去。思想政治工作加上烈酒的刺激，我们顿时觉得热血沸腾，全身燥热，您一声令下，只穿一条短裤的兄弟们大呼小叫地扑向河流，吸一口气，一头扎进冰冷的河水……

退伍后，我不止一次向地方的朋友讲起这件往事，每次几乎都有人问我：那么冷的天，执行那么艰苦的任务，得给你们多少补助啊？我说一分补助都没有，只需领导一声命令。他们都不相信，说我瞎胡扯。我也懒得跟他们理论，事实上也掰扯不清。那首歌唱得好："什么也不说，祖国知道我。"咱们当兵的人，难免会受到一些误解。雷锋、邱少云、黄继光这样的英模人物都有人质疑，何况普通军人？

刚才李政委讲了边防五连林连长的故事，很感人。我这里也有一个关于边防五连的故事，但不是政委讲的那个边防五连，而是另一个边防五连。故事的主人公是我的亲舅舅，他是六八年兵，一入伍就在他们那个边防团的五连，从战士到排长再到五连连长，之后是从营长、副团长、团长，二〇〇五年从某边防军分区司令员位置上退休。

舅舅在那个边防五连当连长期间，每次带队到辖区的第一块界碑附近巡逻，他都要带领战士们在花岗岩材质、水泥基座的界碑面前停留下来，列队敬礼，精心擦拭，次次如此，从无例外。

这样的举动，源于舅舅当连队文书时老连长含泪给讲过的两个与界碑有关的故事。

第一个故事发生晚清：满清政府腐败无能，边防有边无防，但仍有一小队清军坚守着这片土地。有一段时间，边境那边的守军和流寇经常越境烧杀抢夺，还多次往我方纵深挪动那块木质界碑，企图改变国境走向。发现这个问题后，那支只有二十四人、给养严重匮缺的清军采取死看死守的办法，与敌人发生多次小规模冲突。一天深夜，敌人包围了清军驻地，一场苦战之后，除了一名在附近郎中家治病的士兵，其余勇士全部战死。第二天，那名士兵动员附近的上百名壮丁与敌人对峙，硬是把界碑挪回了原来的位置。敌人恼羞成怒，又打死了不少边民……这块敌我双方拼死争夺的界碑，就是边防五连辖区内，并且是五连负责守护若干界碑中的第一块。

第二个故事发生在新中国成立后不久。那时，这个边防连还叫边防站，界碑没有水泥基座，埋在松软的林地里。一次，一名排长带领五名战士奉命到边防站辖区第一块界碑附近巡逻，突遇暴雨和山洪，眼看着一股来势凶猛的洪水就要把界碑冲倒，排长大喊一声："保护界碑！"不用分工，两名战士第一时间冲在界碑跟前，迎着洪水方向稳稳跪下，用胸膛阻击着洪水对界碑的冲刷；两名战士跪在界碑后身，用双肩和双手顶住界碑，不让它再挪动半分；排长带领另一名战士用双手、用树枝、用一切可以用的东西，竭尽全力改变着山洪的方向……一个小时后，暴雨停了，山洪消失了，界碑巍然挺立，六名边防官兵却累得瘫倒在地，半天动弹不了。

舅舅牢牢记住了这两个故事，也爱上了有些寂寞的边防生活。

后来，在执行一次抓捕任务中，老连长壮烈殉国。舅舅当副连长那年，按照国家统一部署，部队在那块老界碑的位置上，立起了花岗岩材质、水泥基座的界碑，山林里还专门修起了导洪槽。从此，边防五连的官兵再也不用担心山洪的对界碑冲刷了。

舅舅当连长的第一天，边防五连来了六名特殊的客人：当年那六名拼命保护界碑的老兵，全都六十出头。舅舅和连队指导员热情地接待了他们，并应老兵们的强烈要求，领他们去看五连辖区内的第一块界碑。

到达目的地，让舅舅极为震撼的一幕发生了：六名老兵先是向界碑敬了一个标准的军礼，之后齐齐刷刷地跪在界碑跟前，双手颤抖着，抚摸着界碑，泪流满面。年纪最大的那名老兵还掏出一块手帕，用手擦拭着界碑上的尘土……

送走六名老兵，舅舅部署巡逻任务时，十分严肃地向全连官兵提出一条要求：再巡逻时，一定要观察一下界碑的位置，一定要用心擦拭一遍界碑。

刚开始，战士们都不理解：界碑就在那里，花岗岩石，水泥基座，谁还能把它挪动不成？再说界碑就是一块石头，擦它干什么？

于是，舅舅给全连官兵讲了那两个与界碑有关的故事，只讲了一次。

从此，这两个故事便在边防五连流传下来，老兵讲给新兵听，新兵变成老兵后，再讲给他们的兵听。

再后来，舅舅成了营长、团长、军分区司令员。不管在什么岗位上，只要回到老连队，舅舅都要到两个地方走走看看：一个是老连长的坟茔，另一个就是边防五连辖区的第一块界碑。

五十四

借我侄女巧巧的光，我刘大庆有幸认识以曾关键为代表的军人朋友。每次和你们这些军人交往，每次都有不同的收获。就拿今天来说，李政委的那番话，明岩讲的那个故事，还有关键的那些人生感悟，对我来说都是偏得。李大哥，您别看我是个负责接待工作的地方干部，我一点也不反感思想政治工作。恰恰相反，我非常敬佩会做思想工作的人。人吃五谷杂粮，都会生病，都有想不开想不明白的事，这个时候靠什么？靠思想工作！思想引领行动，没有正确的理论和思想作指引，于国于民都不是什么好事。

关键刚才讲，他和巧儿今天上午已经把结婚证领了，这是大喜事，更是大好事！关键，你们告诉巧儿父母没？告诉了？这些年，最让我表哥表嫂头疼的，就是巧儿的婚事。这下，他们可以放心了。关键，当着李政委的面，今天我刘大庆必须装一把长辈，代表我表哥表嫂，代表巧儿的家人，感谢你给了巧儿幸福和依靠。来，咱俩单独整一杯。人逢喜事精神爽，你可别跟表叔耍滑头嗬。

李政委和明岩都讲了边防连队的故事，我也凑个热闹？这是我在网上看到的，觉得很有感人，和大家分享一下。

故事发生在某边防连。这个边防连驻守在十八盘之上的大山之巅，远离城市和团部，一年当中只有四个月能够顺利上山下山，其余八个月冰雪封山，连队也就成了雪山孤岛，上不去也下不来。由于这个缘故，连队官兵的婚恋成为老大难问题。20世纪80年代，连队有个老志愿兵，一直找不到对象，后来实在没办法了，和山下一个带着两个孩子的寡妇结了婚。这样的状况持续了好几十年，一直到二〇一二年秋，连长张达的爱人黄雅茹来连队探亲后，事情才有了转机。

截止二〇一二年七月，来自山东烟台的张达当连长已经五年了。就在三个月前，他成为全连第一个结束单身的幸运儿。张达下山回老家结婚时，连队官兵给他戴上大红花，敲锣打鼓送了一程又一程，让他无论如何把嫂子给带回来。张达乐开了花，满口应承着，心想雅茹都快成为我老婆了，兄弟们的这点要求还不是小菜一碟？

说起来，张达真是幸运，两年前竟然在回山东老家探亲的火车上偶遇仙女一般的雅茹。两人就那么一对视，竟然都脸红了。就这样，一见钟情的传奇很快演变为现实，相恋两年之后，两人决定回张达的老家结婚。

休完婚假，雅茹并没有随张达回边防，而是赶回苏州照顾突然病倒的母亲。张达一个人回到连队，张罗干部和老兵们喝了一顿喜酒，自己连罚了三大杯，算是给了兄弟们一个交代。

虽然结了婚，张达其实和兄弟们并没有两样，依然单身着。他习惯了这种生活，没觉得有什么不妥。雅茹可不这么想，看着女友们结婚后天天与老公你侬我侬，心里总不是滋味。可她只能忍着，因为张达他们连队既不通电也不通邮，打个电话还要通过团部的总机往下转，雅茹可不想接线员听出自己的牢骚或是思念。

在张达深情而炫耀的描述里，雅茹绝对是一个柔情似水的江南美女。事实上，在一家相亲网站做副总的黄雅茹确实是江南人，来自水乡苏州，长得俊俏秀气，十分耐看。她没来边防之前，张达喝多了总会在干部或老兵跟前吹牛：我那老婆，长跟花儿似的，细皮嫩肉的，掐一把都能出水。

每每此时，干部或老兵们都会起哄：连长，发扬点人道主义精神，让嫂子来探亲呗。兄弟们都单着，或许嫂子能带给我们好运呢。

架不住兄弟们软磨硬泡，加之确实想老婆，张达在电话里好一顿动员，雅茹才答应来边防小住半个月。得知这个消息，兵们比过年还高兴。要知道，这可是连队最近五年时间来队探亲的第一个家属！

雅茹向公司老总请了假，决定到边防住上一两周。辗转数千里抵达边防，坐团部派出的越野车上十八盘往山顶进发时，雅茹紧闭着双眼，吓得大气都不敢出，也不敢往窗外看，心里祈祷着汽车千万别冲下悬崖。带车的汽车排排长和开车的四级军士长直乐：嫂子，没那么严重，睁眼看看吧，五花山正美着哩。

雅茹睁开眼，依然不敢往下瞧。抬眼望去，只见山林被秋风打理得五彩斑斓，或红或黄或绿或紫，真是美不胜收。

雅茹的这种美好的心情，越野车抵达连队时达到了高潮。全连官兵列成两排分立连队楼前的水泥道旁，或敲锣打鼓，或拍着巴掌，每个人脸上都洋溢着真诚的欢笑。雅茹下车时，随着一声不知从何处传来的“敬礼”口令，兵们全都举起右手，向雅茹这个五年来第一个来队家属致以最崇高的军礼。

那一刻，雅茹深受震撼，一时间泪雨纷飞。她努力微笑着向大家挥手，并寻找着张达的身影。泪眼蒙胧中，张达在战士们的簇拥中突然出现在雅茹跟前。只见他手捧一束红通通的、叫不出名的果实，有些羞涩里递给雅茹。

兵们开始起哄：连长，快抱抱嫂子。没等张达反应过来，雅茹扑进他的怀里，踮起脚尖就是一个香吻。

兵们沸腾了，把锣鼓敲得哐当乱响，手掌拍得通红，有的战士还嗷嗷地喊叫着。雅茹彻底被感染了，也感动了。从张达的怀里挣脱出来，回过身，开始逐一深情拥抱丈夫的兄弟们。

这是之前张达交给雅茹的任务。答应丈夫之前，雅茹并不理解张达为什么要提这个要求。现在她理解了，流着泪，把每一个兵都拥进怀里，还用手拍拍干部或老兵们的后背，用手摸摸新兵们的脸颊。战士们都哭了，也都笑着。尤其是那些老兵，哭得最夸张，笑得也最灿烂。

当晚，不眠的，不只是张达和雅茹两口子。

接下来的半个月，雅茹尽享着众星捧月般的超级礼遇。兵们利用业余时间采来各种还没开败的山花，摆满了雅茹的房间，还采来各种野果子让雅茹品尝。

众多野果里，最让雅茹震撼的，就是那天张达手里捧着的那种红通通的小果实，几乎没多少叶子，全是红得让人炫目的果实。

张达告诉雅茹，这种果实叫雅格达，也叫北国红豆，可以直接吃，也能制成饮料，现在市场上已经相关产品出售了。

不知为什么，看到雅格达，雅茹总会想到了那首与红豆和相思有关的古诗。

半个月后，全连官兵敲锣打鼓送别嫂子时，雅茹宣布一个消息：她所在的傻亲网站老总已经同意在边防团团部所在的县城设一个分公司，负责人就是雅茹；分公司的一个重要使命，就是为大龄的戍边官兵寻找真爱。

一个月后，分公司开始运转。十八盘之上的那些单身官兵，成为雅茹和同事们免费服务的第一批客户。

五十五

嗯，来了五个大老爷们儿，数我周牧仁最年轻，让我最后一个发言，理所当然。咱们今天一直在说改喝酒的老规矩，我看很有必要。喝酒就喝酒，哪来那么多弯弯绕？我有个提议，刚才几轮下来，大伙酒没少喝，唠嗑也唠得很尽兴，收杯那一套是不是就别搞了？酒多伤身，就杯中酒，想喝多少喝多少，干不干杯随心情，好不好？都同意？那就这么办。

收杯不搞了，小结还得有，要不然这酒喝得就太没情趣了。小兄弟作小结？意思让我来？曾大作家，这样合适么？这也是改喝酒规矩的一项内容？靠，整得跟真的一样。多大的事啊，来就来。

既然让我作小结，就得按我的规矩来。我不总结喝酒本身，谁酒量大，谁酒品好，大伙儿都看在眼里，用不着我周牧仁废话。酒只是个媒介，喝酒也只是人与人交流的一个载体，总结喝酒这点破事，意义不大。我要总结的，是各位兄长刚才讲的故事、发表的观点、分享的感悟。注意了，以下内容仅代表个人观点，如有雷同、纯属巧合，如有冒犯、说声抱歉。

我琢磨了一下，今天我们讨论的主题，其实就一个：当兵不是过日子，当兵不能混日子。这是李政委当年的讲话内容，确实很有深度，也很有指导意义。我个人理解，当兵不是过日子，当兵只有一个目的：打仗和准备打仗。对战士来说，当兵意味着练兵打仗，对干部而言就是领兵打仗，对军队各级机关来说则是指挥打仗，除此之外的一切事情，都可以归到“过日子”“混日子”的范畴。

实事求是讲，前些年，特别是中越边境自卫作战结束后的，我们军队不仅没再打过仗，准备打仗这个主业也受到冲击。一九九八年以前，国家允许部队经商，允许部队搞劳务创收，各级领导都想着挣钱过小日子，哪还有心思琢磨训练和打仗？后来部队停止经商，但没有彻底禁住，内部宾馆、招待所、农场还在搞对外有偿服务，滋生了不少腐败行为，也败坏了部队风气。李政委，您放心，我这不是不讲政治，也不是讲怪话，这是事实，是全国人民都知道的事儿，真没什么好避讳的。好在上层意识到了这些问题，也正在大刀阔斧地改革。这轮军队改革，其中一个方面，就是全面停止对外有偿服务，斩断部队与民争利最后一根链条，让军队把主要精力用在练兵备战上。这就对了，军队就要有军队的样子，军人就应该把打仗和准备打仗作为主业。

说军人的主业是打仗和准备打仗，这话没错，但我个人觉得有点太文了。什么是军人？穿着军装时刻准备杀敌的人！对，军人的主业就是杀人！嘿嘿，有点血腥？这有啥啊，古往今来，军人只要上了战场，哪一个不是白刀子进红刀子出？哪一次战斗不死人？杀人或被杀，这是军人的宿命，逃都逃不过去。

说到军人的主业，说到杀人这个军人的主业，这里向大伙儿推荐一首我特别喜欢的诗赋：《杀人赋》。个人觉得，这是一首充满血性的诗，特别适合部队拿来搞战斗精神教育。可能是太喜欢了，这首诗赋，几乎没费多少工夫，我就给背下来了。要不，我给大伙儿背诵一下？

“男儿行，当暴戾。事与仁，两不立。男儿当杀人，杀人不留情。千秋不朽业，尽在杀人中。昔有豪男儿，义气重然诺。睚眦即杀人，身比鸿毛轻。又有雄与霸，杀人乱如麻。驰骋走天下，只将刀枪挎。今欲觅此类，徒然捞月影。君不见，竖儒蜂起壮士死，神州从此夸仁义。一朝虏夷乱中原，士子豕奔懦民泣。我欲学古风，重振雄豪气。名声同粪土，不屑仁者讥。身佩削铁剑，一怒即杀人。割股相下酒，谈笑鬼神惊。千里杀仇人，愿费十周星。专诸田光俦，与结冥冥情。朝出西门去，暮提人头回。神倦唯思睡，战号蓦然吹。西门别母去，母悲儿不悲。身许汗青事，男儿长不归。杀斗天地间，惨烈惊阴庭。三步杀一人，心停手不停。血流万里浪，尸枕千寻山。

壮士征战罢，倦枕敌尸眠。梦中犹杀人，笑靥映素辉。女儿莫相问，男儿凶何甚？古来仁德专害人，道义从来无一真。君不见，狮虎猎物获威名，可怜麋鹿有谁怜？世间从来强食弱，纵使有理也枉然。君休问，男儿自有男儿行。男儿行，当暴戾。事与仁，两不立。男儿事在杀斗场，胆似熊罴目如狼。生若为男即杀人，不教男躯裹女心。男儿从来不恤身，纵死敌手笑相承。仇场战场一百处，处处愿与野草青。男儿莫战栗，有歌与君听：杀一是为罪，屠万是为雄。屠得九百万，即为雄中雄。雄中雄，道不同：看破千年仁义名，但使今生逞雄风。美名不爱爱恶名，杀人百万心不惩。宁教万人切齿恨，不教无有骂我人。放眼世界五千年，何处英雄不杀人？”

老曾，你是专业作家，听完这首诗赋，有什么感受？很震撼？！对，这也是我第一次读到它的直观感受。作者是谁？这个真没考究过。有人说是岳武穆岳飞所作，我不敢确定。管它是谁写的，能吸引读者、能影响人才是最重要的。前些年部队搞强化战斗精神教育，我曾建议把《杀人赋》作为教育资料印发部队，被我们领导给否决了，理由是太过直白和血腥。靠，这都哪跟哪啊？典型的官僚主义。

第十二章　有一种军旅，叫反复被裁

五十六

曾大作家，你有没有发现，我们今晚的聚会，始终贯穿着变革思想。喝酒时，没按东北的规矩来，有起杯无收杯，并且主宾提前敬酒；喝完酒，刘大庆按照以往的打法，张罗先去KTV唱歌，然后还要安排洗浴，最后还得来一顿烧烤，再灌几瓶啤酒才睡觉，这种“一条龙”式的待客方式，看似热闹热情，实则折腾人，被我们远道而来的李政委坚决拒绝，刘处长更是借口单位有事先撤了。好在老领导给足了我周牧仁面子，没有反驳我关于喝茶聊天的建议。咱们四个当兵的，到我们九如巷最有文化气息的茶楼，一边品茶，一边神侃，情趣高雅，绿色健康，比没完以没了地胡吃海喝有意义多了。

政委老大哥，我得先向您汇报一个情况，以前我们哥几个喝茶，都先确定一个聊天的主题，上一次，我们围绕九如巷这个地名聊得很尽兴。今天，您是老领导，更是老大哥，要不麻烦您定一个谈话主题？谈裁军那些事儿？这个是不是太宽泛了？开口小一些，主题更集中，也更能激荡出思想火花。谈自个儿经历的裁军往事？嗯，这个好！我们四个人，所在老部队都有被裁减、被整编的经历，每个人都有切身体会，想来都有不少故事可讲。

我先来？跟你们三位相比，我不仅年纪小、兵龄短、职务低，经历的事也不多，特别是裁军，算上这一轮，也就是三次。一九九八年裁军五十万那次，我还是个连职干部，基本没受到什么冲击，印象不是太深。那次裁军，我们团整体转隶到省军区，由野战部队改编为边防团，只是领导和管理我们的上级机关发生改变，担负的任务有所不同，涉及部分人员裁减，总体上没有大的影响。二〇〇三年裁军二十万时，我已从边防团调到军分区机关工作，一点影响都没有。这一次，我受到的冲击可能要大一些，因为军区联勤部即将结束历史使命，不管下一步联勤体制怎么改，都会涉及大量人员调整或裁减，何去何从，是走是留，都是我必须直面的现实问题。

总结我经历的三次大裁军，我想到一句话：有一种军旅，叫反复被裁。大伙儿琢磨琢磨，是不是这个理儿？当然，这句话要表达的只是事情本身，并没有其他引申意义，更没有抱怨的成分。对裁军，对部队调整改革，本来就需要理性认识和正确对待，这不是我们中国人民解放军的独创，全世界的军队都在不停地改革，美军改革的步伐从来就没有停止过，俄军更是一改再改。

事实上，只要稍稍研究一下我军发展壮大的历史，就会发现一条非常清晰的路径，那就是改革。贯穿我军发展历史的改革，既包括领导体制、指挥体制等脖子以上的变革，又包括力量编成、部队结构、官兵比例等方面的调整。把一支旧式农民武装力量逐步建设成为一支现代化新型军队，本身就是一场伟大的军事变革，这种变革，在世界军事发展史上，应当是前所未有。作为一名中国军人，能够参与到这场伟大的变革之中，是幸运，更是责任。反复被裁也好，退伍返乡也罢，不管进与退、走与留，都是在为国防和军队建设在做贡献。这是我们这一代军人的责任和使命，不容有丝毫推脱和懈怠。

老政委，对不住了，我可不敢给各位老兵上课，纯粹是有感而发，更谈不上什么理论高度。老吴，你就不能厚道点，非要我讲具体人具体事？用我们四川老家的话讲，你这是逼着牯牛下儿。好吧，算你娃儿狠，我就凑合讲一个。肯定是真人真事，不过人家现在是军职领导干部，不便喊他的真名实姓，暂且称之为老吴吧。

老吴一九七四年入伍，兵龄比我周牧仁的岁数还大，给我当过副团长，绝对可以在我面前摆老资格。这个老吴的从军经历非常有意思，用他自个儿的话讲，就是每到一个部队，那个部队就得黄摊子，不是被撤销，就是被改编，截止到现在，整整四十二年，从无例外。老吴刚入伍时，在一个后方仓库，他当兵第四年，仓库编制被撤销，作为分库并入另一个仓库，他被调整到新单位。从士兵直接提干后，因为个子高，篮球打得好，老吴被选调到某后勤分部直属分队，刚提拔为连长，分部撤编，他被分流到某集团军直属侦察营。一九八五年裁军一百万那次，老吴所在集团军被撤销，他又去了某守备师。后来，守备师全部被撤销，老吴被交流某炮兵师。对，就是我当兵的那个师，我当新兵时，老吴是我们团的副团长。

来来回回的折腾，不停地搬家，老吴本人没觉得怎么样，他爱人吃不劲了，动用她们家族的一切关系，把老吴调进某陆军学院当了一名军事教员，后来又转为行政干部，当过学员大队的大队长。老吴和爱人以为这下该稳定了，谁知二〇〇三年那轮裁军，那所陆院被撤销，就地缩编为训练基地，当时已是正师职领导干部的老吴被调整到另一所军校任职，之后一步步走到正军职领导岗位。到今年十月，老吴年满六十周岁，很快就会退休。临近退休了，却又传来他目前任职的单位将被撤销的消息，据说可信度很高。瞧瞧，老吴的命真够硬，到一个单位，干黄一个单位。真是防不胜防啊！

五十七

不是表扬小周，这喝茶确实比喝酒有意思，边喝茶边聊天很有意思，今天这个话题更有意思。不过小周同志，你不能太嘚索，也不能太骄傲，千万不要觉得今晚这活动安排得天衣无缝，告诉你，我吴明岩就不太满意，必须严肃批评批评你。是，你们三个穿军装的时间都比我长，可这不能成为你周牧仁无视我吴明岩的借口啊。你瞧你定的唠嗑主题，什么“有一种军旅，叫反复被裁”，这话对么？是不是太主观了些？是不是以偏概全？依我看，全国范围内，无论是现役的还是退伍的，绝大部分不存在“反复被裁”，特别是基数庞大的义务兵，以前三年服役期，如今两年，有多少兄弟能在这么短的时间内经历裁军？概率很小嘛。所以说，你这个主题，定得有问题。哈哈，不服？你新兵蛋子一个，在本老班长面前，有啥不服的？再不服，你也得叫我一声老班长不是？岁数比你大，当兵比你早，这是铁打的事实，容不得周牧仁质疑。

政委，瞧您说的，我这哪是故意抬杠？分明是有意抬杠嘛。看出我是在拿小周开涮？嘿嘿，姜还是老的辣，老领导火眼金睛，一下就猜出我的小心思。政委，您是不知道，小周这个四川崽儿，能写能说能吃能喝，别看他年轻，从来不拿老曾和我当回事，总拿我们取乐子。这样的混小子，好不容易逮到数落他的机会，我吴明岩能轻易放过？小周，放马过来，你吴哥我今天是有冤申冤、有仇报仇，不用给我面子，你小子有什么招数，尽管使出来，我决不含糊。

好了，不瞎扯了，咱们也唠点实在嗑。刚才说了，我当兵就那么几年，除了九八年那一次，没赶上其他裁军行动，因此，我真就回应不了小周确定的那个主题，也谈不出个所以然。但既然轮到我了，总得说两句，要不然，显得我吴明岩太没水平了。哈哈，小周，你不要急着补刀，我就不顺着你的意思往下讲，让你找不到我的破绽，气死你这个龟儿子。

反复被裁的故事咱讲不了，但反复挨剋的伤心往事，却是一抓一大把。曾大科长，您别那么敏感好不好？不就是向老政委汇报一下您当年反复整我的光荣事迹么，不必紧张，更不要解释，解释就是掩饰，掩饰就是有事，您老人家还是消停点儿好，省得我一不小心，把您当年的底儿全给抖露出来。哈哈，怕了？怕了就好，要的就是这个效果。

说曾科长当年整我，这确实是开玩笑。实际上，是当年曾科长挽救了我，没有他的帮助，别说退伍后到报社当记者，更别说现在开连锁饭店当老板，弄不好没等我退伍就已经出事了。

李政委，您是不知道，我当了五年兵，最后两年还算可以，前三年，基本上就是个混子。当兵前，我学过开车，新兵下连后，顺利进入汽训队参加驾驶员培训，因为开车技术比较娴熟，结业后被直接选调到师机关小车班开机动车，主要负责保障包括曾科长在内的机关干部。

那时，曾科长还是个代理科长，但在师机关已很有名气，包括我们这些开车的小兵，对他全是仰视。也算我们两个有缘，出车保障曾科长不过两三次，他就注意上了我，经常给我讲一些人生道理，叮嘱我既要好好开车，也要多学一些其他技艺，还说技多不压身，将来都能用上。可我那时玩心重，这些话根本听不进去，左耳进右耳出，当时答应得好好的，回头该打牌打牌，该喝酒喝酒，成天混日子。那时，部队管得不是很严，尤其是我们小车班，平时保障首长机关，一个个牛气冲天，直属队的干部几乎管不了我们，睁只眼闭只眼，任由我们业余时间喝酒打牌。

有一天上午，出车保障曾科长去驻地报社送稿子，老曾同志闻到了酒味，问我头天晚上是不是喝酒了，我看搪塞不过去，就承认了。老曾很生气，命令我马上把车停靠在路边。我不敢不听，赶紧照办。

那个上午，老曾没去报社，而是坐在车里，苦口婆心地做起我的思想教育工作，说是年纪轻轻的，不能瞎胡混，要有上进心，要学到实在管用的本事，不能把有限的时间用在喝酒打牌上。得知我有写日记的习惯，老曾提出一个建议，让我离开小车班去他们宣传科当战士报道员。我不答应，那年头，会开车绝对是一门可以活得很滋润的手艺，车开得好好的，凭啥要改行？老曾也不急，耐心给我分析：就你们小车班目前这种风气，早晚要出事；开车的技术已经学到手，偶尔练练手就可以了，不至于荒废；相对于开车，搞新闻报道更容易出成绩，还能多学到一项本领……

我被老曾说动了，答应去宣传科学习搞新闻。可没到半个月，我的酒瘾和牌瘾又犯了，跑到小车班，和一帮酒友牌友胡喝海玩了一个通宵，被老曾逮了个正着。这一次，老曾彻底火了，打了我两个耳光，踹了我几脚，还咆哮着要把我交给军务科严肃处理，直到我再三保证不再犯类似错误，他的怒火才算平息。

从那以后，我没再放纵自己，玩了命地读书看报，玩了命地四处挖掘新闻线索，玩了命地写稿改稿。即便如此，老曾对我还是一如既往地严格，经常为一个新闻标题、一段话、一个词，把我训得找不到北。老曾，过去这么多年了，也不怕你再训我，那两年，面对你的高压管制，我心里真是有些不爽，甚至有点恨你。等我退伍回到老家并顺利成为报社记者，当我的新闻作品多次获奖，我才懂了你的良苦用心，心中那份感激，真是难以言表。我的好科长，我的好大哥，这么多年了，一直想当面向你说声谢谢，但一直开不了口。今天，当着你的老领导，当着李政委的面，请允许你当年带过的兵、允许你的小兄弟，再正正规规地叫你一声“科长”，说一声“谢谢”。科长，谢谢你……

五十八

明岩，你这是整哪一出？整景还是整事？再过两三年，我曾关键就五十岁了，知天命的年纪，好多事都看开了。要是你老小子不旧事重提，我都忘了这一茬了。那时，我也算年轻，性子急，喜欢直来直去，说话冲，不太注意别人的感受，明岩，当初你反感我就对了。如果时光可以倒流，再遇到这样的事，我的处理方式肯定会更加柔和一些，有话好好说呗，那么直接露骨干啥？要是当初明岩不把我的话当回事，或者换作别人，我的那些做法，说的那些话，很有可能适得其反。人，无论岁数大小，都在慢慢成长，包括我，需要反思和学习的东西还很多。这跟谦虚无关，而是生活教给我们的真理。

政委，您评判一下，刚才明岩是不是跑偏了？对嘛，明显跑题，口头批评一次。人家小周敬重你是个老兵，不好意思跟你较真，可在老政委和我面前，你吴明岩永远都是新兵蛋子，别看现在我管不了你，但需要批评你的时候，我依然不会客气。呵呵，你不服也得装服？靠，这就有点扯淡了，心悦诚服还是口服心服，不是看话说得多漂亮，而是要看实际行动有多给力。

我带的兵把话题带偏了，我得负责把话头给拉回来，继续小周确定的唠嗑主题：有一种军旅，叫作反复被裁。不管你们认不认可，就我的从军之路之言，这话绝对靠谱，或者说这句话就是为我曾关键量身定做的。

我的第一个老部队，就是驻在本溪市郊的步兵团，李政委是这个野战团的老政委。九八年那次裁军，我们集团军被撤销编制，师被改编为预备役师，并转隶省军区领导指挥。我本来想留在本溪，留在改编后的预备役师机关，继续在宣传科当代理科长。但我的团政委、当时已升任师政治部主任的李政委站得高、看得远，真心为我们这些部属的前途考虑，坚决反对我留在预备役部队，说我应该有更好的发展空间。我知道老政委的话没错，可我是一个农村孩子，什么背景也没有，实在想不出比留在预备役师更好的办法。我没招可使，李政委的路子却很野，经他积极推荐，一九九九年初，我被交流到冰城，成为某集团军后勤部战勤处一名正营职参谋。半年后，我被提拔为战勤处副处长。二〇〇〇年八月，集团军政治部纪检处处长位置空缺，见我比较公道正派，组织上让我代理处长，次年八月正式下达任职命令。

应该说，李政委推荐我到冰城工作后，我的仕途还算顺利。负责纪检处工作两年以后，因为内部材料写得还算凑合，集团军政委一度考虑让我改任组织处处长。这是一个更好的发展平台，正常情况下，能顺利解决副师职岗位。正当我踌躇满志准备大干一番事业时，二〇〇三年初冬，中央军委宣布裁军二十万，原本已经平静的心再次浮躁起来。刚开始，我们集团军首长很淡定，认为这次裁军不会裁到自个儿头上，理由是我们集团军所在的省是一个边防大省，数千里边境线，就我们一个集团军，无论是从

兵力部署的合理性角度，还是从强边固防的现实需要看，都不大可能裁掉我们集团军。

后来发生的事，大伙儿都知道了，都认为最不可能裁掉的那个集团军，最终还是被裁掉了。宣布中央军委命令那天，我们集团军的主要领导都哭了，泪流满面，泣不成声，我们这些机关干部也很失落，心里说不出的难受。但不管多么意外，不管多么不舍，军令如山，除了绝对服从，我们别无选择。就这样，我的第二个老部队就这样退出中国人民解放军的建制和序列。

值得欣慰的是，虽然我们集团军的番号撤销了，但相当一部分部队保留下来，驻地基本没变，只是划归另外一个集团军领导指挥。而我们这些失去工作岗位的机关干部，当时主要有三种分流安置方式：一个是去新的东家，也就是另一个集团军机关；另一个是去盛天军区机关，当时给了一些指标，算是强制性安置；再就是下部队任职，像我们这些处长，可以去当团长、政委或是旅参谋长、政治部主任等等，除了主动要求转业回地方工作，基本上都能给安置个新岗位。

按照最初的交流计划，领导准备安排我去一个炮兵团当政委，后因机关处长安置难度太大，我任职时间相对较短，便推荐我去那个集团军机关，接任拟改任某机步旅政治部主任的纪检处原处长。本来已经沟通得差不多了，忽然有人给那个集团军首长写信，说我在纪检工作实践中只讲原则性没有灵活性，强调政策纪律多，考察部队实际情况少，被查过的单位、挨处分的人都很有意见。也就是说，我在冰城那个集团军当纪检处处长期间，工作方法简单，考虑问题不周全，得罪了不少人，他们当中的某些人听说我还要继续当纪检处处长，便从中作梗，阻止我继续从事纪检工作。

呵呵，这样的事，早在我预料之中，一点也不意外。在我看来，当纪检干部，工作不较真，不得罪几个人，不受点委屈，就不是一名合格的纪检干部。所以，当领导找我谈话，说那个纪检处长另有其他合适人选时，我相当平静，称一切听从上级安排，决不给组织添乱。

后来，考虑到我业余时间一直在搞文学创作，当纪检处处长期间还发表过反映停止经商给部队建设带来深刻变化的长篇纪实报告文学，反响又非常好，领导们便极力推荐我去盛天军区政治部宣传部创作室当专业作家。对这个安排，我很满意，因为我最了解自己喜欢什么、需要什么。是的，我不喜欢当官，我愿意静下心来写我愿写的文字，而专业作家，恰恰有这方面的平台和时间。

到军区创作室报到后，我才知道这个单位只是挂靠在宣传部而已，按照编制表明确的归宿，创作室实际上是军区挺进文工团的下属单位，之所以放在军区政治部宣传部，一是这样名头更响，容易开展工作；二是各大军区、各大单位都是这么做的，惯例也好，从众也罢，反正都是这样。

我在创作室工作的时间并不长，前后也就一年多时间。二〇〇四年底，军区联勤部启动后勤史馆建设，需要一个专业作家提供文字方面的支持，鉴于我曾在集团军后勤部机关任职，了解后勤工作，便把我借调过去，一直到前段时间新组建的战区陆军机关强调令位相符，我才回到文工团上班。

如果要算我的老部队，联勤部一定算一个。因为长期在这里工作和生活，联勤部领导和机关同事也从未把我把外人看待，他们给了我很多帮助和温暖。对即将结束历史使命的盛天军区联勤部，我真的充满不舍……

五十九

今晚这酒喝得痛快，这嗑唠得更带劲。谢谢兄弟们，大过节的还来陪着我。说句真心话，自打二〇〇九年转业回到西安，两年后辞职下海搞房地产开发，离开部队七八年了，这期间喝酒的机会不少，可从没像今个这么痛快。倒不是我李振峰贪杯，快六十岁的人了，无论是体质还是酒量，一年一年往下降，想多喝两杯，也得寻思身体是否承受得住，我是为你们年轻人高兴啊。呵呵，关键，你莫装老，跟你老政委相比，你永远都是年轻同志。小吴、小周更不用说了，四十郎当岁，人生的黄金时段，正是干事创业的好时候。

就像小吴讲的那样，脱下军装回到地方这么些年，日子是比当兵时自由和滋润了，生活质量也大大提高，但人在曹营心在汉，最想念的还是部队，还是那些朝夕相处的战友兄弟。我十八岁那年入伍，五十岁申请转业，从列兵一步步干到师政委，从普通一兵到正师职领导干部，整整三十二年时间。人生有几个三十二年？可能三个，对大多数人而言，最多也就三个。这当中，真正称得上激情燃烧的岁月，最能体现人生价值的，也就是十七八岁到五十岁之间。从这个角度看，我这个老兵，可以是说把最好的青春年华献给了部队，这样的人生经历，叫我怎么不想念部队、不怀念战友？真是日思夜想啊。

回到小周确定的话题，反复被裁的军旅人生。我当兵三十二年，经历的裁军还真不少，一九八五年，一九九八年，二〇〇三年，这三次大规模裁军，我都完完整整经历了。第一次，我还是个副指导员，职务低，阅历浅，所在部队没有动，个人也就没受到什么影响；第二次，我刚从团政委提拔为师政治部主任，所在集团军虽然撤销了，师也被改编为预备役师，人员大量裁减，但部队的总体框架还在，我这个政治部主任可以继续当下去；第三次，我受到的影响比较大，在那轮裁军启动之前，我本来有机会去某集团军下辖的炮兵师当政委，但那个师被缩编为旅，我再回野战部队任职的梦想就此中断。

后来，虽然我被提升为预备师政委，走上了正师职领导干部岗位，但我的野战部队情结始终不曾消减。也不怕你们笑话，可能是长期在野战部队工作，我喜欢千军万马的感觉，尤其是走上团政委领导岗位，我特别享受在全团官兵面前讲话、发布命令的过程。可能是我有些虚荣，但最主要是那种上千人的大场面太震撼人心了，让我真切感受到了人民军队的成长和强大。

我们师改编为预备役师以后，曾经让我热血沸腾、干劲十足的那种感觉不复存在。预备役部队就那么点现役官兵，平时干部比战士还多，哪有机会当着上千人讲话？当团政委时，我一讲话，势必先说“同志们”；改任预备役师政治部主任后，包括后来提升为预备役师政委，讲话的开场白改为“我讲几句”，手下没几个兵，哪来的“同志们”？那种对比、反差和失落，无法用言语表达。

离开部队前，我以为就我虚荣，就我迷恋带大部队的感觉，回到地方后，和退休、转业的师以上干部闲聊，只要在野战部队当过团以上主官，并且后来到军分区或预备役部队任职，都和我有相同的感受。有个退休的军分区司令员深有感触地讲，从摩步旅旅长提升为某内地军分区司令员的前半年，面对下辖的几个人武部和军分区机关，还有警通排，总共也就一个加强连的规模，他一点正师职领导干部的感觉都找不到，尤其是和当旅长时手下数千人相比，失落感非常强烈。长年带兵的人，手下突然没了兵，那种憋闷的心情可想而知。这位老兄讲，后来他实在憋得难受，有空就往警通排跑，战士的大事小情，排长都能干的活，他堂堂军分区司令员几乎给包圆了。呵呵，这应该也算是包括我在内的军队领导干部的职业病吧，离开不兵，离开兵就浑身不自在。

我是四十七岁那年当预备役师政委的，在我们省军区所有正师职领导干部中，不算最年轻，但属于进步相对较快的。但也只是相对具有年龄优势而已，因为和边防军分区的主官相比，预备役师主要领导提升为副军职的机会非常渺茫，用我的前任、预备役师老政委的话讲，到预备役师当主官还想提升，那是痴人说梦，是政治上不成熟。也就是说，在那个年月，预备役师主官和内地军分区司令员、政委一样，如果不调整岗位，进步基本无望。面对这样的发展困境，我也想过找省军区领导谈一谈，争取平职交流到边防军分区任职，可始终没有采取行动。为啥？磨不开脸面。我在部队干那么多年，从来就没为个人进步的事找过上级领导，全凭工作和表现。了解我的战友都讲，你李振峰能从战士干到师政委，在当年部队那么一种政治生态下，简直就是一个奇迹。

呵呵，这话有点夸张。我个人体会，二〇一二年之前的十来年，不管部队风气有多么不尽人意，但总得有人干活，总得有人履职尽责，只要你一门心思好好干，并且干出点名堂，上级领导和机关总会发现你、培养你、重用你。也就是说，那些年，跑找要可能升官，踏实干同样能升职，关键看你坚持什么样的人生观价值观。当然，经济基础决定上层建筑，对大多数军中男儿而言，出身平民，无权无势更无钱，就算想搞歪门邪道，也没那个实力。你们三个还年轻，一定要相信人间正道是沧桑，任何年代，做好人、走正道都是社会主流，千万不要被那些歪歪理给影响和裹挟了。

关键，我的好兄弟，这会儿我李振峰没有喝酒，刚才喝的酒也醒了大半，得知你即将和心爱的女人走进婚姻殿堂，作为你的老政委，我打心眼里替你高兴。在这里，请允许我向你说声“对不起”。当年，要不是我从中反对和作梗，你和林苗说不准儿就喜结良缘了。想来你也理解我为什么那么做，我是担心会影响到你提干，影响你在部队发展。时隔这么多年，我一直心存愧疚，特别是得知你的婚姻一直不幸福的消息后，心里更是堵得慌。你说我当年干的是人事吗？好好的姻缘，就让我给毁了。我对不起你，更对不起林苗，请你原谅你的老政委。当然，作为你的老大哥，我必须提醒你，你要好好对待巧巧，人家年轻漂亮，等了你十多年，你可不能辜负她啊。

第十三章　男儿有泪也轻弹

六十

哥几个，你们阿莲嫂子忙乎得差不多了，这桌上的菜也基本齐活，来，把啤酒都启开，一人两罐，多了没有。我们主要是唠嗑叙旧，交流战友情谊。再说，你们四个好不容易回一趟盛天，要多陪陪老婆和孩子，不能在我周牧仁家里喝醉了，那样的话，我这个当老兄的和你们阿莲嫂子的罪过可就大了。

其实也没啥可说的。今晚算上我和你们嫂子，五男一女，六个人，不多不少，刚刚好。也不是什么家宴，就是一些家常菜。我们家阿莲最近厨艺大有长进，你们都敞开肚皮可劲造，也顺便给你们嫂子提提建议，好让她百尺竿头更进一步。在座的都不是外人，都是我周牧仁通过工作结识的，也是我非常认可的好兄弟。对了，你们之间都认识么？瞧瞧我，有点官僚了，以前都是原盛天军区机关四大部的，彼此应该熟悉，没有考虑我们机关四大部没在一个大院，要不是开大会或一起下部队，大伙儿很难见上一面。这样，不管你们认不认识，我都分别介绍一下。呵呵，介绍的顺序嘛，就按改革后的编制序列来。

第一位，张建朝，内蒙古通辽人，咱们盛天军区联勤部政治部宣传处副营职干事，如今在榕城，依然在宣传处工作。这一位，谢永华，原先是军区政治部纪检部巡视监察处正营职干事，目前在邕城，还是干老本行，前几天刚晋升为副团职，是新单位的主力干事。第三位，甄高潮，军区司令部军务部兵员处副团职参谋，目前在军区善后办，我的四川老乡，比我小四岁，有一个漂亮的东北媳妇，这小子人如其名，人高马大真威猛，高潮迭起是英雄，把我弟妹迷得找不到北。我真逗？说瞎话？真人真事，如假包换，甄高潮酒量一般，待会儿等他喝多了，你们多套套他的话，更多精彩等着你们。最后一位，何宇，以前在咱们军区装备部直工部政工处工作，一九八九年出生，标准的“85后”，正连职，如今去了石门，也是从事老本行。

今天是二〇一六年三月二十日，星期日，二十四节气中的春分，也算是个节日。这个当然不重要，最多算是我张罗这场家庭聚餐的借口，我的本意，是想通过这种方式向四位老弟表达敬意。这次军改，原来的七大军区撤销，新组建五大战区，东南西北中，除了西部，你们四位响应改革号角，服从组织分配，克服这样那样的实际困难，毅然别妻离子，分别去了其他部队，这本身就是对军队改革的拥护和支持，应当获得掌声和敬重。原本，我也申请去榕城，去东南沿海继续我的军旅人生，可惜我的任职命令不在联勤部机关，不符合分流选调政策，只能暂时留守盛天，静静等待下一步调整分流。

兄弟们，不是我周牧仁矫情，得知你们近期回盛天轮休或休假的消息，我激动得不行，一直在盘算要把我最认可的几位老弟请到家里聚一聚。我真是舍不得你们离开，也真是想念你们。今天一大早，我陪你们阿莲嫂子去早市买菜，我还跟她讲，晚上就能见到兄弟们，心情怎么还有点小激动呢。老婆拿我开涮，问我是不是有初恋的感觉，甜甜的，慌慌的。呵呵，你们也别笑话周哥，我的真实感受就是这样。

三个半月前，也就是一月十六日零时零分，我们盛天军区正式结束历史使命、新组建的战区机关、各军兵种开始按新编制新体制运行的那一刻，我把自个人锁在联勤部机关的办公室里，喝着浓茶，抽着香烟，什么也不干，一个人坐在那里，不可抑止地默默流泪。人是感情动物，相处时间越长，彼此感情越深。我们盛天军区有着七十年的光荣历史，作为这个光荣集体当中的一员，我们在这里奋斗，在这里成长，在这里体味军旅人生的苦乐悲喜，在这里感受戎马生涯的豪迈与荣光。中央军委一声令下，军区被撤销。是的，我们坚决服从命令，坚决拥护军改，但当军区退出历史舞台，需要我们说声再见的时候，真的很难很难。

实际上，这已是我第二次为军区被撤销而泪流不止。第一次为盛天军区流泪，是在出差的高铁列车上。二〇一五年十二月三十日至二〇一六年一月五日，咱们军区组织最后一次明察暗访，四个联合工作组分头行动，我有幸参加军区机关解散前派出的最后一个明察暗访工作组，并被编在第一组。一月一日上午，我们乘火车转战下一个目的地，期间玩微信打发时间，无意中看到朋友圈里有个帖子：再见二〇一五，再见盛天军区。激昂的军歌，伤感的文字，一下子击中了心中最柔软的地方，泪水顿时盈满眼眶，心里阵阵发紧。

当时，一切都不明朗，军区何时撤销，自己去向何处，全都是未知数。但职责所系，容不得半点懈怠。我们一路伤感，一路尽责，谁都没有降低工作标准，发现问题照查不误，冰城方向的同事更是查实了一名人武部领导值班期间违规喝酒、酒后驾车问题，当事人受到党纪军纪处分。

兄弟们，你们也许会说，当时军区机关都快撤编了，这么较真干什么？其实，好多人都这么想。可负责带队的纪检部领导讲了，军改正当时，执纪当如铁，把纪律和规矩挺在前面，让这场史无前例的改革顺利进行，是我们义不容辞的责任。我觉得这话讲得到位，很有担当。改革是为了让部队更有战斗力，是为了国家的强盛和人民的幸福，作为军人，任何时候都不能懈怠和渎职。

呵呵，兄弟们担待点哈，我这个人，是个话痨，尤其是谈到让人动情的事儿，总是刹不住车。好，听我老婆的，咱不扯闲篇，先吃菜喝酒。来，哥几个，把啤酒都端起来，我们两口子敬你们！嗯，不用干，意思一下就可以了。刚才我也讲了，喝酒不是目的，交流感情才是王道。

六十一

嫂子，敬酒之前，我先确认一下，在你心目中，我们周哥算不算是暖男？不算？脾气太急？还有点暴躁？这应该是表象吧，同事多年，我对周哥还是很了解的，正直善良，待人真诚，乐于助人，尤其不喜欢搞阴谋阳谋，整个人比较透明，跟他交往心里托底。这不单是我张建朝对周哥的评价，包括我家属，对周哥印象好得不得了。尤其是上个月，我家孩子生病住院，找不到床位，孩儿他妈几乎没怎么考虑，第一时间就想到请周哥帮忙。周哥也真是给力，压根儿不用我这个当老公的出面或打电话协调，甚至家属都没告诉我，周哥就把事办得妥妥的。都是战友，是兄弟，感谢的话就不说了，以后周哥和嫂子有用得着我和家属的地方，尽管吱声就是，我们绝对全力以赴。

这次回盛天休假半个月，是我努力争取来的。我是地方大学毕业入伍，入伍就是干部，今年兵龄满八整年。当兵这些年，总体上算个好兵，工作尽心尽力，一直坚持以工作为重，几乎没有主动提过休假的事。可这次，我实在无法让自己坚强下去，尽管领导并不十分同意我休假，可我还是坚持再三请假。再过六天，我儿子就满周岁了。这当然不是我坚持要休假的原因，孩子过个周岁生日，真没必要大老远地赶回来，那样做也太矫情了。我之所以急着请假，是因为我母亲的缘故。这事说来话长，容我拿啤酒先敬大家一下，喝完了再细唠。

刚才周哥介绍过了，我来自内蒙古通辽，虽然算是城里人，但家里条件实在一般。刚上初一，老爸就从国营屠宰厂下岗了，凭还算过硬的开车技术，贷款买了一辆中型货车搞运输，结果本钱还没挣回来，在往吉林白城送货途中疲劳驾驶，与一大货车追尾，当场死亡。那一年，我刚考上通辽一中念高一，妹妹还在上初一，家里突然遭此变故，老妈和我都乱了阵脚：我提出辍学打工，挣钱还老爸留下来的那笔银行贷款；老妈死活不同意，却又找不到说服我的有效办法。正当我们母子俩茫然失措时，一个偶然的机会，通辽驻军的一名师职领导了解到我们家的情况，主动提出资助我上完高中，协调银行减免了部分我老爸欠下的贷款，还给我下岗多年的母亲在保险公司联系了保洁工作。这位大恩人一再叮嘱我和老妈，不要对外公布他的单位、姓名和职务，他是凭良心在做事，不求名利，只求心安。

听这位好心人讲，他父母去世得早，在孤儿院长大，当地驻军多名干部接力资助他上学，从小学一直供到高中毕业，直到他考上军校。他还讲，我并非他资助的第一个孩子，我们家也不是他倾力扶持的第一个家庭，从军校毕业以后，他一直在力所能及地帮助他人。

各位，对不起，原谅我不能说出这位部队领导干部的名字。尽管他早已退休，我仍然要信守承诺，不向外界公布关于他的任何信息。我只能说，这个人，不仅帮助我和我们家渡过了难关，也深深影响了我，改变了我的人生轨迹。高中毕业那年，我原本报考了军校，但因成绩原因未能如愿。也算我运气好，大学毕业那年，部队到我们学校招聘干部，我没有丝毫犹豫，第一个报了名，如愿进入部队工作至今。

照理说，随着我正式参加工作，特别是部队这些年待遇大幅度提高，我们家的条件会越来越好，日子会越过越顺。可事与愿违，先是妹妹学业不顺，初中毕业后勉强读完职高，便早早地上班、结婚、生子，如今已是三个孩子的母亲；妹夫是个普通工人，没什么远大理想，除了按部就班的上班下班，就是喝酒打牌，他们一家五口的小日子过得紧紧巴巴，我时不时地还得资助一下。这还不算什么，让我始料不及的，是我老妈四年前突发腰椎间盘突出，椎盘严重部落，手术后基本失去生活自理能力，成天躺在妹妹和妹夫家的一张小床上，吃喝拉撒都需要妹妹帮助才能解决。

我老妈是个传统的中国妇女，特别讲究养儿防老、嫁出去的女儿泼出去的水那一套，对于无奈寄居在女儿女婿家，她非常不乐意，甚至十分反感。按照老妈的意思，如今她这个情况，就应该和她唯一的儿子住在一起。每次回通辽看望老妈，她都会反复表达这个意思，还说自己本来有儿子，却要住在女儿女婿家，让别人瞧不起，她自个儿也觉得抬不起头来。

老妈的心思，我何尝不懂？又何尝不想把她接到身边一起生活？可我实在没这个能力呀。我妻子来自盛天郊县一个小镇，岳父岳母都是普通工人，没什么积蓄，我俩结婚后，一直住在部队的公寓房里。周哥去过我家，房子小得可怜，一室一卫一厨，加起来也就三十多平方米，根本不具备把我老妈接过来一起住的条件。

今年元旦回通辽，当着我和妻子的面，老妈旧事重提，还伤心地大哭一场。此情此景，我和妻子也跟着抹泪。回到盛天后，我俩商量租一套大一点的房子，再找个保姆，连老妈和儿子一起照看。还没商量好，部队改革开始了，我被分流到榕城。我一走，妻子有些吃不住劲，担心她一个人无法应对卧病在床的婆婆和年幼的儿子，接我老妈到盛天生活一事便搁置下来。

对此，老妈不干了，一周前给我打电话，边说边哭："儿子，就算妈求你了，把我接过去和你们一起住吧。咱们家那三间平房前年不是拆迁了吗，政府给了十多万，我一分没花，全存到银行了。要不你把这笔钱拿去，再贷点款，在盛天买套房子。妈不当房主，写你和我儿媳妇的名字就行。老妈只有一个要求，给我留一套最小的房间，让我跟我儿子住在一起……"听老妈这么讲，我心里非常难受，她在电话那头哭，我在电话这头抽泣。老妈的要求过分吗？一点也不！是我这个当儿子的没本事，是我不孝啊！

那天和老妈通完电话，我直接去找领导请假，说是要回东北处理家事。刚开始领导不太乐意，说最近工作多，人手不够用，让我等一等。我把老妈对我的请求复述了一遍，领导沉默了，在假条上签了字。周哥，兄弟们，不是我张建朝不以工作为重，现在不是战时，工作再忙又能忙到哪里去？我请假离开了，工作还有同事顶上去。可家里这些事，谁帮我顶上去？没有谁，只能是我自己。有句话，我觉得很有道理：在单位，我们是默默无闻的小草；在家里，我们却是遮风挡雨的参天大树。个人理解，工作要尽力干好，家人也要努力照顾好，光忠不孝不可靠，忠孝两全是正道。

这次回来，我和妻子已经沟通好，举家南迁！等休假结束，妻子跟我去榕城，任务只有一个：考察房子，贷款买房子。榕城的房价贵得离谱，比盛天高出不少，但再贵，这房子也得买！不为别的，就算为了我老妈，付出再大的代价，这事必须办！树欲静而风不止，子欲养而亲不待。这样的事，我们部队发生了许多，留下了很多遗憾。我们这一代军人应该努力改变这种状况。

六十二

“树欲静而风不止，子欲养而亲不待”，这话说得悲凉，说得凄惨，很容易引起共鸣。尤其是对我们这些当兵的，杀伤力太大。每次听到这句话，我心里都隐隐作痛，远离故乡的落寞，远离父母的愧疚，全在这一刻积聚升腾。建朝老弟刚才这番真情表达，委实感动到我了，也深深震撼了我。在孝敬父母这件事事，我们就应当像建朝这样，想到就去做，千万不要等，时光不等人，再等下去，我们的老父老母真就等不及了。

来，兄弟们，咱们碰个杯，加深一下印象。也自我介绍一下，我叫谢永华，去邕城之前，在咱们军区政治部纪检部巡视监察处工作，跟周牧仁周兄是球友，也是文友。我们两个都喜好打乒乓球，同时又都是文学爱好者，用文雅一点的说法，叫文艺青年。呵呵，这都是扯淡，业余爱好而已，摆不上桌面。

周哥，今天聚会这个日子选得好。春分，顾名思义，到今天，昼夜平分，春夏平分，均等公平，天下和谐。我不是去邕城了嘛，因为我们部队辖区里包含了广东省，我特别注意到了“春分”这个节气与广东的内在联系。大家可以上网问一下度娘，春节这个节气，源自广东四邑，而在古汉语里，邑是县、县城的意思，四邑专指广东省四个县：新会、开平、台山、恩平，后来泛指县城周边乡镇。古时候，四邑有个不成节的习俗，叫作“春分吃春菜”。春菜是一种野苋菜，乡人称之为“春碧蒿”。逢春分那天，农村人都去采摘春菜，多是嫩绿、细棵、约有巴掌长短。采回的春菜一般家里与鱼片“滚汤”，名曰“春汤”。广东至今还有关于“春分”的顺口溜：“春汤灌脏，洗涤肝肠。阖家老少，平安健康。”来，让我们一起敬一下周哥和嫂子，感谢你们在这样一个美好的节气里盛情款待我们，祝福嫂子青春永驻，更祝福你们的爱情四季如春。

一月十六日零时，盛天军区正式结束历史使命，至今已过去两个月零四天；一月十八日至十九日，军区机关分流人员启程前往榕城、邕城、泉城、石门等地报到，也已过去六十来天。应该说，时间已经不短了，可离开军区机关前后那些日子，经历的那些伤感和感动，仿佛近在昨天。

我是江苏盐城人，最初申报个人交流去向时，我申请去榕城，也就是建朝后来去的那个地方。选这儿，除了离老家近一些，也想感受感受海滨城市的温润，但我们纪检部申请去榕城的同事太多了，不可能都心想事成。部领导找我谈话，建议我去邕城，说那里还有人员空缺。领导都这么说了，我还能怎样？愉快服从组织安排。一月十三下午，我去邕城一事基本敲定。这天晚上，我上军校时的同队同班同学、军区联勤部军需物油部助理员张文打来电话，问我是否确定要去邕城，我予以确认。张文说："你去我也去，你不去我也不去。"

上军校时，张文和我同班，我是睡在他上铺的兄弟。当时，他从高中直接考入军校，对部队的事知之甚少，是我们这些老兵教他学会和适应部队生活。也正是这个缘故，近二十年来，张文一直把我当成他的知心老大哥，什么事都愿意对我说。各自结婚成家后，我们两家来往紧密，像家人一样相处着。他选择跟随我的脚步去邕城，我一点也不意外。

哪知突生意外。一月十七日一大早，突然传来消息，说张文的任职命令不在军区联勤部机关，不具备到战区陆军任职的资格，另换他人。事情来得过于突然，无论是张文还是弟妹，都一时难以接受。但军人以服从命令为天职，上级决定的事，一时想不通也得无条件执行。当天中午，张文执意要设家宴为即将南上的我送行，还专门叮嘱我把我老妈、妻儿都带去。

吃饭期间，张文很动情、很正式地对我老妈讲："老妈，虽然您这个儿子去邕城了，我这个儿子还在盛天。家里有什么事，您有什么事，尽管吱声，我保证随叫随到……"轮到我致答谢词时，说到张文去不成邕城，伤感突袭，无语凝噎，好半天讲不出话来。

一月十七日晚上八时许，北京那边发来正式通知，原盛天军区机关交流到各战区陆军的人员，十八日起分批组织去新单位报到。很快，报到安排出炉：去泉城人员，一月十八日上午启程；去榕城人员，当日下午启程；去石门、邕城人员，分别于一月十九日上午、下午动身。也就是说，我们去邕城方向的原军区机关干部，最后一批离开盛天。

通知来得过于突然，一切都显得很忙乱。一月十八日上午九时四十分许，去泉城方向人员出发之前，战区政治工作部新到任的一名副主任把我们分流人员召集到一起，提要求、说祝愿，正式开启了伤感的告别模式。

我们纪检部分流到泉城方向的共三人，全部来自案件审理处。在机关楼前，还没上车，三位同事眼眶已经泛红。坐进车里，纪检部的同事一一上去跟他们握手，想说一句祝福的话，可心里发紧，嗓子发干，什么也说不出来。车开动那一刹那，我看见三位兄弟泪湿眼眶。而站在车前的我们，也早已泪花闪闪。

送走去泉城的同事，回到明天就要告别的办公室，看到相伴多年的办公桌、文件柜和其他设施，我再也控制不住自己，一个人在办公室抽泣和流泪。在这里工作了整整三年时间，马上就要离开，真的难舍。

一月十八日下午四时许，军区政治部交流到榕城方向的人员在机关办公楼前集结，我们纪检部巡视监察处的三名同事名列其中。告别的话，叮嘱的话，已经说了好多遍，要走了，还想再说几句，可话到嘴边，就是讲不出来。得知前往榕城的同事要出发了，暂时负责纪检部工作的刘副部长从外面赶到机关楼前，在车门口，用手抚摸着三位小兄弟的脸庞，叮嘱着，祝福着，满眼的不舍。看到这一幕，我的泪水夺眶而出。

真的要走了，两位兄弟双眼红红的，不管不顾地从车里下来，逐一拥抱前来送别的同事，说着感谢的话。我已说不出什么，紧紧搂着曾经一起奋斗的兄弟……

六十三

周扒皮，周牧仁，允许我正式抗议一下，行么？你娃儿张罗这个聚会是为啥子？不是为了开心吗？怎么被你狗日的导演成苦情戏了？你个龟儿子，头都没起好，上来就是泪别盛天军区，你就不能厚道点？不煽情，你会死啊？个老子的，说句不好听的，我们来你家，是开心来了，不是开追悼会来了。我说，几个兄弟伙，你们别介意哈，我和周扒皮都是四川人，平时在一起胡闹惯了，我甄高潮是拿他周牧仁寻开心哩，大伙儿可别当真啊。

兄弟们，我这个名字是不是特别有意思？我倒没觉得，名字么，就是个代号，承载不了太多深刻的含意。可像周牧仁这样的文化人不这么看，随便划拉一个地名、一个人名，在他们文人骚客眼里全有说道。比如，周扒皮他们家楼下的九如巷，对，就是通往军区联勤部机关那条小巷子，普普通通，寻寻常常，要高楼没高楼，要大厦没大厦，他们几个人竟然还专门坐在一起讨论了半天，什么九如巷的来历，什么这个巷子里的名人轶事，据说讨论很热烈。我去，以前我不知道啥叫闲得蛋痛，自从认识我们周大干事，我终于弄清了什么叫蛋、什么叫痛。哈哈，不明白？那我解释一下：蛋是扯蛋的蛋，痛的痛快的痛，不扯不痛，不痛不快，就这么简单。

跟多愁善感、多情矫情的周大干事相比，我甄高潮可以用两个字来形容：不装。什么叫不装？解释一下，有四层意思：其一，对领导，不卑不亢。值得敬重的充分尊重，赴汤蹈火，在所不惜；人品不咋的能离多远离多远，不吹不捧，不远不近，惹不起咱躲得起。其二，对同事，保持平常心。工作能力强、人品好的，相互支持、相互温暖；能力水平一般、为人处世隔路的，公事公办，相安无事，八小时以外基本不来往。其三，对下属，真诚待之。我所说的下属，是指下级机关、基层单位的同志，在他们面前不装领导、不装行家里手，不好为人师，平等交流，热情相待。其四，对家人，当外人相处。这话可能有点费解，我所说的把家人当外人相处，是指不要犯对外人客气、对家人苛刻的低级错误，越是亲密亲切的人，越要相互理解、相互尊重、相互包容，像礼貌周全对待外人一样对待自个儿家人。而这，恰恰是我们最不容易做到的。

小周同志，你对我的说法有意见？有意见就提嘛，反正提了也是白提，我没打算采纳，说了也白说。你为啥不说？哈哈，军务部的同志在扯淡，并且扯得有点远？切，扯淡是你们宣传干部的专长，我们军务干部管的是兵、干的是人事，比较务实，真不会扯淡。

牧仁，不是我说你，你小子真不地道，怎么哪壶不开提哪壶？不提军务部还好，一提我的老单位，我这心里还真是不得劲。兄弟们都晓得，这轮改革，军区机关是撤销了，可机关四大部真正撤得一干二净的，除了装备部整体解散并分流到各个方向，那么多二级部，绝大部分在战区机关、战区陆军机关都能找到，只是换了个名称而已，比如组织部改称组织局或组织处，干部部改为干部局或干部处，庙还在，位置还在。可我们军区司令部军务部，还有军区政治部纪检部，两个原以为会扩编的二级部，一下子给撤销了。同志们，你们琢磨一下，新组建的军委、战区和军兵种机关，哪里还有"军务局""军务处"这一说？没了，彻底没了。在军委、战区这两级机关，"纪检部"这个名称也彻底成为历史。哎，把工作多年的二级部给干黄了，要说我们军务部的同志不伤感，那是扯淡，我们心里都难受啊。可难受有什么用？军改当前，军令如山，谁能为了小集体的利益去发牢骚、说怪话甚至制造障碍？谁也不能！改革期间，当干的活还得干，并且还要干好，否则就对不住身上那身军装，对不住党和人民的信任与重托。

军区正式撤销前的半个月，作为转隶部队、移交人员和资产、新老单位对接工作、组织召开相关会议的主要协调部门，我和同事们在明知军务部将被完全撤销的情况下，仍然拧成一股绳，从部长到处长，从老参谋到新同志，大家心往一处想，劲往一处使，全都加班加点，点灯熬油，精细地干着各项工作。尤其是一月十六日零时，军区正式结束历史使命之前的一周，我们吃住在办公室，饿了吃盒饭，实在困得不行了就趴在办公桌上迷糊一小会儿。那些日子，我们的想法特别简单，既然组织上把这么重要的工作交给军务部承办，作为即将结束历史使命的军区机关二级部，我们有责任竭尽全力站好最后一班岗，认认真真地为战功卓著的盛天军区送好最后一程。半个月时间里，我只回过两次家，每次都是凌晨两三点才回去，妻儿都已睡熟，我到跟前抱一抱妻子，亲一亲儿子，再在客厅沙发上小睡一会儿，早上五点半，准时回办公室干活。

一月十六日零时许，随着盛天军区正式结束历史使命，我们军务部的同志们全都如释重负。在此之前，各项转隶、交接工作进展顺利，没有出现大的纰漏，作为主要协调部门，我们可以说是向党和人民交了一份合格答卷。那天凌晨一时许，在原盛天军区司令部机关附近一条小胡同里的川菜馆里，军务部一位老大哥张罗我们几个即将奔赴新岗位的兄弟小聚，我们一边喝着啤酒，一边回忆着前些日子工作中的点点滴滴，同时抒发着对老部队、老单位、老领导、老同事的不舍。说到动情处，那位老大哥失声痛哭，我们几个也泪流不止……

六十四

咱们在座六个人，四个兄长，一个嫂子，数我何宇年纪最小。说真的，前天晚上十一点多我从石门坐火车，昨天上午十点多到盛天，还没出火车站哩，就接到周哥打电来的电话，说是刚好有几个原军区机关的战友从外地回来，想在家里张罗大伙聚一聚，问我有没有时间参加。说真的，我有点受宠若惊。在周哥、甄哥这些老机关、老同志、老兵面前，我何宇就是小屁孩儿，如果不当兵，见到你们，我应该叫一声“解放军叔叔”才对。呵呵，我知道部队不兴这个，只要是穿军装的，无论岁数大小，通通是战友、是兄弟。

几位老哥可能不知道，我跟周哥并不是很熟。严格讲，这是我们之间的第二次相聚相处。第一次，时间并不久远，三个多月前，二〇一六年元旦前后，我们军区纪检部组织最后一次明察暗访，我和周哥都是工作组成员，并且都分在第一组，在一起奋战了一周。那些天，我们两个不仅工作上配合默契，私下交流也很愉快，对很多问题的看法也基本一致。嘿嘿，男女相处讲眼缘，男人之间讲机缘，能结识周哥，并且周哥这么认可我，只能说我何宇福份不浅。

可能是我还年轻，来军区机关时间不长，对老部队的感情不是很深，抑或是我这个人玩心太重，喜欢旅游，愿意到四处走一走，反正对于各大军区被撤编，包括我们盛天军区装备部被整体拆散，我都没什么异样的感觉，反倒是得知被分流到石门以后，我异常的兴奋。华北是我们国家的战略腹地，石门所在的省份更是京畿要地，历来是兵家必争之地，文化底蕴深厚，自然景观多，我一直想去看一看，有机会到这种地方工作，自然是求之不得。

一月十八日晚，也就是启程去石门报到的头天晚上，我那新婚不到半年的妻子问我："明天咱们就要分开了，你好像还挺兴奋，怎么一点也不伤感？"我哈哈大笑："又不是不回来，有啥伤感的？放心，我会经常回盛天看你。"妻子显然没我那么乐观，当晚在床翻来覆去，唉声叹气，情绪很是低落，每一个动作、每一句话，甚至每一句呼吸都透露着四个大字：依依不舍。

第二天，不顾我的劝阻，妻子坚持要到机场送我。我说单位统一派车送，你去不方便。她说她自个儿开车，我们到机场再汇合。我犟不过她，只好答应。到了机场，我发现前来送行的部队家属不止一个，有的妻子和孩子一起来了，还有父母、岳父母来送别的。看到这个场景，我忽然意识到，这次军改，特别是撤销各大军区，受到影响和冲击的不只是我们这些机关干部，还有我们身后的妻儿和其他至亲至爱的家人。认识到这一点，便理解了妻子的伤感与不舍。

托运完行李，前往石门的战友们开始在安检入口处集结，前来送行的单位领导、同事挨个和即将远行的兄弟拥抱、握手并送上祝福。来为儿子、女婿、丈夫、父亲送行的父母、岳父岳母、妻子、孩子们则瞬间被离别的伤感情绪所包裹，有笑中带泪的，有低声抽泣的，有强颜欢笑的，每个人的表情都那么凝重。我抱了抱妻子，摸了摸她的脸庞和额头，轻声和她道别，并按之前的约定提醒她不要哭鼻子。妻子拼命地点头，泪水却如汩汩喷涌的清泉，瞬间盈满她的双眸，迅即滑落到我的手上。此情此景，再装坚强已无任何意义，我紧紧地抱住妻子，让她依偎在我胸前，而我的眼泪，则恣意滴落在她的秀发上……

由于生活条件比较艰苦，各方面都不熟悉，加之空气质量堪忧，初到石门的前半个月，之前那些美好想象荡然无存，想家的念头不可抑止地疯长。尤其是白天不忙的时候，晚上睡不着的时候，但凡有点空闲，便会疯狂地想念盛天，想念盛天那个家，想念家中年轻的妻子。那些日子，我和妻子的手机流量一再超支，QQ常挂着，微信总开着，时不时地还要视频一下。到第三周，得知我因工作无法回盛天轮休，周五晚上，妻子坐红眼航班飞到石门与我团聚，周日晚上坐火车赶回盛天上班。在坐出租车送妻子去火车站的路上，白天还眉开眼笑的妻子哭成泪人，到了车站检票进站时，她踮起双脚，流着泪，不管不顾地和我吻别……各位老哥，你们都年轻过，想来能够理解我和新婚妻子的这种感受。

和张哥一样，这次回盛天轮休，我也算是有个好消息吧。昨天晚上，妻子告诉我，她已经和她父母商定，以最快的速度，把盛天的房子卖掉，之后去石门买套房子。嗯，我岳父岳母都是做服装生意的，打拼了近二十年，有一点经济实力，我和妻子的婚房、家里的轿车，还有家电家具等，都是二老给添置的。到石门买完房子之后怎么打算？这还用问，肯定是老婆随我到石门一起工作生活嘛。四位老哥，我的好日子要来了，你们也要抓紧，赶紧把嫂子和孩子接到工作的地方。总这么两地分居着，对夫妻感情、对子女教育、对家庭和睦，都不是什么好事。

六十五

各位老弟，别光顾着唠嗑，赶紧吃菜。别嫌嫂子厨艺不好，就这水平，多多担待啊。我们家小周说了，就我宗濮莲这做菜水准，再练二十年，也达不到他一半的水平。瞧瞧，这牛让他吹的，都快把牛肚皮给吹爆了。老弟，你还不知道“我们家小周”是谁？哈哈，不是我们家儿子周光华，而是他老子，是我老公周牧仁。对，我就这么叫他，我们家小周，结婚后一直这么叫。倒不是他比我小，实际上我比他小两岁，我觉得这么叫亲热，并且叫习惯了，改不过来，你们可别笑话嫂子。

个人觉得，刚才老甄那番话讲得对，今晚到我们家聚餐，你们哥几个酒没喝多少，高兴的事也没讲几个，让人伤感落泪的故事却讲了不少，害得我这个现场唯一的女士跟着掉了好几次眼泪。当然，这也没什么不好，都是真情流露，说明各位老弟都是重情重义的汉子，是父母、妻儿可以倚重的靠山，是家里的顶梁柱和压舱石。何宇老弟，你这么说嫂子可得反驳你一句，凭啥我们当军嫂的就不可以能说会道？呵呵，不总讲跟着好人学好人嘛，我们家小周虽然脾气臭一点，但总体上是个好人，也是个能人，能说会道，能写能画，跟他这个宣传干事结婚这么多年，就算依葫芦画瓢，我也能学点皮毛吧。呵呵，何老弟，嫂子知道你是开玩笑，是在活跃气氛，嫂子我也是在逗你开心哩。

从今天聚会的气氛可以看出来，我们家小周还是很有人缘的，至少你们几个老弟认可他，愿意向他敞开心扉，开心的不开心的，都乐意讲出来。其实，这也是我们家小周的优点，善良正直，待人真诚，跟谁都能成为朋友。说起来你们可能不信，咱们九如巷有一个环卫工人，五十来岁的老大哥，对我们家小周好得不得了，他家老嫂子做了什么好吃的，准会儿带来让小周尝尝鲜；他儿子结婚，与他们家无亲无故的小周竟然被邀请去做了证婚人。我很好奇，有一天专门去向环卫大哥打探其中的缘由。老大哥讲，他们之间相识并成为好朋友，并没有什么特殊机缘，就是我们家小周习惯早起，每天清晨五点起床晨练，而环卫大哥起得更早，每天凌晨两点就得起来清扫九如巷的垃圾和杂物，两人总在人迹稀少的清晨见面，小周又总是主动向人家打招呼，遇到下大雪的时候，我们小周只要在盛天，一大早总会帮助环卫大哥清除积雪，时间一长，环卫大哥便觉得这个年轻人值得交往，两人便成了无话不谈的好朋友。

二〇一三年十一月十八日下午下班前，我们家小周打电话给我，说他晚上要在办公室写材料，说是晚点回家。当晚七点多钟，盛天气温骤降，突降大雪，到晚上十一点，街上的积雪已经很厚了，再经过人踩车压，要么变黑变脏，面目可憎，要么幻化成光滑的镜面，在街灯的照耀下熠熠生辉。快到零点时，见我们家小周还没回家，打他手机又关机了，我便出了家门，往九如巷东头的军区联勤部机关走去，想去接他回家。

路过九中巷中部位置那间烧烤店时，我通过虚开的房门，无意往里面看了看，发现里面一张方桌上坐着五个人，其中一个特别像我们家小周，悄悄推门进去一细瞅，果然是他。我有些生气，想上前质问他手机什么打不通，害得我担心。正准备往前凑，意外发现小周他们桌坐上着三个身穿橘红色工作服的环卫工人，两男一女，都是五十岁上下，正不声不响地吃着喝着，偶尔说上那么三两句。我有点发懵：和环卫工人一起吃烧烤，这是什么情况？我趁着店内人比较多，找了个角落坐了下来，决定一探究竟。

坐在小周旁边的是一个身穿黑色风衣的中年男子，他和小周像是很熟，一边喝着啤酒，一边唠着闲嗑。我进屋后约莫十来分钟，让我很受触动和倍感温暖的一幕出现了：中年男子站了起来，先是弯腰看了看桌上的酒菜，问三位环卫工人够不够吃，回头找来服务员，让他再加两个菜。

不一会儿，两盘貌似锅包肉和红烧排骨的热菜出现在环卫工人的桌上。这时候，中年男子又开口了，问两位环卫工大哥：“白酒够不够喝？要不这样，你们两个把这瓶白酒喝完，每人再来两瓶啤酒？怎么样？”

两位环卫大哥微微欠了欠身，以示感谢。其中一位讲："这怎么好意思？让您破费了。"中年男子摆摆手："这么冷的天，你们连夜扫雪，实在太辛苦了。一点小心意，请不要客气。"

回过头来，中年男子指了指我们家小周，对服务员讲："这桌的钱，就我买单，别人谁也不好使。"服务员微笑着，一边频频点头，一边麻利地把四瓶啤酒一一打开，放在两位环卫大哥面前。

此时，我们家小周开口了："我家在盛天，就住在九如巷附近。这是我朋友，从河北来的。我朋友看你们连夜扫雪，受感动了，非要表示一下心意。谢谢你们！"小周最后一句，显然是说给三位环卫工人听的。

三位环卫工人有些局促不安，脸红红的，支吾着说着感谢。

看到这一幕，我深受感动，没去质问小周，也没去打扰那位河北朋友和三位环卫工人，悄悄地出了烧烤店，回去静静等待老公回家。

各位老弟，嫂子讲这些，是想表达这么一个意思：我们家小周，你们的周哥，确定是个可靠的男人，也是一个值得交往的好哥们。有人不是说嘛，要想了解一个人怎么样，就看他交往了什么样的朋友，朋友的品位高低间接证明了这个人的人品好坏。既然那个河北来的兄弟能够以实际行动善待我们盛天的环卫工人，我们家小周作为他的朋友，能够和九如巷那位环卫大哥成为好朋友，真就不足为奇了。

建朝老弟，你怎么又感慨上了？被你周哥和他的朋友感动了？呵呵，这个正常。刚才我说过，你们都是有情有义的好男人，自然会被那些感人的故事所触动甚至流泪。男人流泪不是懦弱，更不是矫情，而是心中有爱、有责任、有担当的表现。

下篇：家国天下

第十四章　让反腐风暴更猛烈些吧

六十六

谢老弟，抱歉了，你好不容易回盛天休几天假，还被我曾关键找来介绍情况。在邕城那边怎么样？气候适应么？工作还顺利吧？你今年三十几？三十七？好年纪，正是干事创业的好时候，相信你，肯定错不了！在那边好好干，给你父母争光，让你妻儿骄傲，更别忘了给咱们盛天军区添彩。虽然我们军区从人民解放军的序列上消失了，但功勋和魂魄永存，我们理应继承和光大。

呵呵，小谢你客气了，你不是来接受我的采访，是我找你来唠唠嗑。看来周牧仁没跟你说明白，回头我得批评批评他，这混小子，大大咧咧的毛病总是改不了。谢老弟，是这样的，十多年来，或者说自从二〇〇四年调到军区创作室之后，我一直琢磨着写一部军队反腐题材的长篇小说，可迟迟没有动笔。原因是多方面的，除了准备工作不够充分，最主要的是时机不够成熟。

小谢，不知道你注意到没有，地方上，关于官场与反腐的小说很多，有的还很畅销，其中一些被改编成电影或电视剧，好评如潮，收视率相当高。比如电影《生死抉择》，还有早些年的电视连续剧《大雪无痕》，口碑都很好。与之形成鲜明反差的是，关于军队反腐的文艺作品少之又少，如果我掌握的信息还算准确，截至目前，公开发表的长篇小说中，似乎还没有一部专门写军队反腐的。可能是我孤陋寡闻，但这方面的作品确实非常少见。

我所说的时机不够成熟，主要指三个方面：一个是二〇一二年之前，或者可以一直追溯到新中国成立之后的六十多年里，地方老百姓了解军队情况的渠道非常有限，关于部队的大多数信息都被包裹得严严实实，对于普通民众而言，我们这支军队一直是一个伟大而神秘的存在；而公开的报道里，军队和军人永远都是威武之师、文明之师，是共和国的钢铁长城，是保家卫国的坚强柱石。这些，无疑都是正确的。但实事求是讲，我们的人民军队并非完美无缺，也有这样那样的问题，建设方面的，管理方面的，战斗力生成和提高方面的，包括风气建设和作风建设，各个层面都有短板，并且始终都会有薄弱之处，这是客观事实，也是部队建设的内在规律，没有必要遮遮掩掩，更没必要搞文过饰非那一套。尤其是在传媒高度发达的当下，在互联网深刻影响和改变人类生存生活方式、包括自媒体在内的新兴媒体层出不穷、无孔不入的时代背景下，关于军队建设和管理存在的问题，关于军队军人的负面传闻，尤其关于部队党员领导干部腐化堕落和军队持续正风肃纪、强力查案惩腐的消息，想屏蔽也屏蔽不了，想捂住更不可能。与其让老百姓猜来猜去，不如将有关信息公告天下。应该讲，这是我们军队建设必须直面和正视的现实课题，也是适应时代发展潮流的客观需要。

显然，高层已经注意到了这一点，尤其是最近三四年，军队在逐步加大反腐力度的同时，也正在积极适应时代进步的潮流，探索建立依托互联网公布军队反腐信息的机制和办法。

二〇一五年一月十五日，注定是一个值得纪念的日子，也必将载入军队反腐史册。这一天，中央军委纪委通过中国军网，第一次在互联网上发布了军队反腐工作成果，一口气公布了二〇一四年军队查处的十六名军级以上干部重大贪腐案件情况。这些“军老虎”，从军衔上看，除了那位尚没来得及晋升并且永远没有机会晋升少将军衔的某军事院校政治部主任还是大校之外，其余全是将军，其中十一个少将、三个中将、一个上将；就级别而言，有军委原副主席，副大军区级有四个，剩下的都是军职干部。这条消息，确实够威猛、够震撼！消息发布后，网上一片惊呼，什么“百年不遇”，什么“除了震撼还是震撼”，什么“强悍”“蛮拼的”，等等。小谢，不知你当时是什么反应？反正我是被震撼了。也正是从这一天开始，我才真正坚信军队反腐动真格了，也让我看到了铲除军内腐败、树正部队风气、提高打赢能力的希望。

从那天以后，军委纪委又陆续公布了一些被查处的军以上领导干部重大贪腐案件情况，截止二〇一五年十一月十五日，共计公布十二批四十五只“军老虎”。可以预见，随着两位军委原副主席的相继落马，军队反腐的力度还会加大，必将有更多的“军老虎”被查处，广大人民群众、部队广大官兵对军队反腐的信心必将更加坚定，国防和军队建设也必将因为强力反腐而走上健康发展的快车道。

前面讲了这么多，归结为一点，我那个十多年前就有的想法可以付诸行动了。也就是说，创作一部反映军队反腐工作长篇小说的时机已经成熟。当然，我要写的这个长篇，不是单纯去写军队贪腐人员令人不齿的卑劣行径，更不是单纯反映军队各级党委、纪委和纪检监察干部的工作风采，而是采用小说这种文学形式，全面回顾军队正风反腐波澜壮阔的发展历程和诸多细节，综合反映近几年来强力正风反腐给军队建设带来的强烈震荡和深刻影响，进而展示全军官兵支持和拥护反腐工作、积极投身强军兴军伟大新征程的时代风貌。

小谢，你说的没错，我干过纪检，在集团军机关当了两年纪检处处长，但时间有些短，经历的事情确实不多，参与调查的案子也是屈指可数，再说当时那种政治生态和工作环境，也不可能给我更多深度参与、深入了解军队反腐工作的机会。改行当作家后，又很少关注和了解军队正风反腐方面的工作，只能向军区联勤部政治部宣传处干事周牧仁寻求支援，让他帮忙推荐一个目前在纪检部门工作并且实践经验丰富的同志给我介绍一下情况。他推荐了你，说你在纪检部门干了多年，并且纪检工作的各个岗位都干过，还参与了不少大案要案的查处。今天下午就咱哥俩，就在我办公室，一边喝茶一边聊。咱们聊天内容不设限，可以是你的工作经历，可以是典型案例，可以是个人观点，工作感悟也行，想到哪聊到哪，并且以你为主，你讲我听，你说我记，好不好？

六十七

曾老师，能和您单独交流，我真有点小激动。您是我喜欢的军旅作家，也是我的偶像。尽管我不会写小说，写报告文学也是外行，但业余时间也喜欢写点散文和随笔什么的，偶尔也有报刊采用。我那是流水账，跟您那些大作没法比。这方面，您是我老师，有空请您传授一下经验，我一定虚心学习，争取在文学创作方面有所成就。

说起来，我和老师的经历还有些相似。我也是农村子弟，三年义务兵期间，当了两年战士报道员，后考入南京政治学院新闻系。军校毕业后，一天排长也没当过，直接进入边防团政治处宣传股负责新闻报道，后来调到军分区政治部宣保科、省军区政治部宣保处，一直都在干老本行。直到二〇〇九年三月，我任正连职干事满两整年的时候，我们省军区政治部纪检处一老哥因为材料写得好，部领导想把他调整到宣保处当教育干事，当时宣保处人员超编，上级又在严格控制人员编制，便决定采取一对一调换的办法。曾老师，您也知道，前些年，纪检工作并不像当下这么受重视，说起来重要忙起来不要，说句不太妥当的话，当时纪检处在各军级单位政治部里就是个打杂的边缘处，根本无法与组织处、干部处、宣保处等主力处相提并论，纪检干部的发展进步空间也相对较窄。在这种背景下，我们宣保处的同志，几乎都不愿意去纪检处。

当然，事情总有例外，比如我，就非常乐意去。只可惜，最初宣保处领导并没考虑我，主要我因为是新闻科班出身，当战士时就干这个，前些年出了不少成绩，是搞新闻报道最合适的人选。可谈来谈去，无论是老干事还是年轻干事，都没人乐意改行干纪检。算是没有办法的办法，我们宣保处处长抱着试一试的想法找到我，问我有没有兴趣，如果没有，他另想办法。我回答："我有兴趣，非常愿意去纪检处。"处长很意外，问我到底怎么想的。我没多讲，只说我还年轻，之前的工作经历比较单一，想换个岗位锻炼一下。

曾老师，我向您坦白，我的真实想法远不止这个。实际情况是，我对新闻工作有些厌倦了，想换一换工作岗位，换一换活法。您看啊，我一九九九年十二月从湖北红安入伍到黑龙江边防，二〇〇一年初，也就是我刚被授予上等兵军衔后不久，被选调到团政治处宣传股当战士报道员，开始接触新闻报道，一干就是十年。我承认，这项工作很锻炼人，也容易出成果，我本人先后三次因报道成绩突出荣立三等功、一次二等功，还先后三次提前晋职。您别看我岁数大、职务低，但我进步并不慢，与同年入伍和同期毕业的战友比，我在职务晋升上至少比他们快三到四年。我现在什么职务？副团职，这个月刚调的，对，就是三月份，在新单位调的。我年轻？真不年轻了。我当兵晚，将近二十一周岁才入伍，今年三十七周岁了，与那些当兵早或高中毕业直接考军校的战友比，我这岁数的副团，并且刚调的副团，已经很慢很老了。在盛天军区政治部纪检部工作时，我们部有个小老弟，一九七九年出生，二〇一四年就调了副团，不到三十五周岁，并且人家每一职都符合规定。跟他比，我们这些大龄干部都不知道该怎么活下去了。

在对待个人发展进步这件事上，我在军分区机关工作时的老领导、军分区贺政委有两条切身体会，对我影响很大：一是工作比本单位的同年兵突出一些，二是进步比同期入伍的老乡和同批提干的战友快一点，以此激励自己永不懈怠。这两条经验之谈，给我留下了极为深刻的印象。我的军旅生涯，自觉不自觉间，都按照这两条暗示和激励自己。

呵呵，扯得有点远了，继续说我从宣保处调整到纪检处的经过。其实也没啥说的，反正我就去了。刚到纪检处，新鲜是新鲜，但对纪检业务一窍不通，除了写简单一点的文字材料，什么查办案件，什么审理处分事宜，都得从头学起。好在我是自愿来的，也有那份工作激情，不出一年时间，我基本上能应付纪检处的大事小情。加上我是搞新闻出身的，习惯于正面总结宣传工作，无论是经验材料，还是新闻报道，成绩都出了一些，曾被树为省军区优秀机关干部标兵。如此一来，不仅我们纪检处处长很满意，也引起了军区政治部纪检部领导的关注，经过考察和考核，二〇一〇年九月，也就是我从宣保处调整到纪检处一年半之后，我被选调进入盛天军区政治部纪检部。

在军区纪检部工作的五年多时间里，不知是领导有意考验我还是别的原因，我干遍了包括信访、查办案件、案件审理、行政监察、巡视监督在内的每一项纪检监察工作。曾老师，想来你也了解，二〇〇三年那次部队调整改革，纪检部撤销处的编制；二〇〇七年初，为了便于开展工作，在总政纪检部领导的亲自协调下，经报军区首长批准，军区纪检部下设纪律检查室、案件审理室、行政监察室。我刚到纪检部时，被安排在纪律检查室，负责信访和查办案件工作，期间参与了多起违规违纪违法案件的调查处理。

二〇一二年初，时隔九年之后，军区政治部纪检部恢复处的编制，设纪检监察、案件审理两个处，之前军区自设的纪律检查室、案件审理室、行政监察室自然撤销。由于案件审理处编配的实际是原行政监察室的原班人马，负责纪律处分的案审工作就出现了没人干活的尴尬局面。无奈之下，部领导作出如下安排：纪检监察处只负责查办案件，行政监察工作由案件审理处负责；而按编制和岗位应由案件审理处负责的纪律处分实施工作，则由本在纪检监察处工作的我来承担。

如果从任职命令上看，我倒也算令位相符，因为在此之前，我的档案里多了一道案件审理处副团职干事的命令。这样一来，我被活生生地拆卸成数块：任职命令在案件审理处，人却在纪检监察处，并且新接手的案件审理工作不对案件审理处处长负责，而是直接向曾任案件审理室主任的纪检监察处处长汇报；同时部领导还明确，我的业务工作归纪检监察处处长，行政管理上归案件审理处处长，比如用车、公务开支等，都由案件审理处负责。其间的复杂和混乱，局外人还真是难以厘清。

当然，人在纪检监察处，自然不能只干案件审理的活，不时奉命出去查个案子，或是按要求写个内部材料，反正只要纪检监察处领导吱声，我都得无条件服从。而案件审理处领导也乐得清闲，既不用操心案审业务，更不会行使行政管理权。这种都管都不管的场景，现在想起来真是可乐。

六十八

曾老师，我讲的这些，是不是太琐碎了？您需要这方面的素材吗？需要就好，那我继续讲。二〇一三年十二月，为适应正风反腐的新形势新任务，纪检部增编巡视监察处，原纪检监察处改称纪律检查处。在研究巡视监察处人员配备时，我又成为巡视监察处最初仅有的两名干事里唯一的老同志。

即使定编为巡视监察处工作人员，在最初的两个多月里，我依然被困在一个案子里出不来，再次被一分为二，业务工作上归纪律检查处，行政管理上归巡视监察处。这种不尴不尬的境地，直到二〇一四年春节长假期间因连续加班参与明察暗访导致腰椎间盘突出复发住院，我才得以正式到巡视监察处报到。

二〇一五年一月，我们巡视监察处处长被军委巡视工作领导小组办公室借调一年，作为处里四名干事里资格最好的同志，部领导一句话，我成了全处工作的临时负责人。从领导让干啥就干啥到给别人安排工作，其间的差别和难度不言而喻，加之又只是个名不正言不顺的“主持”，免不了要吃些苦头、受些委屈。好在兄弟们都很配合，工作也很给力，总算没出什么大的纰漏。

曾老师，您给点评一下，我在纪检部工作的这些经历是不是很有意思？说得好听点，是“我是革命一块砖，哪里需要哪里搬”；说得难听些，就是一滴“万金油”，哪里都可以涂抹，也能有一定效果，但却不是起决定性作用的灵丹妙药。哈哈，不能这么讲？您说得对，经历就是财富，付出越多收获也就越多。作家就是作家，说话既有高度又有深度，学生我受教了。

给您介绍几个我参与调查处理的典型案例吧，您写长篇小说，最需要的应该就是这个，我会尽可能地讲得详细一些。能不能录音？我不介意，您随意。

二〇〇九年“十一”国庆节后，也就是我调到军区政治部纪检部快到一个月时，我奉命参与调查某师级单位军务科科长涉嫌收受钱物、乱搞男女关系的案子。嘿嘿，初来乍到，没什么经验，真就是参与而已，负责记一记谈话笔录，或是跟着老干事跑一跑外围调查，要不就是按照带队领导的具体指示查找一些书证，反正都是打杂的活儿。

这是个什么样的师级单位，军务科科长叫什么名，我就不照实说了。呵呵，您知道，我们纪检部门有一条规矩，纪检干部不能随便透露掌握的案情，即便是已经查结案件，同样不能原封不动地公之于众。反正您收集的是写小说的素材，小说本身也不会用真名真姓，只要故事真实、精彩、可信就行了。要不这样吧，为了便于您记录和整理，暂且给这位军务科科长取得化名，阿福怎么样？没意见？那就叫他阿福。

阿福算是一位有背景的干部，他的一个近房表姨的爱人，曾任军区副政委，那可是中将啊，不管在任期间还是退休后，都是有一定影响力的。事实上，阿福之所以能当兵，包括后来直接由士兵提干，并且一步步走上副团职领导岗位，全是他表姨通过那位军区副政委给协调的。嗯，不管时代怎么进步，在咱们这个被官本位思想浸淫了几千年的国度里，朝中有人好做官这一条，怕是永远都不会过时。

群众举报阿福两个问题：一是利用主管士官选晋的机会收受钱物，另一个是与市广播电台的女主播关系不清不白。阿福被人举报的时机很耐人寻味，既不是他本人要提职，也不是他的直接领导要提职，而是在他那位曾经身居要职的表姨父因病去世之后。信是北京那边转来的，要求查报结果，并且明确由我们军区纪检部直接调查，不得往下转。呵呵，曾老师，您是纪检战线的老前辈，当过纪检处处长，当然明白上级为什么要专门强调不能层层往下转，在过去那种政治生态下，只要是举报信，不管线索具不具体，只要转给军以下单位，往往是大事化小、小事化了。

正式找阿福谈话之前，我们先搞了一些必要的外围调查，比如通过公安机关，调取阿福利用有效证件在地方租房、到宾馆开房等情况。一查，还真发现不少有价值的线索：在阿福工作和生活的城市，他多次到地方宾馆开房；二〇〇九年一至七月份最为集中，多达三十一次，平均每月四次还有富余；开房的时段也极不正常，不是晚上十一二点，就是中午十二点至下午两点之间，还有凌晨两三点的，并且多以钟点房为主；当年八月中旬，他用居民身份证在广播电台附近租了一套一室一厅的精装公寓，租期长达三年……分析这些线索，不难得出这样的初步判断：阿福的私生活并不那么检点。道理很简单，在自己工作和生活的城市，除了和别的女人幽会鬼混，用得着如此频繁地开钟点房吗？家里来客人安排住宿是有次数的，再说一般来客人也不会开钟点房。

经过深入分析，我们调查组决定以生活作风问题为突破口，把阿福的相关问题查清楚。一天晚上七点半，看过央视的《新闻联播》，调查组负责人、纪检部刘副部长带着我，启动与阿福的谈话程序。

刚开始，阿福还东扯西拉，说自己和爱人的感情怎么好，对自身要求怎么严格，拒不承认自己有生活作风问题。

刘副部长很有耐心，语气相当客气和轻缓，但抛出的问题却很有杀伤力："好吧，我们不谈生活作风问题，换一个问题，怎么样？你给我们说说，今年1至7月份，你们家亲戚是不是来得特别多？"

"不多。我和爱人都是外地人，老家离咱们这里比较远，亲戚们来得比较少。"阿福不知是计，随口回答到。

"是这样啊。"刘副部长依然不急不缓，"既然你们家没来什么亲戚，那你到地方宾馆开那么多房间干什么？并且大多是钟点房？"最后两句，刘副部长加快了语速，态度也明显严肃起来……

六十九

曾老师，我这样讲行不行？需要更细一些的情节么？嘿嘿，您满意就好。要不您也吃点水果？求您了，别老照顾我，您是前辈，我是学生，哪里承受得起？您也太客气了，不就找我了解一些情况嘛，还专门准备了水果，包括这么好的铁观音，我小干事一个，哪享受过这么好的待遇？惭愧啊。

刚才唠到哪了？对，刘副部长问阿福为什么到地方宾馆开那么多次钟点房。

“这个……”阿福措手不及，有些慌乱，“哦，是这么回事儿，那是接待我外地来的战友。咱们这里不是交通枢纽嘛，他们总来这里中转，都找我安排房间。战友么，不热情接待也不好。”

刘副部长暗暗发力：“战友？那好，你跟我们详细说说，都是哪些战友？姓甚名谁？单位？职务？来这里中转的事由及具体时间？还有联系方式，你写出来，我们有的是时间，一个一个去核实。”

“部长，您看这时间太长了，我真记不清了。”阿福耍起了赖皮，原本故装镇静的脸开始冒冷汗。

“记不清？没关系，你慢慢想。”刘副部长明退暗进，“据调查，你两个月前租了一套精装公寓，为什么租房子，你总该能说清吧？我们了解过了，你和你爱人都是军人，住的是部队公寓，你们双方的家人没有来此暂住或定居的，完全没有必要租房子。你说说，到底是怎么回事？”

阿福彻底乱了阵脚：“这个……这个……”这个了半天，也没说出一句完整的话来。

“你和广播电台那位女主播是什么关系？”刘副部长加重了语气。

“普通朋友，普通朋友，真是普通朋友。”阿福连连解释，声音有些发颤。

刘副部长使出撒手锏：“真是普通朋友？既然是普通朋友，广播电台附近那栋公寓入口的监控录像里怎么经常出现你和她的身影？并且还是成双成对？你们到里面干什么？”

“这个……我们两个聊得来，一有时间就在一起聊天。”阿福继续胡编，“我在那里租了一套公寓，在26层，离大街远，清静，方便聊天。”

“嗯，看来你很有钱嘛。”刘副部长声东击西，“你开的那些钟点房，也是为了方便和女主播聊天吧？”

“是是是。”阿福连连点头，脸涨得通红，像一只啄米被噎的公鸡。

“还编？！”刘副部长猛地从椅子上站了起来，啪的一声，拍了一下跟前的办公桌，“你老实交代，你们之间到底什么关系？”

“情人关系……”阿福声音小得跟蚊子似的，说完沮丧地低下了头。

这时，刘副部长的手机响了，他到卫生间接听电话。期间，我一边问一些细节问题，一边在笔记本电脑充实之前同步整理的谈话笔录。无意当中，我发现阿福不停翻看他那部一直捏出左手里的翻盖手机，打开，合上，再打开，再合上，反反复复，没完没了。

我心里直犯嘀咕：“难道手机里有名堂？”等刘副部长从卫生间出来，我低声把这个情况告诉了他。刘副部长赞许地拍了拍我的肩膀，然后突然提高声音，大声质问阿福：“你手机有什么秘密？拿给谢干事看看！”

领导发话了，我也没客气，走过去，直接把手机拿过来。打开手机短信发件箱和收件箱一看，我的乖乖，里面干货还真不少：既有他和那位电台女主播的互动暧昧，更有别人托他办理士官选晋事宜并承诺给好处的相关内容。其中一条短信非常说明问题：“老哥，谢谢你帮我弟弟调动工作，并给他转了士官。那天去你办公室看你，给我小侄带了一件童装，不值什么钱，就是个心意。另外，我在童装的口袋里放了一个信封，里面有一万块钱。你别多想，我本想给嫂子买件时装，可我不知道嫂子喜欢什么款式，怕买了不合适，就想到了这个可能更好一点的法子……”

看到这些短信，我很兴奋，赶紧拿出去给刘副部长看。刘副部长也乐了，这不是要什么来什么吗？接下的事就好办多了，不用再费什么口舌，阿福如实交代了他的违规违纪问题……

事后我和刘副部长交流，说这个阿福太明目张胆了，办了那么些违法乱纪的事，竟然还敢保存那些要命的手机短信，这个家伙脑袋里是不是进水了？

刘副部长看得比我更深入一些，说像阿福这样有点背景的人，认为永远都有人罩着他，即使他那个表姨父去世了，表姨父提携起来的那些领导也会继续关照他，小来小去的问题，都有人帮他摆平，在这种心态驱使下，他才会做出那么出格的事，才会犯那么低级的错误。刘副部长还讲，违规违纪这种事，最好还是别干，鸟儿飞走了还有影子在，要想人不知除非己莫为，就算不像阿福那么张狂和大意，只要犯了错，只要认真查，就没有查不实的。

曾老师，您怎么看刘副部长这个观点？我认为在理。过错是什么？是人生轨迹里擦不掉的污点，即便用油彩或其他东西将其遮盖，只要有人去探寻真相，总会有有真相大白的那一天。所以，与其犯错后徒劳无功地遮掩和恐惧，不如从一开始就严格要求自己，守住做人底线，不碰法纪红线，这样才会拥有清清白白、轻轻松松、快快乐乐的人生。

七十

曾老师，看您又录又记的，累了吧？咱们是休息会儿，还是继续？要不您也喝口茶水，别老惦记着给我续水。我看时间也不早了，晚饭不用您管，老婆早有交代，今晚我必须回家吃饭，她做了我爱吃的花生炖猪蹄。嘿嘿，没办法，我就好这口，还有熘肥肠，也是百吃不厌。我也知道这些食品高脂高油，吃多了对身体不好，可就是爱吃，也管不住嘴，趁不算太老，吃几年再说。何况，我有晨跑的习惯，每天至少一个五公里，出汗多，排泄也顺畅，应该问题不大。

呵呵，您这是一语中的，我还真是个吃货，并且是超级吃货。我还喜欢旅游，每新到一个旅游目的地，我有三项必须完成的任务：一个是领略美景，大山大河、原始森林等自然风光也好，博物馆、纪念馆等人文景观也罢，但凡有点名气，我都争取走到看到，另一个是欣赏美女，哈哈，当然只是近观而已，不会也不敢有其他想法，旅游时老婆一般都跟着，哪敢越雷池半步？也就是到当地最繁华的商业地段，选人流最集中的时段，找一个便于观看的地方，找好角度，或立或坐，采取逐个扫描的方式，尽情欣赏那些婀娜多姿的美女。我家那位，算是个二货老婆，对我这个爱好并不反感，还说这是我身心健康的具体表现，能欣赏别的美女，也会欣赏她这个美女。所以，当我在异地他乡尽情欣赏并小声评论美女的身材、脸蛋和气质等要素时，我那二货老婆还在一旁附和，说这个身材不错，那个有气质，另一个各方面条件都是上乘，下辈子可以考虑让她给我当老婆，诸如此类，反正都是闲扯。再一个是尽享美食，如果当地有美食一条街道，我们两口子肯定是要去的；如果时间够用，肚皮承受得住，那些没见过、没吃过的地方特色小吃，一定会逐一品尝。比如二〇一一年，在参与调查一位师级领导干部包养情人、违规生子的案件期间，我奉命和保卫部门的一位同事到陕西西安及周边县市找地方政府和地方人员搞外围调查，周一到周五正常办公事，一到周末，我们两个便四处观美景、看美女、品美食，工作旅游两不误，那叫一个爽，现在想起来还美得很。

这叫公私不分？涉嫌公款旅游？曾老师，您逗我哩，当时可还没这种说法，管得也没现在这么严。再说我们是到地方出差，业余时间和双休日人家地方工作人员一般不上班，我们能干啥？都是涉及地方的事，我们想加班也加不成，只能四处转转，要不然真会憋疯。

这个案子，是由那位师级领导的原配夫人引发的。对，老婆告老公，实名举报，并且事先做了大量准备工作。嗯，老规矩，继续用化名，就叫那位领导为老申吧，申请的申，不是谐音，就是个化名。为了告倒老申，他老婆做足了功课，除了自己收集证据，还聘请私家侦探抓拍到了老申与情人及他们生育的儿子同赴机场、同入一室、同吃同玩的视频和照片，并且还找到了老申为情人在西安购置房产、开饭店等过硬证据。这种举报方式，这种节奏，这种力度，老申想不翻船都不可能。

暂且抛开老申所犯的错误不讲，他的婚姻就是一出悲剧；而这出悲剧的导演和主演都是同一个人，也就是他的结发妻子，我们暂且称她为阿凤。阿凤这个女人，但凡和她接触过的人，无论时间长短，都会得出相似的结论：谁娶这样的女人为妻，谁倒八辈子霉。怎么形容她呢？尖酸刻薄？无事生非？好像比这还要严重。我找她谈过话，她所表现出来的，是常人所不能理解的，换句话说，正常人很难跟她正常沟通。

据老申讲，阿凤是他当战士时团领导的亲戚，当初他之所以同意跟性格有些怪异的阿凤结婚，主要是怕得罪了领导，影响自己在部队的发展。老申也承认，问题的关键就在这里，因为他对自己的军旅生涯有着明确的目标和清晰的规划：四十五岁以前干

到师级，为达成这个目标，什么代价都可以付出。显然，和自个儿并不中意的阿凤结婚，以及后来贪赃枉法养小老婆并非法生育，就是老申所讲的代价。

等进了“两规”点，老申才意识到，娶阿凤这个女人的代价，委实太大了，大到毁了自己的前程，大到把自己送进监狱。当然，这只是老申的说辞，是他自我开脱的众多借口之一。不过他和阿凤的结合确实是个错误，以至于新婚当天两人就开始吵架，之后几乎天天都在争吵，并且越来越厉害。等到女儿满周岁以后，老申已很少回家，成天不是在办公室加班，就是和朋友喝酒，困了就在办公室的沙发上睡。阿凤也习惯了这种生活，从不过问老申的行踪，只要老申按月把工资交到她手里就行。

晋升正团级不久，老申争取到一个脱产到国防科技大学读研的机会，为期两年半。正是在这里，老申结识后来给他生了儿子的安徽籍女孩小梅，两人年龄相差将近二十岁。最初，老申谎称自己离了婚，是个自由的老男人，小梅信以为真，两人越走越近，最终睡到了一张床上。儿子出生后，老申用一个假军官证和一张假部队介绍信，和小梅办理了结婚证。儿子半岁时，小梅才知道老申并没有离婚，但已无可奈何，只能让这种充满风险的日子继续下去。

女人的第六感总是那么精准，老申和小梅生的儿子满周岁不久，阿凤通过一张老申遗落在家里沙发上的机票，猜到老申外面有了女人。老申当然不会承认，两人之间的矛盾进一步加剧，开始通过手机短信互相诋毁和辱骂。调查期间，为了搞清事情的来龙去脉，我们通过公安机关调取并打印了老申和阿凤之间的短信记录，我的乖乖，几年时间下来，竟然有上万条信息，打印出来后摞在一起，超过半人高。那些信息也没什么实际内容，除了对骂还是对骂，其中有一条非常搞笑，应该是阿凤不堪其扰，模仿移动通信公司客服给老申回复了一条，内容大致如下：对不起，您联系的用户已经停机，无法正常接收您发送的信息，请不要再浪费您的宝贵时间，也不要再做无用功……

呵呵，曾老师，这对夫妻够奇葩吧？案件查结后，深受触动的我曾和朋友们开玩笑：不要把老婆惹急了，作为同床共枕的爱人，作为赤诚相见的伴侣，老婆知道的事情太多了，好事坏事，公事私事，全在她肚里装着哩，她要不高兴，轻则不让你上床，严重一些不让你回家，再严重点，直接找纪委或检察院把你告翻……

七十一

谢老弟，感谢你给我讲了这么多真实可信的反腐典型案例。放心，写进小说时，我会做艺术化处理，不会给你带来什么负面影响。当然，我也不能保证就没人看出故事主人公的原型是谁，因为再怎么虚构地名人名，当事人、知情者还是会看出端倪，有的人甚至会无聊地去对号入座。不是有人说过么，有些历史，尤其是用于刻意正面宣传统治阶级光辉事迹的所谓正史，除了人名是真的，其他都是假的；而很多小说，特别是反映现实生活、批判社会丑恶现象的小说，除了人名是假的，其他都是真的。这话可能有些偏激，但确有合情合理的成分在里面，就看你站在什么立场上去理解了。

小谢，经过这一下午的交谈，我感觉你是个有理想、有原则、有抱负的纪检干部，你和你的同行们，是我们这支军队重整行装再出发、从历史走向未来、从胜利走向胜利的希望所在。有你们这些有正气、敢担当的纪检干部，不仅这轮国防和军队改革能取得全面的、最后的成功，人民军队的风气建设、作风建设和党风廉政建设也将逐步走上制度化规范化法治化的轨道。

众所周知，这次军改的一大亮点，就是副战区以上单位纪委相对独立并实体化运行。组建新的军委纪委，向军委机关组成部门、各大战区派驻纪检组，军种纪委单列并形成参政后装纪五大部委，这些举措，设想了好多年，论证了无数次，这次终于变成现实，实在可喜可贺。当下，从中央到地方，从军委到各部队，各级都在讲作风建设永远在路上，反腐倡廉永远在路上，怎么保证在路上、不跑空？很重要的一个方面，就是让纪委实起来硬起来，让纪律的戒尺始终高悬，让强力正风反腐成为一种常态。风气连着士气，士气连着战斗力，风清才能气正，气正才能打赢，对我们这支军队来讲，腐败不除，必然未战先败；反腐不止，必定屡战屡胜。

关于军队如何持续正风反腐，你刚才谈了不少有见地的观点。在我看来，至少应该关注两个方面。呵呵，谢老弟，咱俩这是私下探讨，成熟与否，合不合适，我先把观点亮出来，有空咱们两个再深入交流。

其一，砸烂竹编的笼子。现在都讲编密扎紧制度的笼子，实现由不敢腐向不能腐的根本性转变。这无疑是对的。可问题在于，那些使用多年的旧笼子还用不用？

是的，我们从来不缺乏制约权力的笼子。从国家层面到省市县镇村，从各行各业甚至到幼儿园，法规多如牛毛，制度贴满墙壁，要求数不胜数，但就是落不到实处，钻空子的有之，搞变通的有之，打擦边球的有之，能突破就突破，能规避的就规避，谁也不愿老老实实地依法办事。军队也存在类似问题，只是程度不同、轻重各异罢了。

也就是说，问题不在于没有笼子，而是笼子的质量太差，不是窟窿眼儿太大，权力可以自由进出，就是材质太脆太软，稍一用劲就土崩瓦解。

想来是受孔孟中庸之道熏染太久的缘故，中国特色的法规制度，大抵都是这样的架构：前头规定很严格，一副不容任何人践踏的严肃模样；后头总会来个转折，留出诸多可以回旋的空间。这样的制度设计，即便不能说是有意为权力寻租大开方便之门，至少也有弹性过大、约束乏力的嫌疑。如果用“笼子理论”来衡量，这样的笼子就算不是伪劣产品，至少质量堪忧，不仅中看不中用，弄不好还会成为真正意义上的残次品，派不上多大用场。

打一个不恰当的比喻，这样的法规制度，其实就如用竹子编成的笼子，经不起长时间的风吹雨打，更经不住擅权专权者和权力寻租者的内外夹击。用竹子编成的笼子，装点小鱼小虾也许够用，用它来制衡猛于虎、烈于火的滥用之权，显然不会起任何作用，也许还能增加滥用权力者的快感。要是真的如此，用竹子编成的笼子就成了滋生腐败的温床或遮羞布，而习惯于用竹子编织笼子的决策者也就成了纵容腐败的帮凶或不正当利益事实上的维护者。

所以，当务之急不是用竹子编织更多质量不过关的笼子，而是要下定决心摒弃用竹子制作笼子的思维定式，换用更为坚固的材料，精心编织窟窿眼儿更小的笼子，切实使笼子具备关住关牢权力的强大功能。不如此，即使费劲把权力关进笼子，权力还会挣脱羁绊，跑出笼子危害国家和国民。

这方面，新加坡和香港都作出了表率，值得我们认真学习借鉴。如何学？首当其冲的，或许应是敢于校正错误，决绝地砸烂那些竹编的笼子，为用更为坚固的材质编织新笼子腾出空间。

现实生活中，我们不时可以遇到让人啼笑皆非的、几十年一成不变的法规制度。如此陈旧的笼子，怎么可能关住权力？又怎能指望它去维护公平正义？所以，必须砸烂那些草编、竹编的笼子。

其二，管好锁笼子的钥匙。在我们这个人情社会里，从小到大的每一个时段，从生到死的每一个环节，从求学到就业的每一个阶段，似乎都有托人给予关照、求人大开方便之门的共同习惯。这是一股强大的社会力量，足以让任何制度失去强制力和执行力，也使得约束权力的笼子变得不那么严密。

在目前还无法从根本上改变的文化和社会大背景下，管好笼子的钥匙，就变得和把权力关进制度的笼子一样重要。否则，制度的笼子就会成为某些人谋私的工具，而不是约束公权、服务大众的利器。

把锁笼子的钥匙交给谁保管？说起来轻巧，落实起来却是一个很复杂的事情。

交给主管部门？显然有既当裁判员又当运动员之嫌，既不能排除监守自盗的可能，也很难避免利用熟悉规定的便利条件而大钻制度设计缺陷的空子。

交给监管部门？听起来可行，实际上则效果不佳。现如今，除了城管执法异常坚决却又饱受诟病之外，还有哪个部门能够强力保证相关法规制度的坚决落实？都在畏手畏脚，都在瞻前顾后，都在力求自保，都在极力维护利益攸关方的既得利益。纪检部门近年来倒是很给力，但仅靠纪委行么？显然不太现实。纪委只是执纪机关，不可能包打天下。

交给媒体？同样是个天真的想法。媒体再牛，也不是生活在真空之中，也要吃穿住行，也有很多地方需要求助于“有关部门”。而“有关部门”的神通实在是太大了，媒体不得不先一次次正义凛然地冲下去，再一次次偃旗息鼓地退回来。

交给大众？这就不只是天真的问题了，类似建议还有脑残的嫌疑。人民群众固然是历史的创造者，但从来都不是法规制度的制定者和执行者，更不是强有力的监督者。何况“人民”在很多时候都是个虚幻的概念，为数不多的钥匙，应该交给哪一个具体的“人民”或哪一群具体的“人民”？目前还难以回答。

如此这般，约束权力的笼子造出来之后，钥匙交给谁保管，俨然成了一个难题。

最无厘头的建议，也许莫过于把钥匙扔掉，扔向大海，扔向密林，扔向高山，扔向人力之所不能及的地方，以此达到把权力永远禁锢于笼子之内的目标。

类似建议，显然忽视了权力的贪婪性和抗压性。在欲望和利益面前，即使没了随便进出的钥匙，掌权者也会使出浑身解数挣破笼子去谋取更多的好处。剑客的最高境界是手中无剑心中有剑，滥用权力者也得其精髓而追求目无法纪随心所欲的疯狂状态。

最靠谱的做法，也许还是增加制度的刚性，把笼子打造得更为结实一些，让胆敢突破笼子者付出头破血流、人财两空甚至家破人亡的惨重代价，以此警示后来者增加对法纪的敬畏之感，进而自觉追求恪守法纪带来的平实心境和平淡快乐。

第十五章　当那一天真的来临

七十二

今天这日子有点特殊，四月一日，愚人节，开玩笑、整人的大好时机。一大早，我的手机里涌进一堆搞笑整人的东西，防不胜防。不过老曾，还有巧巧，你们两口子可别误会，之所以安排在今天请你们吃饭，主要是庆祝两位二月十四日领了结婚证、成了法定夫妻，这顿饭早就该请，可前些日子我周牧仁确实比较忙，时间总是串不开，只能拖到今天。过两天不是清明节嘛，阿莲早就和我说好了，要回吉林白山给她姥姥上坟，老人家生前最疼阿莲了，今年是姥姥去世三周年，我们不回去一趟，实在说不过去。明天早上的火车票，周一早上赶回来上班，一去一回，把清明三天小长假安排得满满当当。

老曾，你不介意愚人节请你吃饭？清明节请你同样敢吃？牛人！军人么，连死都不怕，还怕这些被人为神化或魔化的节日？我和你一样，对愚人节之类的西方节日，向来嗤之以鼻。这并非不尊重人家的文化，而是跟我们国家和民族的历史、传统相差太远，我们国家不少年轻人，连西方那些节日的真正内涵都没搞清楚，就在商家的刻意炒作和包装下参与其中，大把花钱，彻夜狂欢，被唯利是图的商人里里外外地宰了一个遍，还傻乎乎乐呵呵地帮人家数钱。

瞧我这德性，一摆乎起来就没完，还经常跑偏。好，接受巧巧的批评，各位书归正传，同表一枝。今天咱们四个来九如巷这家唯一的西餐厅，吃着牛排，喝着红酒，听着音乐，唠着小嗑，一会儿还有果蔬沙拉和甜点，主题只有一个：祝贺老曾和巧巧喜结连理，祝愿二位相亲相爱一辈子，白头偕老到最后。让我们破费了？巧巧，见外了不是？咱们两家谁跟谁啊？老曾于我亦师亦友，我们两个没大没小，很是合得来；你和阿莲是除了老公之外的东西都能共享的中国好闺蜜，腻在一起的时间比跟自个老公亲热的次数还多，咱们两家这种关系，你和老曾终于领了驾驶证，可以在爱情之路上狂奔了，我和阿莲还不得表达一下心意？巧巧，你太客气，学一学你老公，看看我们曾大作家，坐在那里尽情吃喝，不仅一点不觉得不好意思，估计还在琢磨一会儿再要两份牛排打包带走明天当早餐。哈哈，我刚才专门交待服务员了，我们这一桌，只许吃，不许打包带走，老曾你就别瞎琢了，留点脑细胞写你的文章去吧。

刚才进餐厅时，我好像听见旁边的音像店在播放军旅歌曲？老曾，你也注意到了？什么歌名来着？对，就叫《当那一天真的来临》。如今音像店已经很少见了，音像店播放军旅歌曲的更是少得可怜，那家音像店的店主，弄不好是咱们军区联勤部机关的退伍兵。

《当那一天真的来临》这首歌，无论是旋律还是歌词，都很有意境。我试着哼唱几句："准备好了吗 / 士兵兄弟们 / 当那一天真的来临 / 放心吧祖国 / 放心吧亲人 // 为了胜利 / 我要勇敢前进……"怎么样？确实不赖，既有军旅歌曲的阳刚之气，又借鉴了流行歌曲的结构和旋律，中听，好听，耐听。前几年，原总政宣传部为配合部队搞战斗精神教育、强军目标教育，组织全军文艺工作者创作一批官兵喜闻乐见、传唱甚广的军旅歌曲，包括《当兵前的那晚上》，包括《有我在》，当然也包括刚才咱们听到的那首《当那一天真的来临》。

想来是受这首歌曲的影响，一个多月前，具体讲是二月二十五日，《解放军报》在显著位置刊发了一篇长篇通讯，标题就叫《当那一天真的来临》，说的是陆军第二十七集团军领导机关和直属队坚决服从军队调整改革大局，紧急从河北石家庄移防山西太原的感人故事。

那篇通讯里讲了，二〇一五年十二月二日，上级命令二十七集团军领导机关和直属分队移防山西，限二〇一六年一月五日前腾空营区，交给新成立的陆军某部。这件事，现在也不是什么军事秘密了，网上已经公开。前些天，我和阿莲在家里请我们军区机关几位分流到东南北中四个战区陆军机关的小兄弟吃饭，其中就有一个就去了石门，闲聊时，他也提到了这篇报道，提到了二十七集团军领导机关和直属队官兵作出的巨大牺牲和奉献。你想想啊，突然要离开一座驻守长达四十六年、现有百分之七十以上干部士官安家置业的城市，涉及数千名官兵、千余台装备，并且时间很紧，还要横跨两省三市，移防哪有那么容易？没有强烈的担当精神，没有无私的奉献精神，移防任务不可能完成得那么及时和完美。

其实，对于军人而言，需要我们牺牲奉献的“那一天”，并非局限于服从和服务于这轮国防和军队改革，而是有着现实而深刻的内涵：突发重大自然灾难的那一天，首当其冲的是军人；发生特大安全事故，不顾生死冲在抢险最前线的，只能是军人；而当战争爆发，国土和家园遭受侵略或破坏，需要有人义无反顾流血牺牲时，冲在最前面的，还是军人。对我们这些军人而言，每一天都是“那一天”，每一刻都是“那一刻”，每一天每一刻都要做好为党、为国家、为人民舍生忘死、流血牺牲的各种准备。不是我们有多伟大，只因我们是铁血军人，是人民子弟兵，是捍卫国家和民族尊严的中国军人。

巧巧，阿莲，我说句不中听的大实话，你们这些女子，选择嫁给随时准备流血牺牲的军人，其实要冒很大的风险。当然不只是两地分居，不只是没人帮你们料理家事、孝敬老人和照看孩子，还包括平时训练演习、抢险救灾中不可预知的生命危险和战时毫不可控的牺牲概率。说得再直白些，嫁给军人，就要做好当烈士遗孀的思想准备。当然，我并不赞成从一而终、严守妇道、终身守寡那些封建流毒，军人的妻子也是女人，军人因公牺牲后，要鼓励她们改嫁，鼓励她们寻找新的幸福。这跟高尚与否无关，只关人伦人性，仅此而已。

七十三

我说小周同志，不是庆祝我和老曾喜结良缘吗，喜事加好事，怎么唠起这么沉重的话题来？别告诉我你是成心！如真是，我盖巧巧收拾不了你，你们家阿莲还是可以的。不服？借你十个胆儿？呵呵，叫你小周怎么了？我岁数比你小又怎么了？你们部队不是只看兵龄不看年龄、只看老公不看老婆么，我们家老曾兵龄年龄都比你大，你叫他老哥，你是不是该叫我一声嫂子？咱们熟也不行啊，规矩就是规矩，乱不得的。曾关键同志，您老是不是该站出来主持一下公道？是兄弟更不能惯着，要不周牧仁这小子真能上天。

阿莲，心疼老公了？好了好了，我不跟你们家小周打嘴仗了，我也觉得他讲得在理，只是感到过于沉重和严肃，便闲扯几句，活跃一下气氛。老实说，小周讲的那番话，没和老曾领结婚证之前，我真没怎么想过，八字有撇无捺的事儿，我想那么多也没用。二月十四日到民政局领完结婚证，可能是吃了定心丸，整个人的心态很快发生改变，开始关注老曾的生活习惯和点滴细节，开始对部队的一切信息感兴趣，包括看新闻，只要是跟部队有关的，都要多留意几眼。呵呵，这就是传说中的爱屋及乌？如果是，谁是那房子？谁又是那乌鸦？老曾，二选一，你挑一个。没一个靠边的，都不挑？不挑拉倒，反正是说着玩。

小周讲的那个关于二十七集团军机关和直属队紧急移防的新闻，我也看到了。对，不是在报纸上，是网上，当天新华网、人民网等门户网站都在第一时间转载了，算是当天的热门新闻之一。那时，我已经把自己正式定位为军嫂，定位为军人家属，对这种涉及军改的新闻，自然会格外关注。当然，我只是个弱女子，不会像老曾、小周他们那样关注深层次问题，我关心更多的，是这个集团军机关和直属队官兵的家属、孩子们怎么办？老公和老爸突然去了另外一个省，原本快乐和谐的三口之家一下子变得空空荡荡冷冷清清，这种巨大的落差该如何去消除？身为军嫂，这些问题显然更贴近我们的所思所想、所忧所虑。

在那篇报道里，我注意两个人物，注意到了他们本人及家庭面临的现实困难和需要作出的抉择。一个是姓王的参谋，搬迁要腾退部分公寓房，而他家就在此列，当时妻子生完孩子才二十天，按照老家风俗，坐月子须满百日方可出门。搬还是不搬？接到通知当天，岳母打来了电话：“你不能跟组织反映一下吗？就算到孩子满月也行啊！”王参谋何尝不明白这些，但转念一想：改革进入攻坚期，如果每个人都向组织提要求，这改革如何进行得下去？他最后拿定主意，耐心说服了岳母，坚决搬、马上搬。第二天，他把家里的物品打包运走；第三天，冒着寒风把还在月子中的妻子送回娘家；第四天，就向营房部门交了钥匙。

另一个是姓孙的处长，他遇到的情况，也颇为棘手：两地分居十五年的妻子，去年底费尽周折在石家庄找到了工作，眼看小日子越来越有滋味，可他这个当丈夫的又要离开了。在此之前，四十三岁的孙处长经历过两次军队改革，五年间换了两个单位、三个岗位，离家越来越远，妻子只好“以不变应万变”，扎根老家山西临汾，直到二〇一三年才办理随军来到河北石家庄，一家团聚的时间刚满两年，集团军机关就要移防，走还是不走？孙处长自己很纠结，更怕妻子不同意。可天底下哪有不做牺牲的改革啊？孙处长做起了妻子的思想工作：“军队改革是为了能打胜仗，大家小家都是受益者。你看，经过这些年的改革，我从一名地方大学生成长为团职干部，你脸上也有光啊！现在为了改革，我们再分居几年算什么呢！”通情达理的妻子笑了，孙处长心里悬着的“石头”也落了地。

我不懂新闻，但个人觉得这整篇报道真实可信，没有一味地拔高。特别是集团军政治部那位副主任说的那番话，讲得特别在理：“家家都有一本难念的经。在改革大考面前，没有思想波动不可能、也不现实，但集团军上下没有一个人发牢骚、撂挑子，计较个人得失。”嗯，这个总结，符合我对军人的了解和认识，个人有再多困难，家里有天大的事，只要军令一下，就是一个服从，决无二话。

这些天，我也一直寻思，现在我和老曾是合法夫妻了，他去哪我去哪，天经地义，可问题是老曾究竟会去哪里？文工团还能不能保留？是否继续留在盛天？老曾还能不能继续留在部队服役？全都是未知数。不过我也想通了，更想明白了，老曾是个作家，无论是走是留，无论在部队还是回地方，当作家的，都相对比较自由，在哪，去哪，对他的工作和生活方式影响都不是很大。对于我，也没什么好忧虑的，月亮走我也走，我跟老曾闯关口，他过山海关，我在河北秦皇岛陪着他；他守娘子关，我去山西平定县陪着他，就这么简单。

我不是圣人，也有放不下的人和事。这么些年，因为老曾的缘故，我结识了一些居住在九如巷附近的军嫂，她们大多是盛天军区联勤部机关干部的家属。听说下步联勤部改革的力度很大，分流裁减的人员不少，男人去了外地工作，留在九如巷的军嫂和军娃们谁来管？房子问题、孩子上学问题、无固定工作随军家属在地方领取补贴问题，都不是一个部队一个系统了，这些问题谁来协调解决？靠家属们？不太现实。谁来为因军改而重新两地分居的军嫂们撑起一片晴朗无忧的天空？真为姐妹们担心啊。

七十四

个人觉得，小周和巧儿的忧患意识过于强烈。或者说，多少有点杞人忧天。是，这个世界从来都没有真正太平过，大大小小的战争不断，一些国家甚至每天都有流血冲突和人员伤亡，但在中国，在我们国家，至少目前我宗濮莲还没发现任何战争迹象。作为个体的人，我们是需要忧患意识，可凡事有个度，忧患过多，忧虑过重，就会背上沉重的思想负担，时间一长，还会出现心理和精神问题。我在危言耸听？小周，是你和巧儿先言过其实好不好？我是提醒你们两个，不要为未来想太多，明天发生什么，后天全知道了。与其无谓的忧虑明天，不如做好当前的事儿，比如这会儿，牛排烤得如此美味，杯中的红酒如此香醇，你们不抓紧品尝美酒美食，在那里空谈什么这一天那一天，不是典型的说空话放空炮么？别磨磨叽叽，吃喝才是此刻的重点。先中止讨论，安心吃饭，半个小时后再接着唠嗑。

吃得差不多了？来，我们继续刚才的话题。对需要军人冲锋陷阵、流血牺牲的“那一天”，小周和巧儿都发表了自己的观点，各有各的角度，都很有道理。在我看来，无论是内涵还是外延，对“那一天”的界定都可以再宽泛一些，比如平日平时，或者说是和平时期，这个时间跨度更为长远，也是我们这个国家和军队的常态，这期间军人付出的那些辛苦、作出的那些牺牲，该不该归入“那一天”的范畴？如果平时的刻苦训练、加班加点与“那一天”没有任何联系，又何来“养兵千日、用兵一时”之说？

我没跟小周谈恋爱前，认识一个军分区机关干部的家属。她老公好像是宣传科科长，据说写材料特别厉害，也因此经常加班。老曾，这是不是你们部队一个规律性的现象，越能干，加班越多？地方党政机关也这样？那就真没办法了。以前我还动过让我们家小周转业回地方的念头，你这么一说，真就没这个必要了，都是熬夜加班写材料，在哪不是写？

接着说那个宣传科科长。嗯，不对，应该是科长的女儿。大概是二〇〇二年，五月底，中央一号首长公开发表了一个讲话，听说很重要。忘了是当天还日次日晚，央视《新闻联播》播放了这条新闻。那天，科长没去加班，便和妻女一起看《新闻联播》。老曾，再求证一个事，你们这些部队的政工干部，是不是都对《新闻联播》情有独钟？我们家小周就是这样，只要他在家，一到晚上七点，电视得由他控制，我和儿子都除了陪他看《新闻联播》，别无选择。呵呵，都这样啊，那我心里就平衡了。

看完那条关于中央一号首长重要讲话的新闻后，科长六岁的女儿情绪立马由高兴转为低落，嘟囔着嘴，一个人在那里自言自语："好烦人啦。这个老爷爷一讲话，我爸又得去加班写材料，又不能陪我玩了。"一听女儿说这话，科长当时就蒙圈了，紧紧抱着女儿，连声说"爸爸陪你，爸爸陪你。"结果呢，还真被这个小姑娘给说中了，《新闻联播》还没看完，军分区政治部主任的电话就打过来了，要求科长赶紧去办公室，连夜起草学习贯彻重要讲话的方案计划，并且务必形成书面材料，次日上班提交党委常委会研究通过。

当时，因为对军队和军人没什么了解，科长爱人和我说这起这事，我非常不理解："部队不就是军事训练和准备打仗吗？怎么还要写材料？"跟小周结了婚，成了军嫂，我才逐渐懂得材料和写材料意味着什么。材料是啥？是机关指导部队抓好教育、训练、管理的重要载体；写材料则是机关干部履行职责的重要方式。换句话说，机关动笔杆子，部队动枪杆子，目标完全一致：准备打仗，并且要打胜仗！

曾大作家，我这么理解，有没有点道理？能得到作家的认可，我宗濮莲真有点轻飘飘的感觉，一个字，爽！可是老曾，我的问题又来了：材料真就那么重要吗？尤其是那些改来改去、一写十天半个月甚至更长时间的讲话材料，对提高部队战斗力真就那么管用？把事情说明白不就行了，非要写得那么深刻和周全？我经常拿我们家小周开涮，说就你写的那些文字材料，有几份跟打仗直接相关？恐怕更多是为了博得领导一句认可："小伙子行，这材料写得不错！"但愿不是仅此而已。

我们这些军嫂，既然嫁给了军人，就不会拖丈夫的后腿，平时抢险救灾也好，战时上战场也罢，我们都会全力支持。等儿子大一些，如果国家有难，发生大规模战争，小周光荣了，我会亲自把儿子送上战场，接替他父亲继续保家卫国。我们这些军嫂真不怕战争和流血牺牲，我们怕平时那些无谓的熬夜加班，怕自家男人会因过度加班而疲劳致死。老曾，小周，你俩别打马虎眼，这样的事儿，你们部队有没有？不说我们也知道。为写个破材料累死，真不值啊。

没事的时候，我也看一些有与部队有关的微信公众号，其中有个叫“兵马行”的公众号，以“兵小马”的名义，推出了一系吐槽部队生活、调侃部队机关干部工作烦恼的文章，像《我只是一只想转业的加班狗》《写材料就是一场艰苦卓绝的持久战》《关于严禁用五一节加班的通知》，等等，读着可笑可乐，过后一想，却有些心酸，也更加心疼我们家小周。哎，小周，最近你总讲的那句话怎么说来着？对，当兵不是过日子，当兵不能混日子。依我看，你们这些机关干部倒没混日子，也在过日子，但过的是点灯熬油、寝食难安的苦日子……

七十五

算是职业病吧，每次和他人交流思想和探讨问题，别人侧重于讲故事、发感慨，就事论事，怎么舒服怎么来，讲得眉飞色舞、精彩绝伦；而我，则习惯于分析问题背后的问题，总想往深处探一探，看能不能找到解决问题的有效途径和方法。如此这般，往往是我讲得激情飞扬，个人激动得不行，别人听着如同天书，味如嚼蜡，怎么听怎么别扭。嘿嘿，也是，理论性太强的东西，确实不受人欢迎。可我就这个习惯，想改，改不过来，那就不改了。小周，阿莲，还有巧儿，你们是我曾关键最好的朋友和最亲密的爱人，你们得理解我。你们看啊，工作中，我通过小说、通过报告文学讲各种故事，这是我的本职工作，也是我的专长；唠个嗑，扯个闲篇，再让我讲故事，是不是有点太腻味了？再好吃的东西，顿顿吃、天天吃、月月吃，也会吃烦的。这世上，哪有什么百吃不厌的东西？就算是绝世美味，你三百六十五天不断顿地吃，看能吃厌么？

今天聚会的主题本来是庆祝我和巧儿领证结婚的，可小周这么一引导，还是出来一个唠嗑主题：当那一天真的来临。阿莲，巧儿，可能你们还不知道，每次只要聚会吃饭，包括喝茶闲聊，只要有小周在，这小子总会抛出个话题，让大伙儿尽情地侃，正方反方，对的错的，大伙儿随便扯。后来我搞明白了，周老弟这个川耗子，鬼精鬼精的，他这么搞，实际上是在收集写作素材。你想啊，要是没个主题，那么多人，那嗑还不唠得稀碎？一旦确定主题，情况就不一样了，理越辩越明，事越说越透，他稍稍用心那么一听，回去再一整理，好的观点、好的思想火花全出来了。这对他写内部材料也好，还是搞文学创作也罢，都是鲜活的好素材啊。小周同志是人才，绝顶聪明的人才啊！

我没小周那么聪明，但我们两个有一个共同的特点，就是比较执着，也可以称之为倔，认准的事，九头牛也拉不回。比如今晚，西餐吃得差不多了，瓶里的红酒也见底了，天下没有不散的宴席，走之前，我再小结一下今天的讨论？对，就是给你们两位军嫂上上理论课。阿莲，不是一家人不进一家门啊，你这个小女子，和你们家小周一样聪明。

对“当那一天真的来临”这个主题，你们三个更多在讨论什么是“那一天”，“那一天”真的来临后该怎么办，谈得都很好。我也说说我的看法？呵呵，得有点思想准备，还是以理论分析为主。

第一个问题：“那一天”究竟是哪一天？依我看，对军人而言，在部队、在岗位、在战位上的每一天，都是需要付出心血、汗水甚至生命的“那一天”。军人牺牲何止在战场？训练演习有伤亡，抢险救灾有危险，坐在办公室加班也有累死的。所以，从穿上军装的第一天开始，“那一天”不是何时来临的问题，而是时时处处都能感受到的客观存在。

第二个问题：如何无愧无悔于“那一天”？不要空喊“当那一天真的来临”，要随时做好准备，做好下一分钟就要开拔、下一秒战争就要打响的准备，随时想着打仗，时刻练兵备战，一声令下，一战成功。能战方能止战，敢打才能必胜，这轮改革的根本目的是为了提高部队战斗力，体制编制变了，思想观念更要变，进而把一切工作的重心都放在练兵备战上来。否则，我们离有效履行能打仗、打胜仗的使命要求依然很远。

第三个问题：如何保证“那一天”真的来临时军人能够不辱使命？这是一个系统工程，国防教育的深入与普及，包括军官、士官、文职人员等军事职业的吸引力，军队人员及亲属权益的保障与维护，都是题中应有之意。在这里，我想特别强调一下军人的职业荣誉感问题。

我曾在网上看过一篇文章：《增强军人职业荣誉，首先让军人外出能穿军装》。文章首先讲了一个故事，说是大龄军官老彭带广东籍的女友回他西北老家举办婚礼前，拿出那套封尘已久的军官礼服，遭到了喜欢西装的妻子的强烈反对：“天天在部队穿军装还没穿够啊？”老彭的表情很复杂，给妻子讲了个故事：以前每次休假回家前，父母总是要在电话里反复叮嘱一定要穿着军装回来，我每次都穿着便装一身轻松地回家，也懒得跟父母解释。后来，老父亲噙满泪水地说："娃呀，让你穿着军装回来就那么难吗？街坊邻居只知道你高中那会学习成绩好，你考上军校后就再也没见着你了，他们都问我，是不是你学习学傻了，锁在家里不让出去了呢？"我恍然大悟，父母的"军装梦"竟然淳朴到幼稚，只好弱弱地解释："部队有规定，回家不能穿军装。"这下好像戳中父亲猜忌的神经，全身发抖、嗓门巨大："胡说八道！这身军装是你自己点灯熬夜考来的，不是买来的、不是偷来的、不是骗来的，部队怎么不让穿了？你在部队到底有没有好好干工作啊？部队邮回来的三等功喜报是不是假的？……"老彭的妻子是个通情达理的人，听了丈夫一番话，不再反对丈夫在婚礼穿军装。两人结婚那天，军礼服、白婚纱，特别耀眼。

这是一个真实的故事。也许，老彭代表了在基层兢兢业业、默默奉献的广大青年官兵，妻子代表了对军装没有特殊感情的经济发达地区民众，老父亲代表了对军装热爱的老一辈和经济欠发达地区的农民，邻居代表了对军装越来越陌生的广大人民群众。那么问题来了：老彭休假回家为什么不穿军装呢？表面上看，是纪律的约束。现行《中国人民解放军内务条令》第一百〇四条规定："军人非因公外出应当着便服"。而早在二〇〇二年四月二日，新华社发布消息称，解放军内务条令修改，军人非因公外出应着便装，这样规定是为了减少着军服人员在社会公共场所的流动量，以维护我军的良好形象。

事实上，要求军人非因公外出应当着便服的规定出台以后，有的部队硬性规定，无论因公因私，只要不是成建制行动，个人外出或少量人员结伴出行一律不得着军装；还有的干部直截了当地教育官兵："穿上便装，莫管闲事"，言下之意，遇到盗窃、抢劫、伤人等事件，不要去见义勇为。我军的宗旨是什么？全心全意为人民服务！人民群众的生命财产受到威胁，因为穿了便装，军人就可以假装看不见？就可以把自己等同于普通老百姓漠然视之？如果老百姓知道现场有着便装的军人，我们情以何堪？如何去面对江东父老？是的，我一直想不明白：军人因私外出连军装都不让穿、不能穿、不敢穿，军人的自豪感、荣誉感从何而来？

有关资料显示，世界上有两个国家曾经严禁军人穿军装外出：一个是埃及，第四次中东战争爆发以前的历次战争中，埃及军队均被以色列打败，埃及老百姓常常羞辱士兵，因此埃及军人上街都不敢穿军服。另一个是德国，二战以后，为了防止军国主义复活，德军规定军人外出时必须穿便装。稍加分析不难看出，这两个国家不让军人穿军装出门，根本原因是打了败仗，在国民面前抬不起头。

显然，中国人民解放军不存在埃军和德军那样的屈辱和困惑，应当允许官兵着军装外出。这样既能充分体现军事职业的特点，增强军人职业荣誉感自豪感，还能进一步凝聚军心、稳定部队、鼓舞士气，提升军队的良好形象和威信。为此，我们至少应当做好两个方面的工作：第一，在恰当的场合，积极倡导官兵自觉自信自豪地穿着军装。第二，修改完善《内务条例》，制定详尽具体的军服着装规范，保证官兵正确合理、自信自豪地穿着军装。

第十六章　牺牲何止在战场？

七十六

我九斤老太向来脾气不太好，今个儿心情一般，你们两个得先容我发发火，要不这吃没法吃！没意见？有意见也不好使！盖巧巧，你个小蹄子，当上军嫂就翘尾巴了？领完结婚证都两个半月了，竟然不知会你佟姨一声？咱俩还是好姐妹不？差辈了？差什么辈？我佟九芹就认你这个小妹妹，我乐意，别人也管不着！小蹄子，你再事事儿的，小心老太太跟你没完！

曾关键同志，你别在那里傻笑，有啥好笑的？还没批评你哩，你和我巧巧妹子领结婚证，多大的事啊，竟然不向我汇报？眼里还有没有我这个老八路老前辈？就你这思想觉悟，我佟老太太还真得装一下老资格，要不怎么能镇住你？小子，咱们把丑话说在前头，现在结婚了，对我巧巧妹子好一点，不对，不是好一点，必须无条件地好！人家等你陪你等你十多年，容易吗？你小子得珍惜！别跟我扯那些没用的，你买单我就不说你了？不可能！再则，来之前就说好了，今天是我请你们两口子，你买哪门子单？知道你拿副军的工资，我九斤老太也享受副军待遇，军龄比你长很多，工资也比你高出一大截。哈哈，在巧巧面前，你可以装；

在我这儿，你小子得消停点。服了？真服还是假服？服了就好。来，吃饭，再不动筷，菜都凉了。

嗯，看来老太太我点的菜还挺受欢迎，没剩多少。巧儿，你得多吃点，结了婚就得生孩子，生孩子就得搞好能量储备，这可大意不得。曾大作家，看你吃得差不多了，我也吃不动了，让你老婆再吃点，咱们娘俩唠会嗑？我知道，你是作家，需要方方面面的素材，刚好我这里就有一些干货，不知你需不需要？求之不得？哈哈，有点夸张了。你想要什么样的素材？军改方面的？这个真有，且听我老太太一一道来。

从哪说起呢？先唠唠我的外孙子，对，就是张小飞。说起小飞，我还真得谢谢我们的曾大作家。巧儿，你可能不知道，小飞的父亲也当过兵，退役回地方下海做生意前，跟你们家老曾还是一个部队的，两人交往颇深，属于那种关系很铁的战友，这些年来一直没断联系。只是在认识你盖巧巧之前，包括咱俩认识后你要求我帮你牵线搭桥认识曾关键之前，我并不知道你们家老曾与我那女婿早就认识，女婿从未向我提起过。对，就我老太太被蒙在鼓里，我女儿早就认识关键，小飞更不用说，小时候这孩子作文不好，还是关键给精心辅导的。真别说，专业作家就是不一样，正是在老曾的辅导下，小飞的写作水平才逐渐提高，上高中时还在报刊上发表过散文和诗歌。

你们知道，小飞是我动员到部队当兵的。当时，他已跟随父母移居澳大利亚，都准备办绿卡了，被我三请四催地叫回国。我的想法很简单，咱们中国有什么不好？发展速度这么快，老百姓的日子一年比一年好，为啥非要往国外跑？再说了，我们家是军人之家，我家老头子是军人，我是军人，我儿子儿媳和孙子都是军人，我女儿也在部队医院当了多年军医，女婿当兵时间最短，但毕竟当过。到了小飞这里，怎么就断线了？这肯定不行。

最初，我只是想让小飞体验一下当兵的感觉，服役满两年就退伍，他愿留在国内发展更好，愿去澳大利亚跟他父母也罢，就是想让他在部队接受一下锻炼。这小子，不愧是军人的后代，到那个集团军下面的工兵团当兵以后，不用我们激励引导，自个儿干得很冲，还差点提干。后来转为士官，越干越来劲，成了团里的“工兵尖兵”“舟桥大拿”，先后多次立功受奖。今年一月中旬，就是各大军区撤销之前，小飞还被军区树为“践行强军目标标兵”，荣立一等功。现在他是四级军士长，有望晋升为三级军士长，目前团里的代理士官长，享受副参谋长待遇，有独立的办公室，还分了一套营职公寓房。

小飞能取得今天的成绩，有我们家族基因在起作用，有他自己努力的成分，更有部队各级组织、领导和战友们的关心关爱和帮助。这里面，就有曾大作家的功劳。巧儿，你知道吗？年初军区评选“践行强军目标标兵”时，小飞还在马里维和，他的事迹材料，是你们家老曾通过国际长途电话认真采访后，一字一句写出来的，写得非常棒，受到集团军、军区首长的一致好评。

表面看，我这个外孙的故事与军队改革无关。是，小飞所在的集团军和工兵团暂时还没涉及调整改革，可现在没有，不等于下步没有。报纸上不是说了嘛，这轮国防和军队改革，要一直持续到二〇二〇年，现在完成的，只是“脖子以上”的改革，也就是原来的四总部和各大军区，其他改革还没完全展开。

再说了，现在小飞正在从事的工作，团士官长这个岗位，本身就是这轮军队改革大盘里的一颗小米粒。让士官成为基层部队训练、教育和日常管理的责任主体，这是世界上军事强国的成功做法，我们国家刚刚起步，需要研究和探索的东西很多。这轮改革，恰恰是一个绝佳的机会。前几天，小飞给我打电话，我叮嘱他一定要努力工作，力争在士官长这个新岗位上干出新成绩来。我还对他讲，不要只低头干活，不能陷入事务性工作而疏于思考，要结合工作实践，发挥写作特长，多搞一些理论研究，为下一步全面推行士官长制度提供一些合理管用的建议。

七十七

说完外孙子，再说说外孙子的姑姑张云婕。对，就是小飞他爸的亲妹妹。关键，你跟小飞的父亲是多年的战友，不认识他妹妹？呵呵，你不认识刚好，你要认识，我这故事没法往下讲了。

我女婿他们家，也是军人之家。我亲家参加过中印边境自卫作战，亲家母跟我是同行，但人家是医生，比我这个护士厉害多了。他们家三个孩子，两男一女，全是当兵的，其中小飞的姑姑云婕岁数最小，今年四十二岁，在盛天一家正团级中心医院外科当护士长，无论是思想意识、政治觉悟、业务能力还是身体素质，各方面都很优秀，是医院上上下下公认的下任护理部主任最佳人选。

小飞和他工兵团的战友去马里维和前，我们家人搞了一次聚会，小飞的外公外婆、舅舅舅妈、姑姑姑父全来了。各自发言欢送小飞时，云婕说了一大堆祝福语之后，和她的外甥开玩笑："小飞，你去了好好干，多积累一些工作经验和生活常识，下步姑姑报名参加医疗队，也去马里维和。"

当时，谁也没在意，更没当真。云婕结婚晚，生育更晚，当时孩子不到四岁，正是需要母亲精心呵护的阶段。另外，云婕的爱人也是名军人，在我们军区联勤部卫生部上班，小飞准备出国维和时，他姑父也就是云婕的爱人刚执行完为期两年的医疗援藏任务，回到盛天不过一周时间。他们三口之家这种情况，组织上一般不会再派云婕出国维和。

生活中总有意外。今年三月底，当小飞和他的战友们完成为期八个月的维和任务准备回国时，作为接替执行维和任务的新梯队之一，以云婕所在医院为主抽组的医疗队出了点小状况，原先确定的女护士长患神经性耳聋，无法出国执行任务。上级要求医院火速换人，并且强调各方面素质都要过硬，包括身体素质，不能再出任何情况。

考察挑选了半天，医院领导发现，综合衡量，云婕是最合适的人选。但此时，因军区撤销，机关人员分流，云婕的爱人被调整到邕城，一月中旬离开盛天，云婕一个人既要上班又要照看孩子，既当爹又当妈，日子过得又苦又累。这种情况下，再安排云婕出国维和，显然不太合适。

尽管医院领导没有找云婕谈话，但她还是获知了这一信息。回家和自个儿父母一商量，我那两个亲家态度很鲜明：只要国家有需要，部队有需要，家庭和个人有天大的困难也得克服，去，必须去！孩子不用管，留给外公外婆带，肯定能带好。

再征求丈夫的意见，云婕的老公有些犹豫，担心父母都不在身边，孩子会不习惯，更怕老人过于娇纵孩子，养出些坏习惯坏毛病来。他这一犹豫不要紧，岳父岳母不干了，打电话把他一顿臭训，直到他不再反对。呵呵，我这两个亲家，脾气和我一样，一点也不温柔。

就这样，你说是阴差阳错也好，是职责所系也罢，反正云婕最终被选为维和医疗分队的成员，与她的亲侄儿、我的亲外孙，姑侄两个在异国他乡的机场上来了一次非常特别的“任务交接”。是哪个国家的哪个机场我记不住了，反正姑侄两个都身着军装，戴着蓝色贝雷帽，微笑着，拥抱着，相互叮嘱着，场面温馨感人。随军记者拍了照片，发了新闻稿，听说网上能查着。巧儿，你要感兴趣，你可以上网看一看。

曾大作家，你说啥？这个故事又跟军改关系不大？我说，你咋这么多事儿呢？非要直接相关才行？好，那我问你，云婕她老公是不是服从大局去了邕城？他要不是去了邕城，云婕出国维和不就是顺理成章的事儿？还有，部队医院下步怎么调整改革，现在还没有定论，那些出国维和的医护人员心里就没有想法？自己所在医院存在与否、自己何去何从都不清楚，他们还是听从祖国召唤，毅然奔赴国际维和最前线。这算不算拥护和支持改革？毫无疑问！

如果这个还不算，我再举一个咱们九如巷的例子，军区联勤部机关，你曾大作家工作了多年的地方。我知道联勤部主体框架还在，也知道联勤部暂时归军区善后办领导管理，可我更知道联勤部机关的人员分流早就开始了，一部分去了各大战区陆军机关，一部分去了军区善后办，剩下的同志，正经历着进退走留的考验和煎熬。这些正在经历改革阵痛的机关干部，尽管有这样那样的想法，或许还有思想波动，但他们依然坚守在工作岗位上，工作仍然兢兢业业。特别是联勤部司令部、政治部的机关干部，原来的办公楼腾给了军区善后办，办公室让给了善后办的同志，原本熟悉的机关大院变得越来越陌生，自己也从管理者变成被管理者。这是不是一种奉献？不容置疑！

那些调整分流到外省的原军区机关干部，作出的牺牲更大一些。除去两地分居对他们家庭生活的现实冲击，另一个不可忽视的情感因素，就是对盛天这座曾经熟悉的城市越来越强烈的陌生感和疏离感，包括他们工作了多年的军区机关大院，营房还在，但单位名称换了，进出的人也变了，甚至连大门卫兵都换成了陌生面孔，任凭怎么解释，哨兵就是不让曾经的主人翁进入营门。这种情感上的落差和归宿感上的混乱，想来一时半会难以理顺。

七十八

关键，我突然有个想法，不知道你有没有兴趣？最近几年，咱们中国不是总派部队参加国际维和嘛，包括应联合国要求向一些战乱国家派遣军事观察员，此类军事行动已经常态化了，但反映这方面工作的文学作品还比较少见。我不懂写作，不知道哪是热门啥是冷门，但我觉得都去写同一类题材很难出彩，反倒是没人碰的，下点功夫，说不准儿还能一炮打响。哈哈，巧儿，你别只顾偷着乐，我佟九芹八十多岁的老太太一个，不懂啥叫班门弄斧，平时也不注重学习，想到啥就说啥，我才不管你们家老曾愿听不愿听。

说起学习，曾作家，我想到一个真人真事，发生在我外孙张小飞姑姑张云婕她们单位，对，就是那个正团级中心医院。这个医院不是要抽组人员参加国际维和医疗队嘛，除了队员，还要派出一个负责政治工作的领导，不叫政委，而是叫政治协理员。经过本人申请、组织考核，医院确定由政治处高主任出任国际维和医疗队政治协理员。对此，高主任的爱人表示全力支持。

关键，想来你也知道，参加维和这事，除了现实存在的安全风险和对家庭生活的短期影响，对个人而言，其实也不是什么坏事。因为按照规定，国际维和算重大军事行动，记入个人档案，回国后晋职晋衔、评定职称都会优先考虑，并且工资之外还能获得联合国发放的维和补助。高主任能参加维和，就是本人积极争取来的。也就是说，他非常愿意去。

谁都没有想到，临近出发前，高主任的爱人突然变卦，说啥不让丈夫出国，理由是正上初三的儿子不服母亲管教，已经到了逃课辍学的边缘。

对于儿子的学业，高主任和大多数军人一样，平时关注很少，也没时间管，孩子基本处于散养状态。调到医院当政治处主任之前，他一直在山区后方仓库工作，与妻儿聚少离多，很少过问的孩子学习。高主任的儿子很聪明，上小学期间，哪怕老师布置的家庭作业一点不做，考试照样名列前茅。这让高主任很自豪，说自家儿子就是聪明，即便是散养，学习成绩照样过硬。

儿子进入初中，高主任自豪不起来了。由于学习态度不端正，小伙子的成绩极不稳定，全校同年级七百多名学生，母亲管得严一些，考试能排到三百来名；稍稍放松，就会滑到六百名开外。高主任准备启程去非洲维和时，正值儿子初三下学期，中考在即，全校月考排名，小伙子全年级倒数第二名！并且班主任向家长反馈，这小子上课打瞌睡，自习看课外书，心思全然没在学习上。得知相关信息，高主任的爱人急得直哭，痛骂了儿子一晚上，之后开始反对丈夫出国执行任务，声称如果丈夫非要出国，她就提出离婚，并且坚决不要儿子的抚养权。

这让高主任很为难。出国维和这么大的事，哪能说去就去、说不去就不去？那也太不严肃了。往轻了讲，是不服从命令；往严重了说，是不听招呼不讲政治，这样的错误，高主任背不起。但同时，儿子的学业和前途也是大事，如果任由孩子这么放纵下去，后果不堪设想。怎么办？高主任一时陷入两难。

抽了个时间，高主任到学校找到儿子的班主任老师，了解孩子在校表现情况。老师是个实诚人，说话直接，从不拐弯抹角：“你儿子脑瓜子好使，别人半天搞不明白的难题，他只要用心，一会儿就能搞定。关键是他学习态度有问题，没有目标，不知为何而学，并且什么都觉得无所谓。”

高主任赶紧检讨：“我是军人，以前在外地，对孩子管教不多，偶尔回家，亲热都来不及，哪还能狠下心肠管教他？这样一来，孩子的教育管理主要靠我老婆。可我老婆不太会管孩子，在生活上把孩子照顾得无微不至，恨不得把饭喂到嘴里，但在学习上管得不多，一方面给孩子的自由空间比较多，另一方面又对孩子抱有太大期望，考试成绩稍稍差一些，不是责骂就是训斥。母子俩越闹越僵，只要谈到学习，准会谈崩。老师，孩子现在这情况，您有什么好的建议？”

老师非常坦诚：“你们当兵的不容易，把时间都给了国家，把青春给了军队，唯独没给自己的孩子，在孩子的教育管理上确实做得不够。包括你讲的因为回家少，偶尔回来疼爱多、管教少，从人性的角度讲，这很正常。我接触了不少部队孩子，品质上都不错，但学习上大多比较懒散，不能说没有成绩优异的，但总体上看，军人子弟学习好的不多。”

“这责任确实在我们这些当兵的。”高主任继续向老师检讨，“一方面，我们本身教育引导孩子不多，疼爱多于管教；另一方面，我们部队家属长期单独抚养孩子，性子大多比较急，孩子出现一点小问题，就会着急上火，进而在言语上严苛有余、鼓励不足，使孩子的上进心、自信心受到打击和削弱，母子关系也越来越紧张，生活还好，一涉及学习，母子俩水火不容，相互顶着干，其结果，只能是越来越不可收拾。我们家孩子出现这个情况，原因就在这里。”

跟老师沟通了半天，高主任也没找到解决问题的合适途径。

最终，还是孩子的班主任老师出了个主意，以高主任要出国维和为国争光为由，把他请到孩子所在的班级作报告，讲自己的从军经历，讲出国维和的意义和自己的打算。高主任作报告期间，班主任老师把校长请了过来。

等高主任讲完，班主任先是对高主任的报告进行充分肯定，说军人有责任感、有担当，值得所有老师和同学们学习。转过话锋，班主任老师开始表扬高主任的儿子，说这位同学虽然暂时学习成绩不太好，但他集体荣誉感很强，班级有什么事，老师交给他什么任务，他准会全力以赴，并且完成得很好。有这种军人作风和劲头，只需稍稍加一把油，再把自己那些不好的学习习惯克服掉，中考一定能考上理想的高中，将来也一定会大有出息。

最后，校长作了即席发言，高度表扬了高主任的爱国主义主题报告，对其儿子也重点进行了鼓励和激励。当天晚上回到家，小家伙主动向父母承认了错误，说以前是自己错了，不该那么放纵自己，今后一定把心思和精力用在学习上，保证不让父母失望。

更让人欣慰的是，这个孩子还主动请母亲收回之前的话，支持父亲出国执行国际维和任务，还说父亲不在家的日子，一定听母亲的话，一定好好学习。孩子的这一举动，让高主任两口子喜极而泣，两人上前搂住儿子，一家三口又哭又笑，说不出的激动和高兴……

七十九

巧儿，你说得没错，高主任和他孩子能遇到那么善良、那么有智慧的班主任老师，确实够幸运了。但是，在孩子的教育问题上，仅靠幸运行么？肯定不行。我的体会，从一开始就要严格要求，不能等到不行了才去想法子。在子女教育这件事上，千万不要迷信亡羊补牢、为时不晚的那一套。关键，巧儿，你们将来如果有了孩子，一定从小抓起，从上幼儿园开始，就让他养成良好的学习习惯，如按时保质完成作业，保持积极向上的心态，维持既平等相待又适度威严的亲子关系，这几个方面，缺了哪一条，孩子教育都会出现问题。

这方面，我再举一个例子。这是我们联勤部机关的一名处长，姓苏，不用说名字，曾大作家就知道是谁。我习惯叫他小苏，苏州的苏。小苏是我家老头子的远房亲戚，叫我表婶，当年入伍借了老头子一个老部下的一点光，但后来在部队的发展，全是他个人努力的结果。这个我没瞎说，我都半截身子入土了，有必要撒谎吗？

今年一月中旬军区机关分流人员，小苏平职交流去了泉城，到那个战区陆军机关当副处长。巧儿，这你就不懂了吧，在军区机关，处长是正团；而在新组建的战区陆军机关，处长是副师，小苏平职过去，自然只能是正团职副处长。没关系，你现在成了一名军嫂，部队这些事，慢慢就会了解的。

我家老头子是湖南衡阳人，小苏和他妻子小何也来自这个地区，两人从小就是同窗，并且从小学到高中一直在一个班，算得上青梅竹马、两小无猜。两口子感情很好，育有一子，去年中考，目前在盛天一所省级重点高中读高一。这孩子，和刚才讲的医院政治处高主任家儿子的情况差不多，脑瓜子好使，但学习上不使全劲，玩游戏、看课外书是主业，学习是副业，考上高中全凭那股聪明劲和运气好。上了高中，孩子依然以玩为主，尤其一到节假日，往疯了玩。由于心思不在学习上，成绩很快下滑，今年一月中旬期末考试，全年级倒数第一。两口子很着急，小苏调到泉城之前，强行把孩子送到一个补课班。但这并不管用，孩子不仅在补课班上睡觉，还逃了几堂课。

上周五晚，小苏从泉城回来轮休。周六上午，趁孩子去补课的空隙，小苏和小何拎了一箱牛奶和一些水果来联勤部门诊部看我，期间唠到孩子教育问题，小苏愁眉不展，叹声连连："哎，表婶，一说孩子教育问题，我就头痛。您老经历多，帮我们两口子出出主意。我家那小子，就是不想读书。他不止一次跟我讲，他读不进去，他宁愿去打工，也不愿读书。我说送他去当兵，这小子不干，说当兵太苦。表婶，您说说看，这世上哪有不辛苦的工作？昨晚到到家后，我带他去浴池洗澡。利用泡澡的功夫，我想跟他好好唠一唠。闲聊还行，一说到读书，说到学习，这小子就不吭声，不管我怎么讲，他就是不回应。我态度好得很，轻言细语，苦口婆心，好话说了一大堆，一点效果都没有。说到最后，臭小子干脆把耳朵捂住，闭上双眼装睡觉。那一刻，忽然觉得自己好失败，连个孩子都教育不好。如果为了工作，把孩子的成长给耽误了，我在部队付出的那些辛苦还有什么意义？表婶，我该怎么办？"

我问小苏："你调到泉城工作，孩子是不是有想法？或者觉得老爸不在家了，没人管得了他，所以才这么放松自己？"没等小苏回答，小何开口了："表婶，还真被您说中了。孩子没跟他爸说过，但跟我唠过，说他爸爸眼里只有工作没有家，也没有妻子孩子；学校开家长会，别的同学爸妈轮流去，我们家每次都是妈妈去。孩子还讲，反正我爸忙，不怎么关注我，也很少管我，学好学坏他都不关心，我为啥要拼命去学？让我好好学也行，叫我爸回盛天。只要他每天回家陪我吃吃饭、唠唠嗑，学习的事不用你们大人操心，我会快马加鞭，很快就会追上去的……"

显然，在此之前，小苏并不知道儿子的这些想法。因为听爱人这么一讲，小苏很惊讶，甚至有些震惊，继而懊悔不已，先是紧握双拳，后又使劲抓扯自己的头发，回头小声问小何：“这些情况，你怎么不早点跟我讲？”小何很委屈，眼泪都出来了：“我跟你讲有用吗？你是能调回来？还是能脱军装转业？我是军嫂，我知道你们不容易，更不想拉你的后腿。可孩子这个样子，我一个人真管不住啊……”说着说着，小何呜呜地哭出了声。

这个突发情况，让小苏有些手足无措：“你哭啥嘛？哭能解决问题？也不怕表安婶笑话。”转过头，小苏再次向我求教：“表婶，您给支支招，我该怎么办？”

家家都有难念的经，清官难断家务事，关键，巧儿，你们两个说说，我能有什么好办法？我倒想把小苏从泉城调回盛天，可我没那个本事；我建议小苏转业？人家的军旅梦想还没实现，目前还不想脱下军装。再说了，小苏转业就能解决问题吗？当然了，办法总比困难多，那天上午，我们三个讨论了将近一个小时，最后达成共识：小何抓紧随军去泉城，然后给孩子办理转学，这样小苏就有时间管教孩子了。

那天，小苏讲了一番话，让我印象深刻。他说：作为尽职尽责的军人，我们无愧于国家，无愧于人民，唯独对不起家人。这当中，最亏欠的是妻子，最对不住的是孩子，特别是在孩子的教育管理上，从一开始就欠账，并且越欠越多，多到还不清也还不起。除了那份工资，我们还能给家人和孩子什么？除了愧疚，什么也给不了……

哎，这个话题太沉重，不说了。曾关键，我们的大作家，你别只听不讲啊。我佟老太太讲不动了，你也说两句？巧儿，赶紧给你老公整杯茶水，让人家润润嗓子。嗯，这就对了，夫唱妇随嘛。

八十

不得不佩服，咱们佟姨就是不一般，快九十岁的人了，身子骨还这么硬朗，头脑还这么清醒，并且这么健谈。巧儿，你得向佟姨学习，从现在开始就加强锻炼，争取老了之后比佟姨还精神。

我梳理了一下，刚才佟姨讲了很多人和事，但重中之重，是军人对家人、对妻儿的亏欠，特别是在孩子教育问题上做得很不到位。这种亏欠之感，想必每个军人都有，包括我在内，并且当兵时间越长愧疚感越重。比如在对我女儿瑶瑶的教育方面，需要我反思的地方很多。瑶瑶从小就很叛逆，初中没念完就念不下去了，早早地进入成人世界，早早地进入社会辛苦打拼，她走的那些弯路，受的那些苦，我这个当父亲的难辞其咎。我对不起瑶瑶，甚至对不住她妈妈，如果时光可以倒流，我一定选择把工作和家庭兼顾好，多出一些时间陪家人陪孩子，一定尽可能地陪伴和见证孩子成长的每一步每一阶段。巧儿，我已经想好了，只要你觉得准备好了，咱们抓紧要一个孩子，让你有机会体验当妈妈的自豪与幸福，也让我也有机会做一个温情称职的爸爸，有机会把对瑶瑶的亏欠还给她的弟弟或妹妹。

刚才佟姨谈到，但凡是军人子弟，学习成绩好的不多。这种说法，我也听别人讲过。我没作过调查，不知道这个说法能否站得住脚，但从我身边战友的子女学习成绩看，基本上都是这个情况。不用质疑，这与军人的职业特殊性有关，与军人与子女沟通不够有关，更与军人缺少管教孩子的时间有关。当兵这个行当，不管你在什么职位和岗位上，只要在部队，就不可能有大把可以自行支配的时间，也很难天天跟家人待在一起，对大数军人而言，甚至无法做到每天都见上家人一面。这是客观存在，是一直都不可能得到解决的现实问题。好了，问题来了：既然军人没有足够的时间来教育子女，那么军人子女的教育应该由谁来负责？单靠军嫂肯定不行，靠部队更不现实，部队的任务就两个，打仗和准备打仗，不可能腾出更多精力来抓军人子弟的教育管理。只能靠国家、靠社会，靠公益组织，靠热心人士。

这方面，国家也好，社会也罢，要走的路还很长，需要做的工作也很多。个人考虑，国家是不是应该出台一个关于军人子女教育的指导性文件，从学龄前教育开始，一直到大学毕业，让军人子女普遍地、方便地优先使用优质教育资源，而不是像现在这样，军人子女想上好一点的学校，要靠条件苛刻、名目繁多的加分项目，要靠个人四处托人情、找关系。当然，我所说的军人子女普遍优先享用优质教育资源并非一刀切，对长年在边海防、高原部队、高危岗位服役的官兵，其子女在入学入托方面更要优先。

除了国家层面出台政策，要想从根上解决军人子女的教育问题，还需要整个社会的理解和支持，让军人子女优先使用优质教育资源切实成为全社会的共识。在此前提下，鼓励成立专门为军人子女教育管理服务的公益组织，吸引教育界、体育界、文化界、卫生界人士广泛参与其中，对军人家庭在教育管理孩子方面提供咨询、托管和疏导等服务，解决军人子女成长过程中父亲角色缺失的问题，服务对象当然也包括女军人的后代。同时，还要从制度机制上保证军人享受正常的休假，让军人有更多时间参与子女的教育管理。

要想实现我的这些想法，有一个基本前提，就是社会对军人优先政策要有充分认识和积极支持，否则，一切都无从谈起。佟姨，咱们联勤部政治部宣传处那个周干事，对，就是周牧仁，他孩子去年上初一，在择校这件事上就遇到了麻烦。

盛天市明文规定：军人子女就近择校入学。既然是择校，小周自然想选择好一点的学校。佟姨，我们联勤部附近不是有一所不错的初中嘛，小周相中了这所中学。实际上，联勤部机关干部的孩子，以前大都在这里上学，并且办理过程都很顺利，几乎没有什么波澜。

因为一有政策二有惯例，小周就没当回事儿，以为一切水到渠成。不料去年八月中旬，新学期快开学了，联勤部政治部负责协调军人子女上学的同事给小周打来话，说形势不容乐观，让小周一颗红心两手准备。

实际情况在那儿摆着：那所初中去年中考囊括全市前三名，一时名声大震，想进入这所学校念初一的孩子趋之若鹜，原本宽松的名额一下紧张起来，连区教育局说了都不算，得区委书记点头才行。

谁知这个区委书记嘴里喊着为军人军属办实事解难题，实际上却光说不练，协调了好几个来回，才勉强给了两到三个就近择校的名额，其余的通通支到另一所距离很远的中学，还说就这么定了，谁都不好使。

在这个区委书记眼里，并没废止的拥军优属政策就是一纸空文，他的话就是天。直到联勤部首长亲自出面，通过省军区领导一直找到市委书记，事情才有了转机，小周和其他联勤部机关干部的孩子得以顺利进入那所初中就读。

佟姨，您瞧瞧，军人优先谈何容易？以前，各大火车站都有军人候车室，现在还剩多少？几乎没有了，并且越是大城市，消失得越彻底。车站售票窗口倒是贴着“军人优先”的提示牌，但身为军人，我们敢理直气壮地“优先”一下么？弄不好会招来一片埋怨，包括售票员也会拿另一种眼神看你。

至于随军家属落户、安置工作、子女入学入托等按政策规定应该可以、能够优先的事项，如果个人不尽百分之百的努力，如果组织不竭尽全力去呼吁和协调，如果领导不亲自出面，你就是拿着一百条政策规定，恐怕也换不来一次让你不堵心、不闹心的优先待遇。气愤吗？没用。生完气，闹完心，该找关系还得找关系，该花钱还得花钱……

第十七章　善后不滞后

八十一

哥几个，我先检讨一下。今天下午这个座谈会，本来说好善后办周副政委和我们政工组高副组长参加的，两位领导临时受领别的任务，中午坐火车去外地了。临走之前，周副政委特别交待，让我继续组织座谈，把大家好的观点、好的想法和提供的鲜活事例收集好、整理好，他回来要审阅。所以说，不是我周牧仁装犊子，在座的年纪都比我大，是我哥，借有十个胆儿，我也不敢组织各位领导和大哥开座谈会。咱们就随便唠唠，好让我交差不是？拜托各位了！

座谈内容前天发给大伙了，就是谈一谈到军区善后办工作以来的感受，以及对做好善后工作的意见建议。过几天，周副政委要去北京参加一个会议，要求与会人员围绕如何做好善后工作这个主题搞一些调研，做好大会交流准备。周副政委把起草发言稿的任务交给了我，叮嘱我不要闭门造车，多听听大家的意见。哥几个可能还不知道，上周一，我从联勤部政治部宣传处暂时借调到善后办宣传保卫处来了，成为咱们军区善后工作办公室这个大家庭的一员。嗯，大致就是这么个情况。谁先发言？这不这样，就按编制序列来，第一个，办公室盛副主任，接下来是纪检信访处老何，随后是军事设施建设处老高，最后请卫生处黄副处长作总结性发言。

各位领导和老大哥介绍情况前，我先谈谈自己的理解？也算抛块砖，把大伙的好玉引出来。个人理解，要想做好善后工作，首先要解决好思想认识问题，就是想不想干、愿不愿干好，态度问题不解决，干好工作、尽好职责就是一句空话。各位知道，咱们盛天军区善后办自一月中旬正式成立，到今天，也就是五月九日，已快五个整月。尽管大多数同志都是自愿到善后办来的，绝大多数工作很尽心很尽责，但据我了解的情况，确实还有一些同事有这样那样的想法，心态不是那么平和，工作不也不那么积极。

大致梳理了下，影响我们做好善后工作的不良心态，主要有这么几种：一个是过渡心态。我听一哥们讲："善后办是临时单位，战友们到了战区机关、军种机关越干越有前途，而我们却只能越干路越窄直至脱军装，善后办从成立那天起进入倒计时，来善后办上班这就是过渡，属于临时单位的'临时工'。"另一个是失落心态。昨天在饭堂吃晚餐时，同桌一个兄弟伙坦言："以前我们是军区机关干部，处于主线主业主位，到善后办后最终目标却是把自己'改没'，个人发展受限，很容易情绪失落。"再就是浮躁心态。我们一些同事，自己背着思想包袱，却还要给别人化解包袱；自己的困难没着落，却还要帮别人解决困难。这很容易导致分心走神，出现不安心、不用心、不尽心的情况。

解决思想问题，最管用的还是正面教育引导，用先进典型去影响人、激励人。这一点，我深信不疑。就拿我们盛天军区善后办来说，就在我们身边，就有一批安心善后工作、认真履职尽责的先进典型。今年二月份，具体哪天记不清了，《解放军报》头版刊发了反映我们军区善后办主动作为、积极为改革强军减负的纪实通讯，里面提到的那位处长，任副师职领导干部多年，还有两年就到退休年龄了，可人家一点也不懈怠，事事冲到第一线；还有我们宣保处那位老干事，到善后办报到第二天，就背上背囊跟着工作组摸排走访了近三十家新转隶单位，回来后主动递交了官兵思想状况调查报告，为善后办领导和机关谋划年度思想教育提供了重要依据。

应该说，在咱们善后办，类似先进典型还有不少。他们之所以能够积极主动地工作，关键在于思想认识上去了，没有因为善后工作脱离了练兵打仗的主战场而失落，而是认识了到善后并不意味着落后，善后办有大量开创性工作等着我们去做，善后工作一样能锻炼人磨砺人。

还有一点应当明确，我们善后办尽管是临时单位，但担负的却是为改革强军减负的历史重任，积极妥善处理好军区裁撤后留下的未尽事宜，竭尽全力把各种难题难事解决好，是我们的价值所在，也是为改革强军作贡献。这本身就是一种荣耀，我们理应感到自豪，自觉做到工作不讲价钱、不上交矛盾、不推诿扯皮，善后办存在一天，就站好一天岗、尽好一份责。

我先谈这么多。各位领导和老哥在分享感受感悟时，最好多讲一些事例，观点能鲜明一些更好。周副政委交给我的任务能不能完成好，全靠大家支持和成全。来来来，大家先喝点茶水。茶是今年新下来的毛尖，我信阳一个战友寄来的，他是我带过的兵，目前在老家经营一个茶场，专做不施化肥、不打农药、只施农家肥的生态茶，据说一斤能卖到五六百元甚至上千元。我喝了一下，很清香，口感很不错，领导们都尝一尝。

八十二

周干事，来善后办之前，我在军区司令部，你在军区联勤部，不在一个大院上班，彼此不熟悉，我先自我介绍一下？我叫盛大龙，原来是军区司令部编研部正团职研究员，搞军事理论研究，现在是善后办办公室副主任。在座五个人，可能数我年纪最大，二〇〇八年调的正团，今年已是第九个年头，正常情况下，进步基本无望了。呵呵，这也是我选择来善后办的主要原因，再干两三年，我就可以退休了。像我这种老正团，岁数大了，不想折腾，既不愿转业，又不想自主择业，一心就想退休。兄弟几个不要学我，你们都还年轻，要接着往前奔。部队现在风气好，并且越来越好，只要肯付出，你们都会有一番作为。

关于座谈这事，周干事你多虑了，不管善后办首长来不来，咱们兄弟几个都不会糊弄，该怎么谈还怎么谈。何况你也是为了工作，我们这些当老大哥的，更不能让小兄弟为难。刚才你讲到，善后不是落后，我同意你这个观点。我们来善后办的这些人，以前都是军区机关的骨干，不少还是处长以上领导干部，无论能力还是经历，都与落后分子扯不上关系。受你启发，我再加一句，善后不是落后，善后不能滞后。为什么这讲？主要有三点考虑。

其一，滞后就是塞责。这轮军队改革，军委决策成立相关善后工作机构，固定编制，固定人员，专门负责老干部服务、干部分流、伤病残人员安置工作，同时暂时领导原军区联勤部，加强经费物资、装备器材、营房设施等管理，确保新旧体制平稳过渡，确保部队安全稳定。这是我们善后办的职责，应该说使命光荣，责任重大，如果善后办的相关工作不往前赶，工作拖延或是滞后，那就是敷衍塞责，那就是失职渎职！一月十日上午，我接到赴善后办任职的预先通知，下午刚来报到，办公室还没收拾完，就受领了立即参加联合工作组、参与接收转隶善后办两百多个单位，主要负责数据收集整理工作。那几天，数千台装备、上万名官兵的资料信息，一股脑儿涌向我和同事们的办公室。仅是清查资料、管理存放、调配划拨这些基础工作，就让我们加班加点足足忙活了一个礼拜，连续多天吃住在单位，谁也不敢疏忽大意。

其二，滞后会拖改革后腿。善后办不是简单的“收尾办”“守摊办”，从某种意义上讲是改革的“助推器”，善后办工作不仅不能滞后，还要往前赶。从这个意义上讲，善后办也是“善前办”。善后之善，重在作为；善后办，重在“办”：既要创造性地将部队建设的成果高效转化为改革发展的动力，又要善于化解各类遗留问题为改革减负。善后，要紧盯改革，善作善成。

其三，滞后是对军人荣誉的亵渎。善后办是个临时机构，存在不了多长时间，并且随着部队的不断转隶和房产物资的逐步移交，领导管理的人、需要处理的事会越来越少。因为这个缘故，年轻人不想来，他们宁愿去外地，去新组建的单位，也不愿来善后办工作；领导干部不愿来，原因很简单，下面没有部队，发展空间非常有限；无处可去的争着来，这里面大多是年纪较大、职级偏高，想去新组建单位，人家不要，本人又不想转业，只能来善后办。但不管是主动来的还是被动来的，只要到了善后办，谁也不会拿工作当儿戏。我们在军区机关时怎么干，在善后办依然怎么干，该加班加班，该熬夜熬夜。举一个例子，我们善后办保障组装备管理处蒋处长，到善后办报到后奉命负责车辆接收任务，发现由于善后办刚组建，车辆勤务管理没有明确责任人，当时他们处其他人员还没有到位。这种情况，他完全可以等一等，谁也说不出啥。可蒋处长没有，一个人，一台电脑，连续奋战二十一个小时，第一时间拿出了《机动车长途动用审批制度》和《车辆维护保养制度》，及时将这项工作统了起来。善后办搞教育组织交流时，蒋处长说了句话，基本代表我们善后办同事们的心声："有人负责我服从，没人负责我负责！"

周干事，在给周副政委准备发言稿时，建议你写上一条：善待善后办的同志。我们这些服从组织安排来了善后办的兄弟，不一定能力特别突出，但一定是高风亮节。如果能留在战区机关，或者去新组建的部队，发展路子会更广，机会也更多。应该说，我们与那些留在战区机关和调整交流到军种机关的老同事、老战友没什么不同，以前我们一起加班熬夜推材料，一起出差驻训住帐篷，一起吹牛聊天谈人生，只不过人各有志，岗位分工不同而已。总而言之，我们善后办和善后办的同志肩负的使命同样光荣，都是在为实现强军兴军目标而努力奋斗。

八十三

盛副主任不愧是搞军事理论研究的，思想清晰，观点明确，每一句话都透露着理论的光芒。哈哈，这是拍马屁？没办法，我高晓军就这点爱好，要不然，人家盛副主任能笑靥如花？呵呵，周干事很敏锐，光听口音就听出我和老盛是老乡，厉害厉害，佩服佩服。对头，我跟老盛是老乡，并且还是一个县的，湖北黄岗，高考名县，每年都有不少学子考上清华北大。都知道啊？看来我嘚索大劲了！牧仁，我就不用自我介绍了，以前咱俩都在军区联勤部机关，天天低头不见抬头见，熟得不能再熟了。何干事不了解我？倒也是，那我就简单介绍一下自己，高晓军，原军区联勤部基建营房部土地管理处副团职助理员，目前在军区善后办军事设施建设处，仍然是副团职助理员。

何干事，看你年纪轻轻的，已经正团两年了，真牛！你是哪年出生的？一九八〇年？太年轻了！比我小两岁！人比人，气死人，我七八年出生，今年三十八周岁了，去年九月才调副团。何老弟，跟你比，我应该买块豆腐撞死才对。为啥还乐呵呵地活着？老盛，你也太不厚道了，非要逼死我呀。哈哈，我偏不，气死你！说真的，我一点也没觉得职务晋升有多慢，相反，我很知足。一个农村孩子，能一步步走到军区机关，还成了团职干部，在我们村，貌似是最大的官了。用我老爸的话讲，这已经光宗耀宗了，应该知足，更应该感恩，不管还能在部队干多久，都要好好干。否则，真对不起部队这么多年对我的教育培养。

我这不是闲扯，更不是说空话套话，而是发自肺腑的真心话。年初军区机关确定人员分流计划，我本来申请去石门，那里离我湖北老家更近一些。可营房部领导建议我来善后办，理由是我业务熟，掌握情况多，而需要善后办处理的军用土地比较多，我来善后办军事设施建设处工作更为合适。领导都这么讲了，我还能说什么呢？服从，绝对服从！这不是什么高风亮节，这是一名军人应有的素质和觉悟。服从命令、听从指挥从来都不是一句空话，体现在我们的一言一行中，更体现在我们对待改革的态度上。

到善后办报到没几天，当各级移交上来的军用土地历史遗留问题摆在我面前时，我真的有些发懵。历史遗留问题太多了，并且解决起来一个比一个棘手，很多问题遗留了数年到数十年不等，绝大多数涉及军地民三方，有的涉及部门多达十几个。面对这个烂摊子，真不知从何处入手。遇到困难就退缩？就撂挑子不干？当然不能！既然决定来善后办，就已经做好攻坚克难的思想准备。刚才周干事讲善后不是落后，盛副主任讲善后不能滞后，我也加一句，善后就是殿后，也可以讲是殿后。此话怎么讲？说到底，我们善后办就是负责处理原军区机关和部队遗留下来的疑难杂症，是为改革抄底，是为新组建部队兜底，就像战争时期部队搞战略性撤退，大部队在前面奔袭，负责断后的分队在后面阻击敌人。

善后就是殿后，善后就是断后，这后应该怎么断？无外乎两条：一要立断。看准的事，抓紧处理。善后办是临时性机构，随着改革的结束将自动完成使命而退出历史舞台，所以善后工作更要把党性摆在前面，像服从作战命令一样服从组织安排，像执行作战任务一样抓好善后各项工作落实，用牺牲奉献浇灌“改革之花”。二要善断。在各项工作推进上，要转变依上靠下的观念，树立以我为主、主动作为的新理念。善后办上面直接对军委，下面直接对着具体工作、具体问题，要主动作为、不等不靠。

来善后办工作这几个月，我们大家都有一个感受，就是善后工作千头万绪、棘手问题扎堆。作为军人，作为专司善后工作的军人，越是急难险重时刻，我们越应该呼唤和强化担当精神，不仅要把军区机关的好作风、好传统继承好，还要付出比在军区机关工作时更多的激情和精力。有的同志讲，善后办从成立第一天开始就进入倒计时，这是回避不了的事实。既然如此，我们善后办的同志就应该树立强烈的倒计时意识，一切往前赶、往实里抓，以时不我待的劲头做好分内工作。

我们联勤部政治部干部处有一名干事，调整到善后办军事组部队管理处当参谋。他刚来善后办报到，就连着值了七天班；值完班，又连续半个月下部队组织安全工作大检查，不到一个月，体重降了十来斤。他说，本以为来了善后办会轻松些，没想到这里节奏更快、标准更高、要求更严！

周干事，给首长准备材料时，你不妨把我们讲的这些观点揉进去。你也应该听出来了，无论是第一个发言的盛副主任，还是我高晓军，包括马上要发言的何干事和黄副处长，大家都认真做了准备。善后不落后，善后不滞后，善后即殿后，我们是这么讲的，更是这么做的。我这是表扬和自我表扬相结合，有点自夸了，呵呵，就此打住。

八十四

我跟周干事还真是不熟，但听我们纪检部干事谢永华提起过你，对，他去邕城了。永华讲，周干事材料写得好，文学造诣也很高，尤其写报告文学很有一套，还在全国获过奖。周干事，先为你点个赞。

老周，刚才你唠到我的职务，说我进步快。嘿嘿，这个我不否认。但我要声明，我何忠华高中毕业考入军校，毕业后从边防连队的排长干起，一直干到正团，每晋一职都符合规定。去年全军搞干部工作大检查，我们纪检部领导还担心我会是被查纠的对象，结果一点问题也没有。呵呵，不是我工作干得多出色，而是一直有贵人相助，有领导赏识，有同事支持。

我得承认，我不是主动要求来善后办的。我的第一选择，是申请去邕城。老哥们别笑话我，受小学语文书中那篇课文的影响，我从小就特别向往桂林山水。结婚那年，我和妻子外出旅游，第一站就去了桂林，去了漓江。那地方真美啊，去了还想去。所以，年初军区机关征求个人去向意愿时，邕城成了我的首选。但这只是一厢情愿，干部部门一沟通，人家那边不要正团，只要副团以下干部。这个门槛一设，我的邕城之梦做到了头。后来，我又改报其他几个战区陆军机关，都没能如愿。算是没有办法，我来到善后办纪检信访处工作。

已经基本结束的上一轮改革，我们军区政治部纪检部被完全打烂，新组建的战区机关也好，善后办也罢，都没有编设纪检局或纪检处，目前我所在的纪检信访处是个编外机构。我们纪检部的同事各奔东西，有去榕城的，有去邕城的，泉城和石门也有我们的兄弟，咱们军区善后办更不用说了，一下来了七个人，一个师职，四个团职，两个营职。这当中，除了两个营职干部，其他五个都是没办法才来的。这个没什么好避讳的，实际情况就是这样。

在上一轮改革中，我们纪检部受到的冲击应该最大。改革开始前，从军委总部到军区，各级都在讲，说纪检部不用担心分流，人员只增不减。结果呢，全军纪检部门的总体编制是增加了，军委纪委也由虚设改为实体，编制多了不少，但军委纪委机关多出来的编制只接收原四总部编余干部，各大军区纪检部的人员一个不要。当时，各大军区纪检部门的同志都不理解，认为相关决策不太妥当。听说某军区纪检部一位无处可去的处长想不通，给他熟悉的原总政纪检部一位领导打电话，说他们不为下面的兄弟考虑，调整改革的前三年逼着各大军区纪检部的同志不是查案子就是搞明察暗访，要么就是配合军委开展巡视工作，得罪人的活全让各大单位纪检部的同志们干了，一改革，不管这帮兄弟了。据说那位处长当时很激动，说你们这是过河拆桥，是卸磨杀驴……呵呵，这只是据说，没有论证，大家伙就当故事听，不要较真。

是的，当时我们都不理解，我们纪检部的兄弟们都很失落。但通过搞教育，经过这么一段时间沉淀和思考，心中那些不满，那些疙瘩，全都没有了。改革的实质之一就是利益再调整再分配，改革总得有人作出牺牲，任何部门都有可能，纪检部门自然不能例外。想开了，心里也就释然了，当兵服役，只要军装在身，在哪干都是保家卫国。

前面我谈到了，我所在的这个纪检信访处是非编单位，咱们善后办的编制表上没有纪检处，各大军区善后办都是这个情况。没有纪检部门编制，但纪检工作还得有人干，尤其是善后办，接收了不少原军区纪委移交的问题线索，有的还是军委纪委转办的，减存量的任务很重。在下一步调整改革过程中，肯定还会发生这样那样的违规违纪问题，善后办领导管理的部队那么多，怎么可能不出一点问题？所以我认为，善后办首长决定成立纪检信访处是一个正确的决定，是工作需要，是对善后工作高度负责的表现。

至于怎么做好善后工作？我的看法两句话，八个字：法纪当头，善始善终。善后工作不是改革的最前沿，而是大后方。虽然不在改革的闪光灯下，但善后工作的成效事关人心向背和国家、军队利益，必须始终高举法纪戒尺，让善后工作合规合法、有序有效。就拿咱们军区善后办系统来讲，点多、面广、线长，小散远单位多、历史遗留问题多、编余干部多，工作难度可想而知。这种情况下，必须坚决执行各项改革命令和法规制度，严禁趁改革整编之际突击提拔调整干部、突击花钱，严禁私自处理军产物资中饱私囊，等等。而这，恰恰是我们善后纪检信访处的职责和使命所在。

八十五

不容易啊，终于轮到我黄学军发言了。周大干事，周牧仁同志，别嬉皮笑脸好不好？咱俩熟，也不能乱喊外号吧？黄协军？哈哈，算你小子狠，竟然给我了取了这么一个历史悠久的诨名。你小子别得意，就你那名字，也不那么中听。大伙伙听一听，周牧仁，周母人，原来龟儿子取了个婆娘名字，这也太恶搞了吧？哈哈，母人同志，我是该喊你老弟呢，还是喊你老妹？让兄弟几个见笑了，我和周干事相识多年，都爱开玩笑，只要在一起，就是互损不断。幸好今天善后办首长没来参加座谈会，要不，咱们哪能唠得这么开心和尽兴？

逗乐子归逗乐子，正事还得办。周大干事，昨天接到你的座谈通知，我是高度重视，一夜都没睡踏实，总在琢磨谈点啥。哈哈，不信？不信拉倒，反正我是准备给周副政委汇报的，你小子信与不信都没关系。怎么保证善后工作高效落实？我讲三句话，二十四个字：善后光荣，担当为先；迎难而上，主动作为；善做嫁衣，甘于奉献。

先谈第一句话：善后光荣，担当为先。这个刚才兄弟们都谈到了，撤销军区，挥别过去，是为了强军再出发；组建善后办，专治疑难杂症，是为了改革勇向前。善后办虽然不在军队改革建设第一线，但前面连着千军万马，后面连着千家万户，担负的任务与改革建设全局息息相关；虽然这是一个临时性机构，但必须对部队长远建设、对军区部队的光荣历史负起应有的责任。这是我们善后人的使命，我们必须只争朝夕工作，解除官兵后顾之忧，积极为改革强军的伟大实践服务，让整个军队改革有序转承、平稳过渡、系统推进。

迎难而上，主动作为。这个好理解，就是要像咱们军区善后办首长强调的那样，人人比忠诚、比作为、比贡献，人人当好第一责任人，人人守好最后一道关，把压力当动力，把攻坚克难当使命，把善后工作这个“夕阳工程”干成“朝阳产业”！举个例子，咱们善后办军事组装备管理处龚副处长不知大家是否熟悉，他原来是军区装备部机关的处长，到善后办工作后，发现接管的仓库里存放大量弹药物资。一旦有战事，这些弹药物资到底该发给谁？上级没有明确规定。本着为历史负责、为战斗力负责的原则，龚副处长第一时间逐级报告，并全力做好协调沟通工作。很快，咱们善后办及时与战区和战区陆军建立了协调机制，有效解决了这一问题。

最后一条，善做嫁衣，甘于奉献。善后办的一项重要任务，就是把原军区机关、相关部队遗留下来的各种包袱、隐患、负担都处理好、消化掉，让新组建的战区和其他部队集中精力谋打赢、练打赢，可以说，把这项工作做好了，就是最大的政绩、最大的担当，就是对推进改革强军战略作出的巨大贡献。我们联勤部机关有名二级部部长，今年五十三岁，已经接近最高服役年限，现在是咱们善后保障组副组长。到善后办报到时，他是带着该部十二个历史遗留问题来到善后办的。报到后第二天，他就辗转二十多个小时与相关部门交涉。这位领导讲：“时不我待啊，我希望这些困扰了部队多年的问题尽快得到彻底解决。”大家想一想，就他这岁数，工作不抓那么紧，谁能说他啥？那些历史遗留问题不解决，又能影响他啥？他为什么还要那么卖力地工作？我理解，就一个原因：尽自己的最大努力，在任内把该做能做的事情做好，少给后来人留下包袱和麻烦。

最后再补充一点，咱们军区善后办虽然级别不低，副大军区级单位，可机关小、人员少，集服务、解难、协调、管理多重职责于一身，且直接面对一线单位，工作指导上横宽纵短，必须转变职能、作风和工作方式。特别是我们这些原军区机关来的同志，到了善后办，就要有善后办的思维，一定要真正把角色转换过来，包括思想观念、工作方式，都要从“指挥员”转换到“服务员”上来。具体讲，角色定位由“靠前”向“殿后”转变，工作重心由“打仗”向“保障”转变，指导方式由“宏观”向“具体”转变。只有找准了自身的定位，思考筹划工作方向与准星才不跑偏，善后工作才不会满后，更不会滞后。

尾声：小巷春秋

第十八章　我们的九如巷，我们的子弟兵

八十六

哥几个，还有洪梅妹子，别客气，上手整啊。我知道我周老弟喜欢吃酱猪手，让我老婆新烀的，趁热，每人先整一个，垫吧垫吧，咱们先唠唠嗑，等你们嫂子把饭菜弄齐，咱们再开喝。嗯，新烀的猪手就是香，不瞒你们，我也好这口，前些年，一口气能整仨。如今岁数大了，牙口不好了，胃口更是大不如从前，岁月不饶人，不服老不行啊。哈哈，洪梅妹子说得对，我马大奎都当爷爷了，大孙女今年九月份上小学，小孙子眼看不就满月了嘛，我是该老了，再不老，就成老妖怪了。

时间真不抗混啊，一九九五年冬天，在我一个亲戚的推荐下，我从盛天郊区农村来到城里当环卫工人，一来就分到九如巷，负责这条巷子及附近两条小巷的清扫工作，一干就是二十二年。那时，我才三十四岁，儿子还在念小学，一转眼，我奔六十去了，

儿子也早已结婚，我也有了两个可爱的孙儿。你们老嫂子也是环卫工人，但不在九如巷，她在斗姆官那边。今天为了招待大伙儿，我们老两口都请了假。

今天我请来的可全是贵宾，都是我马大奎在九如巷当环卫工人二十多年结识的最好朋友。王富贵王大爷是咱们九如巷的元老，二十来岁就到部队家属院当门卫，岁数大了之后改为打更，七十出头了，仍然不肯休息，还说只要让他守在部队家属院干活，一分报酬不给都行。王大爷对部队感情深，对我们这些最底层的老百姓同样很照顾，这么些年，王大爷家的饭我没少吃，热开水没少喝，这么大的恩情，我马大奎一辈子也回报不完。

冯峰这小伙子更是没得说，别看他岁数不大，但作为咱们九如巷唯一一家真皮制品美容中心的少东家，把老冯打拼多年的基础上，小伙子推出了一系列新服务，生意越做越红火，在一环边上买了商品房，买了轿车，还娶了一个漂亮的城里媳妇，后生可畏啊。

张有福老弟的情况有点特殊，先天性耳聋，说话也不利索，但张老弟聪明得很，他只需看我们这些正常人的口型，就知道我们在说什么。他那个修鞋铺生意也不赖，回头客很多。

洪梅妹子就不用我多讲了，咱们九如巷的美女理发师，部队官兵最信赖的美发大师，听说不少部队小伙结婚，只要是在盛天办婚礼，都会找洪梅妹子给做头型。

你们四个，这些年对我马大奎不是一般地好，真心感谢你们，谢谢！

王大爷，张老弟，冯老弟，还有洪梅妹子，这位叫周牧仁，军区联勤部政治部宣传处干事，团级干部，听说和副县长一个级别。算上我家老婆子，我们这里七个人，就数我周老弟官大，并且是唯一一个当官的。不过不用担心，我这个老弟，一点官架子都没有，对我们这些平头百姓好得很，要不然，我一个扫地的，也不可能跟他处得这么铁。

呵呵，你们都认识周老弟？他还经常去洪梅妹子店里理发？小冯的真皮制品美容中心也光顾过？有福老弟，你别告诉我周老弟经常去那里修鞋？我靠，还真去啊！王大爷，您就别说了，您在部队家属院看院打更，周老弟他们家就在那个院里，你们两个肯定熟悉。哈哈，看来周老弟的人缘不是一般的好，那么是相当的好！我也是多此一举，还想来个重点介绍啥的，多余了。

我看菜上得差不多了，咱们开整？周老弟一会儿还要去单位加班整什么材料，咱们少喝点，一人先来一瓶老雪。在盛天喝啤酒，就得喝地产酒老雪花，量足，劲大，省钱，物美价廉，口感不错，喝起来得劲儿。

要我说，当兵的真不容易，跟我们环卫工人一样，没个节假日，几乎每天都要早出晚归，还经常熬夜加班。你们瞅瞅周老弟这脸色，灰不拉叽的，一看最近熬夜熬得厉害。来来来，把酒倒上，对，就用碗。先一起干一碗？！中心意思只有一个，感谢大家伙儿这些年对我马大奎的关心、爱护和帮助。走一个！洪梅妹子，你行不行啊？不行就别强撑，你是女士，就算一口不喝，我们这些大老爷们儿也不能说啥。还真干了？厉害！看来那句话说得没错，在酒桌上，女人只要肯端杯，千万不要轻视，否则会死得很惨。哥几个，咱们可得小心点，千万别被洪梅妹子给灌趴下了。

这第二碗酒，我单敬一下我周老弟。我干了，你随意，你还要去加班，部队上的事都是大事，万万耽误不得。敬酒之前，容我表扬表扬周老弟。这个老弟，别看是个四川人，但无论是性格秉性还是为人处世，跟我们东北人特别像，耿直，真诚，直性，并且对人特别好，不管是当官的还是平头百姓，他都用心去处，用心去结交，从不摆官架子，也从不做作。跟周老弟相处，特别让人舒服。上个月，我小孙子出生后，想到周老弟经常写文章，是个文化人，我求他帮忙给孩子取个好名字。周老弟当时不高兴了：“马大哥，怎么叫求呢？你叫老弟怎么做人？求啥？直接吩咐得了。给孩子取名是大事，我在这方面也不在行，但我可以找人帮忙，保准让你满意。”周老弟说到做到，硬是通过他的朋友，找了一个很有名气的大师，专门给人取名那种，据说收费还挺高。大师给我孙子取的名字，我们全家都很满意，问周老弟要交多少钱，他说一分钱不用给，朋友托朋友，一句话的事，要钱就不是朋友了。

周老弟最让我感动的，还不是这个，而是他对我们这些普通劳动群众的那份发自内心的尊重。有空的时候，他经常帮我拾捡九如巷里的垃圾，下雪的时候还帮我扫雪，遇到对我们环卫工人不那么礼貌的家伙，他会站出来跟人家理论。刚认识他那年，有一天早上，我们两个站在九如巷东头的马路牙子上闲聊，正唠得火热，过来两个二十来岁的年轻小伙，染着红头发，一边嚼着口香糖，一边吹着口哨。路过我身旁的时候，有个小伙故意把嚼过的口香糖吐到我跟前，还挑衅似朝我翻白眼，继而一阵怪笑。我当然很气愤，但我能做什么呢？骂他一顿？没必要，遇到这样的人，你越跟他较真，他越来劲，就当他是空气好了。没想到周老弟却不干了，先大喝一声“你想干什么？”继而一把薅住那个年轻人的脖领，要求他亲自把吐在地上的口香糖捡起来扔进垃圾箱，并且向我道歉。两个红毛小子有些意外，也想反抗，但最终还是被周老弟的凛然正气给震住了……

八十七

可能是在九如巷待的时间长了，可能是经常与军区联勤部的官兵打交道，可能是我一直在部队家属院当门卫和打更，反正我王富贵对部队一直抱有好感，对部队官兵也充满感情，在我眼里，他们就像我的家人一样，让我挂念，叫我放不下。那些小战士，十八九岁，脸上的稚气还没褪尽，在家里饭来张口衣来伸手，到了部队，经过新兵连那么一磨炼，一个个全懂事了，什么苦都能吃，什么活都能干，其中有些小兵，比我孙子岁数还小，看他们那么辛苦地训练、站岗、干活，有时候看着真是心疼。

刚才大奎讲了，我舍不得离开部队，想一直在部队家属院干下去，一直干到干不动为止。过了今年，我就七十周岁了，早就应该回家享清福，可我真已习惯了跟部队在一起的生活。联勤部机关干部来来回回换，警卫连、汽车队的战士也换了很多茬，包括部队家属院那些住户，也不知换了多少批。

铁打营盘流水的兵，部队就是这样，谁也不可能在同一个单位长期工作下去。据我了解的情况，在联勤部机关工作时间最长的，是一个二级部的副部长，正连职进联勤部机关，一直干到副师职，整整干了二十四年，后来到下面军分区当司令员去了。但这毕竟是少数中的少数，例外中的例外，对联勤部机关的大多数人而言，到这里工作个六七年，最多十来年，要么调到别的部队，要么转业回到地方，反正早早晚晚，最后都得离开部队，离开九如巷。

九如巷与其说部队驻地，是部队官兵的九如巷，不如说是我们老百姓的九如巷。大伙儿想一想，盛天军区联勤部在九如巷存在好几十年，当然包括之前的军区后勤部，官兵每年都在换，这么多年换了多少？肯定是个很大的数字。这么多干部战士，有几个能长期待在九如巷？屈指可数。倒是像我和大奎这样的平民百姓，扫大街的也好，打更的也罢，单凭一件工作，我们就可以在九如巷干一辈子。所以说，当兵不容易，也很辛苦，四海为家，居无定所，只要还穿着军装，就很难过上安稳舒适的日子。他们为了谁？还不是为了国家，还不是为了让我们这些老百姓生活得平安幸福？单凭这一点，我们就应该对军人好一些。来，借大奎的酒，我们一起敬一下小周，敬一下我们最可爱的人。

跟小周，我熟得很。他调到联勤部机关时，住在九如巷西头那栋弃用多年的将军楼里。那房子，外表看还可以，别墅一样，独立小院，可里面破得不行。原来当然不错，军职干部的公寓，可后来地方政府在这栋房子后面盖了一栋高层，把阳光挡得死死的，就没将军愿意住了。小周来报到前，赶上联勤部机关单身宿舍不够用，营房部门安排人简单粉刷了一下，便让小周和新调来的几个年轻人住了进去。按照领导的安排，这个将军楼虽然不在我管理的部队家属院里，但仍然由我照看。这样一来，我和小周就有了经常接触的机会。

小周爱开玩笑，并且快言快语，给我的第一印象就很好。一段时间接触下来，我发现这个小伙心地善良，对人真诚，心里老想着别人。那栋弃用的将军楼不是有个小院嘛，里面有一小块菜地，我看闲着也是闲着，便在地里种了一些草莓和小柿子，偶尔去锄锄草、浇浇水。每每这种时候，只要被小周遇上了，他准会过来帮忙，其他几个单身干部就没有这样的举动。草莓和柿子成熟后，那几个年轻人只管默默享用，熟一个摘一个，摘一个吃一个，从不顾及别人。小周和他们不一样，总是想到我，不止一次专门往我家里送采摘和清洗好的草莓和小柿子。我说："那点水果，种出来就是给大伙吃的，你就吃吧，不用给我送。"小周回答："这哪行？全是您的心血，要吃也得你先吃。"

后来，小周的爱人和儿子随军到盛天，在我打更的那个部队家属院分了一套营职公寓房。自从一家三口搬进来，每次和妻儿一起外出，路过门卫室时，小周在向我打招呼的同时，必然会要求他家儿子叫一声"王爷爷好"。从外面买水果回来，只要看到我，小周和她爱人都会习惯性拿几个让我尝尝鲜。这一家子，都是有教养、有修养的人啊。

我有个总体判断，联勤部机关的干部战士，包括部队家属和孩子，绝大部分都不错，都很有素质。我们那个部队家属院，清一色的公寓房，住户不停地换，今天张三搬进来，明天李四搬出去，来回交接房子和钥匙，很少发生扯皮吵架等鸡毛蒜皮的事。去年，小周调了副团，在另一个家属院分了一套团职房，他搬家的时候，我去帮忙，等一切收拾妥当，我让小周把房屋钥匙交给我，由我代交营房部门，小周说不急，他要把房子里里外外认真打扫一遍，还要检查一下水电设施有没有问题，如有毛病赶紧找人修好，再就是核实一下自来水、电、燃气有没有欠费，欠了一定要交上。我说有些人一搬了之，连屋里的垃圾都不收拾，你管那么多干啥？小周笑了，说别人是别人，他是他，他就习惯于这么做，好让下一个住户开开心心地住进来。

这就是我认识的小周，用心，细心，耐心，总为别人考虑。这可能跟军人的职业有关，他们平常想的、天天干的，都是事关主权和领土完整、事关国家和民族尊严的大事，养成了从大处着眼、从小处着手的工作和生活习惯。

八十八

首先，我得感谢马叔的盛情邀请。今天这场面不小，上有七十岁的王大爷，中间有跟副县长一个级别的周大哥，还有我张叔和洪姨。周大哥，你别见笑，他们四个都是我冯峰的长辈，就你比我大了不到六岁，只能委屈你一下，叫你一声哥。哈哈，这个真没办法，我倒想叫你一声解放军叔叔，可咱俩这岁数也没拉开呀，就算我敢叫，你也不敢答应不是？

我来九如巷的时间并不长，到今年十一月份，满打满算，也就八整年。王大爷，张叔，洪姨，还有周大哥，你们四个可能不知道，马叔跟我爸是发小，一个村长大的光屁股娃娃，进城也是前后脚的事。最先是马叔，他那个亲戚推荐他来九如巷当环卫工人，马叔干了一段时间，感觉城里挣钱的门道比较多，便把我爸给叫出来，先是摆地摊擦鞋、修鞋，有了一些回头客之后，再把我妈也叫来，一步步从地摊发展到门店。

高中毕业，我没考上理想中的大学，一气之下去了南方打工，还尝试开过小吃店，均没什么作为，期间老爸多次叫我回盛天和父母一起打理皮鞋美容店，我觉得这活儿不那么光彩，便一直没有应承。我二十七岁那年，我爸突然得了脑血栓，虽然抢救过来了，也没什么大碍，但右手、右脚都不那么利索了，单靠我妈一个人，皮鞋美容店难以为继。在这种背景下，我不得不子承父业。

干了这行才知道，只要肯付出，肯动脑筋，三百六十行，行行出状元。我先是从南方引进了两台比较先进的修鞋和清洗机器，除了修鞋擦鞋，开始做高档皮衣和其他真皮奢侈品清洗、修补业务，并利用网络开通微信平台，推出会员制，逐步把一个纯手工、作坊式的小店改造成了集自动化与信息化为一体、大众化与高档化相结合的现代小型企业。我那个真皮制品美容中心，门店面积由原来的二十平方米扩展到一百二十平方米，业务量成倍上升，外聘工作人员从无到有，发展到现在的三十多人。目前正准备开两家连锁店，总体看发展前景还不错。

应该说，是九如巷这个地方成全了我们家，是这个巷子里的驻军助推了我们家事业的发展，如果没有联勤部官兵最初的支持，很难想象我父母能在这里站住脚，而没有父母奠定的坚实基础，我后来的创新发展就无从谈起。所以，对部队，对军人，我冯峰发自内心的充满感激。

在我的印象里，军人都特别有素质，凡事讲道理，讲原则，讲规矩，从不乱来。我们搞服务行业的，经常会遇到一些刻意刁难的顾客，清洗个皮装，不是油打多了，就是亮光没有擦出来，要不就是动作慢了，反正毛病都在我们身上。他们这么做，用意倒不复杂，要么给他赔个小心，或是打个折，事情也就过去了。这跟钱挨不着，关键是烦人，让你心情极度不爽。军人就很少这样，他们不管来店里办什么业务，总是嘁哩喀喳，直奔主题，不言其他，事情一办完，立马付钱走人，很少有当兵的说这个不行那个不行。就算有时我们的服务做得不那么到位，甚至有那么一点点瑕疵，军人们大多一笑了之。

我跟周大哥认识，源于一次误会。有一天晚上，周大哥带他外地来的一个朋友来擦鞋，我们一个技师不小心，把鞋油擦了那位外地客人的白裤子上。那哥们很不高兴，当场发起飙来，要求服务员在他不脱换裤子的情况，马上把他的白裤子清洗干净，并且要赔钱，要道歉，三个条件，一个不能少。赔钱和道歉可以，按他的说法马上把白裤子洗干净，这个没那么容易。当时我不在店里，接到电话后急匆匆地赶回来，以为要费些口舌，进店一看，那哥们的情绪已经平复，正和周大哥品茶闲聊。一问，才知道是周大哥说服了他的朋友，让他不要为难服务员，说干啥都不容易，要互相体谅，尤其是体谅像擦鞋技师这样的普通劳动者……

周大哥的这一做法，让我很是感慨。加上之前对军人的良好印象，第二天，我们店专门出台了一条针对军人的优惠政策：只要是现役军人，凭军官证或士兵证，无论是修鞋擦鞋还是办理其他相关业务，一律八折优惠。我们还有一条不成文的规定，只要是九如巷驻军的官兵，包括能够证明真实身份的军人家属，比如王大爷确认就可以，哪怕没忘了带钱，该修鞋修鞋，该擦鞋擦鞋，该保养皮衣保养皮衣，可以挂账，可以赊欠，甚至可以免单。

得知只针对军人的优惠措施，地方上的一些顾客很羡慕，提出既然都是顾客，顾客又都是上帝，为什么他们就不能享受同样的待遇？我告诉他们：等你们或你们的孩子入伍当兵，那些优惠政策对你们同样有效，但在这之前，请免开尊口。

在我的店里，军人优先压根儿就不是个问题。顾客多的时候，如果进来一位军人，穿不穿军装都行，一旦确定他的军人身份，在服务顺序上，我们都会优先安排。偶尔也有顾客不满，说都是花钱，并且军人有优惠政策，花钱得比地方人员少，为啥还要优先服务？我的标准答案是这样的：“保卫我们安宁的这支军队，是人民的军队；这支军队里的军人，是人民子弟兵；我们老百姓就是人民，人民子弟兵就是我们老百姓的子弟兵。抢险救灾的时候，战争爆发的时候，别人都在后撤，我们的子弟兵却逆着人流往前冲锋的时候，你怎么不问同样问题？你怎么不说军人凭啥优先？”

八十九

哥几个，洪梅妹子，老张跟我比画半天了，说今天这个聚会很不容易，也很有纪念意义，他也想说点心里话。要不这样，有福打手语，我来同步口译。嘿嘿，别看我马大奎读书不多，但还不算太笨，特别是经常和有福闲聊，他想用手语表达的意思，我能猜个八九不离十。这跟学没学过、专不专业无关，关键是我们哥俩能唠到一块，心有灵犀一点通，只要用心真心，跟聋哑朋友交流，并没有想象中那么难。老张，咱们开始？

“马大哥，洪梅姐，周老弟，还有冯小弟，我张有福虽然听不见，也说不出话来，可我心里明亮着哩，咱们九如巷发生的大事小情，一件也瞒不过我。我真不是吹牛，我一个聋哑人，也没办法吹牛。比如，今年一月份以来，部队搞改革，联勤部机关和九如巷其他部队都不太平静啊。尤其是一月中旬到春节前后那段时间，我看那些当兵的，一个个心事重重。包括周老弟，元旦那天陪弟妹来我的修鞋铺换高跟鞋后跟，两口子还在讨论何去何从。周老弟，你确定去哪了？暂时借调到善后办了？还好，还在盛天，离咱们九如巷也不远，有空多回九如巷转一转，兄弟们都会想你的。

洪梅姐，你就取别笑了，我知道你喜欢当兵的，当年还差点嫁给军人。你那个理发店，本来就是为咱们九如巷的部队开的嘛，没有联勤部机关，没有这些部队，你那个理发店怕是早就关门了。哈哈，又惹你生气了？不是故意的，是有意的。其实，不只是你的理发店，九如巷的这些店铺，都是靠部队支撑起来的，如果这些部队都撤掉了，咱们这些人不一定都下岗，至少日子没有现在这么滋润。周老弟他们这些当兵的，经常讲老百姓是子弟兵的衣食父母，照我看，对九如巷包括我在内的开店铺的人而言，部队官兵同样是我们的生活依靠。军民鱼水情，鱼儿离不开水，水离开鱼儿就是死水一潭，军民团结互助、共谋发展，才是真正的军民一家亲啊。

在九如巷的那些店铺里，我的情况可能是最为特殊的。我生下来就听不见，语言表达能力相应得不到开发；我爱人的情况稍好一些，有一点听力，但说话基本上不行，呜里哇啦的，只有我知道她在说些什么。我是个要强的人，相信身残志坚，愿意自力更生，我十八岁开始开那家修鞋铺，至今我们家从没申请过低保，自个儿能养活自个儿，为啥要给政府、给社会添麻烦呢？低保那点钱，就给那些生活不能自理的重度残疾人吧。

我家那个修鞋铺，确实是部队上的人给支撑起来的。冯老弟的父亲来九如巷摆地摊擦鞋之前，无论是修鞋还是擦鞋，不管是后来的联勤部还是之前的后勤部，也不管是官还是兵，包括部队家属院那些好心人，几乎都来照顾我的生意。即便是冯老弟家的真皮制品美容中心越开越好、越开越大之后，部队上的人，尤其是那些岁数大一些的，仍然喜欢上我的铺子上来。我知道，他们不是不需要更好更优质的服务，他们是偏爱我关照我，怕我这个聋哑朋友没有饭吃。包括那些年轻的小战士，手里有喝剩的饮料瓶，或是单位有废弃的纸壳等，他们都会主动免费地拿来给我，让我拿去卖点钱补贴家用。

哥几个是知道的，我儿子身心健康，能说会道，并且懂事争气，从小学习好，目前在同济大学读大三，正是花钱的时候，我们两口子光靠修鞋擦鞋肯定应付不过来，必须多想点法子，尽可能地多挣点钱。所以，除了修鞋擦鞋，我还做一些像是换玻璃、换窗纱方面的小营生。由于语言交流不是很方便，地方上的人，很少找我换玻璃和窗纱，倒是部队上的兄弟，能找我不找别人，哪怕我的活慢一点，他们大都找我去干。包括去年夏天，联勤部整修一栋旧楼，临时充当单身干部宿舍，所有换玻璃的活，还有新安装的纱窗，他们都交给我来做。之所以会这样，我也考虑过，一来是照顾我，让我挣点钱供儿子读书；二来这些年我干活从来不糊弄事，特别是给部队和军人家里干活，每次都是打起十二分的精神，付出十二分的努力，精益求精，好上加好，但凡自己不满意的，坚决不拿出去应付差事。我想，人和人之间交往是相互的，你敬我一尺，我还你一丈；地方和部队交往，老百姓和军人交往，更要做到坦诚相待，决不能搞虚头巴脑那一套。

这次部队改革，咱们九如巷的军人走了不少，听说下一步还要裁减。军队改革是国家大事，是为了让部队将来更好地保家卫国，这个道理我懂，也不会自不量力地评头论足。但说句心里话，当觉察到九如巷里那些熟悉的军人面孔越来越少，当知道部队改革还要继续下去，心里还真有些不舍。

就在上周日，中午一点多钟，我正在吃妻子送来的饺子，修鞋铺来了一个四十岁上下的男子，瘦高个，平头，穿一身运动服，一看就是个当兵的。我比画着问他还在不在九如巷，他说调到泉城去了，周五晚上轮休，周日下午坐火车赶回去上班。我伸出大拇指，表示你辛苦了。他连连摆手，说好多战友都这样，还说部队就讲求服从大局、令行禁止，为了国家，为了军队，个人吃再多的苦都是值得的。

以前听到这种话，我会以为他是在讲大道理，在说冠冕堂皇的大话套话空话。可那天中午，不知怎么的，我觉得他讲得很真诚，讲的都是心里话。是啊，军人讲求服从命令，一声令下，他们有得选吗？没得选。来，我代表九如巷的老百姓敬碗酒，专门敬周老弟和你的战友们……”

九十

有福这小子，看起来忠厚老实，没想到思想那么复杂。我洪梅喜欢当兵的，我还差点嫁给军人？混小子，这话谁告诉你的？还笑，胡乱猜测！我对当兵的客气一点，热情一点，就说明我喜欢当兵的？就算喜欢，跟嫁不嫁不挨边嘛。哈哈，你别紧张，其实还真被你说中了。我十五岁那年，初中还没毕业，就因为早恋被学校开除了，父母拿我没办法，人找人，人托人，把我送到九如巷当年唯一那家理发店，对，大致就是现在迎驾阁后身那家茶楼的位置，当时是一排小平房，后来市政府搞开发，才盖了那栋七层高的楼房。刚到九如巷，我的眼睛全绿了。呵呵，为啥？满巷子全是当兵的啊。我喜欢兵哥哥，打心眼里喜欢！没什么理由，就是喜欢！好多女孩都有兵哥哥情结，只是我比较强烈和持久罢了。

因为喜欢和军人打交道，我在那家理发店学得很认真，大概两年功夫，成为师傅最得意的门生。后来，因为那栋平房拆迁，师傅去了另一个区发展，临走之前，他帮我租了现在那间房子，鼓励我开了一家小理发店。我这个人随遇而安，没什么大的追求，对金钱也没有太强烈的欲望，够吃够喝够养家糊口就行。所以这些年，二十七八年过去了，我一直窝在九如巷那家小理发店里没挪地方，包括和我老公结婚后，我俩奋斗了将近二十年，终于在九如巷东头南面的小区里贷款买了一套两室一厅的房子，在九如巷安了家。我是真喜欢这条巷子，真喜欢这个巷子里的军人。此生无缘嫁给军人，一辈子在这里为军人理发，为军人服务，也算是我的偏得和福气吧。

在九如巷开了这么多年的理发店，不管是叫后勤部的那些年，还是改称联勤部的这些年，包括现在联勤部即将面临整编，也不管联勤部里的军人怎么换来换去，我那个理发店，始终非常受那些干部战士的好评和欢迎。这些当兵的，最短的连续在我店里理发一两年，最久的长达二十四年，对，就是王大爷讲的那个师职干部。他们当中的不少人，为了方便理发，干脆往我那里预存理发费，一次最少二百元，我也给他们打折，理六次免费送一次。他们非常信任我，预交了费用，既不要求我给开收据，也不要什么会员卡，我找个本子随便一记，理一次发登记一次，过段时间，我说还剩几次就是几次，他们不会去翻本子，更不会跟我计较有没有记错。呵呵，兄弟们这么信任我，我怎么可能搞小动作？那样做，我洪梅还怎么在九如巷混？还怎么面对那些可爱的兵哥哥？这种事，打死我都不会做。

这次部队改革，吵吵了挺长时间，一直到今年一月份才开始动真格的。联勤部那些兵哥哥真不容易，特别是那些干部，几乎每个人都面临走还是留的考验。他们以前都是下面部队的，好不容易调到军区机关来，有的费了好大劲才把家属的工作办好，有的刚刚稳定下来，好日子还没开始哩，部队改革了，又要和老婆孩子分开，那种滋味，想一想都觉得不好受。尽管各有各的想法，但这些兵哥哥真的很了不起，没有一个不服从安排的，让去外地就去外地，让转业就转业，换成我们地方老百姓，能这么听话？怕是有点困难。

我的军人顾客中，有一个处长，江西九江人，姓林。机关分流时，他申请去榕城，可那边领导岗位满编，组织上安排他去了石门。去年六月份吧，林处长在我店里预存了两百块钱，可以理发十二次。他有个习惯，每月理一次发，两百块钱刚好可以理一

年，加上免费送的，还多出两次。今年一月份，他去石门报到之前到我店里剪头，说去了外地，以后理发就不方便了。我说把剩下的钱退回，他说不用，等他回盛天轮休，再到我店里理发。我以为他说着玩，没想到他是当真的，每个月回盛天轮休，他都来我店里理发，月月不落空。前天晚上吧，回盛天轮休的林处长又来店里理发，跟我开玩笑："洪姐，我到你店里理发，代价不菲啊，来回不是坐飞机就是坐火车，每次加起来好几百。"我也顺势逗乐子："要不这样，你把来回的路费给我，我去石门给你理发，还是老价钱，决不多收一分一厘。"

理发过程中闲聊，林处长讲，本来石门那边的新单位规定可以半月轮休一次，但来回路费报销不了，这是硬性政策，谁也没办法。考虑到成本问题，离石门远一些的，主动选择一月轮休一次。但即便如此，一年下来，轮休往返路费也不是个小数目，加上来来回回的其他开支，一年没有个两三万块钱，根本下不来。这笔开支，相对于以前在盛天工作和生活，属于额外多出来的开销，这对于整个家庭来说，确实存在不小的经济压力。我问林处长："就没别的办法？"林处长很无奈："至少目前没有。"哎，我们的子弟兵，我们的军人兄弟，为了国家牺牲小家，真是可亲可敬啊。

对了，周老弟，洪姐麻烦你个事呗。我女儿去年从师范大学毕业，目前在九如巷小学教英语，还是单身。你帮姐留意留意，看看联勤部机关和附近部队有没有合适的单身干部，未婚士官也行，只要人实诚踏实、积极向上就成。可能是受我影响，我姑娘多少也有点军人情结，听她意思，也乐意找个军人当老公。老弟，就算洪姐求你了，你当个事办，事成之后，我和你姐夫重重有谢。

第十九章　重整行装再出发

九十一

首长，我先自我介绍一下。我叫徐正飞，原盛天军区司令员部军训部正团职参谋，现任军区善后办军事组部队管理处正团职参谋。呵呵，是有点专业不对口，善后办像我这种情况不是个案。都是服从改革大局，都是革命工作需要，作为个人，我们没啥说的，让干啥就干啥，并且努力干好。

去年十一月份以来，对如何对待进退去留这个问题，党小组会上，支部党员大会上，包括军区机关组织的各种教育和体会交流，大会小会讲，翻来覆去讲，各种表态，各种要求，各种提示，应该说都很充分了。所以，昨天接到咱们军区善后办政工组宣保处周牧仁干事的电话通知，说周副政委要找几个同志搞个小型座谈，主题还是如何正确对待进退去留，当时我就问周干事："原军区机关四大部人员，除了联勤部主体没有动，司政装机关人员早就分流完毕，该留在战区的留在战区，该调走的调走，该转业的转业，该来善后办的来善后办，应该算是稳定了，怎么还要研究这个问题？"周干事很耐心，详细转述了首长的考虑和指示，强调前一阶段的人员分流还是暂时的，陆续还有人员调整，特别下一阶段改革调动后，善后办暂时负责领导管理的原军区联勤部机关，还有相当一部分官兵涉及工作调动、岗位调整甚至退出现役，所以，进退去留仍然是个回避不了现实问题，并且从更为宏大的视野看，从军队作为特殊武装集团担负的特殊任务看，需要不断地进行新陈代谢，不断地进行人员调整，从这个角度看，进退去留可以说是我们每名军人每时每刻都要认真思考和正确对待的人生课题。

首长的这些指示，直击我们这些善后办机关工作人员的思想困惑，很有针对性，也很有说服力。当时听周干事转述完首长对进退去留问题的看法，联想到自己经历和正在经历的事，我哑然失笑。回想最近几年，包括现在，我不真是一直都在经历进退去留的选择吗？

有人说，人这一生，是不断奋斗的一生，也是不断选择的一生。仔细想想，这种说法还真是在理儿。成人之前，几岁上幼儿园，几点睡觉吃饭，上什么样的学校，找什么样的工作，父母都在替我们作选择。那时，我们总想早点长大，早点脱离父母的管控，早点拥有选择自己中意的工作和生活方式的权力。等参加工作，真正步入成人社会，才知道这个权力并不那么好用，才明白选择并不是一件容易的事。五年前，当我副团满三年，领导正准备考虑提拔我当处长时，我遇到了有生以来最为艰难的一次选择：一边是生病需要贴身照顾的爱妻，一边是触手可及的晋职机会，我该何去何去？

那是二〇一一年二月，我任副团满三整年的当月，我们处长被提拔为某训练基地参谋长，处长位置空缺出来。当时，我不是处里任副团职时间最长的参谋，却是我们军训部公认的参谋尖子，是比较理想的处长人选。实际上，部领导早就跟我谈过，只要我本人不出什么状况，凭我的综合素质和在工作实践中的表现，当处长是早晚的事。这下机会来了，我也踌躇满志，自感在这次处长岗位的竞争中胜出机会很大。

人算不如天算，计划总没变化快。当民主测评、个别谈话、支部推荐等程序眼看就要进行完毕，我基本上被确定为接任处长的唯一人选，我们军区司令部党委正准备上会研究通过并上报政治机关时，我的初恋更是我决定一生深爱的妻子忽然被查出乳腺癌，并且病情比较危重，癌细胞已经有了扩散的迹象，必须立马进行手术，之后是长达一年半的住院治疗，这样基本上能治愈。妻子是我在重庆通信学院上学期间的军校同学，和我同岁，她是我爱上的第一个女孩，是我承诺要钟爱一生的女人。妻子患上重病，我痛苦极了，既想亲自照顾病重的爱人，又不想失去个人宝贵的发展进步机会。我该如何选择？连续三天晚上，我基本上没踏实睡过觉。

尽管我并没有提及可能晋职一事，妻子还是知道了。她在军区直属通信团工作，认识不少军区机关干部，很容易获知相关信息。丈夫要升职，妻子自然很高兴，叫我安安心心工作，不要牵挂她的病情，照顾她的任务，照料我们宝贝女儿的任务，一切交由她父母负责。岳父岳母也分别跟我讲，叮嘱我以工作为重，以事业为重，还说我妻子已经病成那样了，除了遵照医生的意见进行治疗别无他法，与其一家人都深陷其中，不如把我解放出来安安心心干事创业，这也是对家庭负责，是对妻女负责。

我得承认，妻子和岳父岳母说得很对，我按照他们的意见去办，没有人会说出什么。可是，我当初对妻子的承诺呢？我说过要爱她一辈子，说过在她最需要我的时候我一定陪在她身边。现在她得了重病，要做手术，要长期住院治疗，我不陪她，我去当我的处长，我能安心吗？不能！官可以不当，妻子却不能不管，一个男人的承诺更不能违背。思虑再三，我决定放弃提升处长的机会，请部领导考虑其他人选，并正式提交请假报告，请假一年半，全程贴身陪伴妻子，直到她基本康复出院。

对我的这一决定，领导和同事们都很震惊。当了解到相关情况，特别是获知我和妻子感情很深的细节后，他们都选择坚定地支持我。部领导亲自出面，帮我妻子联系军内最好的医院；没有人发动，军训部的同事们纷纷给我妻子捐款；军嫂们更是主动排好班次，轮流到医院照顾我妻子。考虑到我的实际情况，处长另选他人，但部领导同时也经过多方协调，给我解决了一个正团职参谋的职位。这一切，让我和妻子深受感动，也更加坚定了我们战胜病魔、早日康复、早日回归岗位努力工作回报组织、回报领导、回报战友们的决心信心。一年半后，妻子康复出院上班，我也回到军训部继续履行职责。

今年一月份，军区机关分流人员，考虑我妻子的身体比较虚弱，需要我在身边照顾，经征求本人意见，部领导优先把我推荐到善后办。如果我申请留在新组建的战区机关，同样没问题，但那里工作毕竟更为重要也更为忙碌一些，确实不能保证我抽出更出时间照料妻子。首长，真不是我徐正飞不思上进，家里这个情况，我不得不作出这样的选择。

到了善后办，我以为短时间内算是稳定了。哪知根本不是这样，有些事，总会出乎预料。首长，您应该知道了，有个战区陆军参谋部训练处缺编一个分管训练的副处长，刚开始配上了，人也到位了，可这位兄弟身体突然出了点状况，不适合继续工作，他们全军范围内找了一圈，没有找那些当过处长的，却相中了我这个正团职参谋。首长，说心里话，我真不想去，可我妻子反复劝我，说因为她的病情，已经耽误我了一回，这次好不容易有了当处领导的机会，并且还是熟悉的老本行，无论如何也不要放弃。为了打消我的顾虑，妻子申请病退，选择带着女儿跟我一起离开盛天，陪我到另外一座城市继续打拼。首长，面对组织和领导的信任信赖，面对妻子的理解支持，我还能怎样？愉快服从组织安排，重整行装再出发。

首长，这可能是我在咱们军区善后办参加的最后一次座谈会了。根据通知要求，明天下午，我将奔赴新的工作岗位。请首长放心，我一定牢记和传承咱们盛天军区的好传统，把咱们军区善后办的好作风发扬光大，力争不给老部队丢脸、多为军旗争光。

九十二

首长，我叫王峻岭，原军区政治部办公室政研办副师职研究员，今年四十八岁，前段时间选择自主择业。目前在哪创业？呵呵，暂时还是无业游民一个，正在琢磨干点啥。

对今天这个座谈会，来，还是不来，真还费了一番思量，特别是我爱人，坚决反对我来。她说："你都已经确定自主择业了，还跑去谈什么进退去留？你这不是多此一举吗？"我考虑再三，决定还是来，不为别的，就为咱们曾经是一名军人，是部队培养我从一个普通战士成长为副师职干部，对部队，咱要感恩，要一直心存感激。既然首长想到要找一个今年确定自主择业的干部参加座谈，一定是首长要了解我们这些人是怎么想的，以便有针对性地开展工作。这可关系到下步人员分流是否顺畅，关系到下一阶段改革能否顺利推进，大事中的大事，我能不来吗？必须来！首长，我爱人那番话，不会惹您生气吧？呵呵，女人么，头发长见识短，不跟她们计较。哈哈，周干事，在首长面前，我可不敢歧视妇女同胞，在其他场合也不敢。你小子，故意拿我开涮不是？首长，我和周干事是老相识，说话比较随便，让您见笑了。

如何正确对待进退去留，正如刚才徐参谋讲的，是个老话题，也是个常讲常新的话题。作为个人，怎样才能做到正确对待？关键是要有一个好心态，做到进不骄、退不馁、去不慌、留不怠。

何为进不骄？提职了，进步了，要不骄不躁。在部队干这么些年，我有一个体会，职务的晋升是个综合工程，不光需要较强的综合素质、良好的个人修为，更需要好的平台和机会；不光需要成长环境的公平、空间的充裕，更需要组织的培养和领导的赏识，这些要素，缺一不可。现实生活中，无论哪个单位，在职务晋升的通道上，总会偶尔出现一两匹黑马，表面看有些不合常理，但细细分析，人家并非不优秀，只是比较低调罢了。所以，受到重用的不一定是最优秀的，没能提拔的也并非受到不公对待，只是机遇不同、机缘各异罢了。

退不馁，这个比较好理解，无论是退休还是退役，包括转业，都不要气馁，不要灰心。脱下军装不是失落失意的开始，而是换种活法、拥抱生活的起点。至少在我看来，在部队工作了那么多年，在特殊的环境里压抑了那么久，终于转业了，终于自主择业了，终于可以睡到自然醒，可以自由支配时间，可以四处走一走看一看，可以尽情享受生活，多么美好的事情！比如我，半年之内不考虑找工作或创业的事，先出去旅游一圈，看看祖国的大好河山，把当兵这些年未了的心愿都了一了，然后再振作精神，力所能及地干一些有意义的事情。

去不慌和退不馁意思差不多，就不多说了。呵呵，周干事说得对，我这是职业习惯，在部队写了多年的材料，习惯于对仗，习惯于排比。这都是病，得治。小周同志，我有病，你有药吗？你也病得不轻？哈哈，那咱们是同病相怜。

首长，说到材料，我想多说两句。写了这么多年材料，我真不反感材料，但我总在想，我们写的那些材料，尤其是那些反复修改、总不定稿的讲话材料，真就那么重要吗？真需要没完没了地调整修改？如果是指导全局工作的重要文件，如果是部署重大任务的重要讲话，这个应该高度重视，需要逐字逐句地琢磨和修改，但那些一般性讲话材料，或是反映工作的经验做法，说清楚不就行了？非要精雕细琢，非要写出花来，有这个必要吗？在部队工作这些年，我从没听说哪一项工作是因为某个领导的某次讲话而得到极大的推动甚至取得极大的成效，从没听说过。呵呵，跑偏了，赶紧刹车。

留不怠这三个字，应该特别适合善后办的战友。善后办毕竟是个临时机构，存在也就那么几年，善后不溜边、不懈怠，把原军区遗留下来的历史问题解决好，就是对推动改革强军战略最大的贡献。首长，我就讲这么多，不对的地方，偏激的地方，请您批评指正。

九十三

这个小型座谈会，还真是名副其实。昨天，周干事给我打电话，说善后办周副政委要组织召开一个小规模的座谈会，我没问几个人，心想规模再小，不也得十个八个啊。来了一看，跟我预想的完全不同，算上首长，总共才五个人。看来，咱们军区善后办的作风还真是务实，不搞会海战术，需要谁来就让谁来。

首长，刚才老王说他情况比较特殊，是个退役干部。呵呵，我比他还特殊。怎么个特殊法？我吴亚平不仅是个转业待安置干部，还是在调整交流到别的战区军种机关后被安排转业的，并且这事压根就没征求我本人的意见，毫无预兆地就通知我转业走人。

年初军区机关分流人员，作为原军区司令部直工部组织处的正营职干事，我服从组织安排，离开盛天，对口去了某战区军种政治工作部组织处。呵呵，具体哪个单位就不说了，首长如果想知道，打听一下即可。对，我对这个单位的某些领导有意见，倒说不上强烈，也不可能写信告状或跑去上访，但有意见就是有意见，这没什么好回避的。

首长，我是怀着干一番事业的雄心壮志去的，到了新单位，我绝对是开足马力，毫无保留地贡献着我的微薄之力。不是我吴亚平自擂自夸，也不敢说在那个组织处干出多么大的成绩，但我绝对是处里面工作最积极、加班最多的那一个。我的想法很简单，既来之，则安之，换了新单位，就应该有新面貌，态度应该更积极，工作应该更努力，至于能否打开新局面、创出新作为，这事急不得，需要一步一步来。

春节后，干部转业工作开始了，每个处分了一个转业指标。消息传开，大家都不理解，我们从原各大军区机关分流到新组建单位，为的就是继续服役，继续为国防和军队建设作贡献，如果不是这样，谁也不会来。并且，当初是允许超编的，来了不几个月，还没定编下令哩，就要安排转业，这事怎么想都想不明白。针对这种较为普遍的思想反映，单位首长上台宣讲政策，各处室领导逐一找部属谈话，说年初那次人员分流，是先搬根板凳让大家坐下来，让人员思想不那么混乱，保证“脖子以上”的改革顺利推进。现在，新的军委机关、各大战区、各军种领导机关组建完毕并逐渐步入正轨，超编人员自然要逐步往下裁减。换而言之，年初是找根板凳让大家都坐下来，这次转业是让大家起立，再坐下的时候，有些人屁股底下的板凳可能就没有了，只能安排转业或是退役。

这么一做思想工作，大伙儿想通了，但都不想走，都不愿转业。像我们组织处，没有一个人主动提出转业。具体过程不知道，反正等到上报转业对象的前一天晚上，处长突然找到我，说经过综合衡量，觉得安排你转业最合适。我一时接受不了，问处长："我怎么最合适？是职务高没有发展空间，还是岁数大工作干劲不足，或者是我做人方面有什么硬伤？"处长一个也回答不上来，就说这是组织决定，作为党员干部，必须讲大局、听招呼、守纪律，不能给改革添乱。处长这帽子一扣，我还能说什么？再说就是不讲政治，是不守纪律和规矩，这么严重的错误，我哪敢犯？只能默默接受这从没想过的结果。

首长，我是咱们军区机关走出去的，回到盛天，包括今天来咱们军区善后办参加座谈会，我感到很亲切。虽然按照编制，我跟军区和军区善后办已经没什么关系了，我完全可以拒绝周干事的邀请，但我还是来了。当然，我也不是发牢骚来了，更不会请首长帮我主持公道，这种事，我吴亚平干不出来。

借此机会，也向首长汇报一下，经过这些天的自我开导，包括以前在军区工作的老领导、老同事、老大哥的开导，我对被安排转业一事，已经从想不通到想开，从不理解到理解，从不情愿到自愿。呵呵，事已至此，想不通又能怎么样？不情愿还能如何？与其自己想不通为难自己，不如想开了放过自己。转业就转业吧，我还年轻，又有在军区机关工作的经验，文字功底、协调能力都还不算差，抓紧学习，准备迎考，力争在地方组织的军转干部安置就业考试中考出好成绩，同时把面试的准备工作做充分，相信我一定会找到一个理想的工作岗位，到地方工作后一定保持在部队期间的状态和激情，争做一名踏实肯干、实绩突出的军队转业干部。

对了，老周，今天我来善后办参加座谈这事，你可要给我保密，尤其不要让我待了几个月的那个单位领导知道。他们知道了也没什么，主要是我不想让他们多想。既然已经想好要回地方好好发展，那就愉愉快快地走，曾经的抱怨，曾经的不满，都让它过去吧。真心希望留在部队的战友们都借好改革的东风，搭乘强军兴军的高速军列一路狂飙，干出一番业绩，替自己，也替我们这些壮志未酬的老兵实现那些平凡而又伟大的军旅梦想……

九十四

前些日子，首长给我们上党课时讲到，做善后工作的同志，工作上要讲效率，可以是暴风骤雨，但在为人处事方面态度要谦和，一定要和风细雨。首长这席话，让我周牧仁受益匪浅。扯远了？真不是忽悠领导，我说的是心里话。

徐参谋刚才讲，重整行装再出发；王干事和吴干事也表达了相同的意思。我赞成这个说法，这也符合我们今天座谈的主题。面对个人进退去留，不管是进是留，或者是退是去，都要有重整行装再出发的气魄，所不同的是，进和留的是重整戎装，退和去的重拾便装，就这么点小小的差别。

至于如何正确对待个人进退去留，怎么做到重整行装再出发，三位老战友谈了很好的观点和看法，到我这儿，真没有什么新认识，再谈就是重复。要不这样吧，我就不做无用功了，不再谈自己的感想，而是在三位发言的基础上，斗胆作个归纳和补充。重

点是处理好三个方面的关系：

一是戎装与便装的关系。那首歌唱得好："我是一个兵，来自老百姓"，我们穿着便装来到军营，成为一名光荣的解放军战士，当祖国和人民需要我们浴血疆场的时候，我们身着军装奔赴战场，用鲜血染红征衣，用牺牲书写忠诚；当军队改革需要我们退出现役的时候，我们脱下军装，换上便装，重新回归老百姓的生活。除了战死沙场的将士，还有牺牲在训练场演习场和抢险救灾现场的烈士，只要是活着的军人，都有脱下军装换上便装的那一天，谁都躲不过去。所以，当脱下军装的这一天真的来临，我们应当坦然处之，把对军装的那份不舍默默地埋藏在内心深处，把对军营生活的留恋镌刻在脑海里。

二是尽忠与尽孝的关系。相当长的一段时间里，我们部队的各级领导强调为国尽忠多，总结宣扬的先进典型，也大多是只要工作不要家庭、只忙于事业没时间孝敬父母的老黄牛。这无疑是对的，至今仍然需要弘扬这种为国家舍小家、为集体舍个体的奉献牺牲精神，但凡事都有个度，再重要的事，过于强调或者摆到至高无上的位置，就会适得其反。应该说，近些年，特别是中央提出以人为本的执政理念后，部队管理的观念、模式都发生了很大改变，总结宣传的先进典型，也开始有了"忠孝两全"的代表。这是一种导向，一种更能激励官兵在部队无私奉献、建功立业的正确导向。特别是在当前，在国防和军队改革不断向纵深推进的特殊时期，更应当处理好官兵尽忠与尽孝的关系，尽可能做到两相兼顾。

三是工作与生活的关系。这一条，跟第二条似乎有点冲突，但并非一回事，强调的侧重点有所不同。强调处理好工作和生活的关系，其实是要求各级积极适应军队改革带来的诸多新变化新情况，及时建立完善相关制度机制，让广大官兵在新的体制编制下、在新的工作岗位上、在新的生活环境里有更多获得感，进而激发干事创业的信心和激情。实践证明，不扩大原有利益、不显著改善人们生活质量的改革，是很难取得成功的，国防和军队改革也是这样，在强调理顺部队领导指挥关系、激发军事创新驱动源动力、提高部队战斗力的同时，要适当关注官兵的实际利益，适度改善和提高官兵的工作生活条件。而这方面，尤其是在这轮军队改革还未完成的大背景下，现实困难和矛盾还很多，需要补齐的短板不少，无论是国家层面还是军地双方，都需要花很大的力气。

吴干事，你被确定转业之前，多长时间回一趟盛天？嗯，各个方向的情况不太一样。据我掌握，这方面，有些单位的规定可能比较人性化，离家近的半个月轮休两天，离家远的一个月集中轮休四天。那些新组建的单位，机关干部几乎百分之百都是两地分居，不让回家怎么行？夫妻和谐、家庭稳定还要不要了？可有的新组建单位就没有这方面的规定，需要军委统一作出安排。

当前还有一个必须直面的问题，就是两地分居的军队人员，定期轮休的路费怎么解决？按照现行财务规定，官兵的探亲休假路费实行包干，每两年发放一次，多不退少不补，并且这里面不包含两地分居人员的轮休路费。也就是说，就目前的财务规定而言，轮休路费只能由个人承担。首长，从咱们原盛天军区分流到其他战区军种机关的同事，家大多都在盛天，离得近的五六百公里，稍远一点的八九百公里，更远一些的两三千公里，这么远的路途，就算一个月或两个月轮休一次，路费得多少？一年没个两三万块，根本下不来。两三万元对一个家庭而言，可不是一个小数目。军队改革之前，这些同志都工作和生活在盛天，无需这笔开支，现在一下多出这么大一笔开销，显然是带来巨大的经济压力。这是改革造成的个人生活成本的大幅度增加，不应该全由个人埋单。

嗯，家属孩子是可以办理随军，随军以后就不必来回跑，但现在的问题是，那些新组建的军种机关，目前连个公寓房都保障不了，家属小孩随军随队后住哪里？如果租房，家庭生活成本是不是又要增加？更何况，原军区机关的同志大多不年轻了，孩子不是上初中就是上高中，别的城市教育资源和教学质量有没有盛天好，高中阶段的孩子能不能转学，转学之后能不能适应，都是必须认真考虑的问题，不是说随军就能随军。还有，就算尽快办理随军，家属的工作怎么安置？能不能找到理想的工作？待遇有没有在原来好？这些问题，每个家庭都会认真考虑和取舍。这些由改革引发的现实矛盾问题，没有高层的统一决策部署，没有军地的密切协作，显然难以顺利解决。

第二十章　路在脚下，梦在远方

九十五

巧儿，此刻时二〇一六年五月八日晚上十一点四十七分，我在泉城，在我临时办公的地方，用你给我买的联想笔记本电脑，用微信PC版给你留言。去年十一月下旬以来，自从第一次用微信留言以来，我们两个都喜欢上了这种键对键、屏对屏的交流方式。

当然，我更喜欢面对面地与你闲聊，可咱俩的生物钟和作息时间都不一样，我喜欢熬夜写作，你习惯早睡，咱俩结婚前就说好了，我们不强求那种夫唱妇随的婚姻状态，我们尊重彼此多年养成的工作和生活习惯，给予对方必要的私密空间。你说得对，真正的夫妻，持久的夫妻，不应当相互捆绑和制约，不应当拘泥于那些所谓的夫妻相处之道，而是要精神上各自独立，情感上互相忠诚和依赖，除此之外的一切东西，都要舍得摒弃。

来泉城这么多天了，每天不是整理各集团军上报的资料，就是打电话向相关单位和人员核实有关情况，为撰写反映战区陆军部队优良传统的报告文学作准备。这是我们文工团划归战区陆军领导管理后由我牵头负责的第一个大项工作，对文工团也好，对我曾关键个人也罢，意义都非常重大。呵呵，巧儿，知夫莫如妻，你知道的，军装我还没穿够，还想在部队多干几年，最好一直干到退休。部队不养闲人，想长期在部队干，可以，拿出真本事来。换了新单位，不拿出点新成绩怎么行？过去干得再好，成绩再突出，那也只代表过去；能不能在新的领导机关和首长面前打下烙印，就看这篇报告文学完成得怎么样，就看这部作品能不能在全军军事文学重点作品评选中获得名次。我倒不在乎能不能获奖，但工作么，总需要量化的，不拿下点狠功夫，不拿出点真功夫，怎么体现你老公的能力和水平？呵呵，你又该说我吹牛了。

巧儿，在我们两个办不办婚礼、如何纪念结婚这件事上，尽管你给了我充分的理解和尊重，并最终按我的意见来；尽管你不曾在我面前抱怨一句，一直说形式并不重要，但我还是要郑重地向你说声“对不起”。是的，考虑到我岁数这么大了，咱俩都不是头婚，我真不想办什么结婚庆典，婚后两个人和谐与否，是否幸福，跟搞不搞仪式真没关系。可我知道你的心思，作为女人，其实你非常渴望有一个浪漫的婚礼。我说过，只要你需要，我可以做到，甚至比你预想的还要好，但我为什么最终放弃举办任何仪式，只是把双方父母、兄弟姐妹找到一起吃了顿饭就算昭告天下我们结婚了？是现在的政治生态不允许，是我的军人和党员干部的身份不允许，中央八项规定、军委十项规定要求那么严，部队各级抓得那么严，纪检部门查处大操大办的力度那么大，我们真没必要冒那个风险。这样多好，除了我们至亲至爱的家人，其他朋友也好，战友也罢，我们一个也没麻烦人家，也没欠下任何人情。人情这个东西，尤其是礼尚往来的东西，少一点、淡一些，实际上更加有助于朋友和亲戚之间加深情谊，一旦跟钱多钱少扯上关系，那就成了人情债，弄不好，是要损害友情和亲情的。

巧儿，有件事，我必须向你坦白。嘿嘿，别紧张，不是我在外面还有别的女人，我这么大岁数了，真没那个精力。何况有你这么年轻漂亮的老婆，我曾关键再出去拈花惹草，岂不成了没事找抽型？如果真那样，别说你不能原谅我，连我自个儿都会鄙视自个儿。这方面，你可以放一千二百个心。我要向你坦白的，与我的初恋有关，对，就是我当战士期间爱过的女军医林苗。哈哈，你又该紧张了，放心，我们不会旧情复燃，人家和我战友肖洪强现在过得好好的，一对儿女都参加工作了，马上就要当奶奶了，哪有闲心跟我重拾旧情？我也早就没了那份心思，既然初恋是美好的，那就让她永远保持美好的姿态，不要去惊醒她，更不要去骚扰她，让她一直那么美好下去。

绕了这么大个弯子，其实我是想告诉你，林苗知道咱俩结婚了，昨天还专门从四川乐山给我打了个长途电话，问了问情况，表示真诚的祝福。林苗打电话时，她老公肖洪强就在身边，洪强还通过微信视频，开诚布公地和我聊了四十多分钟，害得我这个月的手机流量早早超支。呵呵，花这点钱真不心疼，解开了困扰我多年的心结，花再多钱都是值得的。巧儿，记得我跟你说过，这么些年，我一直担心林苗会不幸福，更担心肖洪强会记恨我，毕竟，当年是我深深伤害了林苗，哪个男人能真正体谅他曾经的情敌？昨晚，通过微信视频，洪强如实跟我讲，他们两口子转业回到四川乐山的最初几年，包括他们的龙凤胎宝贝出生的头两年，林苗一直抑郁寡欢，总是高兴不起来，还经常通过老部队的战友打探我的相关情况。对此，洪强自然不太高兴，两个人经常拌嘴，夫妻关系不远不近，不亲不密。直到我和瑶瑶的母亲结了婚，林苗的心事才轻了些。后来，得知我的第一段婚姻并不幸福，林苗又开始唉声叹气。最近，得知我和你领了结婚证，正式结了婚，并且多方打探到你是一个年轻漂亮、知书达理、特别理解我支持我、特别爱我包容我的好女人以后，林苗的心结彻底打开了，主动向她老公承认错误，说自己不该这么多年一直放不下我，还说曾关键已经找到了真爱，她彻底放心了，今后会好好爱肖洪强，两口子踏踏实实过日子。

巧儿，林苗的心结也是我的心结，我也担心她的婚姻会不幸福。亲爱的，谢谢你选择爱我等我那么多年，谢谢你选择嫁给我，你不仅给了我一份真爱和幸福，还成全了另一对夫妻的爱与幸福。

至于瑶瑶的母亲，我的前妻，该做的我都做了，她的抑郁症也治得差不多了，生活基本能够自理，并且瑶瑶怀孕了，我要当外公，她也要当外婆了。听瑶瑶讲，对女儿怀上孩子这事，她很高兴，表示要抓紧配合医生搞好后续治疗，尽快把自个儿的病治好，这样她就可以安安心心地伺候女儿坐月子，幸幸福福地当外婆了。

九十六

老曾，你离开盛天这些天，我心里一直空落落的，咱俩那个新家，嗯，就是九如巷南侧那套部队公寓房，我一个人也懒得回去。你不在，房间布置得再温馨，也显得毫无生机。亲爱的，我想你了，你感觉到了吗？

可能你意识到了，不管是人前人后，包括咱俩单独相处，我盖巧巧似乎还没喊过你一声“老公”。呵呵，我也不知道为什么，对这个称谓，我一直比较抵触。包括和庞飞那段短暂的婚姻生活期间，我也从没叫过他“老公”。骨子里，我可能就是个传统得不能再传统的中国女人，总觉得“相公”“当家的”之类的称呼更适合我的爱人。可时代毕竟不一样了，如果我在你面前左一声“相公”右一声“当家的”，还不得把别人的牙齿笑落？亲爱的，你且容我适应一段时间，让我和婚前一样，继续叫你“老曾”。当然，如果哪天我突然开窍，毫无预兆地叫你一声“老公”，你也不要觉得意外。喊你“老公”，是我盖巧巧的专利，这一辈子都不转让。

老曾，感谢你告诉我林苗、肖洪强两口子祝福我们喜结良缘的讯息。呵呵，你又想多了，你家巧儿虽然也像别的女人那样喜欢吃醋，但醋瘾没那么大，劲头没那么足，男女之间那点事儿，特别是婚外情，如果人家真有说不清道不明的关系，你吃醋有什么用？只能是徒添烦恼。如何把自个儿的婚姻经营好，把爱人的心和自个儿的心拴在一起，才是每一对夫妻应当努力做好的事情。亲爱的，我这么讲，不是鼓励和纵容你去和别的女人搞暧昧，我还真没那个肚量，我是想说，我非常尊重你和林苗的那段美好而又遗憾的恋情，那是你的过往，是我无法参与其中的青春记忆。放心，我不但不会干涉你和林苗之间的正常交往，我还要努力成为林苗的知心好友。毕竟，我们爱着或爱过同一个男人。这是一份非常奇特的缘分，请你认真珍惜，我也会好好对待。

我们已经结婚，也得到了双方父母和其他家人的祝福，那场没有举办也不会再办的婚礼，那个陪着你去老部队转一圈但还未来得及实施的出行计划，我都完全忽略不计，老曾你在意什么呢？怕我不高兴？担心我把不满埋在心里憋出病来？不可能发生的事儿，你就不要东想西想了。呵呵，你们这些作家，想象力是不是特别丰富？本来是颗芝麻，你们非要把它描绘成一个大西瓜？老曾，咱俩交往相处十三四年，你应该知道，我盖巧巧是一个尊崇简单的人，不愿把人想得那么复杂，更不愿把事情办得那么烦锁，要的是简洁明快，要是的开心快乐。你不是一直讲老村长酒的广告做得好嘛，“顶门顶户顶梁柱／有风有雨有奔头／一砖一瓦一个家／会拼会干会享受／简单小日子／快乐大幸福／简单快乐／幸福生活……”瞧瞧，广告歌曲的词儿，我都背下来了。打个不太妥当的比喻，只要你愿意，我就是你的老村长酒，你是装酒的瓶子，你给我保护，我给你滋润，我们一起创造快乐幸福的生活，就这么简单，可好？

昨天下午，征得人家同意，瑶瑶带着我，专门去拜访了你的前妻。跟以前相比，瑶瑶的母亲气色好了许多，谈吐也很正常，对我的态度虽然不亲不热，但总体上还算客气。在瑶瑶的引导和要求下，她向我道歉，说前些年不该辱骂我为难我，更不该阻拦我和你相爱相守。听得出来，尽管语气有些生硬，她的道歉是真诚的，我甚至看到了她眼里的泪水。哎，都是女人，何苦相互为难呢？我早就原谅她了，她是个尚未痊愈的病人，我跟她较什么劲？对了，老曾，瑶瑶说她去妇产科医院检查了，胎儿发育正常，各项指标都没问题。瑶瑶让我告诉你，有空的时候，琢磨给你外孙取个名字，一个男孩名，一个女孩名，一个都不能少，省得到时乱了阵脚。要当外公了，高兴吧？取个小孩名，对你这个大作家来说还不是小菜一碟？赶紧想，想好了告诉我，我亲自告诉瑶瑶。你这个大女儿，跟我这个后妈是越来越亲密了。我也很喜欢她，乐意跟她分享彼此生活中的乐事苦事。嘿嘿，要不是怕乱了辈分，我真想认瑶瑶当妹妹。

人家瑶瑶可说了，要我抓紧要一个孩子，这样咱们家很快就会有两个小宝宝，一个小舅或小姨，一个外甥或外甥女。瑶瑶还说了，她已经怀上了，我必须快马加鞭，要不然，小舅或小姨跟外甥或外甥女的差距就太大了。这孩子，都快当妈妈了，还这么逗。老曾，你可能不知道，领结婚证以来，我一直比较注意饮食，也适度做了一些锻炼。嗯，生孩子是咱俩的事，你也得注意一点，少熬夜，少喝酒，少抽烟，工作要干好，家庭也得要，是吧？

说起生孩子，阿莲家那个小周太有意思了。前天晚上，我一个闲着没人，去阿莲家串门，刚好周牧仁也在，不知怎么就唠到优生优育，我和阿莲都强调要孩子前必须禁酒戒烟，还要加强身体锻炼。小周说我们两个瞎摆乎，还拿他们家儿子，也就是我干儿周光华做例子："巧儿，你干儿子聪明不？健康不？多么阳光潇洒的小伙儿！你问问阿莲，当年她怀光华之前，我是不是天天喝大酒？烟也没少抽啊。不光是我，阿莲也没闲着，天天跟着我出去应酬，白的啤的，来者不拒。结果怎么样？结婚当月，怀上了！当时，我真害怕呀，天天给阿莲做思想工作，让她去医院把孩子打掉。阿莲也担心婴儿会有缺陷，可她怎么也下不了决心，好几次都到医院门口了，她又退缩了。我一直坚持打掉孩子，阿莲始终犹豫不决。后来，我爸妈，还有岳父母，四个老人一起向我施压，说你们现在生个孩子咋就这么复杂？还说他们那代人生孩子，谁也没控制过烟酒。如此这般，我只有妥协。光华出生那天，我和阿莲都紧张坏了，结果呢，啥问题没有！再看看我身边的有些战友，老婆怀孕之前，他先要戒烟半年，之后禁酒三个月，据说还要禁欲一段时间，还有其他一大堆陈芝麻烂谷子的事。结果怎么样？该怀不上还是怀不上，并且时间拖得越长，两口子思想压力越大，越想怀上越怀不上。所以，你和老曾不要想那么多，该怎么办就怎么办，特别是老曾已经不年轻了，等不起也不要等。同时，不要被那些育儿书哄骗得不知所措，更不要被医生吓唬住，尊崇自然规律，听从老天安排。”

老曾，我知道小周的心意，他是真关心我们两个，也在善意的提示我们在要孩子这件事上不必苛求，一切顺其自然。我觉得他讲得在理，你认为呢？

九十七

巧儿，一眨眼的工夫，我来泉城已经三周了。对不起，刚结婚，就把一个人扔在盛天，扔在我们那个空空荡荡的家里。上周，为了挖掘更加贴近基层部队、更加贴近基层官兵、更加贴近基层生活的写作素材，我带两个小兄弟去了一趟长春，待了四天，坐高铁往回走路过盛天，两个小老弟都劝我下车，回家看看你，我也动心了，可想到那个长篇报告文学的完成时限实在太紧张，我又想拿出一个精品，便狠下心肠没有下车。嗯，我知道你在想我，我也想你，再给我一周时间，等我干完手头这个大活，一定回去好好陪你。

来泉城这些天，和战区陆军首长和机关的同志频繁接触，始终被一股神奇的充满激情的力量感染着激励着。军队新的领导领导管理和指挥体制建立并开始正常运转以后，各级的思维观念、运行模式、工作方式都发生了巨变，过去那些我们习以为常的旧思维老做法，正在被变革被扬弃。面对这一切，作为一个军旅作家，我深感振奋，觉得有太多的文学作品等着我去创作。战区陆军政治工作部一名副主任昨天跟我讲，应当借鉴以前军区机关的做法，组建一个类似文艺创作中心的机构，把战区陆军部队的专业作家、画家、书法家聚焦到一起，同时把业余作者的积极性调动起来，集中优势兵力，突击创作一批反映改革强军成果的文艺作品，激励广大官兵进一步增强投身强军兴军伟大实践的责任感和紧迫感。副主任还讲，这是他个人的想法，需要逐级请示，如果可行，他会建议由我担任这个文艺创作中心的主任。

巧儿，你是了解我的，我没有官瘾，并不想当什么领导，我只想安安静静地写作，写军营火热的生活，写我愿写的东西。当然，作为一名军人，最重要的不是突出自我、展现个性，而是服从集体需要，讲求团结协作。我想好了，如果战区陆军真要组建文艺创作中心，如果领导真的信任我，我会珍惜这个机会，担起这份责任。我是个作家，并且是个大龄作家，此生也许没有机会浴血疆场，但我也有我的战位，有我的武器，有我的战场。我的战位就是我的办公室，我的武器就是我手中的笔，我的战场就是一个又一个创作项目，笔是我随手携带的枪，电脑是我的信息化武器装备，我的战场是全地域全时空的。哈哈，是不是把你绕迷糊了？中国的方块字就是这么可爱，既可以把一件简单的事说得很复杂，又能把一件复杂的事说得很简单，既能把一个悲剧伪装得很有喜感，又能把一个喜剧调侃得充满悲伤，当中没什么技巧，就看你如何码放或堆砌了。

忽然想到一个事儿，不，这事我一直都在琢磨。十多年前，咱们俩还不认识的时候，你就是我的铁杆读者，熟悉我的每一部作品、每一篇文章，为了接近我结识我，还煞费苦心通过佟九芹佟老太太联系上我。巧儿，这么多年过去了，你这个曾经的文艺女青年，可否还保持着对文字的热爱和激情？从你的言谈举止，从你这半年来在微信里给我的那些留言，我觉得你对文字的那么份敏感还在，掌控文字的技巧比较娴熟，用文字叙事的节奏把握得挺好，在一些语言的运用上甚至比我个专业作家还要专业。呵呵，我绝对没有让你从事文学创作的想法，一个家里两个作家，天天唠怎么编故事，其实挺没劲的，我之所以提起这个事，就是表扬表扬你。人家说，好孩子是夸出来的，我要说，好老婆也是夸出来的。人这种动物，不管多大岁数，都需要别人认可，需要外界肯定，夫妻之间也是这样，多欣赏对方的优点，多表扬对方的长处，同时包容那些人性中的弱点，遵守这样的夫妻相处之道，才有可能拥有让人温暖和舒心的家庭生活。

生孩子一事，我完全同意你的观点，同时支持你的任何决定。我说过，这事儿由你作主，能生咱就生，想生咱就生，不用考虑其他。我觉得周牧仁说得对，繁衍生息是人的本能，是最自然的事，最自然的事就要按照自然规律来。你放心，在这个问题上，我没有任何私心杂念，还是那句话，这事儿你说了算。

巧儿，有件事，阿莲想来没有跟你说实话。她一直鼓励你生孩子，她怎么不再生一个？现在国家放开二胎，小周和阿莲完全可以再要一个，小周这方面的愿望很强烈，一直在做阿莲的思想工作。悲催的是，阿莲始终不松口，先是说自己年纪大了，一旦怀孕就是高龄产妇，生孩子的风险特别大；后又强调他和小周的儿子都快上高中了，再生个小的，等到上小学，她都快五十了，去接孩子放学，别的小朋友会讲：“那谁谁谁，你奶奶接你来了”，这样孩子会很受伤，她本人也觉得难堪；小周的儿子，对，就是你那个干儿子周光华，他也不太同意妈妈再生一个弟弟或妹妹，趁小周不在家里，这小子劝他妈妈别生：“再过十年左右，我就结婚生子，您就有孙子了。到那时，我那个小弟或小妹还没长大，您又要带孙子，这么一来，您这一辈子全交给孩子了，有意思吗？”哈哈，这娘俩串通一气，小周的愿望再强烈、要求再急迫，都是白搭。

巧儿，给你讲这个，我不是反对你生孩子，你知道，我特别喜欢孩子，并且多多益善，那样等我们老了，家里一堆孩子，儿孙绕膝，多热闹啊。我讲小周他们家的事，是想提醒你一定要注意身体，不能冒险，如果医生说你的身体不适合要孩子，那我们就不要。记住，在我看来，你的健康和快乐，比其他一切都重要一百倍一千倍。

九十八

今天是二〇一六年五月二十九日，你离开盛天、离开咱们家、离开我的第二十八天。这二十多天里，每每从迎驾阁下班，我都会习惯性地朝九如巷东头张望，看你会不会从军区联勤部的大门走出来。尽管我知道你早已离开联勤部去了文工团，也知道你最近抽调到泉城集中时间写稿，但我还是不可抑止向着那个熟悉的方向眺望。老曾，按照你之前的计划，今天是你坐高铁回盛天的日子，昨晚下班后，我把家里彻彻底底收拾了一遍，床单被罩枕套全都换成新的，你书桌上的花瓶里新插了几枝你钟爱的百合，冰箱里塞满了你爱吃的肉类和蔬菜，我做好了一切准备，眼巴巴地等着回家。昨晚十一点半，你突然打来电话，说首长有指示，那个报告文学还要作进一步修改，还得需要一周左右时间，暂时回不来了。我当时没多说什么，只说了一句“我知道了，你注意身体”，可我心里很不平静。是的，我很失望，也很难过，突然觉得做一个军嫂很累很不容易。我终于明白你婚前给我讲的那些道理，懂得了一名军嫂需要承受的那些无处不在的生活压力。

上周三，家里的马桶坏了，水流个不停；前天，客厅的节能灯泡莫名其妙地炸裂；昨天我收拾房间卫生时，不小心把茶几上的琉璃打碎了。你知道，我的动手能力很一般，遇到这些事情总是束手无策，只能一遍又一遍地麻烦阿莲和小周，请他们一趟又一趟地往我家里跑。如果你在家，我不用管些，因为你心灵手巧，啥活儿都会干，几乎没有什么事儿能难倒你。我知道，你是军人，你有你的工作，不可能天天陪在我身边，可当我遇到我无力解决的难题，我是多么希望你能一下子出现在我面前，多么希望你能随时随地地帮我撑起生命中的那片蓝天。

老曾，我就是这样一个柔弱女子，心里善良但不够坚强，热爱生活但动手能力差。有时，真希望自己是一个无所不能的女汉子，什么活都能干，什么事儿都不怕，这样我的男人就可以安安心心工作，潇潇洒洒在外面闯荡世界。这是我的心愿，也是我的努力方向，我会逐步适应这种你不在我身边的独居日子，逐步学会处理生活中那些鸡毛蒜皮的事情，尽我所能给你一个干净、舒适、宽松、舒心的家，让你怀着更大的激情继续书写你的军旅人生。

铺垫了这么多，其实我是想给你一个惊喜，是想告诉你一个天大的好消息。亲爱的，你准备好了吗？你做好了再次当父亲的思想准备了吗？如果你很快就会有一个小王子或小公主，你是更想要一个男孩还是更喜欢女孩？在这个寂静的晚上，我有太多太多的问题需要你回答。我很想打电话给你，好几次号码都出现在了手机拨号屏幕上，可我终于还是控制住了自己，没有将号码拨打出去。我说过，我想给你一个惊喜，想知道你次日起床打开电脑看到我给你的微信留言后会是怎样一个反应，是像个孩子一样一蹦三尺高，还是一个人在那里傻笑，乐得合不拢嘴？呵呵，铺垫得差不多了，该告诉你了：我怀孕了！

是不是很惊喜？今天上午，当我意识到这个月大姨妈没有按时报到，并且迟到时间超过十天，我心里像揣了个小兔子，极度兴奋和不安：不会这么快吧？我取掉节育环不到两个月，这么快就怀上了？第一时间打电话给阿莲，让她找小周联系你们部队那家妇产科非常有名的医院，我和阿莲急匆匆地搭车前往，用孕试纸一检查，两条红线！百分之百中奖了！按照阿莲的建议，我做了相应的检查，医生说一切正常，注意保胎、定期检查就行了。

阿莲是个急性子，刚从医院出来，就鼓动我打电话向你报喜。我说不急，好饭不怕晚，好事要慢慢分享。憋了大半天，现在终于告诉你了，你一定很开心，是吧？我当然很兴奋，检查结果都出来十多个小时了，我还在兴奋着。就在刚才，我跟瑶瑶通了电话，得知我怀孕了，她很高兴，说她肚里的小宝贝这下不愁没玩伴了，有小舅或小姨陪着一起成长，想一想都觉得很美。呵呵，瑶瑶还讲了，从现在起，她要和我保持二十四小时热线联系，经常沟通怀孕注意事项，经常交流心得体会，互通有无，互相关心，确保我们两个肚里的宝贝都健健康康生长、健健康康地来到这个世界。

呵呵，瑶瑶交给你的任务完成没有？你那个外孙或外孙女可等着你给名字哩。咱们的宝贝也得有个名号吧，老曾，你的光荣任务又增加了一项，给咱宝贝想两个名字，一个男孩的，一个女孩的，都备着，可好？嗯，快晚上十一点了，不跟你多唠，我要睡觉去了。从今晚开始，我要调整作息时间，不熬夜上网，早睡早起，按点就餐，规律生活。为了我们的小宝贝，让我做多大的改变和牺牲都可以。

九十九

在床上躺了一个多小时，满脑子全是关于孩子的模糊场景，以及一些毫无根据的猜测：正在我体内孕育的孩子，是男孩还是女孩？是像我多一些还是像你多一些？如果是男孩，会不会像他老爸一样皮肤黝黑？男孩肤色黑点就黑点吧，只要像他老爸一样勤奋踏实就好；要是女孩，肌肤可别像她老爸那样黑漆漆的，得像我一样，粉白粉白的……越想越兴奋，根本无法入睡。看看时间，已是五月三十日零点一刻，反正睡不着，索性起床打开座机，继续用微信PC版给你留言。我知道，只要没人打电话要求你打开手机数据链接，你是不会上微信的。呵呵，老曾，你不会是心疼手机上网流量吧？等你哪天回盛天，我带你去电信营业厅办一个大流量的套餐，保证你想上网就上网，不必担心流量超支。

肚里有了小宝宝，我的工作、我的生活、我的一切都将发生根本性改变，从现在起到之后相当长的一段时间内，至少在孩子上幼儿园之前，小宝宝将是我生活的中心，任何人都无法与其相提并论。这是作为一个母亲的责任，我必须这么做。老曾，你可得有点思想准备，有了孩子，我就无法全身心地照顾你了，小宝宝分走了你的爱，你不会羡慕嫉妒恨吧？呵呵，开玩笑的，我盖巧巧的男人，不至于无聊到跟自个儿孩子争宠。我相信，你会是一个好丈夫，更会是一个好父亲，当年你在瑶瑶教育上的疏忽，这些年你对瑶瑶的愧疚，都会促使你做一个好父亲，这一点，我深信不疑。对了，老曾，咱们的孩子出生以后，请你对他（她）严格一些，你今年四十七周岁，中年得子也好，得女也罢，到了这个年纪，对孩子会格外宠爱，甚至于溺爱。我不想看到这样的场面，希望我们两个都理智一些，不要溺爱孩子，这样他（她）才会有一个健全的人格，未来才会有普通而幸福的世俗生活。

是的，我不希望我的孩子是什么神童，不会无限制无底线地要求他（她）学这学那，不会奢望他（她）将来大红大紫大富大贵，我只希望我们的孩子健康快乐成长，拥有健全的心智和健康的体魄，拥有良好的学习和沟通能力，长大后正常上班挣钱，正常恋爱结婚生子，凭劳动凭本事养活自己和妻儿。当然，如果他（她）刚好又是一个看重亲情、善良孝顺的孩子，那我们两个就有福了。总之，我只想拥有一个正常的家庭，只想平淡充实地过好每一天，至于名声、财富，都不是我盖巧巧追求的目标。

我今年三十七岁，如果非要给未来的日子定一个目标，除了教育和陪伴孩子健康成长，我最大的人生梦想，就是陪着我深爱的男人与时光温柔相处，一起感受生活的美好，一起面对人生的烦恼，一起面对尘世中的风风雨雨。

不知你注意到没有，这几天，微信朋友圈里，几乎被已故著名作家钱钟书夫人杨绛的相关讯息给淹没了。这个被称之为“先生”的民国才女，这个活了一百〇五岁的传奇女子，这个“文革”期间如母狮般为丈夫辩护的贤良妻子，是我盖巧巧为数不多的偶像之一，更是我作为人妻的学习榜样。我很羡慕杨女士和钱先生之间那种特殊情感：第一层，夫妻，相互承担义务；第二层，情人，自始至终感情醇厚；第三层，朋友，互相交换观点。老曾，如果可以，我会努力向杨绛先生学习，静静地陪伴在你身边，力所能及地为你做些事情，同时还拥有自己的工作或事业。当然，我最欣赏的，还是杨绛先生的生活态度，和谁都不争，和谁争都不屑，把内心的淡定与从容当作人生最曼妙的风景，优雅地活着，优雅地老去……

杨绛先生讲：“上苍不会让所有幸福集中到某个人身上，得到爱情未必拥有金钱；拥有金钱未必得到快乐；得到快乐未必拥有健康；拥有健康未必一切都会如愿以偿……世界是自己的，与他人毫无关系。”这是对人生何等清醒和睿智的认知？呵呵，我盖巧巧只是个胸无大志、只想过平凡日子的弱女子，也大抵不会经历杨绛先生那样充满坎坷的生活，我只想把咱们的孩子养大成人，之后静静地守着你陪着你，一直到终老……

老曾，如果你真要调到泉城去上班，我会辞掉在迎驾阁的工作，咱们举家搬过去。我说过，你在哪里，咱们的家就在哪里，我和孩子能跟你生活在一起，就是我人生最大的意义所在。不用担心我会无所事事，你也无需为我的工作烦忧，我也算是个独立的现代女性，我会在你工作的城市找到属于我的工作岗位。我一直坚定地以为，作为现代女性，一定要有自己的工作或事业，一定要有稳定的收入，绝不能依附于男人。我的这个观点，经过我的反复灌输，已经被我那位数年不上班的闺蜜宗濮莲全盘接受。就在上周，阿莲终于走出家门，利用前些年开体育用品商店的实践经验，成功应聘为一家体育用品连锁销售企业的门店经理。她的目标很明确：先熟悉当下最新的体育用品销售理念、方式和渠道，之后重拾老本行，继续当她的女老板。

老曾，你走这一个月，咱们九如巷那些属于部队的临街门市房正在一个个被收回，为了最大程度地降低损失，商家们打折的打折，减价的减价，可热闹了。中央决定军队全面停止有偿服务，就算一百二十个不愿意，这是国家大政方针，这些商家想不服从也不行。

一百

巧儿，告诉你一个好消息，我牵头写的那个报告文学通过了审核，可以正式参加全军军事文学重点作品评选了。一个多月，整整三十六天，总算可以松一口气，总算可以回盛天陪你和肚里的宝宝了。我订了明天上午的高铁，下午就能到家。本想直接打电话告诉你的，考虑到此刻你已经入睡，便还是习惯性坐在电脑跟前，用微信留言的方式和你聊聊天。今晚咱们不聊家庭，不聊孩子，聊聊对工作的看法，如何？呵呵，你在政府内部招待所工作多年，接触的不是官员就是商人，大多是成功人士，他们一定没少讲关于工作的故事和感悟。等我回到家，你好好给我唠一唠，可好？

有人说，工作着是幸福的。这话没错，但有一个前提，你所干的工作，一定是你喜欢的，至少是你愿干的，否则，心不甘情不愿地干活，何来的获得感和幸福感？开开心心的上班？还是憋憋屈屈地干活？这是每个人都会在意或琢磨、向往或会排斥的社会话题。

不用说，谁都希望有一份自己喜爱的工作，谁都希望每一个工作日都充满生机，每一份付出都充满喜悦。毕竟，工作不只是为了挣钱生存，还有自我追求的完善、心理层面的满足，更有付出得到肯定之后的淡淡愉悦。巧儿，不知道你有没有这样的感受，我们干工作，并不是每一份付出都需要钱物作报酬，更多时候，只需一句表扬，一个肯定，一种欣赏的姿态就可以了。

但是，我们也得承认，有些人，有些时候，工作着并不是幸福的，而是一种无奈，一种凑合，一个谋生的饭碗而已。特别是遇到不那么大度包容的领导，你的付出领导压根看不见或假装看不见，或者你总是受到吹毛求疵的责备和不公正的对待，工作会变成一种折磨，变成想挣脱却又无力挣脱的枷锁。

当然，如果身处军队这种特殊的武装集团，就不能考虑那么多，服从命令是军人的第一天职，理应干好自己的本职工作，高标准完成好领导赋予的每一项任务。这一点，不容讨价还价，不容说说讲讲。再说了，身为军人，死都不怕，还怕那些小小的委屈或是不快？

巧儿，是不是又被我给整迷糊了？呵呵，你那么冰雪聪明，一定猜到我说这些的真实原因。是的，因为那个报告文学，我跟某位领导闹了点不愉快。原本没什么，都是些关于文章立意、结构、细节描写方面的争论，都是为了工作，为了让这篇首长非常看重的文章更加出彩。可问题在于，这个领导太过强势，或者不如说，他的官架子有些大，不懂得尊重人，把职务形成的威严带到对文章的正常讨论之中，动不动就说别人思维层次太低、考虑问题不周全，动不动就让别人闭嘴，全世界好像就他永远正确，他人只有俯首称臣、点头称是的份。巧儿，你知道我的脾气，最烦的就是这种高高在上、自以为是、听不进别人意见的官僚。当领导你可能在行，但搞文学创作，你连散文、小说和报告文学的区别和写法都搞不清楚，在那里瞎摆乎什么玩意？

这个领导可能看出来我不怎么理他，也不便对我这个老家伙指手画脚，便把不满和怒火撒到跟我干活的那两个年轻人身上，那话骂得那个难听，我都不好意思复述。实在看不下去了，我站出来，替那两位小兄弟说了几句公道话，说文章如果没写好，完

全是我这个牵头的老同志没尽到责任，与年轻人无关。这就么一句话，那个领导彻底怒了，指着我的鼻子说，就你一个写字谋生的，有什么资格跟我比比画画？他这么一讲，我也真是怒了，说既然我没资格，我不跟你比画了，我直接去找首长汇报。说完，我头也不回去摔门而去……后来的事，不用说你也清楚，为了那篇报告文学，我扔下新婚的妻子一个多月没回家，下了那么大的功夫，首长怎么会不认可？要不，我这个国家一级作家的老脸往哪搁？

通过这件事，我想到了一个与军队改革有关的深层次问题：旧的编制体制打烂重组了，部队的领导和指挥关系也发生了重大改变，一切围绕战斗力生成和提高的新体制新编制新模式已经确立起来，各种配套的新政策新规定也正在逐步建立和完善之中，在深入推进改革强军战略和体制性障碍、结构性矛盾、政策性问题逐步得到解决的大背景下，我们还应当重点关注和解决哪些问题？个人觉得，是思想观念的进一步解放和创新，是建立一支能够适应新编制新体制、善于用创新驱动思维努力工作的宏大军事人才队伍。如果人还是旧体制那些人，思想观念还是旧体制下的那些思想观念，工作方式还是旧体制下的那些工作方式，如果官僚主义、形式主义还那么根深蒂固如影随形，那么如期实现改革强军目标，恐怕就没那么容易。

好在我们已经上路，新中国成立以来动作最大的军队改革已经实质性启动，并且正在如火如荼势不可挡的稳步向前推进，那些体制性障碍、结构性矛盾、政策性问题正在也必将得到有效解决。我和我的战友们都坚信，有中央的坚强领导，有全国人民的鼎力支持，有全军官兵的衷心拥护和积极参与，这轮国防和军队改革一定能如期完成，改革强军的战略目标一定能够实现。到那一天，有着辉煌历史和卓越战功的人民军队一定会像凤凰涅槃一

样重获新生，一定会成为世界军事变革大潮中的弄潮儿和领航者，中国梦、强军梦一定会绽放出让世人惊叹的耀眼光芒。

忽然想起二〇一五年六月下旬，我们盛天军区机关组织“把政治工作威信牢固立起来”大讨论的一个场景——军区政治部办公室政研办的一名正团职研究员，没拿任何稿子，信心满满地站在发言席上，慷慨激昂地展望着军队政治工作生威生信“小康状态”到来时的可喜场景：“到那时，政治工作领域最先铲除形式、消灭‘五多’；到那时，政治工作大家庭最和谐、温馨；到那时，政治工作最有质量、效益；到那时，政治机关、政治工作者最有面子、口碑；到那时，政治工作最阳光、公正；到那时，政治工作最能关心人、爱护人；到那时，政治工作最具动感、活力……”

巧儿，你也许会问，军改涉及方方面面，改革的成果会体现在国防和军队建设各个领域，为什么我偏偏提到对军队政治工作未来的美好憧憬？答案很简单：政治工作是我军的生命线！政治工作做好了，改革强军的宏伟目标一定能够实现……

（全书完）

给军旅一个朴素的交代
（代后记）

一

铁打的营盘流水的兵。无论服役时间长短，作为军人，都有脱下军装的那一天。如何记录军旅人生，或者说给曾经的从军经历留下一些印记，想必是每位军人都曾思考过的问题。

或长或短的军旅生涯里，少不了激情燃烧的岁月，青春热血，战友兄弟，相对封闭艰苦的生活环境，高度紧张的训练演习，还有随时都有可能响起的战斗警报，都会让兵们念念不忘。

而始于二〇一五年冬季、二〇二〇年才能告一段落的中国新一轮国防和军队改革，大刀阔斧，体系重塑，改变了上百万现役军人的人生轨迹。由此引发的强烈冲击波，使得军人家庭和军属们的心路历程、日常生活均发生了翻天覆地的变化。

改革强军，精兵强国，时代大潮浩浩荡荡，决不会以任何个人的意志为转移。作为此轮军改的亲身经历者、积极参与者、全程见证者，有必要用纪实的态度、文学的笔触，记录下军改进程中那些直击心灵的感人瞬间，记录下那些为军改默默付出的军人、军属和普通百姓，进而不忘初心、继续前进，与历经九十载血火荣光的人民军队一起，从胜利走向胜利，从辉煌迈向辉煌。

这是创作《九如巷》的时代背景。或许小说本身有些琐碎，也不深刻，或者原本就没赋予其太多太重的内涵，其最初用意，不过是如实记录和反映军改实践中令人动容的故事，给自己也给战友们的军旅人生一个朴素的交代。

如此，足矣。

二

从小处着眼，让小人物开口说话，用低至尘土的视角还原中国新一轮国防和军队改革波澜壮阔的历程，是这部小说极力把握的一个创作基调。

故事围绕五个不怎么起眼的“小人物”的展开：第一个是盖巧巧，盛天音乐学院中途辍学的学生，市政府内部招待所客房部经理，与军人有着理不清的交集与关系。第二个是八路军老战士佟九芹，副军职离休老干部遗孀，盛天军区联勤部门诊部离休女护士，离休不离岗，常年着旧式军装，每天坚持到门诊部义务上班。第三个是盛天军区联勤部军史馆专业作家曾关键，曾任某集团军政治部纪检处处长，因仗义执言不讨领导喜欢，加之擅长写报告文学和小说而被迫改行。第四个是盛天军区联勤部政治部宣传处干事周牧仁，提干后经历坎坷，爱好文学，立志创作反映军人婚恋的长篇纪实报告文学。第五个是宗濮莲，周牧仁的爱人，开过饭店，卖过体育用品，受丈夫影响迷上写作。这么几个人物，看似各不相干，实则交集很深、交往甚密，集中展示了什么才是真正的亲情、友情、爱情和战友情。

小说通篇使用第一人称、漫谈式的写作方式，采用三明两暗四条叙事主线。三条明线，借佟九芹、曾关键、周牧仁的视角，全方位展示20世纪90年代中期以来，中国军队发展变化的历程，重点反映一九九七年、二〇〇三年、二〇一五年中国军队三次改革的一些历史瞬间。两条暗线，借盖巧巧、宗濮莲的视角，反映市场经济条件下的人间百态，透视复杂社会环境对军营的冲击，以及社会多元化发展给军队改革带来的冲撞和影响。

作为现实题材类小说，《九如巷》正视社会矛盾问题，但不刻意渲染阴暗面；以弘扬正能量为主，重点展现军人的家国情怀；用更多笔墨刻画军人、军属的牺牲奉献精神，同时以点带面地反映部队存在的问题，力争原汁原味地呈现当代军人及其亲属的生活原貌和精神世界。

三

二〇一五年十二月底开始构思，次年二月底正式动笔，二〇一六年五月底完成初稿。其中后半部分只用了半个月时间，当时恰逢休假，天天窝在沈阳那个狭小而温暖的家里，几乎每天写一万来字，除了吃饭睡觉，其他时间全部交给小说创作，真有点寝食难安、走火入魔的味道。

文字是火热生活的记录和再现，走过的地方，经历的事情，都会换种模样出现在文学作品里。沈阳是我工作和生活了将近十年的城市，历来又是军事要地，作为一部反映军改的作品，难免会涉及这个地方的一些信息。

但小说就是小说，经不起也不必对照和对号。包括文中反复出现的“九如巷”，也只是文学创作需要的一个地名而已。就如莫言老师笔下一再登场的“高密县东北乡”，模糊化抽象化的“文学故乡”而已，现实中压根儿找不到这样一个完全对得上号的乡镇。

不排除沈阳或其他城市有叫“九如巷”的小巷。如果有，请记住此巷非彼巷，千万不要去现地印证。文学作品和现实世界不可能完全契合，如果太认真，难免会大失所望。

四

不止一个朋友问我：你写的那些文章，尤其是那些小说，哪一个是在写你自个儿的经历？个别熟悉我的朋友更有意思，直接把我与小说中的某个人物或某个故事挂钩，还像发现了新大陆般兴奋，说我编得比真的还真。

对诸如此类的关注和关切，除了用万能的“呵呵”表达无奈，貌似什么都不便说。包括看过《九如巷》初稿的老友们，十有八九也会八卦一下：这个人物写的是某某人，那一段讲的某某事……明明风马牛不相及，他们却分析得头头是道。

更有甚者，还有人不请自来、主动对号入座。二〇一六年拙作乡土题材长篇小说《越过那道山梁》公开出版后，就有一位长辈非说里面一个人物是在映射和讽刺他，据说有人还想找我当面理论一下是非曲直。

还得继续“呵呵”。小说不是纪实文字，认真不得，太较真就是自寻烦恼。即使是反映现实生活的小说，任何一位作者都不会把真人真事、真名真姓直接写进小说。文学创作本身就是个苦差事，何苦去做自找麻烦的傻事？

小说里的事儿，可能是经历的，可能是听说的，还有可能是合理想象的，如此而已，多想无益。

就如这部小说，就如发生在“九如巷”里的人和事，说是就是不是也是，说不是就不是是也不是……

二〇一七年八月二十日于河北石家庄